KB236806

한국 모더니즘 소설 연구

강운석

국학자료원

책 머리에

새로운 천년이 열린다고 사람들은 한껏 들떠 있었다. 모두들 불꽃놀이에 넋을 잃었고 새로운 태양이 뜨는 곳으로 달려갔었다. TV에선 연일 새 천년에 펼쳐질 인터넷과 디지털 방송, 생명공학의 놀라운 첨단 기술을 찬양했었다. 하지만 과연 현대문명과 인간의 행복은 정비례하는 것일까. 제동 걸 수 없는 가속도의 시대에 문학과 인문학은 이미 용도 폐기된 것으로 인식되어 나날이 그 효용성을 의심받고 있다. 대학은 기술학원으로 전락하고 있고, 문학의 순수성은 이미 회복하기 어려운 상태에 와 있다. 만일 작가 이상(李箱)이 있었다면 그는 어떤 시선으로 이 시대를 바라보았을까. 이상이 절망했던 1930년대 경성 거리의 현대성은 새 천년의 서울 거리에서도 여전히 의문투성이로 남아 있다. 날개는 여전히 돋아나지 않은 채로.

이 책은 한국현대소설에 나타난 현대성(現代性)modernity을 통시적으로 점검해 보고자한 작은 결과물이다. 제 1부 '한국 모더니즘 소설 연구'는 필자의 박사학위 논문을 부분 수정한 글로서 주로 모더니즘 소설의 통시성에 초점을 맞추어 30년대 이후 50년대, 60년대 모더니즘 소설의 변모된 양상을 분석한 글이다. 실상 우리 모더니즘 소설에 대한 연구는 1930년대 소설들에 집중된 것이 취약점이었다. 이상, 박태원 등 특정 작가에 대한 분석의 집중 또한 모더니즘 소설의 거시적인 분석에서는 걸림돌이라 할 수 있다. 이에 본 책에서는 30년대부터 60년대까지의 다양한 작가들의 모더니즘 소설을 분석하면서 모더니즘 소설을 일관되게 유지시키는 가능태로서 '현대성modernity'을 상정하여 분석의 핵으로 삼았다. 모더니즘 소설과 현대성과의 관계는 불가분의 관계임에도 불구하고 많은 유사 연구들이 그 핵심을 놓치고 있다는 생각에서 시작된 작업이었다. 그리고 모더니즘 소설에서 현대성을 구현하는 특질들인 '일상성, 욕망, 동일성' 등의 세 층위에 주목하였다. 이러한 현대성을 개별 작품들에 대입해 본 결과 '주체의 소외에서 비롯된 모더니즘 소설들은 정형화된 일상에서 탈주하고 싶은 욕망을 예술적으로 승화시킨 결과물이며 그 지향점은 자아의 동일성에 있다'는 작은 결론을 얻을 수 있었다.

제 2부의 '포스트모더니즘 소설 연구' 또한 이러한 모더니즘 소설의 현대성이 계승되고 또 때로는 극복하고자한 부분을 90년대 작품들을 중심으로 포스트모더니즘과 연계하여 분석하고자 하였다. 우리 포스트모더니즘 소설의 효시라 일컬어지는 복거일의 『비명을 찾아서』를 시간과 공간의 측면에서, 80년대부터 지속적인 실험 작업을 보여준 최수철의 「얼음의 도가니」를 담론 차원에서, 종교와 권력의 양상을 심도있게 추구하는 이승우의 『미궁에 대한 추측』을 기호적 차원에서, 90년대 포스트모더니즘 논란을 몰고 온 하일지의 『경마장 가는 길』을 욕망의 차원에서 분석하였다.

늘 서점에 넘쳐나는 책을 보면서 책 공해 시대를 한탄하곤 했었는데 이제 그 속에 내 책이 일조를 한다고 생각하니 부끄럽지 않을 수 없다. 다만 리얼리즘의 시대였던 80년대부터 지속적으로 관심을 가졌던 모더니즘 소설들과 비판만이 무성했던 90년대의 포스트모더니즘 계열 소설들에 대한 나의 애정이 이 책에 고스란히 담겨있다. 누구에게 보여도 떳떳할 만큼 완벽한 성과물을 출간하고 싶었지만 서둘러 책을 묶어내면서 드러나는 한계점은 너무도 선명해 보인다. 다만 우리 문학사에서 정당하게 평가 받지 못했던 부분들을 새로운 시각으로 분석하고자한 의도만은 독자들이 가상하게 봐주기 바랄 뿐이다.

비록 부족한 책이지만 많은 분들의 도움이 없었다면 결코 완성될 수 없었을 것이다. 격려와 질책을 아끼지 않으셨던 한승옥 교수님과 늘 보살펴주신 숭실대 국문과 교수님들, 부족한 논문을 어여삐 봐주신 권영민, 송하춘, 신춘호 교수님께 머리 숙여 감사를 드린다. 그리고 친형제처럼 도와준 대경중학교 사우들과 숭실대 학형들, 늘 묵묵히 뒷바라지를 해준 아내와 동생들, 어려운 경제 사정에도 불구하고 선뜻 출판을 허락한 국학자료원 사장님 모두에게 감사드리고 싶다. 끝으로 평생 고생만 하신 어머님과 살아 계셨으면 누구보다도 기뻐하실 아버님의 영전에 이 책을 바친다.

2000. 1.

새 천년의 개막 즈음에

◆차 례

책 머리에 / 1

제 1부 한국 모더니즘소설 연구

Ⅰ. 서 론 11

Ⅱ. 모더니즘 소설의 이론적 배경 23
   1. 모더니즘의 미학적 배경 23
      (1) 모더니즘의 개념 23
      (2) 모더니즘과 현대성의 관련 양상 28
      (3) 모더니즘의 특성과 한국 모더니즘 소설 32
   2. 현대성(現代性)의 세 층위 41
      (1) 일상성(日常性) 41
      (2) 동일성(同一性) 45
      (3) 욕 망(慾望) 49

Ⅲ. 식민지 현실과 일상성(日常性)의 발견 56
   1. 통제된 일상성의 성찰 −박태원의 「피로」 56
   2. 소외된 주체의 편입 욕망 −「소설가 구보씨의 일일」 62
   3. 파편화된 세계와 동일성 −이상의 「날개」 74
   4. 일상의 추락과 욕망의 기호 −「지주회시」 83

6

Ⅳ. 전후 공간과 동일성(同一性)의 자각 ····················· 96

  1. 추악한 일상과 물화된 욕망 ─손창섭의 「생활적(生活的)」 ············ 96

  2. 자아와 세계의 필연성 부재 ─「미해결의 장」 ························· 107

  3. 타율적 자아의 재생 ─「요한 시집」 ······························· 115

Ⅴ. 산업화 시대와 욕망(慾望)의 시학 ····················· 125

  1. 현대적 일상성과 욕망의 태동 ─김승옥의 「무진기행」 ················ 125

  2. 도시 공간의 의미와 동일성의 탐색 ─「서울 1964년 겨울」 ········ 135

  3. 탈일상적 욕망과 근대적 합리성의 거부 ─「야행(夜行)」 ··········· 142

  4. 근대의 회의와 탈일상의 지향 ─이청준의 「퇴원」 ··················· 150

  5. 자아와 세계의 대립과 주체의 몰락 ─「가면의 꿈」 ················· 158

Ⅵ. 한국 모더니즘 소설의 통시적 의미 ····················· 165

  1. 일상성과 모더니즘 소설 ······································· 165

  2. 동일성과 모더니즘 소설 ······································· 176

  3. 욕망과 모더니즘 소설 ··· 184

Ⅶ. 결 론 ··· 190

□ 참고문헌 ·· 195

제 2부 포스트모더니즘 소설 연구

혼재된 시공간과 동일성 —복거일의 『비명을 찾아서』 205
 1. 서론 205
 2. 시간과 동일성 208
 3. 공간과 동일성 225
 4. 욕망과 동일성 233
 5. 결론 236

일상성과 화해의 담론 —최수철의 「얼음의 도가니」 239
 1. 전통 서사의 의도적 파괴 240
 2. 사물화된 주체와 타자화된 의식 246
 3. 시점과 서술자의 문제 250
 4. 메타픽션을 향하여 253
 5. 부친 부재 의식과 화해의 담론 256

미궁의 기호, 현실의 기호 —이승우의 『미궁에 대한 추측』 261
 1. 신화와 권력의 양상 262
 2. 일상과 탈일상의 변주 270
 3. 미궁과 소설적 욕망 274
 4. 희망과 자유의 담론화 276

결핍의 일상과 환유된 주체의 욕망 —하일지의 『경마장 가는 길』· 278
  1. 욕망의 환유적 층위 ⋯⋯⋯⋯⋯⋯⋯⋯⋯⋯⋯⋯⋯⋯⋯ 280
  2. 무의식적 욕망의 기표화 ⋯⋯⋯⋯⋯⋯⋯⋯⋯⋯⋯⋯⋯ 284
  3. 성(性) 담론과 주체의 욕망 ⋯⋯⋯⋯⋯⋯⋯⋯⋯⋯⋯ 287

☐ 찾아보기 ⋯⋯⋯⋯⋯⋯⋯⋯⋯⋯⋯⋯⋯⋯⋯⋯⋯⋯⋯⋯⋯ 291

제 1부 한국 모더니즘 소설 연구

I. 서 론

‘모더니즘’(Modernism)이란 범박하게 말하면 제 1차 세계대전 이후의 예술 전반에 나타난 감각이나 형식, 양식의 특징들을 총칭하는 용어이다.[1] 모더니즘은 처음부터 단일한 방법론이나 확실한 방향성을 가지고 시작된 예술운동이 아니기 때문에 때때로 애매하게 사용될 소지가 있는 용어라 할 수 있다. 제 1차 세계대전을 전후하여 세계 각 지역에서 나타난 표현주의(Expressionism), 미래주의(Futurism), 다다이즘(Dadaism), 초현실주의(Sur-realism), 입체주의(Cubism), 주지주의(Interllectualism) 등을 평자에 따라 한데 묶어 모더니즘이라고 부르기도 하고, 때로는 이들 예술운동 중의 하나를 지칭하거나 둘 이

---

1) “모더니즘은 하이젠베르크의 불확실성의 원리의 결과로 일어난 예술이며, 마르크스, 프로이트, 다윈에 의해서 변화되고, 재해석된 세계를 반영하고 있다. 또한 제 1차 세계대전으로 인한 문명과 이성의 파괴, 자본주의와 산업화의 가속화에 따른 산물이다. 모더니즘은 무의미와 부조리의 실존적 상황의 예술이며, 기술의 문학이다. 그것은 공동의 실재(reality)와 인과성에 대한 인습적인 개념의 파괴에서 오는 예술이다. 인물 성격의 전체성에 대한 전통적인 개념을 파괴하는 예술이고, 현실을 주관화하고, 언어에 대한 공공의 개념을 거부함으로써 일어나는 언어적 혼란에 따른 예술이다.”
(M.Bradbury and J.Mcfarlane eds., 『Modernism』, Penguin Books, 1976 참조)

상이 복합된 것을 모더니즘으로 지칭하기도 한다. 이렇게 다양한 모더니즘 용어의 사용은 때때로 모더니즘의 개념 규정에 혼동을 가져왔다. 특히 1930년대에 모더니즘이 성행하였던 한국문학에서는 인간의 내면 의식을 다룬 소설이나 이미지즘, 주지주의, 전위적인 시들 모두가 모더니즘 문학으로 자리 매김 되었기 때문에 모더니즘이라는 용어가 사용될 때 그 용어가 지시하는 대상이나 의미에 좀더 깊은 주의를 기울일 필요가 있다 하겠다.

한국 문학사에서 모더니즘의 도입은 중요한 의의를 갖는다고 할 수 있다. 그것은 우리 문학이 모더니즘을 통하여 비로소 진정한 의미의 '현대문학(現代文學)'으로 도약하는 계기를 마련했기 때문이다. 모더니즘이 본격적으로 개화되면서 우리 문학의 현대적 특성이 갖추어졌다고 볼 수 있는데, 그것은 식민지 시대라는 한계상황에서도 예술과 사회에 대한 새로운 인식들이 다양한 기법들과 함께 새로운 방식으로 제시되었기 때문이다. 또한 외래사조의 유입이라는 비판을 넘어서 전대에는 없던 참신한 문학적 요소들을 다양하게 작품으로 형상화함으로써 우리의 문학사에서 1930년대를 가장 풍요로운 시대로 만든 토양이 되었다고 할 수 있다. 그럼에도 불구하고 우리 문학사에서 모더니즘 소설의 본격적인 연구는 아직 미비한 실정이다.

그 원인은 일제 식민지, 6 · 25 동란, 4 · 19 혁명, 5 · 16 쿠데타, 광주민주화항쟁 등 우리의 암울했던 현대사를 반영한 리얼리즘 계열의 소설이 다수 발표되었던 것에서 찾을 수 있다. 또한 대다수의 평론가들 역시 같은 맥락에서 리얼리즘 소설의 연구에 매진했었던 것도 이유가 될 수 있을 것이다. 이런 현상은 1988년 월북 작가들의 작품이 해금된 이후 더욱 심화되었는데, 해방 전 리얼리즘 계열의 소설들이 작품의 질적 성과보다는 그동안 문학사에서 제외되었다는 이유만으로 각종 연구 논문들이 양산되는 진풍경이 벌어지기도 했었다. 이러한 경향은 일반 평론들보다는 대학의 학위 논문, 학회지 계열의 연구물들에서 더욱 두드러졌었다. 이에 반해 모더니즘 소설들에 대한 연구들은 순수문학 혹은 실험적 문학, 기법의 문학이라는 도식적인 평가만이 반복되었었다. 또한 축척된 대부분의 연구 실적물들도 1930년대와 같은 특정 시대와 특정 작가에만 집중되어 그 이후의 모더니즘 소설의 사적 전개와 변모 양상은 거의 연구되지 않은 한계를 드러내고 있다.

물론 모더니즘이 본격적인 지평을 연 것은 김광균, 정지용 등의 시인이나 최재서, 김기림 등의 평론가에 의해서였지만 모더니즘 시에 대한 평가에 비추어 모더니즘 소설의 평가는 한층 소원했던 것이 사실이라 할 수 있다. 하지만 90년대 이후 공산주의의 몰락과 함께 우리 문학이 이데올로기의 경직성에서 벗어날 무렵 포스트모더니즘의 열풍과 함께 모더니즘에 대한 새로운 평가가 시급한 과제로 떠올랐다. 또한 '현대성(혹은 근대성)'에 대한 개념규정의 필요성과 함께 모더니즘 소설에 대한 새로운 평가가 다각도로 모색되고 있는 점은 고무적인 일이라 할 수 있다. 하지만 모더니즘 소설을 올바르게 평가하고 우리 문학사에 새로운 위상을 정립하기에는 미흡한 실정이라 할 수 있다. 지금까지의 모더니즘 소설에 관한 연구사를 개략적으로 살펴보면 다음과 같다.

한국 현대 문학연구에서 모더니즘에 관한 논의는 여러 측면에서 진행되었는데, 크게 세 가지 측면으로 연구 성과를 대별할 수 있다. 첫째, 모더니즘 소설 연구의 초기 단계로 서구 모더니즘의 특성을 기준으로 한국 모더니즘 소설을 분석한 경우이다. 주로 서구 모더니즘과 한국 모더니즘 또는 일본 모더니즘의 영향관계를 주로 언급한 이 연구들은 초기 연구의 한계인 극히 협의적인 모더니즘 소설의 의미 파

악에 치중하고 있다. 또한 당시 시대 상황과 문단 배경, 그리고 정치
적 영향관계에 중점을 두어 작품의 내적인 측면보다 외적인 부분을
평가의 기준으로 삼고 있다는 점에서 온당한 평가가 되기에는 미흡한
양상을 보이지만 모더니즘 소설 연구의 초석을 마련한 점에서 의의가
있다.2) 둘째, 주로 1930년대 모더니즘 소설 작가들의 작품에 연구를
집중하면서 연구의 방법을 다양화시킨 경우이다. 주로 도시화와 관련
된 도시소설의 특성으로 작품들을 분석한 경우와 개별 작가의 작품을
공간이론을 중심으로 공간구조를 분석한 경우, 그리고 기호학적 방법
을 토대로 개별 작가의 작품의 심층 의미를 분석한 경우 등이 대표적

---

2) 주요 연구 설적은 다음과 같다.
　김용직, 「모더니즘의 시도와 실패」, 서울대 교양과정부 논문집 6, 1974
　김우종, 『한국 현대 소설의 이해』, 이우 출판사, 1976
　김은전, 「30년대 모더니즘 시운동에 대한 비교 문학적 연구(상)」, 국어교육
　31, 1977
　김춘수, 『한국 현대시 형태론』, 해동문화사, 1958
　문덕수, 『한국 모더니즘 시 연구』, 시문학사, 1981
　박인기, 「한국 현대시의 모더니즘 수용 연구」, 서울대 대학원, 1987
　백철, 『조선 신문학 사조사 현대편』, 백양당, 1949
　송욱, 「한국 모더니즘 비판」, 『시학 평전』, 일조각, 1963
　염무웅, 『한국 근대 문학사론』, 임영택 최원식 편, 한길사, 1982
　오세영, 「한국 모더니즘 시의 전개와 그 특질」, 『20세기 한국 시 연구』, 새
　문사, 1989
　이재선, 『한국 현대 소설사』, 홍성사, 1979
　이창배, 「현대 영미 시가 한국의 현대시에 미친 영향」, 동국대 대학원,
　1974.8
　장사선, 『한국 현대 문학사』, 현대문학, 1989
　장윤익, 「1930년대 한국 모더니즘 시 연구」, 경북대 대학원, 1969.12
　정한모, 「순수문학과 모더니즘」, 『현대시론』, 보성문화사, 1982
　조동민, 「한국적 모더니즘의 계보를 위한 연구」, 『문호』 4, 건국대 국어국
　문학회, 1966
　조연현, 『한국 현대 문학사』, 성문각, 1969
　천이두, 『한국 현대 소설론』, 형설출판사, 1983
　한계전, 「모더니즘 시론의 수용」, 『한국 현대 시론 연구』, 일지사, 1983

이다.

가장 최근의 주목할 만한 모더니즘 소설 연구의 경향은 '근대성3)' modernity과 '산책자(散策者) 모티브' 등을 응용하여 그 연구의 지평을 확대시킨 연구라 할 수 있다.4) 주로 모더니즘 소설이 '근대(近代)'에 기반을 둔 문학임을 전제하고 근대화의 양상과 근대성의 조응에 초점을 둔 이들 연구들은 자본주의적 근대화로 인한 식민지사회에 관심을 기울인다. 또한 당대의 모더니즘 작가들이 근대를 바라보는 시각에 논의의 초점을 두고 있다. 이들의 연구들은 모더니즘의 인식적 변화와 특성에 접근하고 있어 모더니즘 연구를 일층 진척시켰다고 할 수 있다.

'서준섭'5)은 모더니즘의 본질적 성격은 무엇보다 그 자체의 역사적·동적 전개과정 속에서 나타나며, 그 근대성(modernity)은 모더니즘

---

3) 본고의 '현대성'과 같은 개념이지만 '근대성'이라는 용어를 사용한 논문을 언급할 때는 '근대성'이라고 쓰고자 한다.

4) 강상희, 「1930년대 모더니즘 소설론 연구」, 『관악어문연구』 18, 서울대 국문학과, 1993.12

　권성우, 「1930년대 한국 모더니즘 소설 연구」, 서울대 대학원 석사학위 논문, 1989

　김유중, 『1930년대 후반기 한국모더니즘 문학의 세계관연구』, 서울대 박사학위 논문, 1994

　김윤식, 『한국문학의 근대성과 이데올로기 비판』, 서울대 출판부, 1987

　남흥술, 「1930년대 소설과 모더니즘」, 『모더니즘 연구』, 자유세계, 1993

　박숙자, 『1930년대 모더니즘 소설 연구』, 서강대 대학원 석사학위 논문, 1996

　서준섭, 「모더니즘과 1930년대의 서울」, 『한국학보』, 1986. 겨울

　서준섭, 「1930년대 한국 모더니즘 문학 연구」, 서울대 대학원, 1988

　조영복, 『한국모더니즘 문학의 근대성과 일상성』, 다운샘, 1997

　최혜실, 『한국 모더니즘 소설 연구』, 민지사, 1992

　한상규, 「1930년대 모더니즘문학에 나타난 미적자의식에 관한 연구」, 서울대 대학원, 1989

5) 서준섭, 「1930년대 한국 모더니즘 문학 연구」, 서울대 대학원, 1988

문학과 동시대의 사회 특히 도시와의 관계에서 파악될 수 있다고 보고, 1930년대의 모더니즘이란 근대 파시즘하에서의 도시 세대 시인들의 문학적 모험이라 규정하며 <구인회(九人會)> 작가들의 작품을 중심으로 분석하고 있다. 그의 논문은 모더니즘 작품의 근대성 연구의 시발점이 되는 의의를 갖는다고 할 수 있다.

또한 '최혜실'6)은 모더니즘이 '주관적 보편성'을 미적 범주로 하는 예술이라는 점에 주목하고, 이상·최명익·박태원 등의 작품을 <대칭, 산책, 승차>의 테마로 분석하고 있다. 이성의 합리적 구성을 중요시하는 태도에서 대칭의 테마가 나타나고, 사물의 인식은 이성이 아닌 직관으로 사물을 직접 만나는 데서 이루어진다는 견해에서 산책과 승차의 테마가 나타난다는 논리이다. 베르그송의 '순수지속이론'에 의거한 이러한 그의 논문은 모더니즘 작품의 새로운 분석체계란 점에서 가치가 있으나 지나치게 현학적이라는데 문제가 있다 하겠다. 하지만 이상의 문학을 신건축이론과의 연관성을 대비시키고 시각예술과 언어예술의 교류과정을 추출한 작업은 중요 성과라 할 수 있다.

'권성우'7)는 1930년대 모더니즘 소설을 반영이론의 방법론으로 해석하고 사상사적인 차원에서 조명하고 있다. 그는 모더니즘 소설이 당대의 사회경제적 배경, 문화사적 의미망, 지적인 풍경 등과 맺는 밀접한 관계를 구명하고, 당대의 이데올로기적 지형도 내에서 모더니즘 소설이 점유하고 있는 객관적인 위상을 밝히기 위해 주로 이상과 박태원의 작품의 인식론적 배경을 분석하고 있다. 하지만 모더니즘 소설과 반영론이 제대로 조응될 수 있을까 하는 의구심을 떨칠 수 없게 하는 점은 문제점으로 지적될 수 있을 것이다.

---

6) 최혜실, 『한국 모더니즘 소설 연구』, 민지사, 1992
7) 권성우, 『1930년대 한국 모더니즘 소설 연구』, 서울대 대학원 석사학위논문, 1989

‘김유중’8)은 1930년대를 배경으로 전개된 한국 모더니즘 문학의 총체적인 이해를 위해서는 무엇보다도 당대 현실과 연관된 모더니스트들의 세계관과 역사의식이 논의되어야 한다는 입장에서, 김기림과 이상의 작품을 중심으로 그들의 작품이 어떤 역사 철학적 전망 위에 성립, 전개되었는가를 밝히고 당대의 리얼리즘 문학과 비교하여 그들이 지녔던 세계관과 역사의식을 도출하고자 하였다. 그의 논의는 모더니즘 문학의 근원적 세계관을 재정립한다는 점에서 의의를 찾을 수 있다.

‘조영복’9)은 근대성이란 근대이후 자본주의 자체가 던져주는 인공낙원의 꿈을 둘러싸고 진행되는 담론이라 전제하고, 1930년대 모더니즘 문학의 특성을 김기림과 이상의 작품을 중심으로 ‘일상성’과 ‘산책자 모티브’의 측면에서 분석하고 있다. 특히 산책자 모티브를 주체와 대상의 문제, 초점(산책자, 주체)과 풍경(일상성)의 문제로 나누어서 살펴보고 글쓰기와 재현의 문제로 발전시키고 있다. 그의 분석은 적확한 용어 사용과 모더니즘 문학의 의미소를 기호로 추출하여 새로운 해석을 행하고 있다는 점에서 전대의 연구성과를 뛰어넘고 있다고 볼 수 있다. 하지만 시작품과 수필 작품에 논의가 집중된 점은 문제점으로 지적된다.

그런데 이러한 연구성과들은 몇 가지 문제점을 공통적으로 드러내고 있다. 1930년대에만 논의를 집중시킨 결과 모더니즘 소설의 통시적 접근에는 미치지 못한 점, 제한된 작가와 작품의 분석에만 치중하고 있는 점, 그리고 보들레르의 산책자 모티브 등 특정 개념에 집중하고 있는 점 등은 한계로 지적될 수 있다. 이들의 연구와 비교할 때

---

8) 김유중, 『1930년대 후반기 한국모더니즘문학의 세계관 연구』, 서울대 박사 학위논문, 1994
9) 조영복, 『1930년대 문학에 나타난 근대성의 담론 연구』, 서울대 대학원 박사 학위논문, 1996

나병철의 일련의 연구성과는 주목할 만하다 하겠다. '나병철'은 『근대성과 근대문학』10)에서 근대성의 문제를 새롭게 제기하면서 '리얼리즘, 모더니즘, 포스트 모더니즘'11)의 이론과 작품들을 통시적인 관점에서 분석하고 있다. 또한 『한국문학의 근대성과 脫근대성』에서는 '탈근대성(脫近代性)'의 개념을 서구적 근대화의 반근대성에 맞서는 방법으로서 전통의 재창조 및 주체성 확립의 과제로 보고, 서구 중심적 근대를 극복하고 주변화된 고유문화를 주체화하는 핵심으로 탈근대성의 담론을 제기하고 있다. 특히 고소설-신소설-근대소설-현대소설로 이어지는 일련의 작품들을 주체성과 탈근대성의 관점에서 심도 있게 분석하면서 근대성의 논의를 확대시키고 있다. 이러한 그의 연구는 근대성을 '모더니즘, 리얼리즘, 포스트모더니즘'의 복합적인 관점에서 분석하고 있고, 작품 분석 또한 고소설에서 최근의 작품까지 다양하게 행하고 있고, 대안으로 '탈근대성'의 개념을 구체적으로 제시했다는데 그 성과가 있다 하겠다. 하지만 근대성에 관한 논의를 방대하게 진행한 결과 세부 작품의 분석에는 소홀한 측면과 논의를 지나치게 도식화한 결점을 보이고 있다.

이러한 일련의 연구 성과를 살펴 볼 때 모더니즘 소설 연구의 핵심은 '現代性'Modernity12)에 있다고 할 수 있다. 철학, 사회학 제반 학문

---

10) 나병철,『근대성과 근대문학』, 문예출판사, 1995
11) 나병철,『한국문학의 근대성과 탈근대성』, 문예출판사, 1996
12) 본고에서는 모더니티modernity를 '현대성(現代性)'이라 번역하고자한다. 대부분의 연구에서는 1930년대라는 한정된 시간적 공간을 바탕으로 '근대성(近代性)'이라는 용어를 사용하지만 본고의 경우 모더니즘의 현대적 특성을 염두에 두고 모더니티를 현대성이라 칭하고자한다. 비록 근대성이라는 용어가 근대에 대한 지향과 反근대적 저항을 동시에 내재한 개념이라 하더라도 현대의 전단계로서의 근대의 부정적 특성을 상기하는 경우가 많으므로 적절하지 않다고 생각된다. 또한 모더니즘의 바탕은 총체적인 현대적 특성에서 비롯된다고 생각되기에 '현대성'이라는 용어를 사용하고자하는 것이다.

전체에 걸친 현대성의 개념과 모더니즘의 관계는 여러 논란을 거쳐 현대성의 하위(下位) 개념인 예술사조에 국한하여 모더니즘의 용어를 사용하게 된다. 하지만 모더니즘이 현대성의 하위 개념인가라는 규정에는 다소 회의가 따른다. 단순히 예술사조의 하나로 축약시켰을 때 모더니즘 작품에 담겨있는 내재적 저항으로서의 현대성의 의미가 약화되기 때문이다. 예술사조로 모더니즘을 이해할 때 또한 부딪히는 문제는 그 전대의 사조 즉, 낭만주의, 상징주의와의 관계 설정의 모호함이다. 전대 사조의 계승인지 아니면 극복인지 명확한 해답 역시 애매하다. 또한 모더니즘 작품의 연속성 문제도 제기된다고 할 수 있다. 그것이 단지 소멸된 사조인지 아니면 아직도 유효하며 여러 예술 작품들에게 미학적 영향을 주며 창작되고 있는지에 관한 모더니즘 소설의 연속성 문제는 후대 작품의 검증을 통해 규명되어야 할 사실이라 할 수 있다.13)

---

13) 이러한 의문에 대하여 '스피어즈'의 주장을 근거로 이기형은 다음과 같이 모더니즘의 연속성에 대하여 논지를 편다. "요컨대 서구의 모더니즘을 18,9세기 기독교 휴머니즘의 붕괴와 세계종말론의 대두로 인해, 일대 정신사적 몰락을 보여준 서구인들이 세계의 구원을 위한 새로운 휴머니즘(Neo-Humanism)의 광명을 찾기 위해 보여주었던 일련의 노력이 만들어낸 문학현상으로 보는 것이다. 따라서 이러한 탐색의 노력이 매우 다양한 양상으로 나타났으니 그것이 파괴주의로, 신화주의로, 행동주의로, 지성 혹은 반지성주의로, 혹은 기독교 이념의 새로운 해석으로, 동양 정신의 탐구로, 상상력의 무한한 확대(잠재의식의 추구) 등으로 모색되었고, 그것의 구체화된 주의 및 주장이 다다이즘, 이미지즘, 큐비즘, 퓨처리즘, 슈르리얼리즘, 주지주의 등을 포함한 모더니즘이었던 것이다. 한편 모더니즘이 결코 단순하지 않은 복잡성의 현대 정신 및 문명을 파헤치면서 실로 다양한 제유파의 양상을 보여주는 까닭에 상호간 모순과 도착의 혼란을 보이는 것도 사실이나, 그것은 어느 면에서 오히려 고무적인 현상으로 받아들여지기도 한다. 왜냐하면 문학이란 하나의 고정된 이데를 거부하는 것으로부터 출발한다고 생각되어지기 때문이다. 이러한 상호 거부의 몸짓들이 쉽게, 그리고 신속하게 통합됨을 보여주기 보다는 오히려 보다 더 첨예한 갈등을 보여줄 때, '대립의 통일'이라는 변증법적 모순의 지양을 통한 조화로운 발전은 그 가능성의 폭을 넓혀가는 것으로 판단되어지기 때문이다.

이러한 문제점들에 대해서 본 책에서는 다음과 같이 연구를 진행하려 한다. 먼저 연구방법에서 모더니즘과 현대성의 태동 배경을 밝히고 한국 모더니즘 소설과의 관련양상을 살핀 뒤, 모더니즘소설의 핵심인 현대성의 특질을 <일상성(日常性)everydayness, 동일성(同一性)identity, 욕망(慾望)desire>의 층위로 세분하여 점검해 보고자 한다.

모더니즘 소설의 발생은 '주체의 위기'에 의해서 비롯되었다고 볼 수 있다. 급격히 변화하는 세계에 대한 불안감과 세계대전 이후의 진보적 역사관의 붕괴, 자본주의적 물질 문명의 공세에 의한 사물의 물신화 등은 근본적으로 자아의 소외 의식과 의식의 분열을 가중시켰고, 이에 따른 주체의 위기에 대한 성찰이 형상화된 것이 모더니즘 소설이기 때문이다. 따라서 일상에 만연한 '일상성'의 재인식과 타자와의 관계에서 파생되는 '욕망'의 문제, 그리고 '자아란 무엇인가'하는 궁극적인 내면의 성찰에 따른 '동일성'의 문제는 모더니즘 소설 속에 내재된 현대성을 복합적으로 구성하는 특질들이라 할 수 있다.

이러한 현대성의 세 가지의 특질 중 '일상성(日常性)'alltäglichkeit, evrydayness은 가장 현대적인 개념이라 할 수 있다. 물론 인간이 탄생하면서부터 일상은 존재하였지만 인간 개개인의 삶을 규정하고 양식화하는 개념으로서의 일상은 근대 이후라 할 수 있다. 곧 일상이란 자본주의적, 근대 문명주의적 일상에 한정된 개념이다. 모더니스트들에게 일상은 극복의 대상이며 비판의 대상이고 반성의 대상이 되었다. 또한 이러한 일상 속에 내재된 '욕망(慾望)desire'은 인간의 삶을 가능케하는 원동력으로서 부르주아적 현대성에 함몰되는 자아를 살펴

뿐만 아니라, 모더니즘은 그것이 일단 예술사적인 매듭이 지어진 운동이 아니라 아직도 계속되고 있는 가능성의 것이라는 점에서 모순과 도착의 혼란은 더욱 야기될 수 있다고 본다."(이기형, 1930년대 한국 모더니즘 시 연구, 인하대 박사학위논문, 1994.8)

볼 수 있는 개념이라 할 수 있다. 욕망을 통해서 자아는 자아와 타자, 자아와 세계의 관계를 새롭게 인식하고 있으며, 일상의 하나의 동인(動因)이라는 점에서 자아의 욕망은 서사의 주요 기제로 작용하고 있음을 살펴볼 수 있다. 또한 이러한 탐색을 가능하게 하는 핵심으로서 자아의 '동일성(同一性)self-identity'은 혼돈된 삶의 구심점이라 볼 수 있다. 비록 소외되고 파편화된 자아이지만 끊임없이 동일성을 확립하고자 하는 욕구가 내면에 자리잡고 있기에 주체의 존립이 가능하기 때문이다. 따라서 모더니즘 소설에 내재된 일상성을 주체는 어떻게 대응하고 있으며 그 일상의 삶 속의 사람들의 욕망은 어떤 방식으로 발현되고 있는가를 살펴보는 작업은 그 의의가 크다 할 수 있다. 물론 위의 세 가지 개념은 모더니즘 소설 뿐 아니라 기타 다른 장르의 작품들 나아가 모든 문학작품에 적용될 수 있는 개념들이다. 이렇게 다소 추상적인 개념들을 엮어서 모더니즘 작품에 대입시키려 하는 이유는 기존의 분석 방식, 연구 방식으로는 모더니즘 소설의 새로운 분석에 한계가 있고, 각 개념들이 연구의 분석틀로 제시할 만한 이론적 심도와 세계관적 측면을 갖추었다고 생각되기 때문이다.

이러한 연구방법을 바탕으로 3장, 4장, 5장에서는 1930년대부터 60년대까지 시대별 모더니즘 소설에 드러난 '현대성'을 일상성, 동일성, 욕망의 상관관계에서 분석하고자 한다. 구체적으로 시대와 사회의 변화 양상에 따라 공간 구조와 현실 인식의 변화 양상은 '일상성'을 토대로 분석하고, 자아/타자 간의 갈등 양상은 '욕망'을 중심으로, 주체/세계의 대립과 자아 소외·동일성 획득의 탐색 과정은 '동일성'을 축으로 분석함으로써 현대성의 구현 양상을 유기적인 형태로 통합하고 이를 통하여 모더니즘 소설의 문학사적 의의를 밝히고자 하였다. 또한 6장에서는 '일상성, 동일성, 욕망'의 시대별 통시적 의미를 통합 점검하여 각 층위들의 기호적 의미를 살펴보고자 한다.

이러한 작업을 위해 1930년대부터 60년대까지 각 시대별로 모더니즘 소설의 대표적인 작가들의 주요 작품 중에서 현대성의 구현에 핵심적 특성을 보이는 작품들을 선별하였다. 구체적으로 박태원, 이상, 손창섭, 장용학, 김승옥, 이청준 등의 여섯 작가의 작품 12편(박태원의 「피로」·「소설가 구보씨의 일일」, 이상의 「날개」·「지주회시」, 손창섭의 「생활적」·「미해결의 장」, 장용학의 「요한시집」, 김승옥의 「무진기행」·「서울 1964년 겨울」·「야행」, 이청준의 「퇴원」·「가면의 꿈」 등)을 분석 대상으로 하였다. 작가와 작품 선정에서 다소 논란의 여지가 있으나 당대 세계와 인간 인식에 있어서 치열하게 고민하고 있으면서 내용과 형식면에서 이전 소설과는 많은 차별성을 보이는 작품들을 중심으로 선정하고자 하였다.

Ⅱ. 모더니즘 소설의 이론적 배경

1. 모더니즘의 미학적 배경

(1) 모더니즘의 개념

모더니즘 modernism의 기원은 모던 modern이라는 의미소(意味素)에서 유래한다. 기원 후 6세기 경 중세 라틴어 '모데르누스'에서 유래한 modern은 라틴어 부사형인 modo(최근, 지금, 방금)의 뜻과 거의 비슷한 '가장 최근의, 현대적인'임을 나타내는 용어이다. 이 '모던'이라는 용어가 심미학의 문제와 관련하여 쓰기 시작한 것은 12세기에 들어서 이른바 '신구(新舊) 논쟁' 또는 '고대인과 현대인의 싸움'으로 잘 알려진 논쟁 당시이다. 미적 규범의 상대적 인식에서 비롯된 이 논쟁은 17세기 말엽에 이르러 몽테뉴와 베이컨 그리고 데카르트에 의해 문학적 성과와 탁월성을 둘러싼 논쟁으로 크게 부각되었고 19세기와 20세기에도 반복적으로 되풀이되면서 모더니즘의 발생 배경에 중요한 영향을 끼친다.14)

---

14) 김욱동, 『모더니즘과 포스트모더니즘』, 현암사, 1992, 13~14쪽 참조

문학이나 예술과 관련하여 모더니즘이라는 용어가 처음 사용된 것은 18세기 초엽, 그러니까 '고대인과 현대인의 싸움'이 절정에 달한 시기이다. 즉 낭만주의의 태동과 밀접한 관련이 있는데 18세기를 통하여 미의 관념이 그 초월성을 상실하고 순수한 역사적 범주로 변화하기 시작된다. 하지만 진정한 의미의 모더니즘이 사용되기 시작한 것은 그로부터 반세기가 더 지난 19세기 말엽부터라고 할 수 있다. 실상 모더니즘은 그것이 생겨나게 된 시대적 상황이나 조건과 밀접한 관계를 맺고 있다. 즉 19세기 말엽의 유럽의 사회·정치·경제적인 풍토와의 관련성이다. 19세기 말은 주지하는 바와 같이 '합리주의'·'실증주의'로 대표되는 기존의 가치관이 붕괴되고, 새로운 가치관이 시험되는 급격한 변혁의 시기였다. 그리고 시장 자본주의에서 자본주의의 제국주의 단계에 도달한 시기이며, 사회 경제적 변화는 인간관에도 영향을 주어 계몽주의이래 서구를 지배해 오던 과학적 합리주의가 도전을 받게 되었다.

모더니즘이 출현하게 된 역사적 배경은 크게 '2차 산업혁명과 독점 자본주의 출현'과 '퇴조하는 혁명 열기' 등 두 가지 요인을 들 수 있다. 전기 내연기관, 자동장치와 정밀기계, 유기화학산업으로 대표되는 '2차 산업혁명'은, 생산력을 급속히 증대시켜 과잉생산과 이윤의 하락을 초래했고, 그와 동시에 가속화된 산업발전은 자본주의적 경쟁을 자극하여 카르텔, 트러스트 등의 '독점 자본주의'를 출현시켰다. 독점 자본은 장기화된 대불황을 극복하기 위해 잠재적 상품시장을 찾아 식민지 확보에 나서게 된다. 자본주의의 존속을 위한 '제국주의적' 팽창은 동맹체제와 군비경쟁으로 이어져 제 1차 세계대전으로 폭발하기에 이른다. 자유경쟁 자본주의에서 독점 자본주의로의 이행은 사물화와 소외를 첨예화시켰으며, 더욱이 제 1차 대전의 파괴적 결과는 과학적 진보와 합리성이라는 '자본주의적 근대성'의 이념을 회의하게 만들었다. 모더니즘은 이러한 20세기 전환기의 사회를 근거로 등장했던 것이다. 또한 산업발전이 가속화되면서 노사관계의 악화로 격렬한 노동운동이 초래되었는데, 노동자 계급을 중심으로 대두된 혁명운동은 급격한 변혁보다 지배계급의 착취를 방어하는데 힘을 쏟아, 1차 대전 후의 만연된 위기 의식 속에서도 혁명은 점점 퇴조해갔다.[15]

특히 예술 일반에 걸쳐 모더니즘이라는 혁명적 변화를 가져오게 한 가장 큰 계기는 19세기말의 지적·문화적 풍토라고 할 수 있다. 19세기 말엽에 성장한 모더니즘 예술가들은 과학적 합리주의가 맹위를 떨치던 당대에 커다란 변혁을 체험하게 된다. 진화론을 주창한 '찰스 다윈', 원시적 신화를 규명한 '제임스 프레이저', 시간의 개념에 획기적인 전환점을 마련해준 '앙리 베르그송', 변증법적 유물론의 '칼 마르크스', 절대적 도덕성을 부정한 '프리드리히 니체', 무의식과 잠재 의식에 처음으로 존재 이유를 부여해준 '지그문트 프로이트' 등의 이론과 저작들은 가히 혁명적이라 할만한 것이었다. 이러한 배경 속에서 싹튼 모더니즘은 20세기 초 발발한 제 1차 세계대전에 의해서 기성의 가치관이나 도덕이 여지없이 무너지게 되고, 그것은 오히려 모더니즘이 성장하는 데 더할 나위 없는 지적·문화적 풍토를 마련하게 되는 것이다. 마샬 버만 **Marshall Berman**은 모더니즘의 역사적 실체를 포착하는 관점을 '현대성의 역사'와 연관지어 다음과 같이 제시한다.

> 첫째는 16세기 초부터 18세기 말까지로 이 시기의 사람들은 현대생활을 이제 막 경험하기 시작하였다. 이들은 자신들을 강타한 것의 실체가 무엇인지를 거의 알지 못하였다. 이들은 필사적으로 그러나 반쯤은 눈 먼 상태에서 적당한 어휘를 모색하였다. 이들은 자신들의 시련과 희망이 공유하고 있는 '현대 대중(modern public)'이나 '현대 공동체(modern community)'라는 말을 거의 알지 못하였

---

15) 나병철, 앞의 책, 151~152쪽

다. 두 번째 측면은 1790년대의 거대한 혁명의 물결과 함께 시작되
었다. 프랑스 혁명과 그 여파로 거대한 현대 대중이 급작스러우면
서도 극적으로 출현하게 되었다. 이러한 대중은 자신들이 혁명의
시대, 즉 개인적이고 사회적이며 정치적인 생활 등 모든 면에서 폭
발적인 격변을 야기하는 시대에 살고 있다는 생각을 하게 되었다.
동시에 19세기의 현대 대중은 물질적으로나 정신적으로 전혀 현대
적이 아닌 세상에서 산다는 것이 어떠하다는 것을 생각할 수 있게
되었다. 이러한 본질적인 이분법, 즉 동시에 두 세계에 살고 있다는
바로 그 생각에서부터 현대화와 모더니즘이 구체적으로 등장하여
나타나게 되었다. 20세기에는, 세 번째이자 마지막 측면인 현대화의
과정이 실질적으로 전 세계를 수용할 수 있을 만큼 확장되었고 좀
더 발전된 모더니즘 세계의 문화는 예술과 사상에서 굉장한 승리를
거두었다. 다른 한편으로는 그 숫자가 증가함에 따라서 '현대 대중'
은 기준이 없는 개인적인 말만을 강조함으로써 수많은 파편으로 산
산조각나 버리기도 하였다. 또 수많은 단편적인 방법에 의해서 고
려되었던 현대성에 대한 아이디어는 그 생동감과 반응과 깊이를 상
실하게 되었고 인간의 생활을 형성하고 그것에 의미를 부여할 수
있는 능력을 상실하게 되었다. 오늘날 우리 스스로가 현대(modern
age)- 그 본래의 현대성의 원천에 대한 접맥을 상실한 시대-의 한
중간에 있음을 알게된 것은 이 모든 것의 결과인 것이다.[16]

버만은 근본적 의미로서 현대와 현대성 그리고 현대인을 연관지어
놓고 있는데, 프랑스 혁명을 기점으로 현대적인 인식이 시작되었고,
19세기에 현대화와 모더니즘이 등장하였으며, 20세기에 와서 현대화
의 과정이 확장되면서 모더니즘의 문화가 만개(滿開)했음을 지적한다.
또한 유진 런 Eugene Lunn은 미학적인 모더니즘이 발전하게 된 문화
적·사회적 환경을 지적하며 단적으로 사진(寫眞)의 예를 들었다.

---

16) Marshall Berman, All That is Solid Melts into Air : The Experience of
Modernity, New York, 1982, 윤호병·이만식 역, 『현대성의 경험』, 현대미
학사, 1994, 13~14쪽

　　우선, <운동> 전반이 발전하게 된 문화적·사회적 일반 환경에
관한 약간의 논평이 필요하다. 첫째로 이 시기에 유럽 전역을 휩쓴
문화적·정치적 국면을 검토해 보아야 한다. 미학적 모더니즘은 19
세기 후반과 교육받은 인구들로부터 종교적 신앙이 쇠퇴해졌다는
보다 넓은 맥락에서 초기 단계의 발전을 보이면서, 예술가·작가·
음악가 들에게, 어떤 의미에서는 종교적 확신의 대체물로서 예술과
예술적 장인성을 향한 태도가 조성되었다. 게다가, 자연과학과 사회
사상에서의 <실증주의에 대한 반항>은 1860년대와 70년대에 보들레
르와 니체에 의해 예고되고 1890년대에 그 동력을 획득하면서, 모
사적 mimetic 미학에 대항하는 초기 상징주의의 반항을 확대하는
데 조력하는 한편 뒷날의 19세기 사실주의로부터의 이탈에 기초작
업을 마련한다. 좀 더 전문적으로 보자면, 자연 세계나 사회 세계를
단순히 재현하거나 반영하고자 하는 욕구 그 자체는, 한편으로는
점증하는 사진의 중요성 때문에, 다른 한편으로는 사실 발견의 사
회 연구 때문에, 많은 화가·작가들로부터 잘려나가 버리게 되고,
이 예술가들로 하여금 상상적 조형을 발전시키거나 그들 자신의 미
학적 매체가 지닌 특수성을 개발하도록 풀어놓았다.(이것은 보편적
인 결론이 아니다. 자연주의와 상징주의는 1세기 후반에 절정기를
이루는 시간적 일치를 보였던 것이다.17)

　　따라서 모더니즘의 발생은 단순한 미학적 예술 운동을 넘어서 시대
와 사회·경제·문화에 대한 거시적인 관점에서 살펴 보아야 하는데,
이에 앞서 흔히 모더니즘의 개념과 혼동되는 '모더니티 modernity'의
의미와 모더니즘과의 관계를 살펴보는 것이 타당하다 하겠다. 실상
모더니즘의 개념을 규정하는 데 가장 큰 걸림돌로 등장하는 것은 '모
더니티'라는 용어이다. 모더니즘과 불가분의 관계를 맺고 있는 모더니

---

17) Eugene Lunn, Marxism and Modernism :A Historical Study of Lukacs, Brecht,
　　Benjamin and Adorno, 김병익 역, 『마르크시즘과 모더니즘』, 문학과 지성
　　사, 1991, 50~51쪽

티는 때때로 모더니즘의 상위 개념으로, 사회학·철학·역사적 개념으로 혼용되기도 하고, 모더니즘과 동등한 개념으로 다양하게 설명되기도 한다.

(2) 모더니즘과 현대성의 관련 양상

現代性에 관한 이론은 칼리니스쿠 Calinescu가 『모더니티의 다섯 얼굴』에서 설명한 것이 가장 보편화되어 있다고 할 수 있다. 칼리니스쿠는 이 책에서 현대성을 '현실 모더니티'(혹은 역사 모더니티)와 '미적 모더니티'로 분류하고, 과학과 기술의 진보, 산업혁명 그리고 자본주의에 의해 야기된 광범위한 사회 경제적 변화의 산물을 '현실 모더니티'로, 이러한 현실 모더니티에 대한 부정과 반동으로 태어난 것을 '미적 모더니티'로 규정하고 있다. 그는 "미적 모더니티란 3중적인 변증법적 대립 속에 내포되어 있는 하나의 위기개념으로 이해되어야 한다는 것이다. 즉 전통과 (합리성, 효용성, 진보를 이상으로 하는) 부르주아 문명의 모더니티에 대한, 그리고 마지막으로 그것이 스스로를 새로운 전통내지 권위의 한 형태로 인식하는 한에 있어서 그 자신에 대한 대립 속에 있는 위기 개념으로"라고 미적 모더니티를 규정지으며 미적 모더니티의 발생을 지적하고 있다. 그리고 모더니티가 구체화되고 있는 양상을 '모더니즘', '아방가르드', '데카당스', '키치', '포스트모더니즘' 등으로 세분하고 있는데, 그의 논리에 의하면 '모더니즘'은 미적 모더니티의 한 발현태가 된다.[18]

하지만 모더니즘을 반드시 미적 모더니티의 하위 개념으로 규정하기에는 석연치 않은 점들이 있다.[19] 곧 미적 모더니티란 개념 아래에

---

18) 칼리니스쿠, 『모더니티의 다섯 얼굴』, 이영욱 외 역, 시각과 언어, 1993
19) 김유중은 "모더니티란 그 내부에 부르조아적인 성격과 반 부르조아 성격을 동시에 지닌, 그럼에도 불구하고 그 어느 쪽에도 결코 만족할 줄 모르는 매우 특이한 경험 양식이다. 그런 의미에서 이 글은 모더니티의 사회

는 사회, 경제, 역사, 문화, 예술의 경계를 초월한 그 무엇이 있음을 알 수 있다. 따라서 모더니즘을 인식함에 있어서도 단순한 예술사조라는 협의적 인식보다는 시대와 사회를 폭넓게 수용하는 광의적 인식이 필요하다 하겠다. 무엇보다도 '근대란 무엇인가'와 '무엇이 근대를 가능케 했는가'라는 '현대성 modernity'에 대한 이해가 선행되어야 할 것이다. 즉 '합리성'으로 대표되며 새로운 과학적 발견과 산업화 급격한 도시의 팽창과 이에 따른 인구 변동 그리고 대중운동과 대중 매체의 확산, 자본주의적 세계 시장의 성립에 따른 '근대화 modernization'와, 근대화 과정에서 생겨난 특정한 형태의 인간의 사고, 행동 및 삶의 방식인 '현대성 modernity'의 매개에 의해서 '모더니즘 modernism'

과학적 용법과 미학적 용법을 근원적으로 분리한 마테이 칼리니스쿠나 위르겐 하버마스 류의 견해에 대해 비판적인 입장에 서 있다. 물론 이러한 구분법이 어느 정도까지는 가능하며, 또한 설명의 편의상 상당한 이점을 지니고 있다는 점은 일단 인정할 수 있다. 그러나 위에서 보듯, 모더니티라는 용어가 사회 과학적인 입장에서 사용되었다고 해서 항상 부르조아적인 가치관(계몽의 이념)과 일치한다는 것은 지나친 편견이다. 또한 미학적 모더니티의 경우 역시 일관되게 반 부르조아적인 노선만을 유지하는 것은 아니다. 오히려 모더니티를 그러한 양자 사이의 중간항, 즉 경제적 과정(modernization)과 문화적 비전(modernism) 간의 어느 쪽도 아니면서, 전자를 후자에 매개해주는 역사적 경험으로 이해하고자 한 버만의 논지가 상대적인 설득력을 확보하고 있는 것으로 판단된다"라고 주장하며 모더니티를 새롭게 인식하고자 했다.(김유중, 앞의 논문, 34쪽) 반면 이효인은 다음과 같이 모더니즘에 내재한 모더니티에 관해 부정적으로 대응한다. "분명히 모더니즘은 근대의 산물이며 근대 사회의 관객을 대상으로 하고 있다. 따라서 모더니즘은 모더니티의 하위 군집이다. 그러나 이러한 모더니즘이 정말 모더니티의 내용을 채우고 있는가라는 질문을 다시 해보자. 롤랑 바르트는 아방가르드가 부르주아적 이데올로기에 반항하려는 의도를 가진 것은 사실이지만, 즉 보들레르적 의미로 <불안, 역겨움 그리고 전율>을 가진 것은 사실이지만, <사회적으로 제한된 것>이며 <언제든지 다시 부르주아 이데올로기에 종속될 것>이며 <낭만주의의 전성기 때와 같이 통속 작가나 속물만을 비난할 뿐>이며 <결국 아방가르드가 정치적으로 대항하는 것은 아무것도 없다> (롤랑 바르트, 65)"라고 부정한다. (이효인, 「한국영화의 모더니티, 부정과 비판」, 『현대사상』2호, 1997)

의 탄생이 가능했기 때문이다.

본원적 의미에서 현대성의 인식은 곧 근대에의 인식이고 이는 '시간'에 대한 새로운 개념 성립과 관계 깊다. 근대를 가능케 했던 것은 시간 관념에 대한 인식의 변화라고 할 수 있는 데, 근대라는 개념은 '원시→ 고대→ 중세→ 근대→ 현대'라는 시간 유형론에 입각한 것이다. 시간 유형론은 모든 인간의 보편적 공통성과 역사적 발전 개념을 전제하고 있었다는 점에서 서구의 계몽주의를 그 기반으로 한다. 서구의 계몽주의는 '중세'라고 명명된 자신의 과거와 단절하고 새로운 세대를 발명해야 한다는 초조감에 휩싸여 있었다. 그래서 그들의 차이성에 대한 욕망이 모더니티를 만들어냈다고 할 수 있다.[20]

이러한 모더니티의 인식은 모더니즘 문학이 발전하는 데 심대한 영향을 끼치고 있다. 모더니즘이 극복하고자 했던 리얼리즘의 창작방법은 근대문학의 성장과정과 불가분의 관계를 맺고 있다. 우리 근대문학의 형성과 발전이 리얼리즘을 중심으로 이루어졌을 뿐만 아니라, 보다 긴 역사를 갖고 있는 서구의 근대문학 역시 리얼리즘과 뗄 수 없는 연관을 지녀왔다. 즉, 서구의 경우에도 문예사조로서의 리얼리즘 이전에 현실주의(리얼리즘)적 창작방법이 근대문학을 선도해 온 셈이다. 예컨대 르네상스 리얼리즘, 고전주의 리얼리즘 등의 용어는, 예술 유파로서의 리얼리즘 이전(르네상스, 계몽주의, 고전주의, 낭만주의)에 이미 근대문학의 창작방법으로서 리얼리즘이 나타났음을 보여준다.

이에 반해 모더니즘은 근대화와 자본주의의 발전이 일정한 정도 경과된 역사적 시점에서 출현했다. 즉, 모더니즘은 부르주아적 근대성이 병폐성을 드러낸 시기에, 그 자기 시대의 근대성에 저항하는 또 다른 미학적 근대성으로 나타난 것이다. 물론 리얼리즘 역시 자본주의적 모순에 저항하는 방향으로 나아갔으며, 변혁의 전망을 지닌 사회주의

---

20) 최문규, 「역사철학적 근대성과 그 이념적 맥락」, 『현대사상』2호

리얼리즘으로 진행되기도 했다. 그러나 비판적 리얼리즘의 경우 자본
주의를 비판하면서도 그 미학적 방법은 여전히 부르주아적 근대성에
근거하고 있었다. 반면에 모더니즘은 부르주아적 근대성에서 이탈된
미적 모더니티를 부르주아적 근대성의 사회적 모순에 대한 저항의 방
법으로 삼았다. 보들레르에서 아방가르드까지 미적 모더니티의 정조
를 지닌 예술가(문학가)들이 부르주아 사회에서 소외된 보헤미안적
의식에 젖어 있었던 것은 이 때문이다.[21]

『미학이론』에서 아도르노는 미메시스가 합리성 속에서 실천 가능하
며, 합리성을 수단으로 사용할 수 있다는 사실은 합리적인 세계와 그
런 세계에 대한 통제수단의 야비한 비합리성에 대한 반응으로 구체화
된다고 적고 있다. 왜냐하면 합리성의 목적과 통제력의 본질적인 수
단은 "수단 이외의 것, 다시 말하자면, 비합리적인 것이기 때문이다.
따라서 자본주의 사회는 다름 아닌 이 비합리성을 감추고 부인한다.
반면 예술은 그렇지 않다." 예술은 합리성이 거부하는 자체의 목적이
란 이미지를 제시하며, 합리성의 타자, 즉 비합리성을 노출한다. 아도
르노에 의하면, 사회의 합리적인 부정성을 모더니스트들이 전복시킨
것은 사회의 주관적인 경험의 객관화에서 진정한 표현을 얻게 된다.
따라서 그와 같은 객관화는 리얼리즘적인 묘사에서처럼 주관적인 경
험의 피상적인 객관적 묘사 형태로 드러나서는 안된다. 아도르노가
베케트를 논의하면서 지적했다시피, 진정으로 객관적인 게쉬탈트
(Gestalt)로서의 주관의 부정성은 철저하게 주관적인 형상화 속에서 스
스로를 드러낼 뿐이기 때문이다.[22]

이상에서처럼 미적 모더니티, 즉 모더니즘은 부르주아적 근대성이
모순을 드러낸 시점에서 나타난 근대문학의 또 다른 형태라고 할 수

---

21) 나병철,『한국 문학의 근대성과 탈근대성』, 문예출판사, 1996, 196~229쪽
22) A.아이스테이손, 임옥희 역,『모더니즘 문학론』, 현대미학사, 1996

있다. 부르주아에 비판적인 리얼리즘(그리고 사회주의 리얼리즘)이 여전히 이성과 진보를 신뢰하는 근대 문학이라면 모더니즘은 그 자체에 저항하는 근대주의라는 또 다른 방법이라 할 수 있다. 이러한 모더니즘 문학의 특성이 실제 작품에서 어떻게 적용되는 지 살펴보기로 하자.

(3) 모더니즘의 특성과 한국 모더니즘 소설

모더니즘의 특성을 서구 모더니즘의 발달에 연원을 두고 소설과의 관계 측면에서 살펴보면 대략 세 가지로 압축될 수 있다.

첫째, 미학적 자의식을 바탕으로 한 내면 세계의 탐구이다.

19세기 중엽에 시작하여 20세기 초반까지 이어진 리얼리즘의 가장 큰 특징은 당대 현실의 객관적인 사실 묘사이다. 리얼리즘은 모방과 재현의 대상인 우주나 자연, 인간의 삶을 모사 가능한 고정된 진리로 받아들였다. 하지만 모더니즘 작가들의 관점에서 보면 모든 대상과 삶의 실재는 고정되고 영원히 변화하지 않는 것이 아니라 끊임없이 변화의 과정을 거친다. 아무리 동일한 대상이라고 할지라도 작가의 관점이나 시각에 따라 각기 다른 형태로 표현된다. 따라서 모더니즘 문학은 인간의 변화하는 의식에 초점을 맞추고 인간내부에 대한 탐구로 그 대상을 전환시켰다. 여기에는 프로이트의 인간의 무의식에 대한 연구가 큰 영향을 끼쳤는데, 특히 소설에서는 인물의 심리 묘사와 주관적인 내면세계의 탐구를 가장 중시하였다. 과거의 전통이나 인습과의 단절을 통하여 주관성과 개인주의를 중시한 이러한 모더니즘적 경향은 인간 자아의 문제를 부각시킨 것이다. 이러한 미학적 자의식의 문제는 내면의식의 탐구로 이어졌고 모더니즘 소설의 중심 특질이 되었다. 버지니아 울프는 우리(인간)의 삶이란 가지런한 질서와 조화 속에 있는 것이 아니라 사소하고, 우연적이며, 괴상한 파편들로 구성되어 있음을 강조하고 있다. 인생과 대상을 보는 이러한 관점은 기존 소설의 구성 요소에서 중시되던 플롯이 이제는 더 이상 제 역할을 할 수 없음을 의미할 뿐만 아니라 플롯이 무의미하도록 작용하였다. 이전의 소설은 원인과 결과에 의한 사건의 연속이었지만 이제는 소설이 예기치 않고, 불분명한 파편, 우연성의 집합체가 된 것이다.[23)

파편화된 사회에서 필요한 것은 '자아의 동일성(同一性)'이다. 부조리와 무의미의 상황에 처한 인간은 주변과 고립된 상태에서 자아의 정체성을 추구하면서 외적 현실보다는 내면적 세계에 더 많은 관심을 보이게 되었다. 모더니즘 소설가들이 인간의 내면적 세계에 몰입하고 관심을 기울이는 것은 내면으로 몰입하는 것 자체에 목적이 있어서가 아니라, 그것이 새로운 인생관과 새로운 세계관을 모색하는 과정에서 거쳐야 할 단계이기 때문이다. 의식의 변화만을 좇는 것이 내적 성찰의 전부일 수는 없다. 삶 자체에 대한 보다 근본적인 문제를 해결하기 위해서 자아는 보다 깊은 내면 세계로 잠입하게 되며, 그것은 거기에서 원시적이고 비이성적인 자신의 일면을 확인하고, 그러한 면도 포함하는 새로운 정체성을 정립하게 된다. 그러나 모더니즘 소설에서는 새로운 정체성을 추구하는 과정에 초점을 맞추고 있으며, 이같은 내면세계의 탐색을 거치면서 자신의 존재의 실상을 파악한 이후에도 구체적인 삶의 제시가 이루어지고 있지 않아 그 한계점으로 지적되고 있다.

둘째, 형식주의의 주창과 새로운 소설 기법의 발견이다.

어떤 의미에서 모더니즘은 곧 형식상의 혁명이라고 할만큼 형식은 모더니즘에서 가장 핵심적인 위치를 차지하고 있다. 모더니즘이 지향하는 문학 형식은 '무형식의 형식'이라 할 수 있다. 모더니즘 작가들

---

23) 강숙아, 「모더니즘 문학의 이해」, 『현대사회와 문학적 상상력』, 거름, 1997, 60쪽

은 삶을 정돈되고 균형있는 것으로 보지 않고 왜곡되고 단편적인 것으로 파악한다. 모더니즘 문학은 전통적인 문학과는 달리 그 형식을 외적인 질서나 통일성보다는 내적인 통일성에서 찾는다. 전통적인 형식으로는 현대의 복잡하고 변화된 경험을 담을 수 없다고 생각한 모더니즘 소설가들은 과감히 전통적인 형식을 파괴하여 소설의 형식상의 혁명을 일으켰던 것이다. 전통적인 통일성이나 질서 혹은 일관성을 거부하는 모더니즘 소설은 서사적 연속성을 파괴하는 등 외적으로는 무질서하고 단편적인 사건들의 집합으로 보인다. 이것은 모더니즘 소설이 형식의 통일성을 외적인 것에서보다는 내적인 것에 두고 있기 때문이다.

모더니즘 소설에 나타나는 형식상의 특질들을 열거해보면 다음과 같다. 서사적 연속성의 파괴, 인물묘사의 전통적 양식의 파괴, 인물의 심리적 추이를 표현하는 기법인 의식의 흐름과 내적 독백, 공간과 시간 인식의 전환을 보여주는 몽타주, 상대적이고 주관적인 인식의 태도를 보여주는 복수적 시점의 사용, 작품의 의미를 전달하기 위한 수단으로 사용하고 있는 알레고리적 기법 등이 그것이다. 특히 모더니즘 소설을 두드러지게 하는 것은 바로 새로운 표현 기법의 사용이라 할 수 있다. 인간의 내면을 가장 적절하게 표현할 수 있는 방법, 즉 내적 독백과 의식의 흐름의 기법이 가장 대표적인 모더니즘 소설의 기술 방법으로 등장하게 된 것이다. 모더니즘은 작가의 상상력을 중시하고, 문학적 관심을 인간의 외부에서 내부로 옮겨 놓음으로써 소설의 영역을 넓혔으며, 내면 세계의 정확한 재현을 통하여 인간의 진실한 모습을 보여주었다. 그리고 오늘날에는 내적 독백이나 의식의 흐름의 기법도 보편적인 소설 기술 방법의 하나로 사용되고 있다.

셋째, 실존주의적 세계관과 도시문학적 특성이다.

전 유럽 사회를 뒤흔든 제1차 세계대전은 마지막까지 남아 있던 기존의 도덕과 질서마저 파괴하였다. 전쟁으로 인한 인간성 상실은 수많은 지식인들로 하여금 신을 부정하게 하였고, 니체는 '신의 죽음'을 선언하였다. 신의 존재를 부정하게 됨에 따라 인간은 자신의 적나라한 모습과 마주치게 된다. 이전의, 신의 형상을 닮은 인간, 이성적인 인간이 아니라, 보잘것없이 이 세상에 우연히 내던져진 존재로서의 인간, 집단으로부터 소외되고, 부조리한 사회 속에서 기계처럼 살아가는 자기 자신과 만나게 된 것이다. 여기에서 모더니즘은 인생이란 고뇌에 차고 부조리한 실존이며, '지금, 여기 이 순간'을 중시하는 실존주의 철학과 긴밀한 연관을 맺는다. 모더니즘에서 자주 다루는, 인간의 무의미한 삶, 삶의 비극적 의미, 사회에서 소외된 개인 등은 실존주의 철학이 바라보는 시각과 동일한 세계관을 보여주고 있다.24)

 인간은 본래부터 고독하고, 비사교적이고, 다른 인간과 관계를 맺을 수 없다는 생각을 기본적으로 가지고 있기 때문에 인간은 다른 개인들과 피상적이고 우연한 방법으로만, 단지 대상이 나타났을 때 이를 반영하는 것에 의해서만 접촉이 가능하게 된다. 그러므로 모더니즘 소설 속에서 인물들은 기본적으로 고독하고, 이러한 고독은 보편적인 인간조건으로 그려지고 있다. 그리고 고독하고 소외된 그들이 주로 속해 있는 곳은 현대적인 도시이다. 모더니즘 소설은 현대 도시와의 밀접한 관계 속에서 전개되어 왔다. 문화적, 지적 혹은 정치적인 중심지인 대도시는 현대 도시의 복잡하고 긴장된 삶을 드러내는 소설의 환경이 되고 있으며, 어떤 작품에서는 인간의 건축물이라는 존재성으로 인해 장소라기보다는 가장 강력한 메타포로 표현되기도 한다. 초기의 상징주의자들은 아직은 산업화가 덜된 도시의 아름다움을 찬미하였다. 그러나 급격한 산업화와 고도의 기술이 발달되면서 도시는 더 이상 기계적 아름다움만을 자아내는 찬미의 대상이 될 수 없었다.

---

24) 강숙아, 앞의 책, 60~61쪽

지속과 변화가 병존하는 현대 도시에서는 변화의 힘과 지속의 힘이 대치되면서 파생하는 혼란이 생겨나게 되었고, 변화의 흐름을 관장하는 거대한 질서에 부합하지 못하는 사람들은 소외감과 정신적 중압감을 갖게 되었다. 현대 도시는 인간의 소외와 고독을 상징하는 공간으로 존재하게 된 것이다. 이상의 논의를 종합하면 모더니즘 소설은 '미학적 자의식을 바탕으로 한 내면 세계의 탐구, 형식주의의 주창과 새로운 소설 기법의 발견, 실존주의적 세계관과 도시소설적 경향' 등을 주요 특성으로 내재하고 있음을 알 수 있다. 하지만 이러한 서구 모더니즘 소설의 특질을 그대로 우리 소설에 일률적으로 적용하는 것은 많은 문제점을 안고 있다. 잠시 우리 모더니즘 소설의 전개과정을 살펴보자.

1935년에 발표된 김기림의 「오전의 시론」에서 본격적으로 대두된 모더니즘에 관한 논의는 이후 한국 문학에 커다란 영향력을 끼치게 된다. 시에서는 <폐허>나 <백조>파의 허무주의적 영탄조의 시에 대한 거부와 새로운 시에 대한 욕구가 모더니즘 시 창작의 타당성을 부여하였고, 소설 쪽에서는 프로문학의 쇠퇴와 더불어 새롭게 모더니즘 지향 소설들이 발표되며 도시와 그 속에서 살아가는 소외된 개인을 중심으로 다루기 시작하였다. 무엇보다 <구인회(九人會)>25)의 활동이

____

25) "한국 문학사에서 1930년대 중반 이후는 식민지 시대 그 어느 때보다도 활발한 문학적 모색과 결실이 이루어진 시기이다. 김기림이나 최재서, 김환태 등 '해외 문학' 전공자들이나 이태준, 이상, 박태원 등 '구인회' 작가들의 활동으로 모더니즘, 주지주의, 인상주의 등이 소개되어 문학적 기법과 형식이 의도적으로 추구되며, 1935년 카프KAPF 해체는, 외형상의 침체와는 달리 프로 작가들에게 심각한 반성의 계기를 제공하여 임화의 '본격소설론', 김남천의 '로만개조론', 유진오의 '시정(市井)의 리얼리즘' 등의 이론적 발전으로 이어진다. 그리고 실제 창작에서도 민족주의 계열의 역사 소설이나 김말봉, 박계주의 통속 소설, 염상섭, 채만식, 김남천 등의 가족사 연대기 소설, 박태원·이상의 실험적 소설 등으로 다양히 분화된다. 이를테면 '30년대 중반 이후는 '20년대 문학의 성과와 한계가 지양되면서 본격적인 창작이 개시되고, 작품의 질이나 양에서도 괄목할 성과가 이루

모더니즘 운동의 구심점이었는데, 구인회의 일원인 박태원의 「소설가 구보 씨의 일일」, 이상의 「날개」, 「지주회시」, 「실화」, 최명익의 「비오는 길」 등은 대표적인 모더니즘 소설이다. 이들의 소설은 기존의 소설들과 현격한 차이를 보여주었는데, 그것은 소설의 초점이 인물의 행동이나 사건에 맞추어져 있는 것이 아니라 인물의 내면 의식을 집중적으로 다루고 있다는 점이다. 이 소설들은 도시에서 소외된 룸펜 지식인들을 주인공으로 내세우고 있는데 그들에게는 적극적으로 행동하거나 추구하여야 할 일이 아무 것도 없다. 계획적인 행동이 없기 때문에 사건 또한 별로 없으며 이에 따라 소설은 플롯을 가지지 않는다. 행동이 없기 때문에 반대급부로 그들의 내면 의식은 비대해질 수

어져 다양한 경향과 유파의 분화가 이루어지는 것이다. 이런 의미에서 '30년대 중반기는 문학사의 한 결절 지점이라고 할 수 있는데, 당대의 이러한 변화는 무엇보다도 '30년대 이후 전세계적으로 확산된 파시즘과 그로 인한 '가치 표준(즉 세계관)의 급격한 전환'에서 일차적인 원인을 찾을 수 있다. 합리주의와 사회 진화에 대한 신념을 바탕으로 작품활동을 했던 작가들이 전세계를 강타한 파시즘의 '야만주의'를 목격하면서 더 이상 기존의 신념을 유지하지 못하는 것이다. '불안철학'과 '사실의 세기'라는 말이 널리 회자되고 작가들은 한치 앞을 내다볼 수 없는 혼돈과 절망 상태에 빠져 들며 더 이상 미래 사회에 대한 신념이나 낙관적 전망을 피력할 수 없게 되는 것이다. 그리하여 작가들은 사회 대신에 개인의 신변 일상사나 아니면 문학 자체의 형식적 특질에 주목하기 시작한다. 또 이 시기 들어서 본격화된 프로 문학의 편향성에 대한 비판과 거부의 움직임 역시 문학적 변화의 중요한 계기라고 할 수 있다. 카프는 볼세비키화 이후 강한 정치주의를 표방함으로써 창작을 극도로 위축시켰는데, 그런 부정성이 사회적 신념의 약화와 더불어 강한 비판의 대상으로 등장한 것이다. 특히 해외 문학 전공자들이나 구인회 작가들에 이르면 프로문학은 거의 호소력을 갖지 못한다. 美란 이데올로기의 구성물이 아니라 직관적 인식의 산물이며, 고유한 구성원리를 지닌 자율적 존재라는 생각이 중반기 이후 급속히 확산되며, 그것을 바탕으로 작가들은 주체의 독특한 개성과 그것을 정교하게 표현하기 위한 수단으로써 언어에 주목하는 것이다. 따라서 이 시기 이후의 문학은 사회적 관심이 배제된 이른바 순수 문학적 경향이 지배하게 된다."(강진호, 「'구인회'의 문학적 의미와 성격」, 『박태원소설연구』, 109~110쪽)

밖에 없다. 이처럼 작중 인물의 의식을 내적 독백이나 의식의 흐름의 기법, 영화에서 많이 쓰이는 오버랩 혹은 몽타주 기법 등으로 나타내었는데, 이는 전형적인 모더니즘 소설의 기술 방법이라 할 수 있다.

이러한 모더니즘 소설의 특질은 1950년대에도 손창섭, 장용학을 중심으로 계승되었다. 하지만 1930년대 모더니즘 소설이 일본을 매개로 하는 영미 중심의 모더니즘 문학관에 많은 영향을 입고 내용 위주의 목적 문학에 반발하여 생성, 전개되었다면, 1950년대 모더니즘 소설은 6·25 전쟁 이후 밀려든 문화적 변혁에 힘입어 영미의 문학은 물론 유럽 대륙의 문학에 많은 영향을 입고 이데올로기를 중심으로 한 문학에 반발하여 생성, 전개되었다고 할 수 있다. 1930년대 모더니즘 소설과 1950년대 모더니즘 소설은 시대성과 문학적 배경을 달리함으로써 문학적 형상화의 양식이 조금은 다르게 나타난다고 하더라도, 양자 모두 인간의 주관적 내면의식에 초점을 둠으로써 인간의 내면 세계의 탐구를 한 특질로 하고 있는 모더니즘 문학관을 공유하고 있었다.

30년대 모더니즘 소설의 한 특질인 도시소설적인 요소는 50년대 모더니즘 소설에 있어서는 변별성을 지닌 중요한 특질로서의 의미를 상실하고 있다. 이것은 50년대 작가들에게 도시 생활의 경험은 더 이상 충격이 아니었으며, 그 보다는 전쟁으로 인한 후유증이 너무도 컸기 때문에 보편적인 인간조건에 대한 숙고(熟考)가 우선되었기 때문이다. 전쟁으로 인해 기존의 모든 가치관이 붕괴된 부조리의 세계에서는 도시라는 공간이 아니더라도 인간은 고독한 존재로서 외적 현실에 적극적으로 뛰어들지 못하고 내면 세계로 침잠해 들어가는 것이다. 1950년대 모더니즘 소설은 크게 전통적 소설형식의 파괴와 내면 세계의 탐구와 주관적 인식이라는 특질을 지니고 있다. 우선 전통적 소설형식의 파괴에서는 서사적 연속성의 파괴, 단인칭적 혹은 복수적 시점의 사용, 몽타주의 기법, 인물묘사의 전통적 양식의 파괴, 알레고리적 기법 등이 세부적인 특질들로서 구성되어 있다.

60년대를 지나면서 우리 모더니즘은 근대화 과정에서 발생한 소외의 문제를 다루는 쪽으로 회귀하게 된다. 60년대에 이르러 한국 사회는 이른 바 산업 사회 초기에 이르게 된다. 1962년 경제 개발 5개년 계획이 시작됨에 따라 근대화의 물결이 국토를 뒤덮게 된다. 하지만 6·25의 상처는 아직 완전히 극복되지 못한 채 상처로 남아 있었고, 건설의 이면에는 소외된 삶의 그림자가 드리워 있었다. 또한 5·16 군사 쿠데타에 의한 4·19 시민 혁명의 좌절은 민주 사회 건설의 좌절을 의미하는 것이었고, 그것은 정신적 억압으로 드러난다.

김승옥, 이청준의 소설도 이러한 사회 상황에서 자유로울 수는 없었다고 파악된다. 특히 김승옥은 60년대의 어두운 측면을 섬세하게 음각(陰刻)하고 있다. 이것은 개인과 이상의 좌절로 나타나는데, 이러한 그의 문학적 과제는 60년대 사회와 밀착되어 있다. 그의 소설은 분업화되는 사회 속에서 나타나는 파편화되는 개인의 모습과 산업화에 따른 인간 소외의 모습으로 집중된다. 산업화 초기에 이르러 한국 사회는 공동체의 해체의 조짐과 더불어 이익 사회의 특징적 면모를 보이기 시작한다고 할 수 있는데, 김승옥 소설은 이러한 사회 현상과 밀접한 관계를 가지고 있다. 그것들은 소외된 개인의 모습을 그리고 있다고 할 수 있다. 김승옥과 이청준의 소설은 전후의 혼란과 연관된 50년대의 흐름에서 근대적 합리성에 반항하는 모더니즘으로 선회한 모습을 보여준다. 물론 그들의 소설은 식민지 시대 모더니즘과는 달리 궁핍 등에 의한 극한적 상황보다는 일상적 삶을 배경으로 하고 있다. 그러면서도 소설의 주제는 리얼리즘에서처럼 계층적 소외보다는 주인공의 의식 내부의 소외를 다루고 있다고 할 수 있다. 또한 50년대 소설과 비교할 때 60년대 모더니즘 계열 소설의 두드러진 특징은 서사성의 회복이다.

　서사란 삶의 본질적 연관, 다시 말해 주체와 세계(소설 내적으로는 인물과 환경)의 상호 연관을 재현하는 문학적 전략이다. 이를 통해 자신의 동일성(나는 누구인가)에 대한 자각이 이루어지며, 궁극적으로 현실이 어느 방향으로 나아가야 하는지가 모색된다. 50년대 소설에는 이러한 의미에서의 서사가 존재하지 않는다. 다만 주어진 현실과 운명에 대한 즉자적인 반응만이 나타날 뿐이다. 반면에 60년대 소설에서는 다양한 방식으로 서사성의 복원이 시도되는데, 결별의 모티브, 사적 체험의 객관화, 한국 전쟁에의 시공간성 부여 등에서 우리는 그 확실한 징표를 확인할 수 있다. 이 같은 노력은 한 마디로 삶에 대한 합리적 인식의 가능성을 한껏 드높여 주었고, 그것은 '성찰의 서사'라는 새로운 길을 만들어냈다.26) 서구의 모더니즘 소설들과 달리 우리 소설에서 서사적 요소가 중요한 양상을 띠고 전개되는 것은 우리 모더니즘 소설의 한 특성이라 할 수 있다.

　다소 거칠게 서구 모더니즘 소설의 특성과 우리 모더니즘 소설 전개의 특징을 살펴보았는데, 서구 모더니즘 소설의 발생 배경과 우리의 모더니즘 소설의 발생 배경이 각각 다른 양상을 보이고, 또한 많은 기법적 측면에서도 우리 나름대로의 적용 형태가 있다는 것을 알 수 있었다. 따라서 서구 모더니즘 소설을 모델로 우리의 작품들을 그대로 대입, 분석하는 연구 방식으로는 단편적 해석이 될 수밖에 없는 한계를 지니고 있다. 도식적인 분석보다는 개별 작품들이 현대성을 어떻게 형상화시키고 있으며, 그것이 어떤 방식으로 시대와 사회·개인의 본질과 연관되는가를 살펴보는 것이 선행되어야 할 것이다. 따라서 우리 모더니즘 소설에 내재된 현대성의 특질을 면밀하게 분석하는 것이 필요하다 하겠다. 본격적인 작품 분석에 앞서 현대성을 구성

---

26) 하정일 외, 『1960년대 문학연구』, 깊은 샘, 1998, 23~24쪽

하는 특질들인 '일상성, 욕망, 동일성' 등 현대성의 세 층위의 이론적 배경을 검토해 보자.

2. 현대성(現代性)의 세 층위

(1) 일상성(日常性)

'일상(日常)'이란 매일매일 되풀이되는 삶의 형상이다. 누구에게나 일상은 삶의 기저에 해당된다. 정해진 시간에 일어나고, 출근을 하고, 사람을 만나고, 가정으로 되돌아와 하루를 마감하는 일상, 그 반복되는 일상은 어느 순간 삶의 굴레로 인식되기도 하고 가장 편안한 안식의 장이 되기도 한다. 때때로 일어나는 특별한 사건들은 일상과는 멀게 느껴진다. 하지만 그 특별한 사건 역시 일상이 있기에 가능한 것이다. 이러한 일상의 이중성을 르페브르는 "어떤 의미에 있어서 일상생활처럼 더 이상 피상적인 것이 없다. 그것은 반복적이고 진부하며 중요하지도 않은 사소한 것들이기 때문이다. 그러나 또 다른 의미에서 그것보다 더 이상 심오한 것도 없다. 그것은 실존이며, 결코 이론적으로 기재되지 않은 적나라한 '삶'이기 때문이다. 그것은 변화되어야 할 대상이지만 바꾸기가 힘든 것이다."라고 지적하며 일상의 속성을 정의한다.[27]

---

27) "일상은 제 1차적 요건인 생존과 존속의 메커니즘이라 할 수 있다. 일상생활이 있기 때문에, 일상을 통해서만이, 소위 '자연'이 사회적인 것으로 탈바꿈될 수 있는 것이며 인간이 천지간에 홀로 서서 만들고 다듬은 각종 인위적이고 문화적인 것이 더 이상 생경하지 않고 땅에 뿌리를 내리는 자연적인 것으로 전위될 수 있는 것이다. 그것은 엘리트에 대한 대중인 것이며 하늘에 대한 땅인 것이다. 그렇기 때문에 모든 변화 중에서 제일 느리며 마지막으로 변화하는 것이며 그것을 변화시키려는 모든 노력들이 끝내 그 속에 주저앉는 수렁이며 함정인 것이다. 그러기에 그것은 또 가장

하지만 일상은 반복되는 권태로운 것이지만 항상 같은 모습으로 반복되는 것은 아니다. 시대와 사회, 개인 별로 일상은 늘 다른 양상을 띠고 나타난다. 모더니즘이 잉태되던 20세기 초의 일상은 그 이전의 일상과 비교하여 현격한 차이점을 보인다. 그것은 바로 모더니즘 작품들이 일상에 집착하는 이유가 된다. 그들이 포착한 일상은 이전 시대와는 질적 차별화 되어 있는데 그것은 바로 근대화라는 전략 하에 수행된 조작된 의도가 강하게 내포된 개념이었다. 따라서 그때의 일상은 그 자체가 시대, 사회적 성격을 그대로 드러내며, 그 일상에 매개된 개인의 혼돈과 소외는 일상을 제대로 고찰해야만 그 근원을 파악할 수 있다.

우리의 혼란했던 현대사를 돌이켜볼 때 일상은 반복되는 권태로운 것이 아닌 늘 새로운 삶의 형상이었다. 우리의 정신과 의지로 맞이한 근대화가 아닌 식민지라는 제한된 상황에서 강제적으로 맞이한 근대화였으며, 그 근대화가 성숙되기도 전에 6·25 전쟁으로 송두리째 삶의 모든 것을 파괴당했고, 전쟁이 끝난 후에는 잦은 정치적 혼란으로 일상은 오히려 변혁의 의미와 맞닿아 있었다. 따라서 우리에게 있어 현대적 일상은 1960년대 이후에나 나타나는 개념이라 할 수 있다. 1960년대에 이르러서야 본격적인 근대화 작업이 시작되었고 도시적 일상이 사람들의 의식과 무의식을 지배하였기 때문이다. 하지만 그 근원은 역시 1930년대부터라고 볼 수 있다. 근대적 도시로 재탄생한 경성에 등장한 철도, 자동차, 빌딩, 카페 등 근대문명과 그 속을 살아가는 사람들의 모습은 분명 근대적 의미의 일상의 성격을 보여준다. 모더니즘을 주창한 구인회의 핵심 작가들은 근대적 일상의 미래를 낙관하고 있었고 전통과 근대의 괴리 속에서 심각한 내면의 갈등을 작

확실한 바탕이며 모든 꿈과 이상이 피어날 수 있는 가장 분명한 현실인 것이다." (박재환, 『일상생활의 사회학』, 한울아카데미, 1994)

품으로 표출하고 있었다. 그들이 고민했던 현대성은 곧 일상성과 같은 성질의 담론이었다. 본 연구에서는 일상 자체보다는 일상의 성격, 즉 '일상성(日常性)'Alltäglichkeit, Everydayness28)에 관심을 기울이고자 한다. 현대성의 모습이 실제로 문명이라는 이름으로 우리의 공간을 점령해가던 1930년대와 폐허가 된 1950년대, 그리고 자생적 근대화가 본격적으로 시행된 1960년대의 일상의 성격을 작품을 통해 점검함으로써 현대성의 의미를 조망해보기 위함이다.

일상성이란 '사람들의 개별적 삶을 매일매일의 테두리 속에서 조직하는 것'이다. 즉 일상성이란 개인적 삶의 진행을 지배하는 시간의 조직이며 리듬이다. 그러나 일상성과 역사와의 부딪힘은 격변을 초래한다. 급변하는 정세는 일상성을 저해하고, 사람들로 하여금 그 일상성 속에서 뛰쳐나오게 만든다. 거대한 사회적 변화는 습관적이고 본능적인 모든 생활의 리듬을 파괴하여 일상성을 붕괴시키기 때문이다. 그러나 사회의 변화와 무게가 더해갈수록 오히려 일상성 속에 몸을 숨기고 일상성에 몰입하는 경우가 종종 있다. 왜냐하면 일상성 속에서는 모든 것이 손쉬운 것이며, 개인이 자신의 의도를 실현시킬 수 있기 때문이다. 개인은 '그 자신의 경험, 그 자신의 가능성, 그 자신의 활동을 기반으로 한 관계들을 발전시켜 나가며 따라서 개인들은 일상적 현실을 그 자신의 세계로 간주한다.29)

---

28) 일상성은 자본주의 사회의 조직되고 관리된 체계의 자기 생산방식에 관한 질문 곧 근대성의 기획과 관련된 문제이다. 미시적이고 파편적인 것, 유동적인 것, '작은 개념'들을 중심으로한 일상성 연구는 총체적인 사회구조와 그에 대한 비판적 인식 없이는 파편적이고 단편적인 트리비얼리즘이나 소재주의적 차원, '생활적인 것'이라는 의미의 단순한 파악에서 벗어나지 못한다. '생활세계' 곧 일상성은 매우 구체적인 것이며, 감각적인 것이다. 근대성 자체를 이데올로기적인 것, 아포리오리한 것으로 상정하고 들어가는 방식과 이는 다른 차원에 있다.(조영복, 앞의 책, 17쪽)

29) 이병순, 『해방기 소설의 이념지향성 연구』, 숙명여대 대학원 박사학위논문, 1995, 171쪽

일상성의 학술적 탐구는 역사학과 사회학 분야에서 출발하였다. 주로 자본주의 교환 원리라는 상층의 원리가 일상 생활에까지 침투하여 지배하는 과정을 이론으로 정립하였다고 할 수 있다. 대표적으로 '페르낭 브로델'과 '마르크 블로흐', '뤼시앙 페브르' 등의 아날학파는 도시화와 관련한 일상 생활의 변모에 관심을 기울였었다. 貧/富, 중심부/주변부 등 근대적 도시의 불균형을 유행가, 광고, 신문기사의 잡다한 사건, 유행 등과 연관지어 분석하면서 이러한 작은 사실들이 연쇄적으로 반복되면서 의미있는 일상성이 되어감을 밝히고 있다. 사회학 분야에서 '마페졸리'와 '르페브르'는 각각 일상성을 긍정적 측면과 부정적 측면에서 제기하고 있다. 마페졸리는 일상성을 대중의 현대적 삶의 건강성을 드러내는 측면에서 이해하며 미래사회의 비전을 일상 생활의 실천 속에 찾고 있고, 르페브르는 현대성/일상성의 밀착 측면을 주장하면서 일상성은 근대적 시간에 있어 반복의 지배를 뜻하고 이 반복의 지배가 바로 생활양식으로 굳어지며 현대인의 소외를 야기한다고 주장한다.[30]

르페브르는 현대사회의 특징을 끊임없이 공허감을 사랑하고, 영원한 것을 갈구하며, 소외감과 무력감을 느끼는 것으로 지적한다. 그 속에 내재한 일상성의 특징으로 '양식의 부재와 축제로서의 혁명, 도시화에 의한 광고의 위력'을 제시하고 특히 언어와 권력의 관계를 집중적으로 분석하고 있다. 글은 본질적으로 차가운 것이므로 강제적이며 글을 읽는 사람에게 그대로 명령을 내리는데 글을 통한 지배가 이루어지는 장소가 일상생활이라는데 논의의 초점을 두고 있다. 이러한 일상성의 성찰을 통하여 우리의 삶을 개조하고, 잃어버린 양식과 축제를 되살리고, 자신의 존재를 자기가 소유하는 상태로 만들자고 르페브르는 역설하고 있다. 곧 도시의 메마른 일상성 속에서 상실한 우

---

30) 조영복, 앞의 책, 28~30쪽 참조

리의 인간성을 회복하자는 것이 핵심이 될 것이다.[31]

이러한 일상성에 대한 다양한 인식론적 고찰은 인간의 내면적 소외와 불안을 탐구하는 모더니즘 소설의 주제와 밀접한 관련 양상을 보인다고 할 수 있다. 따라서 근대적 일상의 기호들이 반복되면서 시간과 사회의 일련의 프로그램화에서 야기되는 근대인의 소외와 자아 분열은 문학에서 일상성의 분석을 행하는 당위성을 제공해준다 하겠다. 또한 모더니즘 소설에서 이러한 일상성의 문제 제기는 궁극적으로 '동일성'을 핵심소에 배치함으로써 가능해지고, 다른 측면에서 인물/인물, 자아/타자의 갈등에서 빚어지는 근대적 욕망의 문제를 텍스트의 심층 의미로 파악하는 과정에서 비로소 현대성의 통합적 분석이 가능해진다고 하겠다.

(2) 동일성(同一性)

근대 이후 출현된 자아 개념이란 반드시 타자에 대한 의식을 배경으로 할 때에만 가능한 것으로 이해되고 있다. 다시 말해, 근원적으로 살펴볼 때, 외부적인 조건에 대한 고려 없이 자아의 동일성(同一性)identity 확립을 논한다는 것은 있을 수 없는 일이다. 따라서 역사와 사회에 대한 올바른 이해가 선행되어야하고, 이를 토대로 당대의 일상과 자아의 동일성의 관련양상을 살펴보아야 한다.

근대화 과정에서 부르조아 계층의 초기 이상은 현실적으로 그 본래의 목표와는 전혀 다른 뜻밖의 결과를 초래하였다. 모더니즘의 반(反)목가적인 비전은 그와 같은 현실에 대한 불만과 위기 의식으로부터 파생된 것으로, 좀더 적극적인 관점에서 이해할 때, 그것은 근대화의 결과 발생하게 된 모순된 현실로부터 일정한 비판적 거리를 유지하고, 위기에 처한 개인의 자아를 다시 회복해보려는 의식적이 노력의

---

31) 앙리 르페브르, 『현대세계의 일상성』, 박정자 역, 세계일보사, 1990 참조

소산이라 할 수 있을 것이다. 모더니즘은 현재, 즉 역사적 의미에서의 근대를 일종의 과도기로 인식함으로써 그러한 위기 의식으로부터 벗어나려 한다. 다시 말해 역사적 완성의 순간을 먼 미래의 일로 미룸으로써 자신의 이론적 동일성을 유지, 혹은 확보해 나가기 위해서 노력한다. 바로 이 지점에서 시간성이 개입하며, 그 결과 모더니즘은 이러한 논리를 바탕으로 특유의 역사 철학적인 전망을 펼쳐 보이게 된다.32)

그런데 시간은 변화를 그 속성으로 하는 것이 핵심이다. '십년이면 강산도 변한다'라는 속담에서 보듯 시간의 변화는 공간과 맞닿아 있고 공간의 변화는 인물의 자의식 변모와도 상관 관계에 있다고 할 수 있다. 공간이 일상성과 깊은 관련이 있음은 이미 전술한 바 있다. '시간'으로 표상되는 변화와 '공간' 인식의 대두, 그리고 '동일성'으로 표상되는 변화하지 않는 실체. 노드롭 프라이는 문학의 언어가 본질적으로 자아와 세계와의 동일성의 발견에 기초한다고 지적하였다. 다시 말하여 "문학의 언어는 인간의 정신과 바깥 세계 사이의 동일성을 제시하기 위해 직유와 은유 같은 수사법을 사용하므로, 우리는 문학의 언어가 연상적이며, 상상력은 주로 동일성의 발견과 관계된다"33)는 것이다.

그는 또한 오늘의 인간세계는 상상력의 제한을 전적으로 받고 있어 우리의 의식전체가 바깥 세계와의 근원적인 동일성 상실감을 갖게 된다고 하여 현대사회의 급격한 변모와 동일성 상실의 문제를 언급하였다. 인간은 변화 가운데 연속성을, 대립 가운데 통일성을 추구한다. 이처럼 동일성은 사물의 영구불변 하는 특성이 아니라 "서로 다른 의미있는 형태로 종합하고 통일하는 자아의 기능"에 의해 생겨난다. 우

---

32) 김유중, 앞의 논문, 19쪽
33) 노드롭 프라이, 『문학의 구조와 상상력』, 이상우 역, 집문당, 1992

리가 동일성을 갈망하고 문제삼는 것은 자아와 세계가 대립된, 소외적 상황에서 살고 있기 때문이다. 그러므로 동일성은 자아와 세계의 조화를 모색하려는 우리의 내적 욕구에서 비롯되며, "한 사물의 참존재의 확인", 또는 "진정한 자아를 발견"하기 위한 노력과도 통한다.34)

근대소설은 루소의 「고백록」에서 볼 수 있듯이 자전적 고백적 요소를 발생기의 원형으로 내포하고 있다. '나란 무엇인가'라는 소박한 질문은 나에 접하는 '他'에의 의식을 발생시킨다. 그런데 근대사회의 진전에 따라 이 자타의 관계가 복잡 다양화하고 '나'의 인식이나 개인의 확립도 어려워졌다. 이에 따라 '어떻게 사는가?'라는 난문 앞에서 사람들은 고민하고 고뇌를 고백하여 해답을 구하려고 하였다.35) 일찍이 라캉은 '자아'란 어린 시절 거울을 통해 형성되는 상(像)을 통해 형성되는 착각이며, 그 모습을 자신의 어떤 불변적인 이미지라고 간주하는 '오인'meconnaissance이라고 말한 바 있다. 하지만 자신이 어떤 불변적이고 항속적인 모습을 갖고 있으리란 오인이 단지 어린아이만을 지배하는 것은 아니다. 무엇을 통해 형성된 것이든 일관된 '자아'의 이미지란 얼마나 자주 우리를 찾는 손쉬운 환상인가. 또 우리는 자신의 모습이 단일한 이미지로 고정되지 않는 것을 얼마나 견디기 힘들어 하는가. 우리는 자신의 모습을 동일한 형태로 고정하고 유지시켜주는 형상을 갖고자 한다. 그것이 한 사회에서 살아가는 하나의 '주체'로서 각자의 삶에 일관성을 부여한다. 그래서 이러한 형상을 흔히 '동일성identity' 혹은 '정체성'이라고 한다.36)

---

34) 허명숙, 「황순원 소설의 이미지 분석을 통한 동일성 연구」, 숭실대 대학원 박사학위논문, 1996. 12, 10~11쪽
35) 최혜실, 앞의 책, 167~170쪽
36) 이진경, 『필로시네마 혹은 탈주의 철학에 대한 7편의 영화』, 샛길, 1995, 81쪽

소설을 자아 발견의 과정으로 보는 것은 물론 전통적인 소설에도 적용된다. 그러나 그 모험의 과정은 매우 다른 양상으로 나타나고 있다. 예컨대 리얼리즘 소설은 이상과 현실이 분열된 세계에서 문제적 개인이 자기 자신을 찾아가는 여행을 형상화한다. 하지만 리얼리즘의 자기발견의 과정은 부단히 인물과 환경의 상호작용 속에서 나타난다. 그리고 양자의 상호작용은 빈번히 인물의 환경에 대한 내면적 싸움으로 그려진다. 리얼리즘이 건강하게 느껴지는 것은 이처럼 어떤 환경에서도 인물의 주체성이 훼손되지 않기 때문이다. 즉 리얼리즘의 주인공은 현실(환경)에 패배하면서까지 자신의 내면성의 승리를 확인한다. 문제적 개인의 자기인식에로의 여행이란 바로 이 내면성의 승리를 의미한다. 어떤 점에서 자아 상실이란 모더니즘의 특징적인 주제일 것이다. 모더니즘은 리얼리즘과는 달리 현실(환경)에서 격리된 인물을 그린다. 모더니즘에서 현실의 상실은 인격의 분열을 초래한다. 그러나 모더니즘은 분열된 인격을 보상하려는 형식적 장치를 통해 오히려 자아의 과잉을 가져온다. 즉, 소외된 인물의 내면의식을 복합적으로 구성해 현실과의 내면적 관계를 그려낸다고 볼 수 있다.37) 이러한 모더니즘 소설에서의 자아의 새로운 인식과 동일성의 형성과정은 다변화된 세계와 조응하여 현대성의 핵심 축이 된다.

실상 동일성이란 개념은 불연속적인 세계관을 전제로 하는 모더니즘에는 다소 대치되는 개념일 수도 있다. 하지만 본 연구에서의 동일성은 앞서 언급한 바와 같이 연속적인 시간관에서 굳어지는 정형화된 개념이 아니라는 것을 전제로 하고 있다. 본 연구에서는 주로 앤소니 기든스 Anthony Giddens의 이론을 원용하여 사회적 맥락과 동일성을 접목시키고자 한다. 기든스는 현대성과 동일성의 관계를 후기 현대의 성찰적 기획으로 상정하고 있는데, 후기 현대의 삶에서 동일성의 문

---

37) 나병철, 앞의 책, 358쪽

제가 핵심적인 문제로 떠오르는 것은 자아가 수많은 선택에 열려 있다는 사실에서 비롯됨을 지적하고 있다. 이러한 선택의 다원성은 '탈전통적 질서, 생활세계의 다원화, 권위 부재의 시대, 매개된 경험의 지배'에서 비롯되는데, 인간의 삶을 철저히 분절화시키고 삶에 대한 통제력을 박탈하는 현대의 삶 속에서 갖은 고난을 무릅쓴 자아의 고유한 동일성의 성찰적 기획이야말로 비로소 다원화된 현대에서 새로운 인간 해방의 가능성을 보여주는 실체라고 기든스는 밝히고 있다.[38] 따라서 사회, 역사적 배경으로의 일상성과 동일성을 조응시키는 과정이야말로 모더니즘 소설에 내재된 현대성을 파악하는 데 중요한 작업이 될 수 있을 것이다. 또한 자아가 동일성을 성찰하는 계기는 일상에서의 타자들과의 관계에서 빚어지는 욕망의 층위와도 많은 상관관계를 가지고 있다고 볼 수 있다. 자본주의 체제에서 빚어지는 물신화된 욕망은 주체가 소외되는 중요한 원인이 되기 때문이다.

(3) 욕 망(慾望)

'욕망(慾望)'desire은 근대의 소산이라 할 수 있다. 물론 근원적 의미의 욕망은 인간의 창조와 함께 시작되었지만 근대적 의미의 욕망은 일상과 자아의 의식의 변화와 맞물려 있다. 이미 앞서 살펴본 모더니즘의 태동 배경에는 자아와 타자와 세계 간의 불일치에 따른 변혁의 욕망이 내재되어 있음을 볼 수 있었다.[39] 욕망은 결핍을 전제로 실현

---

38) Anthony Giddens, 『Modermity and Self-Identity:Self and Society in the Late Modern Age』, Polite Press, 1991 (권기돈 역, 『현대성과 자아정체성』, 새물결, 1997, 序章 참조)

39) 이진경은 근대 욕망의 배경을 다음과 같이 설명하고 있다. "자본주의는, 베버가 분석했듯이 프로테스탄트적인 금욕주의를 통해서 발전했다. 그것은 자본가들에게는 절욕과 절약을 통해 축척 그 자체를 추구하도록 했으며, 노동자들에게는 주어진 직업을 천직으로 삼도록 했으며, 자신의 욕구와

을 지향하는 것이다. 이런 욕망의 테마는, 소설 속에서 인물의 행위나 사건의 전개와 밀접한 관련을 맺고 있음을 살펴볼 수 있다. 새로운 욕망의 추동은 새로운 서사적 상황을 만들고, 새로운 서사적인 상황

욕망을 억제하고 고된 노동을 견뎌 내는 습속(ethos)을 만들어 냈다. (M.Weber, Die protestantische Ethik und der Geist des Kapitalismus; 박성수 역,『프로테스탄티즘의 윤리와 자본주의 정신』,문예출판사,1988) 이는 자본 가와 노동자 모두의 욕망에 대한 금욕주의적인 조절과 통제를 뜻하는 것 이었고, 바로 이것이 19세기 이래 자본주의의 급속한 발전의 내부적인 요 인이었다. 20세기 들어와 이러한 금욕주의는 생활 전반에 강요되었다. 상 징적인 것은 아마도 1919년 미국에서 제정된 금주법일 것이다. 이러한 사 정은 포드주의가 생산에 도입되면서 크게 달라진다. 그것은 대량생산을 위한 체제였고, 대량 생산을 통해서만 존립할 수 있는 생산체제였다… 여 기서 우리는 자본주의의 근본적인 딜레마를 볼 수 있다. 금욕과 억압이라 는 생산조건이, 대량 생산을 추구하는 한 소비의 치명적 제약이 된다는 딜레마! 이러한 모순이 쌓여서 폭발한 것이 바로 1929년의 대공황이다… 이를 해결하기 위한 자본주의적인 방법은 이제 절약 아닌 소비를 자극하 고 창출하는 것이었다. 즉 대량생산에 상응하는 대량소비를 주장하고 자 극해야 한다는 것이다. 이를 위해 한편에선 유효수요를 창출하는 국가적 개입과 경제정책이 실시되고, 금주법은 철폐된다. 그런데 좀더 근본적인 의미를 갖는 것은, 이러한 변화가 이후 욕망에 대한 통제/조절방식에 변화 를 가져왔다는 것이다. 이제는 이전처럼 욕망을 억제하는 것이 아니라, 반 대로 그것을 자극하는 것으로 전환된다. 이후 일정한 시간을 두고 진행되 지만, 분명히 욕망은 이제 자극되어 소비되어야 했다. 욕망의 뿌리에 성이 도입되고, 성적인 억압보다 차라리 성적인 자극을 이용하는 방식이 개화 된다. 여기서 성적인 자극의 도입은 또 다른 의미를 갖는다. 욕망이란 사 실 제멋대로 하려는 힘이요 의지다. 따라서 그것을 그대로 둔다면 어떠한 질서도 유지되기 힘들다. 금욕주의는 이런 측면에서도 기존 질서와 부합 하는 것이었다. 그러나 욕망을 자극해야만 한다면, 거기에는 욕망의 혁명 적 분출을 통제하고 조절할 수 있는 장치가 필요하다. 성적인 욕망이 중 심의 자리를 차지하는 것은 바로 이 지점에서다. 정신분석 등의 힘을 빌 려, 모든 욕망의 중심이요 본질이 바로 성욕임을 보여주며, 모든 사회적-심리적 욕망을 오로지 성욕으로 몰아간다. 욕구와 소비를 자극하는 것도 성적 욕망의 유인을 통해서 행해진다. 성욕의 중심화는 다양한 영역에서 새로운 것을 창출하려는 욕망의 분열적 힘을 몰아넣는 또 하나의 새로운 함정이 된다."(이진경,『필로시네마 혹은 탈주의 철학에 대한 7편의 영화』, 샛길, 1995, 130쪽)

이나 전략은 또한 새로운 욕망을 추동시키는 것이다. 그러므로 소설
에서 욕망하는 주체와 대상 및 타자의 성격 그리고 그들의 상징적인
거리를 문제삼는 것은 핵심을 찾아가는 지름길의 하나이며, 소설 연
구를 통한 인간 이해의 단서가 될 수 있을 것이다. 이런 전제를 바탕
으로, 소설 텍스트 안의 인물이 현존 상징적 질서의 욕망체계 안에서
결핍을 느끼고, 새로운 욕망체계를 구성하고, 나아가 그 새로운 욕망
체계에 따라 구성된 새로운 현실을 지향하고 추구하는 과정을 작품을
통해 분석해 볼 수 있다.[40]

 소설 연구에 있어서 욕망의 이론을 가장 강력하게 제기한 사람은
'르네 지라르'이다. 『낭만적 거짓과 소설적 진실』에서 지라르가 제시
한 것은 잘 알려진 대로 '삼각형의 욕망'이다. 즉 욕망의 문제는 욕망
을 느끼는 주체나 욕망의 대상 사이의 직접적인 문제가 아니라, 욕망
하게 만드는 중개자를 포함한 삼각형의 문제라는 것이다. 지라르에게
있어, 욕망의 주체는 독자적으로 욕망하지 못한다. 타자의 중개를 통
해서야 비로소 욕망할 수 있게 된다. 그에게 있어 모든 욕망은 타자
에 의해 중개되고 촉발된 것이다. 그러므로 지라르의 욕망의 이론에
서 중요한 것은, 모방 욕망이며 그것을 가능케 해주는 중개 현상이다.
이 중개 현상은 둘로 나눌 수 있다. 하나는 욕망의 주체와 중개자 사
이의 거리가 현저하게 커서 모방 욕구가 분명히 드러나는 경우이고,
다른 하나는 그 거리가 미세하여 모방욕구가 분명하게 지각되지 않는
경우이다. 지라르는 앞의 것을 외적 중개라 하고, 뒤의 것을 내적 중
개라 부른다. 이런 틀로 지라르는 세르반테스, 스탕달, 프루스트, 도스
토예프스키 등의 작품을 분석하고 있다. 이 소설들에서 그는 인물들
의 심리를 분석하면서, 소설의 인물들은 가짜 욕망에 사로잡혀 있으

---

40) 우찬제, 「현대장편소설의 욕망시학적 연구」, 서강대 대학원 박사학위논문,
 1992 (그는 욕망의 범주를 '공동욕망, 필요욕망, 모방욕망, 보유욕망, 확충
 욕망, 탈욕망'등으로 세분화하고 있다.)

나, 위대한 소설들의 경우 그것의 허위성을 깨닫고 진정한 삶으로 개종한다는 과감한 결론을 이끌어 낸다. 그러나 이 결론은 과감한 만큼 무리를 동반하는 것이기도 하다. 왜냐하면 지라르의 모방 욕망은 인간에 대한 그 어떤 선험적인 형이상학적 정의도 하지 않은 동물적 차원의 욕망 그대로이기 때문이다.[41]

한편 '쟈크 라캉'은 심리학의 전통 위에서 욕망을 도입하고 있다.

라캉은 주체를 상상계와 상징계가 뫼비우스의 띠처럼 연결된 것으로 본다. 상상계는 생후 6개월에서 18개월까지의 어린 아이가 거울에 비친 자신의 모습을 완벽한 자아로 인식하는 거울단계이다. 이 상상계는 대상이 자신의 욕망을 완벽하게 충족시키리라고 믿는 오인의 단계로, 아이는 이 이상적 자아를 영원히 지닌다.(프로이트의 에고 본능에 해당된다) 상징계는 이 환상을 가로막는 프로이트의 성본능에 해당된다. 그것은 아버지의 질서 혹은 언어의 세계이다. 상상계적 자아는 상징계로 진입할 때 금지된 쾌락을 억압한다. 그리고 이 억압된 부분은 결코 사라지지 않고 여분으로 남아 다시 또 상상계로 들어서게 만든다. 이 여분, 혹은 실재계는 욕망이 계속 남아 있게 만드는 동력이요, 욕망의 미끼(오브제 프티 아)이다. 상상계는 대상이 완벽히 자신의 욕망을 충족시켜 주리라고 믿는 닮음, 은유, 대체요, 상징계는 이런 추구가 헛됨을 알게 되는 다름, 환유, 인접이다. 이 닮음과 다름의 긴장관계가 우리의 삶을 지속시키는 동인이요, 늘 욕망이 남아있는 이유라고 라캉은 이야기한다.[42]

라캉은 소쉬르의 기호학을 응용하여 구조언어학적 입장을 취하고 있다. 그는 기표/기의 중 기표의 우위성을 주장하며 욕망을 기표로써

---

41) 우찬제, 앞의 논문, 43 쪽

42) Jacques Lacan, "The Mirror Stageas Formaitive of the Ias Reavealed in Psychoanalytic Experience", tr/ed.bySheridan, Ecrits:ASelection, Norton, 1977(권택영, 『영화와 소설속의 욕망이론』, 민음사, 1995 참조)

고찰하고 욕망의 주체인 인간 역시 기표로 파악한다. 기표의 성질이 기의로부터의 분열인 것과 마찬가지로 주체의 성질도 '자아'로부터의 분열이다. '나'라는 것이 기표적 존재인 한 발화주체인 '나'는 발화된 것으로서의 기의적 '나'로부터 분열되어 있다. 주체가 기표적 주체인 한 그는 기의로서의 '나'를 만날 수 없고, 이 조우 또는 통합의 불가능성이야말로 바로 기표로서의 주체의 존재가능성이다. 마찬가지로 욕망의 충족불능성이 바로 욕망을 가능하게 하는 조건이다. 라캉의 이러한 논리는 현대의 문화분석과 이데올로기론의 전개에 매우 유용한 통찰을 제공해주고 있다.[43]

'프레데릭 제임슨'은 사회학적 전통과 심리학적 전통을 적절히 혼합시켜 새로운 욕망의 이론을 만들어내었다. 그는 "프로이트적 해석체계를 작동시키는 중심은 성적인 경험이 아니라 원망 충족, 혹은 좀더 형이상학적으로 바꾸어 말하면 '욕망 desire'으로서, 이 욕망이 우리를 개별적 주체로 존재하게 하는 동력"이라고 전제하고, "이러한 욕망이 하나의 소재로서 작품 속에 등장하기 위해서는 그 사회가 개인의 욕망을 물화시킬 수 있는 차원에까지 도달해야 한다"라고 주장한다. 즉 욕망이 구체적인 사물들로 객관화되어야 한다는 것이다. 그러나 욕망이 하나의 구체적인 사물(돈이나 섹스, 권력 등)로서 객관화될 수 있다는 것은 욕망 그 자체가 그 실재에 도달하지 못함을 나타내는 것이다.

이러한 사회에서 문학은 특히 중요하다고 할 수 있다. 문학텍스트는 물화된 욕망과 유토피아적 욕망의 갈등을 중재하고 모순의 상징적인 해결을 꾀함으로써 둘 사이의 긴장을 해소하고자 한다. 제임슨은 문학텍스트를 사회적 모순 —한 개인의 욕망의 실현을 방해하는—에 대한 상징적 중재행위로 읽는다. 그는 '문화행위 전반은 인간의 욕망,

---

43) 도정일, 「무의식과 욕망」, 『문화과학』3호, 1993. 봄호, 118쪽 참조

집단적 공동생활에서의 유토피아적 충동을 상상적,상징적으로 해소하려는 작용을 한다. 이때 상징은 항상 왜곡을 동반한다. 왜냐하면 상징은 욕망이 그 사회에 용납될 수 있도록 그것의 형태를 수정하기 때문이다. 따라서 문화텍스트는 모순을 왜곡된 형태로 중재한다. 그런 이유로 텍스트 속에는 실현시키고자 하는 욕망, 즉 유토피아적 충동과 이것을 억압하면서 해소시키려는 지배적 메카니즘이 긴장관계를 형성하고 있다'라고 주장한다. 이러한 시각은 개인적 차원의 욕망을 그 욕망이 무의식화 될 수밖에 없는 사회, 역사적 상황 속에서 논의하는 것을 의미한다. 현실은 항상 욕망을 억압하는 것으로 등장한다. 이에 대해서 텍스트는 욕망을 부정하는 현실을 부정함으로써 억압된 욕망을 충족하려 한다는 것이다.[44) 제임슨은 리오타르의 '리비도 장치'의 개념—개인 주체의 심리에 추상하여 나름의 실체와 자율적 역사를 가지고 있으면서 서사의 계기 내지 심급을 구성하는 독립된 환상구조를 부여해주는—을 받아들이면서도 리오타르처럼 욕망의 분출 자체에 의미를 두기보다는 욕망이 그 욕망 대상과 관련되는 방식에 초점을 두고, 리비도 장치의 사회적·역사적 가능조건들을 밝히고 있는 것이다. 이러한 욕망의 이론들은 자아와 타자, 자아와 세계, 그리고 자아의 심리적 동인에 바탕을 둔 것이라 요약할 수 있는데 본 연구에서는 주로 라캉의 이론을 중심으로 욕망의 의미를 살피고자 한다.

앞에서 논의된 세 가지의 현대성의 특질들의 의미들을 통합하여 도표화하면 아래와 같다.

---

44) F.Jameson, The Political Unconsciousness, London, Menthun, 1982.

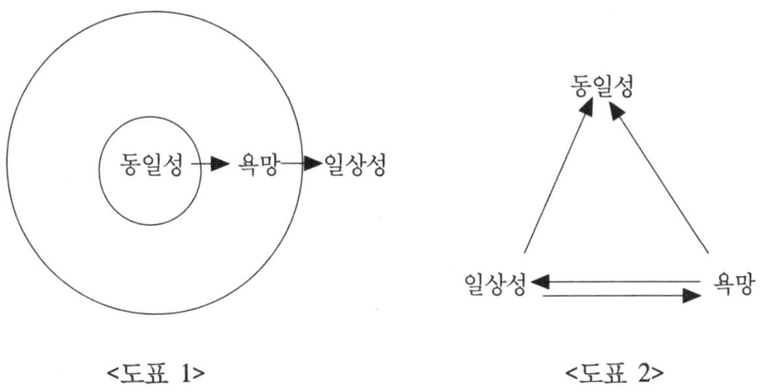

<도표 1>   <도표 2>

　따라서 일상성, 욕망, 동일성 등은 모두 근대에 기반을 둔 개념으로 현대성의 구현에 세 가지 축으로 작용하고 있음을 볼 수 있었다. 모더니즘이 태동하게 된 가장 큰 연원은 혼돈된 세계를 대응하는 방식으로서 자아의 새로운 인식에 있다. 따라서 현대성이란 자아의 동일성을 핵심축으로 출발하여 자아와 타자의 대립에서 태동되는 욕망을 통해 구체화되고, 일상성이라는 근대사회의 구체적인 특질을 통해 자아와 세계와의 관계를 정립해나간다고 볼 수 있다. 위의 도표 1은 이러한 현대성이 개인과 사회로 확산되는 과정을 그린 것이고. 도표 2는 일상성과 욕망이 서로 교호양상을 보이며 자아의 동일성으로 그 의미가 집약됨을 도표화한 것이다. 결국 현대성이란 이러한 세 가지의 개념이 삼각형의 축으로 설정되며 서로의 의미망 속에서 그 의미가 통합되는 것이라 하겠다.

Ⅲ. 식민지 현실과 일상성(日常性)의 발견
—— 1930년대 모더니즘 소설과 일상성 ——

1. 통제된 일상성의 성찰 — 박태원의 「피로」

　1930년대 모더니즘 문학을 대표하는 작가인 박태원은 정치적 이데올로기와 문학의 사회적 역할에 압도되어 있던 당대 문학을 부정하고, 문학의 자율성과 다양한 실험정신을 통해 모더니즘 문학세계를 구축한다. 「적멸」·「수염」·「피로」·「거리」·「소설가 구보씨의 일일」 등 일련의 실험적인 소설을 통해 현실에 대한 주관적인 관찰, 기법의 실험, 도시화에 따른 자본주의의 모순 인식, 미학적 자의식의 구현 등을 제시한 그에게 있어 현대성이란 문학의 구심점이었다고 할 수 있다. 특히 「피로」와 「소설가 구보씨의 일일」에서 보여지는 산책 모티브를 통한 근대 문명에 대한 비판 의식은 그의 근대의식의 핵심을 이룬다. 특히 일상성에 대한 비판적 성찰과 현실에 의해 억압받는 주체의 욕망은 박태원의 예술가로서의 내적 동일성을 성취하고자 하는 열망의 표현이었다.

　이러한 박태원의 의지를 작품으로 형상화한 초기작 「피로」45)는 근

---

45) 「黎明」(1권 8호), 1933.7에 발표됨

대적 일상과 욕망을 축으로 일상에서 배태된 주체의 소외의식을 보여주고 있다. '피로란 본질적으로 근대의 분업화된 노동, 즉 자신의 의지와는 무관하게 보이지 않는 어떤 손에 의해 마련된 거대한 체계의 일부가 되어 허겁지겁 자신의 손을 놀려야 하는 소외된 노동의 산물에서 비롯된 것'이라 볼 수 있다.[46]

박태원이 체감했던 근대의 실체는 주체의 의지와는 상관없이 일률적으로 진행되는 거대한 권력의 메카니즘으로 작용하고 있었던 것이다. 박태원은 이러한 근대라는 거짓 낙원에서 동경과 설레임보다는 피로를 먼저 느꼈다고 할 수 있다. 그 피로는 일상에 대한 공포에서 다시 분노로 변환된다. 자아의 정체성을 확립하려는 주체의 욕망은 일상을 산책하는 도중에 목격하는 세속적인 삶의 현실과 끊임없는 갈등을 일으키며 근대적 일상은 바로 피로 그 자체로 인식되는 것이다. 이 작품은 외부 현실의 행위를 통한 연상이 주요 내용을 이루고 있지만, 그러나 그 연계가 내적 필연성을 지니지 않는다. 작중 인물이 다방을 나와 배회하면서 도처에서 인생의 피로를 느끼는 내용만이 서술되고 있으며, '나'에 의해 관찰되는 대상이 지각반응을 일으키며, 다시 연상 작용이 이루어지면서 내면 심리가 부각된다.[47] 하지만 주인공이 부딪히는 외부 공간은 일상의 기호로 작용, 내면 세계의 공간으로 전이되면서 주체 의식의 성찰의 역할을 하고 있다.

주요 외부 공간의 이동은 다음과 같은 순서로 이루어지는데 이와 연관지어 자아의 내면의 변화를 살펴보기로 하자.

(창) →다방 → M 신문사 앞 → D 신문사 안 → 버스 → 한강 → 다방

---

46) 서영채, 『소설의 운명』, 문학동네, 1996, 24쪽
47) 유영윤, 『박태원과 염상섭 비교연구』, 건국대 대학원 박사학위 논문, 1996

주인공의 의식이 전개되는 첫 번 째 공간은 다방이다. 그곳에서 화자는 특히 '창(窓)'을 보며 내면의 탐구를 시작한다. 유리로 된 창은 안과 밖이 닫혀진 공간이며 또한 열려진 이중적 공간이다. 즉 시선은 內/外를 넘나들지만 이동은 제한된다. 즉 육체는 제한되지만 의식의 전이가 가능한 특수한 공간인 것이다. 그 창을 통하여 먼저 보여지는 것은 '광고등'이다. '의료기기(醫療機器) 의족수(義足手)'라 쓰여진 이 광고등은 다만 하나의 배경에 불과할 뿐이다. '광고'는 자본주의의 가장 첨병에 서서 근대인의 의식를 잠식해가는 매체이다. 주인공이 무의식적으로 바라본 광고는 이제 사람들의 무의식마저 점유하고자하는 것이다. 광고를 바라보는 이에게 그것은 무의미하지만 언젠가 무의식 속에서 되살아나 의식을 점유할 것이 틀림없다.

박태원이 광고등을 제시한 것은 단지 근대적 풍경이 아닌 자본주의적 근대에 잠식당한 일상을 제시하기 위함이라 할 수 있다. 광고등 위에 오버 랩 되는 것은 어린아이의 새까만 두 눈이다. 창을 통하여 다방 안을 엿보는 아이의 눈을 보고 화자는 다른 의미를 찾는다. '스티븐슨의 동요 속의, 버찌나무에 올라 먼 나라, 알지 못하는 나라를 동경하는 소년'을 기억 속에 찾아내고 '우리 어린이는 그 창으로 무엇을 보았을까?'[48]라고 회의한다. 즉 일제 강점하의 조선에서는 아이의 동경마저도 극히 제한될 수밖에 없는 비참한 현실을 토로하는 것이다. 비참한 현실은 곧 '황혼'의 연상으로 이어진다. 화자는 다방 안의 희미한 조명을 '인생의 황혼'으로 연상하는 것이다.

> 밤이 되어, 그 안에 등불이 켜질 때까지는 언제든 그곳에 '약간의 밝음'과 '약간의 어둠'이 혼화(混和)되어 있었다. 이 명암의 교착은 언제든 나에게 황혼을 연상시켜 준다. 황혼을? 응, 황혼을 — 인

---

48) 박태원,『성탄제』, 북으로 간 작가 선집, 을우문화사, 1988, 150쪽 (『피로』와『소설가 구보씨의 일일』두 편 모두 이 책을 텍스트로 하였음)

생의 황혼을 나는 그 곳에 분명히 보았다.(150쪽)

　내적 독백과 스스로의 질의 응답 (황혼을? 응, 황혼을)을 통해 소설은 분열되어가는 자아의식을 보여준다. 게다가 다방에 들어오는 이들은 한결같이 ‘피로한 몸을 이끌고’ 들어오는 것으로 설정되어 있다. 다방에서 들려오는 반복되는 카루소의 엘레지 또한 피로한 것으로 인식된다. 계속되는 연상 속에 누적되는 피로의 오브제들은 무엇을 의미하는 것일까. 우선 그 피로는 ‘어제 이후로 한 자도 쓸 수 없었던 원고’에 대한 초조와 불안에 기인함을 볼 수 있다. 피로는 잘못시킨 레몬티로 인해 분노와 자신에 대한 질책으로 바뀌다가 문득 들려오는 문학청년들의 통렬한 조선 문단의 비판으로 인해 서둘러 다방을 나가게 되는 계기가 된다.

　무작정 나선 길 위에서 M 신문사와 D 신문사에 들러 사람을 만나려다 소심한 성격 탓에 그냥 나오게 되는 화자의 시선은 여전히 피로함에 머물러 있다. 게시판을 보고 연재를 중단한 R씨의 휴재(休載)도 인생의 피로로 인식하고, 눈 녹은 거리 위를 걷는 샐러리맨들의 고무장화를 보고, 그것을 닦을 가엾은 아낙과, 아낙이 가끔 드나들 전당포 등 등. 즉, 피로는 일상 전체에 기호로 산재되고 있음을 화자는 이야기하고 있다. 또한 궁극적으로 그 피로는 식민지하의 근대 일상에서 비롯된 것임을 밝히고 있는 것이다.

　　어느 틈엔가 나는 버스를 타고 있었다. 나의 타고 있는 버스는 노량진을 향하여 달려가고 있었다. 그러나 물론 나는 노량진을 가기 위하여 버스를 타고 있는 것은 아니었다. 그렇다고 노량진 이외의 아무 곳을 가기 위하여서 탄 것도 아니었다. 그러면? — 그것은 이를테면 아무 데로도 갈 곳을 가지지 않은 나였던 까닭에, 아무 데로라도 가기 위하여서의 행동에 지나지 않았다. 그러나 그러한

> 것은 우리가 일일이 '까닭' 붙여 말할 수 없는 것임에 틀림없었다.
> 우리는 실로 아무런 별 '까닭' 없이 우리들의 콧털을 뽑고 우리들의
> 수염을 어루만지고 하는 것이 아닌가?(155쪽)

주인공의 피로는 주체의 의식의 분열을 조장하여 화자는 자기도 모르는 사이에 버스를 탄다. '버스'는 매개공간이라 할 수 있다. 즉 공간과 공간을 연결해주는 공간인 셈이다. 그 공간의 도착지에 화자는 갈 이유가 없음을 인지한다. 아니 애초부터 화자에게는 목적지가 없음이 밝혀지는 것이다. 여기서 모더니즘 소설의 주요한 모티브인 '산책자' 모티브49)를 생각해볼 수 있다. 「소설가 구보씨의 일일」의 경우와 마찬가지로 고현학적 입장에서의 목적없는 산책이란 단순히 의미없는 행위가 아닌 근대에 대한 날카로운 비판의 시각이다. 특히 버스 안에서 급정거 뒤 시골사람이 내뱉는 비명소리와 사람들의 모멸어린 시선과 그 '상투잡이'가 빼앗은 자리를 보고 경멸을 느끼는 장면은 근대적 공간에서 욕망에 사로잡힌 개인의 모습을 그리고 있다. 또한 상투잡이에 대한 분노는 근대에 뒤쳐진 전통적 관습에 대한 멸시감이라 할 수 있다. 약삭빠른 시골 사람의 이기적 행동에서 근대화에 뒤처짐으로서 식민지가 되어버린 현실과 그 현실에 타협하여 이기적인 욕망만이 표출되는 당대인들의 속성을 드러내고자 하는 의도인 것이다. 하지만 그 와중에서도 조그만 음식점의 광고판을 생각하는 화자의 세뇌

---

49) "산책자라는 개념은 모더니즘의 대표적인 작가로 손꼽히는 보들레르의 산문시에서 따온 것이다. 산책자는 근대화된 도시 생활에서 생겨난 사람으로서, 이것은 행위로만 보면 도시를 배회하며 도시의 풍물과 근대적인 새로운 현실을 경험하는 자이고, 거리를 오가는 익명의 군중들을 '바라보며' 그들의 삶을 객관화시킬 수 있는 위치에 있는 사람이다. 실제로 보들레르의 산문시에 등장하는 화자는 새로이 구획된 파리를 돌아다니며, 근대화가 가져온 삶의 파편화와 소외된 군중들의 모습을 통해 '근대'의 모습을 혐오스런 눈길로 바라보고 있다."(강상희, 「소설가의 고독과 억압된 욕망」, 앞의 책, 331쪽)

된 의식이야말로 철저하게 근대의 일상에 통제된 표본이라 할 수 있다.

> ˘ 인생에 피로한 자여! 겨울 황혼의 '한강'을 찾지 말라. 죽음과 같
> 이 냉혹한 얼음장은 이 강을 덮고, 모양 없는 산과 벌에 잎 떨어진
> 나뭇가지도 쓸쓸히, 겨울의 열없는 태양은 검붉게 녹슬어 가는 철
> 교 위를 넘지 않은가?⋯⋯ 나는 그 곳에 인생의 마지막 — 그러나
> '인생의 마지막'으로는 당치 않은 어수선하고 살풍경한 풍경을 발견
> 하지 않을 수 없었다.(158쪽)

화자의 극단적 비관의식은 '한강'에서 절정에 이른다. 여러 사정에 의해 동포들이 일제 순사에게 얼은 강바닥을 밟으며 끌려가는 모습을 보며 화자의 절망감은 극에 달한다. 본래 강, 즉 물이란 모성을 상징하는 포용의 공간이지만 이 작품에서 한강은 정반대로 죽음을 표상하고 있다. 그들의 비참한 도강(渡江)은 부정할 수 없는 현실의 일상인 것이다. '죽음과 같이 냉혹한 얼음장', '잎 떨어진 나뭇가지', '겨울의 열없는 태양', '검붉게 녹슬어 가는 철교'. 모든 것이 부조리한 현실의 재현이다. 주체를 감쌌던 피로는 죽음에의 공포로 귀결되는 것이다.

그리고는 마치 악몽에서 깨어나듯 화자의 의식은 다시 다방에 앉아 있는 모습으로 되돌아온다. 형식상 순환적 구조를 보이고 있는 셈이다. 하지만 현실은 여전히 암담하다. 화자는 탈고 못하고 있는 원고를 고민하며 문득 시간을 의식한다. '아마 열 한 점도 넘었을 게다. 이한 날도 이제 한 시간이 못되어 종국을 맺을 게다'라는 시간에 대한 인식은 근대의 일상을 통제하는 시간의 위력을 나타낸다고 할 수 있다. 또한 인생의 황혼과 하루의 시간을 대비함으로써 근대의식에 대한 부정적 시각을 드러내고 있는 것이라고 볼 수 있다. 하지만 변화하고 있는 근대의 일상을 예리하고 포착을 하고 있지만, 그것을 직접

적으로 작품에 반영하거나 형상화하지 않는 것은 의문을 불러일으킬 수 있다. 박태원은 타락한 사회의 저항으로 주체의 정신적 자존심 확보를 문제삼으면서도 도시의 근대적 삶의 현실 앞에서는 무력하다. 작가의 섬세한 감수성을 발판으로 현상에 대한 인식 능력이 주체의 우월성을 확보할 수 있다는 사실 그 자체에 안주한다고도 볼 수 있는 것이다. 곧 이 작품의 중심은 외부 현실의 객관적 세계의 재현이 아니라 일상 세계의 경험과 그에 대한 자아의 내적 의식의 변모과정에 있음을 확인할 수 있다.

「피로」는 무시간적 시간 인식과 순환적 공간 인식을 동시에 교차시키는 기법으로 근대적 시간 인식을 드러내고 있으며, 또한 매 장 반복 제시되는 '광고'를 통해 무의미한 일상에 통제되어 있는 근대인들의 강박관념을 동시에 표출하고 있다. 이미 일상에 만연해 있는 근대의 부정적 측면들을 다양한 기호로 제시하고 비판적 성찰을 부가하기 위한 작가의 전략이라 볼 수 있다. 따라서 박태원이 「피로」에서 제시하는 식민지적 근대의 현대성이란 결국 '피로'라는 담론에서 그 의미가 함축되고 있고 있는 것이다. 이러한 박태원의 현대성에 대한 성찰은 「소설가 구보씨의 일일」에서 구체화되고 있음을 살펴볼 수 있다.

2. 소외된 주체의 편입 욕망 -「소설가 구보씨의 일일」

「소설가 구보씨의 일일」은 1934년 『朝鮮中央日報』에 연재되었던 작품으로 모더니스트로서의 풍모를 추구하던 박태원의 대표적인 모더니즘 소설이다. 이 소설은 근대 도시문화의 새로운 인간형인 '산책자--'의 등장과 고현학의 방법론, 소설가를 주인공으로 내세운 예술 지향적인 면모 등은 현대성을 탁월하게 형상화한 것으로 평가받고 있다. 앞서 분석했던 「피로」가 이 소설의 원형이라 할 수 있는데, 「피로」에서 지향한 일상성과 욕망의 탐색의 의미가 구보의 내적 독백을 통해 더욱 확대되고 구체화되고 있음을 볼 수 있다. 「피로」가 주로 일상의 참혹함과 그로 인한 탈일상의 메시지가 강한 반면, 「소설가 구보씨의 일일」은 주체의 욕망이 핵심을 이룬다. 예술가로서 정신적 우월성을 확보하려는 주체의 욕망은 산보, 산책, 배회, 고현학이라는 일련의 행위에서 나타나듯 방황하는 의식의 산물이다. 이는 주체의 욕망이 현실에 의해 억압받고 있음을 뜻한다. 이때의 욕망이란 구체적으로 '돈'과 '행복'에 대한 세속적 욕망이다. 그 이전의 소설들이 주로 전통의 거부와 새로운 것에 대한 희망을 다분히 관념적으로 다루었다면, 이 작품은 철저하게 현실적이며 다분히 속물적인 인상을 드러낸다. 구보에게 다가오는 '피로'는 일상에서 소외된 자, 또는 돈 없는 자가 느끼는 것으로 역설적으로 현실 삶에 대한 구체적으로 보통 일상을 사는 보통 사람들에 합류하고 싶어하는 욕망이다.

　형식상 「소설가 구보씨의 일일」은 31개의 절로 구조화되어 있으며 절은 대체로 특정한 장소를 중심으로 단위를 이루며 이는 구보의 장소 이동으로 변화를 이룬다. 1~2절은 어머니와 함께 살고 있는 구보의 집이며, 3~31절은 구보가 방황하는 거리의 모든 곳이다. 마지막 31절의 귀가는 새벽 2시에 집으로 들어선 1,2절에 그대로 이어져 순환적 반복의 회귀구조를 나타낸다.　이러한 반복적 구조의 특이성은 되풀이 되는 일상의 모습을 그대로 표출한다는 데 의의가 있다.[50] 그리고 의도적인 반복은 날마다 되풀이 되는 일상사의 의미를 갖는다. 구보는 매일 새벽 2시에 귀가하여 책을 읽고 원고를 쓰고 그리고는 늦

---

50) 「피로」에서도 다방에서 시작해 다방으로 돌아오는 구조를 보여주고 있는데 이는 박태원의 영화적 기법의 의도적 차용이라고 볼 수 있다. 영화의 가장 큰 장점은 시공을 초월하는데 있는 것인데 순환적 반복구조는 서사의 시작과 끝을 극적으로 보여줄 수 있는 구조이고, '의식의 흐름'을 강조하며 관념에서 현실로 돌아오기에 가장 유용한 방식이다.

게까지 잠을 잔다. 다음날 11시경에 일어난 구보는 아침 겸 점심을 먹고는 다시 집을 나선다. 일반 샐러리맨과는 달리 메일 데 없는 구보가 되풀이되는 일상을 재연하는 이유는 무엇일까. 그 또한 일상에 종속된 근대 시민이기 때문이다. 일상성과 현대성을 하나의 뿌리로 인식할 때 이러한 일상의 재연은 이미 근대가 관념적인 것이 아닌 생활 자체에 스며있는 본질적인 문제임을 작가는 제시하고 있는 것이다. 따라서 이러한 반복의 일상 자체가 이미 미적 현대성을 드러내는 하나의 방법이라 볼 수 있다. 그런데 구보는 그 일상 속에 철저히 고독을 느낀다. 이 소설의 중심 키워드는 '고독'이라 할 수 있는데 그 고독은 본질적인 철학적 인식의 고독이 아닌 중심에서 소외된 군중 속의 고독이 주류를 이룬다. 또 하나 주목할 수 있는 것은 절의 제목이다.

"어머니는, 아들은, 구보는, 구보는, '전차 안에서, 여자는, 행복은, 일찍이, 다방의, 그 사나이의, 얼마 있다, 조그만, 개찰구 앞에, 월미도로, 다행하게도, 마침내, 문 득, 전차를 타고, 여자를, 다료(茶療)에서, 이 곳을, 광화문통, 이 제, 그래도, 다방을, 조선호텔, 나의 원하는 바를 월륜도 모르네, 처 음 에, 그러면, 구보의 벗과, 오전 두 시의" 등의 절의 제목들은 대부분 서술형을 배제하고 또한 흔히 쓰이는 명사형도 거부한다. 이것은 박태원의 의도된 기법으로 해석할 수 있는데, 대부분 절의 첫 문장의 주어를 빼서 쓴 것이다. 새로운 기법을 추구하는 박태원의 의욕의 산물이라고 보면 무방할 듯 하다. 그리고 그것의 심층 의미는 대상과 주체간의 거리 두기라 볼 수 있다. 이 소설은 박태원의 다른 내적 독백 소설과는 달리 3인칭 서술로 되어 있는 데, 1인칭 서술의 주체와 대상의 제시보다는 한층 객관적인 인상을 주게 된다. 또한 구보가 온종일 배회하는 거리는 뚜렷한 용무나 의도보다는 오히려 일상의 권태로운 반복 행위로서의 의미가 핵심이 된다. 작품에서 주요 공간의 이동은 다음과 같이 전개된다.

집-천변-화신상회-전차　안(경성운동장-대학-병원-훈
련원-약초정)-조선은행 앞-다방-거리(태평통 거리, 남대
문 밖)-경성역(대합실-개찰구 앞-구내다방)-조선은행 앞
-다방-거리 (종로 네거리)-다방-거리-대창옥(식당)-거
리 (황토나루-광화문통 거리)-다방-거리(경성우편국-종
로)-술집-낙원정-종로 네거리-(집)

이러한 장소 이동의 의미는 명형대가 "배회와 전차 타기에서 무작
위로 경험되는, 내적인 필연성이 상실된 모티브들의 배열로써, 전통적
인 의미에서의 미의식과는 전혀 다른 지적 흥미를 유발케하는 시간
착오, 동시성의 병치, 긴장(tention)을 유발하는 계합적 관계의 은유 등
모더니즘 소설의 새로운 미적 양식 때문이다."[51]라고 밝힌 바와 같이
각각의 공간에 특별한 의미가 담겨있는 것이 아닌 화자의 파편화된
내면과 상응하는 흩어진 공간들이라 할 수 있다.

실제 작품으로 접근하여 심층 의미를 분석해 보자. 1~2절은 어머니
의 시점에서 구보를 바라다보고 있다. 동경에서 유학까지 하고 돌아
온 아들이 취직할 직장이 없어 노는 현실을 이해하지 못하는 어머니
의 시점으로 소설은 시작된다.

> 어머니는 역시 글을 쓰는 것보다는 월급쟁이가 몇 갑절 낫다고
> 생각하고, 그리고 그렇게 재주 있는 내 아들은 무엇을 하든 잘 하
> 리라고 혼자 작정해 버린다. 아들은 지금 세상에서 월급 자리 얻기
> 가 얼마나 힘드는 것인가를 말한다. 하지만 보통 학교만 졸업하고
> 도, 고등학교만 나오고도, 회사에서 관청에서 일들만 잘 하고 있는

---

51) 명형대, 앞의 논문, 22 쪽

것을 알고 있는 어머니는, 고등학교를 졸업하고도 또 동경엘 건너
가 공불 하고 온 내 아들이, 구하여도 일자리가 없다는 것이 도무
지 믿어지지가 않았다.(273쪽)

식민지 시대의 전형적인 룸펜 지식인의 모습으로 그것을 이해 못하
는 어머니의 탄식은 실상은 구보의 고현학 산책을 정당화하는 서술이
며 중심에서 소외된 자의 욕망을 부추키는 간접 서술이라 할 수 있
다. 어머니의 목소리를 뒤로 하고 시작된 구보의 산책은 그 출발부터
목표점이 없는 일종의 방황이다. '산책자'[52]가 풍경(대상)으로서가 아
니라 오직 자기 동일적 주체의 문제로 제기된다면 산책자의 의미는
약화될 수 밖에 없다. 그것은 '반성'하는 자가 아니라 단지 '산책'하는
자로서만 존재하기 때문이다.[53]

구보가 '어쩔 수 없이' 선택한 소설가의 자리는 세속화된 가치들에
대한 욕망을 억압하고서 유지되는 것이다. 여기에 구보의 고독이 존
재한다. 모든 가치규범이 세속화된 자본주의적 일상에서 구보는 일상

---

52) 조영복은 다음과 같이 산책자의 개념을 세분하고 있다.
　"국내에서 많이 소개된 벤야민의 '산책자' 개념은 '주체와 대상의 거리
두기(focus & locus)'로 이해되어야 하는데, '산책' 자체만 의도적으로 강조
된 감이 없지 않다. 사실, 보들레르 분석에서 벤야민은 '산책자'란 거리 산
책자의 군중을 향한 관심과 태도의 여하에 따라서, 그리고 시선과 대상과
의 관계에 따라 분류되어야 한다고 주장하면서 산책자와 시선의 문제를
제기하고 있다. 전자의 경우는 1) 군중을 외부에서 바라보는 경우와, 2) 군
중으로부터 거리를 두고자 하더라도 끊임없이 영향을 받고 있는 경우,3)
군중에게 매혹당하면서도 거리두기를 통해 자신을 내면화 하는 경우의 세
가지로 후자는 군중 속의 사람과 거리 산책자 그리고 페르디난트 단테라
는 무위도식자로 구별되어야 한다고 말한다. 한편, 산책자의 개념을 엄격
히 분리해서 사용하는 허트(Hurt)의 논의도 산책자를 '거리를 산책하는 자'
라거나 '거리 풍경을 인상적이고 소묘적으로 묘사하는 것'으로 이해해 온
기존 연구에 대한 반성적 시각을 부여해 준다. 그는 '뮤자르(musard)'와
'바도 에뜨랑제(badaud etranger)' 그리고 '산책자(flaneur)'를 엄격히 구분함
으로써 벤야민의 시각을 보충해주고 있다. (조영복, 앞의 책, 30쪽)
53) 위의 책, 17쪽

을 거부하기 위해 소설을 쓴다. 세속화된 일상적 삶을 거부하며 의식적으로 선택한 소설가의 삶은 일상의 삶과 분리되는 것을 의미하기 때문이다. 이것이 소설가 구보의 고독이며, 이것은 의식적으로 선택된 것이기 때문에 곧 소설가 구보의 삶의 의미이기도 하다. 즉 고독은 그에게 '사상'이다. 그래서 오늘도 구보는 매일 매일 고독을 위해 어머니를 떠나 거리로 나오는 것이다. 하지만 갈 곳은 없다.

> 구보는 마침내 다리 모퉁이에까지 이르렀다. 그의 일 있는 듯싶게 꾸미는 걸음걸이는 그 곳에서 멈추어진다. 그는 어딜 갈까 생각하여 본다. 모두가 그의 갈 곳이었다. 한 군데라 그가 갈 곳은 없었다. 한낮의 거리 위에서 구보는 갑자기 격렬한 두통을 느낀다. 비록 식욕은 왕성하더라도, 잠은 잘 오더라도, 그것은 역시 신경 쇠약에 틀림없었다. (273쪽)

모두가 갈 곳이고 또한 한 군데도 갈 곳이 없다는 인식은 격렬한 두통으로 이어진다. 또한 중이질환으로, 시약해진 시력으로. 모두가 신경 질환의 일종이다. 신경 질환은 근대화의 산물의 하나이다. 인위적인 시간의 분절은 현대인들에게 잠재된 강박관념으로 인식되었고, 개개인에 내재된 생체 리듬을 철저히 획일화시켰다. 따라서 구보의 병은 그 원인을 알 수 없지만 증상은 확실한 것으로 치료약은 애당초 없는 것이었다.

이것은 소설가 구보가 정신과 육체, 모든 면에서 일상적 욕망으로 가득찬 자본주의적 현실과 어울리지 못하고 있음을 나타낸다. 억압된 욕망이 의식의 영역으로 뚫고 나온 것들을 의식하면서 정신적으로 피로한 구보는 점점 망가져 가는 육체를 느끼게 되며 고독감은 심화된다. 이러한 상태에서 시작한 구보의 고독한 산책은 자본주의의 물상을 대하며 시작된다. 종로 네거리에서 백화점으로 향한 정처없는 구보의 발걸음은 백화점으로 향한다.

> 젊은 내외가 너덧 살 되어 보이는 아이를 데리고 그 곳에가 승
> 강기를 기다리고 있었다. 이제 그들은 식당으로 가서 그들의 오찬
> (午餐)을 즐길 것이다. 흘낏 구보를 본 그들 내외의 눈에는 자기네
> 들의 행복을 자랑하고 싶어하는 마음이 엿보였는지도 모른다. 구보
> 는 그들을 업신여겨 볼까 하다가, 문득 생각을 고쳐, 그들을 축복하
> 여 주려 하였다. 사실 4,5년 이상을 같이 살아왔으면서도, 오히려
> 새로운 기쁨을 가져 이렇게 거리로 나온 젊은 부부는 구보에게 좀
> 다른 의미로서의 부러움을 느끼게 하였는지도 모른다. 그들은 분명
> 히 가정을 가졌고, 그리고 그들은 그 곳에서 당연히 그들의 행복을
> 찾을 게다. (중략) 구보는 다시 밖으로 나오며, 자기는 어디가 행복
> 을 찾을까 생각한다. 발 가는 대로, 그는 어느 틈엔가 안전 지대에
> 가 서서, 자기의 두 손을 내려다보았다. 한 손의 단장과 또 한 손의
> 공책과 - 물론 구보는 거기에서 행복을 찾을 수는 없었다.(276쪽)

한낮의 백화점에 온 젊은 부부의 모습을 구보는 부러움으로 바라본
다. '가정'은 가장 작은 단위의 체제이다. 결코 체제에 안주하지 못하
고 늘 일상에의 일탈을 꿈꾸는 화자가 '업신여겨 볼까 하다가' 부러움
을 느끼게 되는 것은 어찌된 일일까. 류보선은 "구보는 가족에게서
따스함을 느낀다. 아비가 부재하기 때문이다. 아버지가 없기에 어느
누구도 박태원에게 일상적인 삶, 기존의 질서를 강요하지 않으며, 따
라서 구보는 그 제도적인 것 관습적인 것의 구속력에 대해 고민하지
도 연구하지도 않는다. 그는 편모슬하인 자식인 것이다."54)라고 박태
원의 가족관을 피력했지만 그가 어느 곳에서도 행복을 느낄 수 없는
것은 정상적인 가족을 가져보지 못한 데 상당한 원인이 있다. 물론
이 때 부재의 아버지는 가족을 넘어서 기존의 기성세대, 관습, 고정관

---

54) 류보선, 「이상과 어머니, 근대와 전근대」, 위의 책, 71쪽

넘, 낡은 풍속 등을 의미하지만 극복하고 타개해야할 아비가 존재하는 것과 원초적으로 결여되어 있는 것은 커다란 차이가 있다. 따라서 구보의 행복 찾기가 근원적으로 불가능한 것은 바로 '부성의 결여'에 있다고 볼 수 있다. 이러한 일상적 가정을 통한 행복에 대한 욕망은 곧 자신의 소외의식으로 이어져 '고독'에 대한 상념으로 나타난다.

> 일찍이 그는 고독을 사랑한 일이 있었다. 그러나 고독을 사랑한다는 것은 그의 심경의 바른 표현이 못될 게다. 그는 결코 고독을 사랑하지 않았는지도 모른다. 아니 도리어 그는 그것을 그지 없이 무서워하였는지도 모른다. 그러나 그는 고독과 힘을 겨누어, 결코 그것을 이겨 내지 못하였다. 그런 때, 구보는 차라리 고독에게 몸을 떠맡기어 버리고, 그리고 스스로 자기는 고독을 사랑하고 있는 것이라고 꾸며 왔었는지도 모를 일이다……(278쪽)

고독에 대한 두려움은 궁극적으로 소외에 대한 두려움인데, 자신이 스스로 부정한 기존 일상에 대한 참여 욕망의 반증이다. 또한 세속적인 욕망을 의식하고 스스로를 고독하다고 가장하는 것은 결핍에 의한 산물이며 소외를 견디지 못하는 나약한 예술인의 모습이다. 모더니즘을 작품의 중심으로 삼았던 박태원의 현대성은 이처럼 깨지기 쉬운 것이었을 지도 모른다. 이러한 회의와 구보 스스로 비웃은 속물적 욕망은 뒤이은 소설의 전개를 철저히 속물적으로 진행시킨다. 버스에서 우연한 아는 여자와의 재회는 ("그가 그렇게도 구하여 마지않던 행복은, 그 여자와 함께 영구히 가버렸는지도 모른다.(281쪽)") 구보의 상념을 비극적으로 확대시킨다. 그리고는 장황한 벗의 누이에 대한 짝사랑의 서술이 이어진다. 여인에 대한 욕망은 결국 '성'의 욕망이라 볼 수 있다. 뒤이어 동경에서 있었던 로맨스나 못난 친구 곁에 있던 예쁜 여자, 여성을 넘어 '한 개의 계집', '총명한 아내', '딸'로 계속

이어지는 상념 속의 여성 등 이성에 대한 욕망은 계속 되는데 이는
고독에서 벗어나기 위한 몸부림이라 볼 수 있다.

> 갑자기 구보는 실소하였다. 나는 이미 그토록 늙었나. 그래도 그
> 욕망은 쉽사리 버려지지 않았다. 구보는 벗에게 알리고 싶은 것을
> 참고, 혼자 마음 속에 그 생각을 즐겼다. 세 개의 욕망. 그 어느 한
> 개만으로도 구보는 이제 용이히 행복될지 몰랐다. 혹은 세 개의 욕
> 망이, 그 셋이 모두 이루어지더라도 결코 구보는 마음의 안위를 이
> 룰 수 없는 지도 몰랐다. 역시 그것은 '고독'이 빚어내는 사상이었
> 다.(323쪽)

> 구보는 차를 마시며, 약간의 금전이 가져다 줄 수 있는 온갖 행
> 복을 손꼽아 보았다. 자기도, 혹은 8원 40전을 가지면, 우선 조그만
> 한 개의, 혹은 몇 개의 행복을 가질 수 있을 게다. 구보는 그러한
> 저 자신을 비웃으려 들지 않았다. 오직 고만한 돈으로 한때 만족할
> 수 있는 그 마음은 애닯고 또 사랑스럽지 않은가. 구보는 담배에
> 불을 붙이며 자기가 원하는 최대의 욕망은 대체 무엇일꼬 하였
> 다.(285쪽)

여성에 대한 욕망은 '돈'에 대한 욕망으로 환치된다. 작지만 돈을
갖고 싶어하는 자신을 구보는 연민 어린 시선으로 바라본다. 그러나
그것은 연민으로 끝나지 않고, 자본주의적 현실에서 가장 속물적인
대상인 돈을 욕망하는 것으로 드러난다. 따라서 처음에 구보가 비웃
었던 속물적 욕망을 이제 스스로 억제하지 않음을 모순적으로 보여준
다. 또한 자기가 원하는 최대의 욕망의 실체를 생각하며 욕망에 집착
한다. 욕망이 결핍의 산물일 때 '고독 – 소외 – 욕망'으로 이어지는
연상의 층위는 일상의 주변에서 일상의 중심으로 복귀하고자 하는 강
한 욕망의 상징이라 할 수 있다. 돈이 있으면 다시 동경에 가고 싶어

하는 구보의 욕망은 '돈'과 '동경'이라는 가장 근대적이며 자본주의적인 기호에 주체가 침잠해감을 보여준다. 이어지는 우연한 벗의 출현은 또 다른 욕망을 드러낸다.

'벗'은 고독에서 벗어나기 위한 매개체의 역할을 한다. 하지만 진정한 벗은 자리에 없고 우연히 영락한 어린 시절의 벗과 부모의 재산을 물려 받아 부자가 된 못났던 친구, 또 자신을 '구포'라 부르는 쾌씸한 친구를 만날 뿐이었다. 하지만 구보는 예술가적 자존심을 내세우며 친구의 속물성과 천박함을 비웃지만 자신 스스로 그를 부러워하는 아이러니에 빠진다. 곧 구보의 욕망은 '타자(他者)의 욕망'이다. 주체 내면에 내재된 속물적 욕망과 예술가적 욕망이 대립 양상을 보이다 근대적인 일상의 기호들 앞에 철저히 무력해진다. 일상과 욕망의 권력 조종으로 인한 욕망의 현현(顯顯)은 근대의 울타리에 갇힌 주체의 몰락이다. 결국 구보의 고독은 끝내 해소되지 못했고 다시 집으로 되돌아 가면서 이제 현실 속으로, 세상의 중심으로, 남들과 같은 일상으로 복귀함을 선언한다.

> 구보는 지금 저 자신의 행복보다도 어머니의 행복을 생각하고 싶었는지도 모른다. 그 생각에 그렇게 바빴을지도 모른다. 구보는 좀 더 빠른 걸음걸이로 은근히 비 내리는 거리를 집으로 향한다. 어쩌면 어머니가 이제 혼인 얘기를 꺼내더라도, 구보는 쉽게 어머니의 욕망을 물리치지는 않을지도 모른다.(333쪽)

제각기 어떤 욕망을 좇아 부나비처럼 살아가는 사람들 사이에서, 그리고 환금 가능성의 원리를 좇아 그야말로 헌신적인 노력을 하는 사람들 사이에서, 또는 상품의 쾌락적 이미지에 몸을 내맡긴 군중들 속에서, 그 악마적인 가치를 부정하기 위해 극도의 긴장을 유지한 채 권태로움을 느껴야 했던 박태원은 이제 피로를 느낀다. 즉 권태로운 삶을 살기에 피로해진 것이다. 이제 그가 갈 길은 한 곳이다. 자기 희생적인 사랑으로 충만한 어머니의 품이다. 그곳에서는 긴장을 하지 않아도 행복한, 세계의 부정성과 맞설 수 있는 장소이기 때문이다. 결국 어머니에게로 돌아간다는 의미는 '일상성에의 함몰'이라 볼 수 있다. 일상성을 객관적으로 관찰하기 위한 구보의 산책은 일상성에서 소외된 주체의 욕망만 부추겼으며 일상성에로 함몰함으로써 끝이 난다. 이것은 박태원의 현대성에 대한 의식이 표피에 그치고 있다는 것을 입증하는 증거가 된다. 실제로 동경으로 죽음을 의식하면서 떠났던 이상에 비해 이 소설 이후 박태원은 철저하게 모더니즘과는 인연을 끊고 만다.55) 그리고 그가 집요하게 추구했던 '고현학'도 중단됨을 은연중 내비치는 것도 주목할 만한 사실이다.56)

---

55) 박태원의 이러한 절망은 이상에게도 상통한다. 그토록 동경하던 동경(東京)에서 회의를 느끼며 죽어갔던 이상. 그들은 다가올 미래를, 자연의 향취와 전통적 질서가 모두 사라진 인공 낙원의 시대, 엄청난 속도감에 자아 성찰이나 자기 반성이 불가능한 시대, 매춘부처럼 모든 인간의 혼을 멍하게 하는 도시와 상품과 문명이 대로를 활주하는 시, 공간으로 예측했었다. 그리고 모더니즘을 그 문학적 이념으로 내세웠다. 아니, 이 모더니즘만이 20세기 문학일 수 있다고 확신했던 그 믿음은 결국 오래가지 않아 현실적으로 불가능해진 것을 때닫게 된 것이다.

56) "고현학의 중단은 박태원의 창작에 커다란 의미를 갖는다. 박태원은 모더니즘이라는 낯선 형식을 창출하기 위해 그 객관적 대상물을 소설 속에 끌어들였다. 그 대상물이란 다름 아닌 도시 또는 문명이다. 그리하여 그는 모더니즘의 충분조건인 도시적 풍경을 찾아 경성의 구석구석을 뒤졌으며, 이 경성이라는 공간에 나타난 도시적 징후찾 기는 박태원 초기 작품의 기본 골격이 된다. 박태원은 이를 처음에는 산보(「적멸」)로 후에는 고현학(「애욕」)이라 불렀거니와, 그의 모더니즘 시기의 작품은 이 도시 또는 문명을 향한 산책이라는 서사적 모티브에 의해 구조화된다. 즉 이 고현학이야말로 20세기 문학에 대한 집념 혹은 도시를 향한 오디세이적 열정을 실천하기 위한 박태원의 삶의 방법이자 창작 방법이었던 것이다. 따라서 고현학의 포기는 박태원이 가장 자랑했던 기법의 포기라고도 볼 수 있다. 박태원의 고현학은 인간 존재의 다양한 표정을 살피기보다는 삶의 한 측면만을 확대 해석하는 차원에서 멈추었다. 박태원 소설의 주인공은 도시를 망령처럼 떠돌지만, 이 산책 행위는 박태원에게 혹은 박태원의 소설에서

「소설가 구보씨의 일일」은 결국 탈일상에의 욕망을 지향하되, 기존의 질서 전체를 넘어서는 전복적인 욕망은 아닌, 한마디로 단지 일상의 질서에서 비껴선 의사(疑似) 현대성을 드러낸다고 볼 수 있다. 그럼에도 불구하고 「소설가 구보씨의 일일」은 단순한 현실의 재현을 넘어서 근대적 기호에 유린된 자아의 내면을 진솔하게 그리고 있다. 구보는 근대 도시 속을 산책하면서 일상적 삶을 살아가는 무리들과 동화해서 세속적 삶을 살 수 없는 예술가의 정신적 고독을 느낀다. 일상인의 삶에 동화할 수 없다는 예술가의 탈일상적 욕망이 주체의 정신적 우월성을 확보하고자 하는 미적 자의식의 세계를 형성한 것이다. 구보는 외부 현실 속을 산책하면서도 끊임없는 자아 성찰을 수행하며, 속물화되고 사물화된 사회에 대한 저항으로 미적 방식의 대응을 하게된 것이다. 따라서 고독에 대한 의식과 사물을 욕망하는 자신을 객관화시켜 분석하는 모습과 삶에 대한 이중적인 자신의 모습을 부끄러움 없이 의식의 영역에서 반성하는 모습은 위선적 자기 독백이 아닌 절실한 자아 내면의 성찰이기에 「소설가 구보씨의 일일」은 이상의 「날개」와 더불어 모더니즘의 최고 작품으로 평가받게 된 것이라 할 수 있다.

3. 파편화된 세계와 동일성 — 이상의 「날개」

1939년 9월 「조광(朝光)」에 발표된 「날개」는 한국 모더니즘 소설의 정점에 서 있는 작품이라 할 수 있다. 최재서가 '리아리즘의 심화를 대표하는 작품'으로 평가한 이래 많은 연구 논문들이 발표되었고, 모

총체적 현실 전반을 탐구하여 세계의 근원 혹은 진실에 접근하는 통로로 작용하지 않았기에 고현학은 중단될 수 밖에 없었던 것이다."(류보선, 앞의 책, 74쪽)

더니즘 소설을 논의할 때 반드시 거론되는 작품이라 할 수 있다.

이 작품은 내적 정신세계와 외부현실이 철저히 분열되어 있는 인물이 체험하는 현상을 일인칭 서술자의 시점으로 서술하고 있는 작품이다. 이 작품은 크게 두 부분으로 이루어져 있다. 독자에게 건네는 듯한 대화형식을 통해 일상적인 삶에 대한 단편적인 생각들을 지적이고 예술적인 감각으로 서술해가고 있는 프롤로그 부분과 보다 구체적인 상황 속에서 벌어지는 사건과 갈등을 서술하고 있는 내부 이야기가 그것이다.

프롤로그의 부분과 내부 이야기 부분은 대립되면서도 통일된 유기적 체제로 되어 있는데, 프롤로그 부분의 조롱과 탄식에 가까운 독백은 이상의 주체 분열과정과 또한 탈일상의 욕망을 보여주는 담론이라 할 수 있는데 이 독백은 자체만으로도 완벽한 구조를 지니고 있다. 또한 내부 이야기는 지적인 서술자가 철저하게 매몰되어 있는 상황을 주로 그리고 있는데, 이는 탈일상의 욕망을 위장한 채 이상이 당대를 살고있다는 무언의 저항 의식이라 해석할 수 있다. 이러한 형식적 분리는 날개의 서사 구조가 철저히 이항 대립으로 이루어져있음을 드러낸다. 이항 대립의 심층의미는 작품을 분석하는 과정에서 밝힐 수 있을 것이다.

> 「박제가 되어 버린 천재」를 아시오? 나는 유쾌하오. 이런 때 연
> 애까지가 유쾌하오.[57]

'박제가 되어 버린 천재'란 이 소설 전체를 함축하는 담론이다. 「오감도」의 발표 이후 무지한 독자들의 비판은 이상을 실망케 했고, 일상을 외면하는 결정적 계기가 되었다. 그런데도 유쾌하다는 것은 일

---

57) 김윤식 편, 이상문학 전집 2, 문학사상사, 1991, 318쪽

종의 비꼬임의 언술이다. 그리고 가장 속물적인 일상의 연애까지도 유쾌하다는 것은 배면에 일상에 대한 허무의식을 짙게 드리우고 있다. 또한 "육신이 흐느적흐느적하도록 피로했을 때만 정신이 은화처럼 맑소."라는 것은 정신과 육체의 분리를 의미한다. "위트와 파라독스를 바둑 포석처럼 늘어놓소. 가증할 상식의 병이오"라는 것은 관습화된 이상의 지식인 취향을 스스로 탄식하는 것이다. "나는 또 여인과의 생활을 설계하오"라는 것은 언뜻 일상화된 결혼을 이야기하는 것처럼 보인다. 하지만 자신을 '일종의 정신분일자'로 단정하고, '이런 여인의 반만을 영수하는 생활을 설계한다는 말이오'로 부연한다. 그리고는 "어지간히 인생의 제행이 싱거워서 견딜 수가 없게끔 되고 그만둔 모양이오."라며 스스로의 행위가 진정에서 나온 것이 아닌 다만 권태에서 비롯된 지적유희임을 시인한다. '권태'는 이상 문학의 중요한 단서이라고 할 수 있다.58) 그는 권태를 표출하며 간절히 탈일상에의 욕망을 드러내고 있는 셈이다.

권태는 프로이트의 논지를 빌어 문명 일반의 특징인 질서 만들기, 즉 '반복 강박 (compulsion to repeat)'과 연관시킬 수 있다. 말하자면 권태란 일상의 질서가 어느 한 순간 낯선 모습으로 다가올 때, 혹은 그 생활의 질서로부터 이탈되어 있을 때 발생하는 심리적 상태이다. 이 경우 질서를 잉태하는 반복 강박이란 일상에서 당면하는 제반 선택과 결정이 요구하는 정신적 부하를 덜어내는 역할을 하는 것이어

---

58) "세상으로부터의 완전한 절연은 권태를 유발케하는 일차적인 원인이 되는 것이지만, 역으로 주체의 내면을 향한 무한한 통로를 개척하게 하는 계기로 작용하기도 한다. 유폐된 현실 내에서 또 다른 자유 -정신의 자유-를 발견하게 된다는 것은 일종의 역설이다. 그러한 가운데 진정한 위안이 되어줄 수 있는 새로운 질서를 발견하려는 긴장된 시선이야말로 권태가 지닌 능동적이고도 생산적인 측면이라 할 것이다. 권태란 심리적 이완일 뿐만 아니라, 치열한 긴장 상태를 동반하는 것이기 때문이다. 이상에게 있어 이와 같은 측면이 주체의 자기 의식 확보와 밀접하게 연관되어 있음을 알아차리는 일은 한층 본원적인 과제에 속한다." (김유중, 앞의 논문, 89쪽)

서, 그 질서를 존중하며 그 내부에서 안주하는 개인들에게는 더없이 안락한 정신적 이완을 제공하는 것이다. 따라서 그 질서로부터 이탈해 나오는 행위는 그 자체만으로도 정신적 부담일뿐더러, 새로운 질서를 만들기 위해 그것을 거부하는 경우에 요구되는 정신적 부하는 훨씬 더 증가된다. 권태가 지닌 이중성은 이러한 모순된 성격으로 말미암은 것이다.[59] 이러한 권태는 '싫어하는 음식을 탐식하는 아이'처럼 '아이러니'와 '위트'와 '파라독스'로 왜곡되게 해소될 수 있음을 암시한다. 하지만 분열된 주체의식은 한층 더 나아가 '그대 자신을 위조하는 것도 할 만한 일이오'라며 이중 자아의 복제를 꿈꾸게 된다. 바로 그것이 현대성이며 모더니즘 문학만이 이룰 수 있는 경지임을 이상은 '19세기의 봉쇄'와 '도스토예프스키'와 '위고'의 멸시로 간접적으로 드러낸다. 모더니티를 지향하는 이상의 세계관이 간접적으로 표출됨을 볼 수 있다.

'감정은 어떤 포우즈'란 욕망의 위장을 나타낸다. 즉 욕망을 정지함으로써 일상에서 스스로 매몰되고자 하는 것이다. '여왕봉'과 '미망인'의 연결처럼 본질적으로 세상의 모든 여인이 미망인이라고 인식함으로써 이상의 파탄된 일상을 극으로 치닫는다. 반복적으로 서술되는 '꿋 빠이'는 바로 모든 세상의 가치에 대한 작별 인사인 것이다. 이렇게 프롤로그 부분을 살펴 볼 때 욕망의 위장과 모더니티의 지향성, 그리고 일상화된 세속에서 견디지 못한 주체가 중심이 됨을 볼 수 있다. '지성의 극치를 흘낏 들여다 본 일이 있는 일종의 정신분일자'는 탈근대적 지식을 욕망함으로써 분열된 주체를 의미한다. 그가 타인과의 의사소통을 전제로 한 일상성의 영역으로 진입하는 방법은 '그런 생활에 한 발만 드려놓고 흡사 두 개의 태양처럼 마주 쳐다보면서 낄

---

59) 서영채, 「이상 소설과 한국 문학의 근대성」, 민족문화연구소 창립 4주년 기념 심포지움 발표문, 1994. 5.21

낄거리는 것'이다. 욕망의 태양과 일상적 생활의 태양을 설정하여 놓고 그 양쪽 모두에 발을 담그고 생활한다. 여기서 분출되는 욕망은 '여인과의 생활'을 불가능하게 함으로써 그 욕망을 '포우즈'[60]화를 통하여 위장한다. 이 포우즈화가 다름아닌 감정의 공급이 중지된 '박제가 되어버린 천재'의 상태인 것이다.[61]

'박제가 되어 버린 천재'는 자신을 위장하고 내부 이야기를 펼쳐 놓는다. 이러한 프롤로그와 교직(交織)되는 내부 이야기의 서두는 공간의 구조에 대한 언급으로 시작된다.[62]

> 그 삼십삼번지라는 것이 구조가 흡사 유곽이라는 느낌이 없지
> 않다…(319쪽)

「날개」의 경우, 그 공간적 배경은 근대도시 경성의 중심가 근처에 있는 33번지이다. 이곳은 '경성역', '미스꼬시 백화점'등의 근대를

---

60) "이 포우즈는 판단컨대 원자화된 요소로 구성된 무기적 조직을 뜻하는 것이다. 이것은 분석을 바탕으로 구축되는 의식 체계이자, 기계론적인 지성의 조직이다."(한상규, 「1930년대 문학의 미적 자의식」, 『이상문학전집 4』, 문학사상사, 1995, 360쪽)

61) 문홍술, 「1930년대 소설과 모더니즘」, 『모더니즘 연구』, 자유세계, 1993, 292쪽

62) "첫 부분에 나오는 십팔 가구와 그 속에 살고 있는 사람들에 대한 묘사는 '흡사 유곽이라는 느낌이 없지 않다'는 서술자의 공간지각에 타당성을 주고는 있지만, 삶의 양태들에 익숙해져 있는 독자라면 누구나 '유곽'이라고 단정할 수 있는 것을 서술자만이 불확실하게 추측하고 있기 때문에, 여기서 서술자가 일상으로부터 일탈된 인물임을 감지할 수 있다. 이런 추측의 표현은 아내의 정체나 내객들의 돈에 대한 호기심을 서술할 때에도 '알 수 없다', '모르고 말려나 보다', '틀림없으리라'와 같이 일관되게 사용되고 있어서 현실로부터 분열된, 폐쇄된 의식을 계속해서 반영하고 있다. 단문 형태로 서술이 진행되거나 앞 문장의 서술부 어휘가 뒷 문장의 주어로 반복되고 있는 현상도 이런 맥락에서 해설될 수 있다."(이수정, 「믿을 수 없는 일인칭 서술」, 새문사, 1996, 187쪽)

상징하는 곳을 산책할 만한 거리에 위치해 있는 곳으로 주인공이 거리를 나서면 근대도시풍경의 가장 중요한 모티브인 '군중'을 조우할 수 있는 공간이기도 하다. 날개의 주인공과 같이 폐쇄적인 실존의 삶을 영위하면서 도시의 익명성에서 편안함을 느끼는 인물유형은 실상 당시 바야흐로 본격적으로 근대도시의 외양을 갖추어 가던 경성의 근대적 풍경이 아니면 결코 존재할 수 없는 성격의 것이라고 하겠다.

'침침한 방안에서 낮잠들을 자'고 '전등불이 켜진 뒤의 십팔가구는 낮보다 훨씬 화려하'고 '내 방 미닫이 위 한곁에 칼표딱찌를 넷에다 낸 것만한 내—아니! 내 아내의 명함이 붙어 있는 것'에서 삼십삼번지 공간은 유곽임에 틀림없음을 보여준다. 하지만 나는 의문이다. '그들은 밤에는 잠을 자지 않나? 알 수 없다. 나는 밤이나 낮이나 잠만 자느라고 그런 것은 알 길이 없다'는 것은 철저한 권태의 소산이다. 그 권태의 강박관념을 나는 죽음과 같은 잠으로 해소한다. 실상 '여왕봉'과 '미망인'의 비유는 살아 있으되 죽은 것과 마찬가지인 나의 비유로 구체화 되는 것이다. 그 권태는 철저한 일상의 거부로 실행된다. '나는 그러나 그들의 아무와도 놀지 않는다. 놀지 않을 뿐만 아니라 인사도 않는다.'는 철저한 일탈의 소산이기도 하다. 이러한 의미를 갖고 있는 삼십삼번지의 공간은 '내 방'으로 축소화된다.

> 나는 어데까지든지 내 방이 — 집이 아니다. 집은 없다. — 마음
> 에 들었다.(321쪽)

방과 집의 다른 인식은 결코 방이라는 공간이 가정을 상징하는 안식의 공간이 아님을 화자는 역설한다. '집은 없다'라는 고아의식은 결코 일상에 복귀할 수 없는 이상의 세상과의 단절을 보여준다. 그 방

은 어쨌든 아무런 의식이 없이 '행복이니 불행이니 하는 그런 세속적인 계산을 떠난 가장 편리하고 안일한' 안주하기에 안성맞춤인 공간이다. 하지만 그 방은 장지로 두 칸으로 나뉘어 있음으로 해서 근원적으로 단절된 공간이다. 아내가 있는 아랫방은 해가 드는 방이고 내 방은 늘 어두운 공간이다. 또한 아내의 방은 공적인 공간인데 비해 내 방은 철저히 매장된 사적인 공간이다. 화자는 그것을 '운명의 상징'으로 예견한다. 예정된 '운명의 상징'의 공간, 그것은 그 일상에서마저 배태되는 자신의 운명을 암시하는 기능을 수행한다. 그 공간 안에서 주체가 일탈의 경지를 넘어서 바라본 일상은 낯설게 느껴진다. 그나마 사랑하는 아내 역시 자신을 철저히 무시한 채 매춘 행위를 하고 그 대가로 나에게 돈을 준다.

"근대문화는 돈을 객관적 이해관계의 세계가 갖는 세계정신(Welt Seele)으로 만들어 주고 돈에게 원래 자기 영역을 초월해서 개인적 가치를 압도하게 만드는 중요성을 부여한다. 특히 돈과 사랑의 교환은 가장 극단화된 형식으로 돈의 역할을 보여주는 현상이다. 두 당사자의 내면적 진실에 기초한 인간관계인 사랑이 매춘의 경우 양자에 의해 완전히 부정된다. 특히 남성측에서의 돈의 지불은 여자의 가장 인격적이고 사적인 것을 화폐로 객관화시킴으로써 타락시킨다. 따라서 매춘부들은 남자와의 관계에서 엄청난 공허감과 불만을 느끼기 때문에 최소한 상대방의 어떤 다른 면을 기대할 수 있는 대체적인 관계를 추구한다. 그 관계의 하나가 돈의 지불을 전도시키는 방식으로 그녀들은 여기에서 상당한 만족감을 느끼게 된다."63) 따라서 아내가 주는 돈은 스스로의 결핍에서 파생된 욕망의 전도 양상을 띤다. 다른 한편 일상에서 정상인의 의지를 상실한 화자에게 돈이라는 기호는 근대와 동일한 의미로 다가온다.

---

63) 최혜실, 앞의 책, 132쪽

근대에의 열망이 크면 클수록 그와 비례하여 확대되는 근대의 부정적 측면들, 이러한 이중적 근대의 인식은 서사가 진행되면서 자아의 동일성을 획득하는 중요한 기제로 작용한다.

> 정신이 한결 난다. 나는 지난 밤 일을 생각해 보았다. 그 돈 오원을 아내 손에 쥐어주고 넘어졌을 때에 느낄 수 있었던 쾌감을 나는 무엇이라고 설명할 수가 없었다. 그러나 내객들이 내 아내에게 돈 놓고 가는 심리며 내 아내가 내게 돈 놓고 가는 심리의 비밀을 나는 알아 내인 것 같아서 여간 즐거운 것이 아니다. 나는 속으로 빙그레 웃어 보았다. 이런 것을 모르고 오늘까지 지내온 내 자신이 어떻게 우스꽝스러워 보이는지 몰랐다. 나는 어깨춤이 났다.(333쪽)

아내와 나와의 정상적인 부부관계는 처음부터 일그러진 상태이다. 단지 아내의 집에 내가 기생하는 관계일 뿐이다. 일상의 욕망을 포기한 내가 돈이라는 기호를 통해서 다시 일상에 대한 새로운 욕망을 느끼는 것은 자본주의 근대에서의 돈의 위력을 일깨워주는 계기가 된다. 비록 자신이 번 돈이 아니라 할지라도 모든 돈을 아내에게 주는 순간 느꼈던 쾌감은 다시 일상에의 욕구를 불러일으킬 정도로 엄청난 것이었다. 돈이 아내와의 관계에 새로운 전기를 맞이할 줄 몰랐던 나에게 그것은 놀라운 즐거움이 된다. 또한 내가 아내에게 돈을 준다는 것은 무가치했던 일상의 의미를 다시 회복하는 계기가 된다. 하지만 아내가 원한 것은 돈이 아니라 나의 '부재'였다는 것이 밝혀지면서 주체의 인식은 급격히 상승하며 상실했던 동일성을 되찾고자하는 의지로 변환된다. 외출 후 감기에 걸린 나에게 아내는 아스피린이라 속이고 수면제인 아달린을 먹인다.

> 아스피린, 아달린, 아스피린, 맑스, 말사스, 마도로스, 아스피린,

아달린.

아내의 음모는 상실했던 주체의 동일성을 환기시킨다. 마치 신이 지상에서 자신의 겨드랑이에서 잃어버린 날개의 흔적을 발견하고 다시 천상의 기억을 되살리는 것처럼. 아스피린과 아달린을 반복하며 주체의 무의식에 내재되었던 동일성이 표면으로 도출되며 서사는 급격히 반전된다. 내부 이야기의 화자가 프롤로그의 화자로 이동을 하며 형식상 두 개의 축이었던 작품의 구조가 하나로 응축되는 것이다. 동일성을 되찾고 집으로 돌아온 나는 아내의 매춘을 직접 목격하게 되고, 일상에서 의도적으로 일탈할 수 있었던 유일한 공간이었던 방에서 스스로 떠나게 된다. 여기에서 주체의 일상 혐오는 정점에 다다른다.

> 나는 또 희락의 거리를 내려다 보았다. 거기서는 피곤한 생활이 똑 금붕어 지느러미처럼 흐늑흐늑 허비적 거렸다. 눈에 보이지 않는 끈적끈적한 줄에 엉켜서 헤어나지들을 못한다. 나는 피로와 공복 때문에 무너져 들어가는 몸뚱이를 끌고 그 희락의 거리 속으로 섞여 들어가지 않는 수도 없다 생각하였다.(343쪽)

이상이 줄기차게 감행해 왔던 탈일상의 행로는 여기서 위기를 맞이한다. 나는 일상의 복귀를 심각하게 재고하는 것이다. 권태와 피로의 그 일상으로. 또한 일상의 관계들 속으로. 일상으로의 복귀는 이상이 추구하던 이상적 현대성의 파멸을 의미한다. 그러나 이상은 박태원이 그랬던 것과는 달리 일상으로의 복귀를 절감하면서도 그와는 다른 방식으로 결론을 맺는다.

> 우리 부부는 숙명적으로 발이 맞지 않는 절름발이인 것이다. 내

> 가 아내나 제 거동에 로직을 붙일 필요는 없다. 변해할 필요도 없
> 다. 사실은 사실대로 오해는 오해대로 그저 끝없이 발을 절뚝거리
> 면서 세상을 걸어가면 되는 것이다. 그렇지 않을까?(343쪽)

그것은 일탈된 채로 살아가야 한다는 것이다. 이제 다시 일상으로
복귀하고 타인들과 갈등하고 위선적 자신을 사는 것은 있을 수 없는
일이다. 주체의 소멸을 경험했던 화자에게 동일성의 획득 의지는 이
렇게 일상의 복귀를 포기한 순간에 강렬하게 타오른다. 탈일상의 구
현은 오히려 주체를 확고한 동일성을 획득하게 하며 초월적 존재로
변신하게 하는 것이다.

> 이때 뚜우하고 정오 사이렌이 울었다. 사람들은 모두 네 활개를
> 펴고 닭처럼 푸드덕거리는 것 같고 온갖 유리와 강철과 대리석과
> 지폐와 잉크가 부글부글 끓고 수선을 떨고 하는 것 같은 찰나, 그
> 야말로 현란을 극한 정오다. 나는 불현 듯이 겨드랑이가 가렵다. 아
> 하, 그것은 내 인공의 날개가 돋았던 자국이다. 오늘은 없는 이 날
> 개, 머릿속에서는 희망과 야심의 말소된 페이지가 딕셔내리 넘어가
> 듯 번뜩였다. 나는 걷던 걸음을 멈추고 그리고 어디 한 번 이렇게
> 외쳐보고 싶었다. 날개야 다시 돋아라. 날자. 날자. 날자. 한번만 더
> 날자꾸나. 한번만 더 날아 보자꾸나. (344쪽)

「날개」에서 가장 핵심적 부분인 결말은 '정오 사이렌'이 불면서 사
람들이 바삐 일상에서 일을 시작하는 모습을 그리며 변할 수 없는 현
대성의 지향을 드러낸다. 그것은 바로 '인공의 날개'라 함축된다. 지금
은 사라진 인공의 날개는 그 현대성을 통하여 실현될 수 있는 이상의
욕망의 변이체이자 희망의 대상물이다. 그 날개를 다시 달고 '한번만
더 날아 보자꾸나' 외치는 것은 왜곡된 현대성에 대한 비판적 성찰이
자 내면적 저항이라 할 수 있다. 「날개」에서의 내면적 저항은 단순히

정신 병리학적인 도피로 나타나지는 않으며, 그와 대립되는 역동적 운동을 통해 즉, 올바른 삶을 향하는 방향감각을 통해 현실을 비판하고 있다. 루카치는 내적 독백이나 정신병리학적 도피는 세계의 상실과 인격의 해체를 가져온다고 말하고 있지만, 「날개」에서는 반대의 의미로 세계의 재탈환과 인격의 회복을 열렬히 갈망하고 있는 것이다. 결국 「날개」는 일상에서의 탈피 욕망과 동일성 획득의 모색, 그리고 현대성에 대한 진지한 성찰을 담고 있는 소설이라는 점에서 그 가치를 재평가할 수 있다.

4. 일상의 추락과 욕망의 기호 — 「지주회시」

「지주회시」[64]는 이상의 모더니즘적 실험이 돋보이는 작품이다. 한자의 특이한 조합으로 낯설게 하기를 이끌어내는 제목부터 이 소설이 지향하는 바를 암시한다. '지주' 즉 '거미가 돼지를 만나다'라고 해석될 수 있는 제목은 여러 다양한 층위의 의미를 양산해낸다. 작품에서 '거미'는 아내로 묘사되다가 곧 자신으로 다시 설정된다. 또한 '돼지'는 아내의 카페의 주인으로 설정되어 있는데 이러한 인물 설정은 「날개」와 마찬가지로 이항대립의 구조를 취하고 있음을 볼 수 있다. 나와 아내는 삐삐 말랐고 외부의 사람들은 대부분 뚱뚱한 것으로 묘사되어 있다. 궁핍한 계층과 세속적 계층의 대비인 것이다. 또한 나와 아내는 주로 방에 기거하고 바깥 세계의 사람들은 호화로운 장소에 있는 것으로 묘사되며 공간 역시 빈(貧)/부(富)의 대립항으로 설정되어 있다. 이것은 일상 자체를 세속의 공간, 물화의 공간으로 설정시켜 놓고 있음을 볼 수 있다. 이러한 일상에 대한 부정적 시각과 그 일상에

---

64) 이상, 「지주회시」, 『中央』, 1936.6 에 발표

예속되어 아내에게 기생하는 주체의 몰락과 내적 갈등의 심화가 이 소설의 주요 의미망을 구성하고 있다.65)

이 작품은 모더니즘 소설의 특성대로 일정한 플롯 대신 주인공의 상념과 회상, 내적독백 등으로 전개되고 있는데, 자신의 아내와 자신의 이야기, 그리고 술자리 끝에 손님에게 양돼지라고 욕을 하다가 발로 차여 굴러 떨어진 아내를 경찰서에서 찾아오게 되는 과정 등이 주요 골격을 이루고 있다. 형식적 측면을 살펴보면 「지주회시」는 회상의 형식으로 서술된 구조로 짜여 있는데, 오후 네 시부터 다음날 밤까지의 이야기가 주요 시간 층위를 형성하고 있다. 만 하루가 좀 넘는 시간 동안에 주인공 '그'는 계속해서 거리로 나돌아 다닌다. 그가 부딪히는 외계의 실상은 그를 좌절시키기에 충분하다. 그가 부딪히는 돈의 문제, 경제적 문제를 해결하지 못하는 것은 「날개」에서 아내가 주는 돈을 받아쓰는 데서 더 나아가지 못하고 있음을 발견하게 된다. 그리고 그가 부딪히는 권위나 속물시하는 사람들과의 관계, 이러한 것이 그가 거리의 쏘다님에서 부딪히는 외계의 실상으로 나타난다. 이 때마다 그에게는 문을 탁탁 닫아걸고 다시 그의 방에 칩거하고 싶은 욕망이 끊임없이 달려드는 것을 볼 수 있다. 「날개」에서도 '방'이

---

65) 이어령은 「지주회시」에 나타난 일상성을 다음과 같이 해석하고 있다.
　　"「지주회시」는 그의 '일상성'에 대한 태도와 자기 의식 세계를 가장 치밀하게 실감있게 그려 놓은 작품이다. '그'(주인공)와 '아내'의 설정 인물은 「날개」 「봉별기」 등의 두 경우와 조금도 틀리지 않는다. '생명에 뚜껑을 덮고-온갖 벗에서, 관계에서, 희망에서, 욕구에서, 사람과 사람이 사귀는 버릇과 자기 자신을 닫은 채 버선짝만한 방안에서 게으름만을' 꾸준히 이수(履修)하고 있는 '그'는 「날개」의 '나'나 「봉별기」의 '나'와 똑같이 Paraphronique한 의식 세계의 절정에 달한 인간이며 '양말 사이에서 밤마다 지폐와 은화'를 쏟아 놓고 때로는 예고 없이 출분도 하는 그의 아내는 「봉별기」 혹은 「날개」의 아내와 같이 일상성이 '북어와 같은 종아리에 난 돈자죽'처럼 그 살결로 파고들어 간 현실생활의 노예-창부인 것이다."(이어령, 『이상전집 4』, 문학사상사, 1991)

주요 공간으로 설정되어 있기는 하지만 궁극적으로 열려진 공간을 지향하고 있는 것에 비해 「지주회시」는 거꾸로 외부에서 내면으로 침잠하는 과정을 통해 폐쇄된 일상을 재현한다는 점에서 차이점을 보이고 있다.

> 그날밤에그의안해가층계에서굴러떨어지고- 공연히내일일을글탄말라고 어느눈치빠른어른이 타일러놓셨다. 옳고말고다. 그는하루치씩만잔뜩산(生)다. 이런복음에곱신히그는덩어리(속지말라)처럼말(言)이없다. 잔뜩산다. 아내에게무엇을물어보리요? 그러니까아내는대답할일이생기지않고 따라서부부는식물처럼조용하다. 그러나식물은아니다. 아닐뿐아니라여간동물이아니다. 그래서그런지그는이궤짝만한방안에 무슨연줄로언제부터이렇게있게되었는지도무지기억에없다. 오늘다음에오늘이있는것. 내일조금전에오늘이있는것. 이런것은영따지지않기로하고 그저 얼마든지 오늘 오늘 오늘 오늘 헐일없이눈가린마차말의동강난 視야다. (297쪽)

'아내가 층계에서 굴러 떨어지고'는 1장과 2장에서 반복되며 서술된다. 따라서 이 소설의 중심 서사 축은 아내가 굴러 떨어지던 그 날이 된다. 계단에서 떨어지는 그의 아내에 대한 충격이 자기 자신의 존재의 이유를 돌이켜 보는 계기가 된다. 곧 일상성에서 비롯된 그의 동일성 재고가 이 작품의 중심 의미임을 알 수 있다. 하지만 일상 속의 그는 한없이 무기력하고 게으르다. 아니 오히려 그것이 외부에 의한 것이 아닌 자신의 욕망에 의한 위장된 것임을 위의 예문에서 볼 수 있다. 따라서 '그는하루치씩만잔뜩산(生)다'와 '벙어리처럼 말이 없다'라는 예문은 그에게 미래란 애초에 차단된 것이고 희망도 없는 것이라는 폐쇄된 자아의 내면을 보여준다고 할 수 있다. 이러한 폐쇄성은 근본적으로 이상의 시간관에서 그 해답을 찾을 수 있다. '그에게는 내일이 없고 또 내일이 있어야할 이유가 없다. ‘오늘 다음에 오늘이 있는 것, 내일 조금 전에 오늘이 있는 것’과 ‘오후 네시. 다른 시간은 다 어디갔나. 대수냐. 하루가 한시간도 없는 것이라기로서니 무슨 성화가 생기나.’에서 단서를 찾을 수 있는 그의 시간 의식은 선적인 시간의 흐름을 무시하고 시간의 분절 자체를 거부하고 있다. 이것은 단순히 그의 게으름 때문만은 아닌 의도적으로 물리적 시간의 흐름을 받아들이려 하지 않는 계획된 근대 의지라 볼 수 있다. 따라서 이러한 시간의 실종은 곧 적극적 삶의 의지의 상실이며 극도의 폐쇄성을 통해 일상과 단절하고자 하는 욕망이다. 이러한 시간성과 맞물려 일상의 단절과 주체의 소외가 심화되고 있다고 할 수 있다.

> 눈을뜬다. 이번에는생시가보인다. 꿈에는생시를꿈꾸고생시에는꿈을꿈꾸고 어느것이나재미있다. 오후네시, 옳겨앉은아침 ―여기가 아침이냐. 날마다. 그러나물론그는한번씩한번씩이다, (어떤巨大한母체가나를여기다갖다버렸나)―그저한없이게이른것 ― 사람노릇을하는체대체어디얼마나기껏게으를수있나좀해보자― 게으르자―그저한없이게으르자―시끄러워도그저모른체하고게으르기만하면다된다. 살고 게으르고죽고 ―가로대사는것이라면떡먹기다. 오후네시. 다른시간은 다어디갔나. 대수냐. 하루가한시간도없는것이라기로서니무슨성화가생기나. (297쪽)

그는 “귤궤짝만한방안에 무슨연줄로언제부터이렇게있게되었는지도무지기억에없다.” 그는 “어떤巨大한母체가나를여기다갖다버렸나”고 의혹에 찬, 내적 독백의 또다른 의식을 괄호속에 넣어서 서술하고 있다. ‘거대한 모체’는 왜소한 자신을 일상적 세계의 공간으로부터 “첩첩히 닫아버린 번지”에, 흉악한 거미 내음새나는 거미 속에, 방이 거미인 속에 갖다버린 것이 아닌가고 자신의 존재를 돌아다본다. 「지주회시」의 방은 이러한 단절과 소립의 공간으로서 그의 좌절과 절망의 끝없는 미로가 된다. 「지주회시」에서 방의 세계는 두 가지 양상으로 나누어 살필 수 있다. 첫째, 방 속에 안주해 있을 때 느끼는 방에 대한 의식이다. 이것은 곧 공간의 이동, 세계의 변화에 대한 그의 의식의 지향성— 원심과 구심에 대한 한 해결 방책이 될 수도 있기 때문이다. 그의 게으름과 잠은 다른 사람에게 이해할 수 없는 희한한 일이 된다. 결국 이러한 그의 잠은 바깥 세계와의 관계에 대한 단절의 의미를 갖는다는 것을 알 수 있다. 바깥 세계와 단절된 방의 세계에서도 그는 더욱 더 단절된 공간을 구한다. '첩첩이 닫아버린 번지' 방에서 그의 이러한 단절 의식은 방에 나 있는 외계와의 통로 —덧문을 닫아거는 행위로서 더욱 확실해진다. 단절되어 있는 방 공간에서 같이 사는 아내에 대한 의문 역시 일상에 얽매여 자신을 옭아매는 하나의 구속으로 여기고 있다. 아무런 필연성 없이 내던져진 자신의 방과 마찬가지로 아내와의 관계 역시 특별한 의미 없는 암울한 일상에 불과한 것이다.

> 여보 —오늘은크리스마스요-봄날같이따뜻 (이것이원체틀린禍근이다)하니 수염좀깎소. 도무지그의머리에서 그 거미의어렵디어려운발들이사라지지않는데들은크리스마스라는한마디말은참서늘하다. 그가 어쩌다가그의아내와부부가되어버렸나. 아내가그를따라온것은사실이지만 왜따라왔나? 아니다. 와서왜가지않았나-그것은분명하다. 왜가지않았나 이것이분명하였을때 —그들이부부노릇을한지 —년반쯤된때 -아내는갔다. 그는아내가왜갔나를알수없었다. 그까닭에도저히아내를찾을길이없었다. 그런데아내는왔다. 그는왜왔는지알았다. 지금그는아내가왜안가는지를알고있다. 이것은분명히왜갔는지모르게아내가가버릴징조에틀림없다. 즉 경험에의하면그렇다.(299쪽)

방의 세계에서 그가 갖는 또 하나의 중요한 의미 지표가 되는 것으로는 아내와의 관계를 생각할 수 있다. 「날개」에서 나타난 사육되고 있는 부부관계의 파행성, 지배나 예속의 관계는 보다더 복잡한 구체적 실상으로서 나타난다. 아내와의 관계는 그의 대타(對他)관계로서의 세계와의 관계의 가장 원초적인 것으로 나타난다. 아내는 바로 자기 자신일 수 없는 데서 궁극적으로 타인일 수밖에 없으며 그 관계는 서로 가학적인 존재로서의 '거미'와 '거미'라는 관계로 표면화된다. 그와 아내의 관계는 왜 부부가 되었는지 알 수 없다는 것으로 서술되어 있다. 또한 아내의 가출과 그에 대한 그의 반응은 그의 내면 세계로서 대타관계의 불확실한 의식과 태도를 나타낸다고 볼 수 있다. 그러나 동시에 그는 아내가 가출에서 '불쑥 돌아와 주기를 바라는' 욕망을 갖고 있다. 아내와 함께 하는, 즉 그의 세계 속에 아내를 자신과 동일화했을 때 그는 세계와의 관계, 대타관계를 그 원초적인 데서 원만히 할 수 있음을 뜻하게 된다.

이처럼 그가 아내와 관계를 가장 일체화된 관계로 욕망할 수 있는 곳은 방의 세계가 될 수 있다. '그'는 이러한 자기와 아내와의 모순된 공존성을 「날개」에서와 같이(-볕 드는 방이 아내 방이오 볕 안드는 방이 내 방이오 하고 아내와 나 둘 중에 누가 정했는지 모른다-) 알 수 없는 숙명적인 우연성으로 받아 들이고 그것으로 인하여 전개되는 비극들을 그리고 있다. '일상성'에 배어 흐느적 거리는 아내와 그 아내가 사는 방과 그 뱉어 논 돈 등은 모두가 '그'에게 있어 하나의 '거미'라는 존재로 나타난다.

> 또 거미. 아내는꼭거미. 라고그는믿는다. 저것이어서도로환투를하여서거미형상을나타내었으면 -그러나거미를총으로쏘아죽였다는이야기는들은일이없다. 보통 발로밟이죽이는데신발신기커녕일어나기도싫다(298쪽)

> 오냐 왜그러니 나는거미다. 연필처럼야위어가는것 -피가지나가

지않는혈관-생각하지않고도없어지지않는머리 -칵막힌머리 -코없
는생각-거미거미속에서 안나오는것-내다보지않는것-취하는것-
정신없는것-房-버선처럼생긴房이었다. 아내였다. 거미라는탓이었
다. (300쪽)

버선처럼 생긴 '방'과 '거미'인 아내는 자아를 철저히 붕괴시키는
원천이다. 그 속에서 나는 표면적으로 '연필처럼 야위어 가'고, '피가
지나가지않는혈관'처럼 모든 감정이 메말라 졌으며, '생각하지 않고도
없어지는머리'처럼 사유의 근거를 잃어버린다. 그 일차적인 원인은
'거미'인 아내의 탓으로 돌려지고 있지만 실상은 외부세계에서의 철
저한 단절감에서 기인된 그의 내적 세계로의 퇴행에 기인한다. 즉 외
부세계가 가장 부정적 공간이며 속물적 공간이기 때문이다.

「지주회시」에서 그와 인물들 사이의 만남은 부정적이며 내적으로는
그를 더욱 고독하게 하고 소외시키는 역할을 한다. 「지주회시」에서
내성적 자기인식과 소외는 그가 왜 타인들과 함께 할 수 없으며, 왜,
어떻게 소외되는가 하는 문제를 야기시킨다. 그에게 바깥세계는 뭇나
뚱뚱보 신사들로부터 소외되고 배반당하는 고통의 세계이다. 그가 다
른 사람들에 대하여 가지는 관계는 거미와 양 돼지의 동물 비유로 나
타나는데, 그것은 개개인과의 상대적 관계에 따라 누구에게나 비유될
수 있는 것이다. 그것은 궁극적으로는 자기 반성의 내성적 자의식 세
계로 귀결되고, 그는 그의 삶의 가장 깊은 구심의 공간으로 끝없이
하강하는 의식의 지향을 보여준다. 돼지와 거미의 관계는 동시적일
수 있으며 상대적인 의미로 이해된다.

지금, 지금. 골수에스미고말았나보다. 칙칙한근성이 -모르고그랬
다고하면말이될까? 더럽구나. 무슨구실로변명하여야되나. 에잇! 에
잇! 아무것도차라리억울해하지말자-이렇게맹서하자. 그러나그의빰

이화끈화끈달았다. 눈물이새금새금맺혀들어왔다. 거미 ㅡ분명히그자
신이거미였다.   물뿌리처럼야외들어가는아내를빨아먹는거미가 너자
신인것을깨달아라. 내가거미다. 비린내나는입이다. 아니 아내는그럼
그에게서아무것도안빨아먹느냐. 보렴 ㅡ이파랗게질린수염자국ㅡ퀭
한 눈ㅡ늘씬하게만연되나마나하는형영없는營養을ㅡ보아라. 아내가
아내다. 아내아닐수있으랴. 거미와거미거미와거미냐. 서로빨아먹느
냐. 어디로가나. 마주야웨는까닭은무엇인가. 어느날아침에나뼈가가
죽을찢고내밀리려는지   ㅡ그손바닥만한아내의이마에는땀이흐른다.
아내의이마에손을얹고 그래도여전히그는 잔인하게아내를밟았다. 밟
히는아내는삼경이면쥐소리를지르며찌그러지곤한다. 내일아침에퍼지
는염낭처럼.(301쪽)

　돈을 꾼 아내의 카페 사장에게 얼떨결에 인사한 행위를 여전히 자
신이 일상의 그물에서 헤어나지 못하고 있다고 자책한다. 이 자책감
은 '거미'에 대한 의식의 전환으로 이어진다. 즉, 아내가 거미가 아닌
내 자신이 삐삐 마른 그녀를 빨아먹는 개미로 인식하게 된 것이다.
방 공간에서는 자신을 구속하고 착취했던 아내가 외부세계에서는 오
히려 그를 돕는 조력자의 역할로 전이된다. 그리고 잠시나마 접촉한
외부세계는 도리어 철저히 그를 외부세계에서 차단시키는 결과를 가
져온다. 그는 이상과 신념이 이루어질 수 있는 곳은 방안뿐이며 상념
속에서만 가능함을 재확인할 뿐인 것이다.
　이러한 철저한 외부와의 단절은 그의 유일한 친구 오(吳)의 변신으
로 더욱 굳어진다. 어린 시절 순수했던 마음을 버려두고 외양만 삔지
르하게 다듬고 서른 살까지 백만원을 모으는 게 목표가 된 그의 완벽
한 변절은 화자를 심한 갈등 속에 빠지게 한다. 세속적이고 속물화된
吳에 대한 부정적 의식은 오히려 자신의 심층의식에 자리잡기 시작한
세속적 욕망에 대한 부정적 의식을 인식하게 한다. 그것은 거울에 나
타나는 타자화된 자신을 보는 것으로 나타난다. 그의 '저지경'이나

‘이모양’은 모두가 세속적 욕망과 돈에 대한 집착에 기인한 자신의 세속화에 대한 自省인 것이다. 그러나 다른 한편 그의 내면에 돈으로부터 소외된 자신에 대한 의식과 돈에 대한 잠재적 욕망이 꿈틀거리고 있음을 부인할 수 없음을 나타낸다. 이처럼 그의 의식은 복합적이어서 욕망의 근원을 교묘히 위장하고 있음을 볼 수 있다. 이같은 의식의 복합성과 욕망의 위장은 먼저 자신의 세속화에 대한 자성적 입장에서 찾아볼 수 있다.

이제 「지주회시」에서 일상성과 욕망의 중심은 ‘돈’으로 집약된다. 「날개」에서 돈은 ‘나’를 열린세계로 나아가게 하며 나의 전도된 위상을 정위(定位)로 바꾸어 놓게 하는데 기여한다. 그런데 「지주회시」에서 돈에 대한 욕망이 오히려 올가미가 되어 그를 얽애맨다. ‘저 지경’은 속물시된 오(吳)의 생활을 가리키며, ‘이모양’은 돈 때문에 훨씬 물러앉은 그의 의식을 가리킨다. 따라서 외부세계에서 ‘거미’가 실상을 자신이라는 내적 성찰은 ‘돈’이라는 기호 앞에서 더욱 확연히 드러나게 되는 것이다. 오가 등쳐먹는 여급 ‘마유미’의 진술은 실상은 아내도 자신을 거미로 인식하고 있음을 간접적으로 드러내는 부분이다.

그러니까저를빨아먹는거미를제손으로기르는세음이지요. 그렇지만또이허전한것을저끄나풀다수굿이채워주거니하면아까운생각은커녕즈이가되려거민가싶습니다. 돈을한푼도벌지말면그만이겠지만인제그만해도이생활이살에척배어버려서얼른그만두기도어렵고 허자니그러기는싫습니다. 이를북북갈아젖혀가면서기를쓰고빼앗습니다. 양말－그는아내의양말을생각하여보았다. 양말사이에서는신기하게도 밤마다지폐와은화가나왔다. 五十전짜리가딸랑하고방바닥에굴러떨어질때 듣는그음향은이세상아무것에도 비길수없는가장숭엄한감각에틀림없었다. 오늘밤에는 아내는또몇개의그런은화를

정강이에서배알아놓으려나그북어와같은종아리에난돈자죽―돈이
살을파고들어가서 ―고놈이아내의정기를속속들이빨아내이나보다.
아―거미 ―잊어버렸던거미 ―돈도거미 ―그러나눈앞에놓여있는
너무나튼튼한쌍거미 ―너무튼튼하지않으냐. 담배를한대피워물고
―참―아내야. 대체내가무엇인줄알고죽지못하게이렇게먹여살리느
냐-죽는것 ―사는것 ―그는천하다그의존재는너무나우스꽝스럽다
스스로지나치게비웃는다.(308쪽)

자신의 존재에 대한 자각은 아내에 대한 증오를 연민으로 변화시킨
다. '마유미'가 뚱뚱한 데서 오는 부러움은 곧 자신의 아내의 마른 모
습을 동정하게 되고, 그 마른 아내가 자신을 먹여 살리는데 대한 현
실은 자신의 존재를 극도로 왜소화시킨다. 외부세계의 대표적 인물인
친구 '오(吳)', R 회관의 '뚱뚱신사', 창녀 '마유미', A 취인소 '전무'등
은 '일상성'의 현실에 이끌려 살아가는 인간이긴 하지만 아내의 그 경
우와는 또 다른 것이다. 아내는 송곳처럼 야위어만 가는 대신 이들은
하나 없이 지방기로 윤택하게 비대해지기만 한다. 이것은 '일상성'에
젖어 있는 인간들의 계급성을 심화시킨다. R 회관의 '뚱뚱신사'와 '전
무'나 같은 창부인 '마유미'는 '일상적 생활'에 성공한 충실한 하복(下
僕)의 표본들이라면 자기 아내는 이의 학대받는 하복으로서 그 생활
에 실패한 표본이다. 그러나 아내는 '그'(주인공)와 같은 자의식이 없
기 때문에 흉칙한 일상성의 끈적끈적한 거미줄에 매달린 채로 비참한
'거미' 노릇만을 하고 있는 것이다.

이런 문제가 극대화되는 것은 바로 아내가 뚱뚱이 전무와 싸움을
한 후 경찰서에 붙잡혀 가게 된 후이다. 아내는 자신의 마른 용모를
비웃는 뚱뚱이 전무와 싸웠고 그런 아내의 '굴러 떨어짐'을 주인공
은 자신과 동일시함으로써 그 의미가 확대된다. 아내의 굴러 떨어
진 모습이 연상되며 '눈물이 핑돌면서' 분한 감정을 느낀 것은 속물

화된 일상에서 소외된 자신에 대한 연민이다. 이상은 자신의 동일
성을 아내라는 타인에서 간접적으로 확인하게 된다. 속물화된 세계
에 대한 거부로. 그리고 싸움이라는 강렬한 저항으로. 하지만 이것
은 일시적 현상일 뿐이다. 폭행에 대한 합의조로 받아낸 이십원으
로 말미암아 아내는 다시 기뻐하고 그것을 지켜보는 나 역시 헤어
날 수 없는 일상의 그물에서 벗어날 수 없는 거미줄에 얽혀 있는
거미일 뿐인 것이다.

> 밤은안개로하여 흐릿하다 공기는제대로썩어들어가는지쉬적지
> 근하여. 또-과연거미다. (환투)-그는그의손가락을코밑에가져다
> 가가만히맡아보았다. 거미내음새는-그러나十원을요모조모주무르
> 던그새큼한지폐내음새가참그윽할뿐이었다. 요 새큼한내음새 -요
> 것때문에세상은가만있지못하고생사람을더러잡는다-더러가뭐냐.
> 얼마나많이축을내나.   가다듬을수없는어지러운심정이었다.   거미
> -그렇지 -거미는나밖에없다. 보아라. 지금이거미의끈적끈적한
> 촉수가어디로몰려가고있나-쪽소름이끼치고 식은땀이내솟기시작이
> 다. 노한촉수-마유미 -뭇의자신있는계집 -끄나풀-허전한 것-
> 수단은없다. 손에쥐인二十-원 -마유미 -十원은술먹고十원은팁
> 으로주고 그래서마유미가응하지않거든 예이 양돼지라고그래버리
> 지. 그래도그만이라면二十원은그냥날라가-헛되다- 그러나어떠냐
> 공돈이아니냐.   전무는한번더아내를층계에서굴러떨어뜨려주려므
> 나. 또二十원이다. 十원은술값누원은팁. 그래도마유미가응하지않
> 거든양돼지라고그래주고 그래도그만이면二十원은그냥뜨는것이다
> 부탁이다. 아내야또한번전무귀에다대이고 양돼지 그래라. 걷어차
> 거든두말말고층계에서내리굴러라. (314쪽)

"요 새큼한 내음새 - 요것 때문에 세상은가만있지못하고생사람
을 ⋯⋯"에서 구체화되는 돈의 문제는 그와 바깥 세계와의 사회화의

문제이며 그와 바깥 세계와의 관계의 가장 구체적인 표현이 된다. 결국 그의 사회화, 바깥 세계와의 관계는 성공적으로 실현되지 못한다. 그는 바깥 세계와의 접촉에서 실패하고 수차례 자신의 방을 다시 생각하게 된다. 그의 방에 대한 의식은 현실에 대한 적극적 대응이 아닌 현실에서의 도피와 안일의 상태인 잠으로 나타난다. 그것은 바깥 세계 자체의 부조리한 문제에 원인을 찾아볼 수 있다. '오'의 속물성이 그렇고, 'R 카페 사장'이 그렇고, '전무'가 그렇다. 그리고 '오'와 '마유미', '카페의 여급'등의 사회 풍속의 문제 등이 한결같이 그를 위축하게 하고 그를 자신의 동굴 속으로 몰아 넣기에 충분하다.

그러나 보다 중요한 문제는 그의 극복 의지이다. 그의 대타관계는 극복의지보다는 게으름과 잠 속에 빠져들기를 더 원하고 있다. 그는 아내를 넘어뜨린 R 카페 전무를 돼지라고 욕하려는 의지보다 결국은 아내를 또 다시 굴러 떨어지라고 함으로써 자학적이고 자폐적인 자기 세계에 침잠하는 태도를 더 심하게 보여 준다. 그가 마지막 부분에서 방에서 거리로 나가는 모습은 문제 해결이 아니라 자신을 바깥 세계에 내맡김으로써, 방을 탈출하기 보다는 방에서 구하는 잠의 한 형태로 자기적(自棄的)인 태도를 취한 데 불과함을 보게 된다.

결국 이 소설은 현실을 통한 초월을 원하나 그렇지 못하고 오히려 역으로 바닥으로 침잠하는 경향을 볼 수 있다. 이것은 「날개」가 폐쇄된 일상의 각성을 통한 주체의 동일성에 초점을 맞추고 있다면, 「지주회시」는 주체의 동일성을 붕괴시키는 일상성의 메카니즘에 치중하고 있음을 보여준다. 즉 "「날개」가 비상의 운동성을 통해 존재의 자유의지에 대한 지향성을 그려내고 있다면 「지주회시」는 추락의 운동성을 통해 이러한 의지를 좌절시키는 부정적 현실의 힘을 회화적으로 그려내고 있음"66)에 주목해야 하는 것이다. 이러한 차별성은 궁극적으로 이상의 현대성에 대한 인식의 양 극단을 구체화하는 양상이라 볼 수 있다. 근대화에 대한 지향과 근대에 대한 철저한 회의라는 이중적 현대성의 인식은 주체의 분열을 가속화하였으며 주체를 소외시키는 근원이었음을 밝히고 있는 것이다.

---

66) 황도경, 「모더니즘과 공간성」, 『문학사상』 1998년 4월호, 49쪽

Ⅳ. 전후 공간과 동일성(同一性)의 자각
― 1950년대 소설과 동일성 ―

1. 추악한 일상과 물화된 욕망
― 손창섭의 「생활적(生活的)―

손창섭은 1950년대 문학의 자화상으로 평가받고 있다. 손창섭 문학의 주제가 절망과 허무 그 자체라는 사실은 50년대 문학의 본질을 설명해주는 중요한 단서가 된다. 그의 모든 소설에는 절망의 고통과 그로 인한 세계에 대한 허무가 뚜렷하게 새겨져 있다. 전쟁으로 인한 파괴된 생활과 극도의 가난에서 비롯된 이러한 절망과 허무는 도저히 치유될 수 없는 상태로 소설에 그려진다. 그의 소설의 주요 인물들은 공통적으로 이러한 형상을 담고 있다. 월남하여 고통받는 「비오는 날」의 원구와 동욱 남매, 극도의 가난으로 피폐해진 「생활적」의 동주와 「혈서」의 달수, 또전쟁과 이데올로기 투쟁의 상처 때문에 방황하는 「잉여인간」의 봉우와 「사연기」의 동식 등이 대표적이라 할 수 있다. 여타의 작품들에서도 전쟁과 분단과 가난은 언제나 절망적 삶의 우울한 배경을 이루고 있다.

따라서 손창섭 작품의 가장 큰 특징은 '자아의 부정'에 있다고 할 수 있다. 그 자아 부정의 원인은 전쟁, 가난, 수용소, 감옥 등 인간의 이성으로는 버틸 수 없는 한계 상황들이 주체에게 인간 이하의 생활을 강요함으로써 빚어지는 참혹한 일상에 있다. 따라서 주체는 자기 분열을 넘어서 자아 혐오로 극단화된 양상을 보인다. 높은 학력의 소지자이면서도 무위도식하거나 스스로 현실의 삶보다 죽음을 찬양하는 이러한 극도의 자기 비하, 자아 혐오는 주체의 철저한 무력화로 소설 내에 형상화되고 있다. 50년대라는 특수한 상황하에서 빚어지는 이러한 인물상은 속물적 인물들과 대비되어 극단적으로 몰락하는 과정을 그린다.

30년대 모더니스트들이 '근대'에의 열망이 좌절되자 무력화 되어 세속적 일상으로 퇴행하는 것과 달리 손창섭에게는 애당초 '욕망'이란 존재하지 않는 거세된 관념이다. 전쟁이라는 한계 상황이 바로 그러한 인식을 불러일으켰으며 따라서 그에게 있어 '일상'이란 현실이 아닌 마치 관념 속의 다른 세상처럼 낯선 것이다. 따라서 사랑하는 여인이 창녀 노릇을 해도 별 느낌이 없고 집안 식구들이 모두 자기를 벌레 취급하는 상황에서도 어떠한 실천적 의지를 보이지 않는다. 실천적 의지란 욕망이 있어야 가능하기 때문이다. 어떤 측면에서 보면 손창섭은 '박제가 된 천재'인 '이상'과 비슷한 현실 인식을 보인다고 할 수 있다. 하지만 이상에게는 그래도 근대라는 변하지 않는 욕망의 고지가 있었다. 그래서 퇴행적 현실을 받아들이지 못하고 '날자, 다시 한번 날자꾸나'라는 의지를 내뱉기도 하고 죽음을 예감하고 있음에도 불구하고 동경행을 선택한다. 그러나 손창섭에게는 처음부터 끝까지 절망 밖에는 존재하지 않는다. 따라서 그의 작품에서 핵심적인 세계관인 '비현대성, 비문화성, 비일상성'은 바로 이러한 맥락에서 이해될 수 있다.

또한 이러한 손창섭 문학의 특질을 가장 잘 반영하고 있는 요소는 '인물들의 이상 성격'이다. 그의 인물들은 비정상적인 공상가이거나, 의욕상실자, 무직업자 등 현실에 적응하지 못하는 극도의 소외자들이다. 또한 손창섭 소설의 인물들은 극단적인 결핍감에 시달리고 있는데 여기에는 손창섭 자신의 결핍감이 투사되어 있다. 손창섭이 사춘기에 경험한, 어머니에 의한 '존재의 부정'은 이러한 결핍감의 근원이다. 손창섭은 해방된 조국이 사춘기의 성적 경험에서 기인한, '정신과 육체의 고아'라는 부당한 결핍감을 극복할 수 있게 해줄 것이라고 기대하지만, 그의 희망은 해방공간의 불안한 시대적 상황과 6.25 전쟁으로 말미암아 좌절되고 만다. 이러한 경험들은 그의 작품에서 욕망은 결코 충족될 수 없으며 타인에 의해서 좌절될 수밖에 없는 것으로 그려지고 있다.

이러한 손창섭 문학의 특성이 가장 잘 표현된 작품은 1954년 『현대공론』에 발표된 「생활적(生活的)」이라 할 수 있다. 전쟁의 후유증으로 삶의 욕망이 퇴행된 주체의 비참한 일상과 대비되는 세속적 타자의 탐욕, 그리고 인간 실존의 비참함을 적나라하게 그리고 있는 이 작품은 현대성에 대한 근원적 성찰과 비판이 주체의 동일성을 중심으로 전개되고 있다.

> 아침이 되어도 동주는 일어날 생각을 하지 않는다. 송장처럼 그는 움직일 줄을 모른다. 그만큼 그의 몸은 지칠 대로 지쳐 버린 것이다. 몸뿐이 아니다. 마음도 곤비(困憊)할 대로 곤비해 있었다. 심신이 걸레 조각처럼 되는대로 방 한구석에 놓여 있는 것이다.[67]

동주에 비유되는 것은 '송장'과 '걸레 조각'이다. 그것이 은유의 형

---

67) 손창섭, 『잉여인간』, 한국소설문학대계 30, 두산동아, 1995, 61쪽
   (「생활적」, 「미해결의 장」 모두 위의 책을 인용함)

식이 아닌 직유의 형식이라는 데 의미의 증폭은 커진다. 송장이란 곧 죽음을 의미하고 걸레조각이란 존재적 가치의 비하이다. 따라서 그에게 삶에의 의지나 열망은 애당초 기대하기 힘든 것으로 작가는 단정해 놓고 있다.68) 주인공의 삶을 규정하는 '걸레조각'이라는 표현은 주인공이 직면한 삶의 물질적 조건 뿐만 아니라, 그 물질적 조건에 위에 있는 인간의 현실적 상황에 대한 구체적 표상이다. 동주의 이러한 성격은 딱히 외적 요인이 명시되어 있지 않다. 그것은 전쟁의 비참함을 겪으면서 생겨난 것이 아니라 원래부터 주어진 동주의 성격이고, 그것은 그대로 인간의 존재와 행위의 무의미함을 일깨워주는 작가의 시각과 한 치의 거리도 없이 일치한다.

손창섭 소설의 한 특징인 세부묘사의 치밀함도 그것이 올바른 의미의 구체성을 확보하는 데 기여하는 것이 아니라, 현실의 부정적 일상을 세밀하게 묘사함으로써 삶과 인간에 대한 환멸을 일깨우는 작용을 할 뿐이다. 동주가 이런 지경에 이른 것은 반공포로 수용소의 비참한 수형생활 때문이었다. 예외 없이 전쟁에 기인하여 참혹한 지경에 이른 인간의 군상이다.

> 식구라곤 장기간 병와중인 열네 살 먹은 딸뿐이다. 순이라고 한다. 뒷간 출입도 온전히 못하는 순이는 진종일 누운 채 그 무겁고 단조로운 신음 소리를 내는 것이 일이었다. "으응, 으응, 으응." 그것은 마치 무덤 속에서 송장이 운다면 저러려니 싶은, 듣는 사람에게 어쩔 수 없이 죽음을 생각게 하는 암담한 소리였다… 그것은 마

---

68) 「작가 여적(餘滴)」이란 글에서 모파상의 <목걸이>를 두고 손창섭은," 나 같으면 작품에 나오는 목걸이가, 가짜라는 점을 첫 줄에서 먼저 밝혀 놓겠다. 그리구나서, 목걸이를 빌려갔던 그 여인이 가짜 목걸이를 진짜 목걸이로만 알고, 그것을 보상하기 위해 오랜세월을 두고 고심참담하는 이야기를 자질구레하니 전개시켜 나갈 것이다."라고 쓰고 있다. 손창섭의 개성은 이러한 직선적인 서사 스타일에서 유래된다고 보인다.

치 신음 소리를 내기 위해서 장치한 기계와도 같았다.(62쪽)

물귀신 울음 소리 같은 소리만을 반복하는 '순이'는 다 무너져가는 집의 옆 방에 사는 봉수의 딸이다. 그러나 순이의 신음소리는 '머지않아 죽을지도 모르는 순이의 최선을 다한 생활'이다. 아이러니하게 동주가 그나마 인간으로서의 최소한 생활을 하는 것은 순이에 대한 동정심 때문이다. 아버지 '봉수'마저 돌보기를 포기한 딸을 돌봄으로써 죽음을 예감하는 순이와의 동류의식과 혼란한 상황을 오히려 최고의 시대로 인식하는 봉수에 대한 경멸과 적개심만이 그나마 동주가 살아가는 이유가 된다. 자신을 '미스터 고상'이라고 부르는 봉수는 시대에 가장 약삭빠르게 적응하는 인물이다. 그의 논리는 '인간이란 시대의 추세에 민감하지 않아서는 안된다는 것이다. 시대가 어떻게 움직이는가를 잘 보아 가지고, 언제나 그 시대에 맞게 행동해야 된다는 것이다. 시대에 뒤떨어져 허덕이거나, 시대의 중압에 눌려 버둥거리지만 말고, 시대와 병행하며, 그 시대를 최대한으로 이용해야만 된다고 했다. 결국 인간이란 수하를 막론하고, 종국적인 목적은 돈 모으는 데 있다는 것이다.'라는 것으로 늘 동주를 훈계하는 식이다. 게다가 자신의 동거녀 '하루코'에 까지 은근한 욕정을 내비친다.

손창섭 소설은 50년대 한국 사회가 제시하는 물화된 욕망의 기표인 '돈과 섹스'를 거부하는 경향을 보인다. 이러한 거부는 그러한 가치를 맹목적으로 추구하는 인물들에 대한 모순된 시선에서 잘 나타난다. 손창섭은 아이러니를 통해 물화된 가치의 부정성을 폭로함으로써 욕망과 유토피아적 욕망 사이의 거리를 유지하려고 한다.[69] 하지만 동주는 이러한 상황을 개선하려 하기보다는 체념한다. 죽음이라는 극한

---

69) 배개화, 「손창섭 소설의 욕망구조 연구」, 서울대 대학원 석사학위 논문, 1995, 70쪽

의 상황에 대한 체험이 자아의 욕망을 철저히 억누르기 때문이다.

　　그동안 동주는 그린 듯이 누워 있었다. 훈기에 섞여 배어드는 지
린내와 구린내를 어쩔 수 없듯이, 젖은 옷처럼 전신에 무겁게 감겨
드는 우울을 동주는 참고 견디는 도리밖에 없다고 생각하는 것이었
다. 오늘날까지 삼십여년 간 모든 것을 참고 견디어만 오지 않았느
냐! 죽음까지 참고 살아오지 않았느냐 말이다. 동지의 감은 눈에는
포로수용소 내에서 적색포로에 맞아 죽은 몇몇 동지의 얼굴이 환히
떠오르는 것이었다. 따라서 올가미에 목을 걸린 개처럼 버둥거리며
인민재판장으로 끌려 나가던 자기의 환상을 본다. 동시에 벼락같이
떨어지는 몽둥이에 어깨가 절반이나 으스러져 나가는 것 같은 기억.
세 번째의 몽둥이가 골통을 내려치자 '윽'하고 쓰러지던 순간까지는
뚜렷하다. 동주는 그만 가위에 눌린 때처럼 '어, 어'하고 외마디 신
음소리를 지르고 몸을 꿈틀거려 돌아눕는 것이 다. 이마에는 식은
땀이 약간 내배이는 것이었다. 옆방에서는 한결같이 순이의 신음
소리가 들려오고 있었다. 그 암담한 소리는 순이도 자기도 살아 있
다는 유일한 신호였다. 살아 있다는 것은 동주에게 있어서 그냥 견
딜 수 없이 뻐근한 상태일 뿐이었다. 무엇이든-하다못해 공기나마
담고 있어야 하는 항아리처럼, 그의 머리와 가슴속에는 희망을-아니
면 절망이나 공허라도 채워져 있어야 하니까 말이다.(65~66쪽)

　동주의 계속적인 누워있는 행위는 죽음과 맞닿아 있다. 인간은 직
립을 함으로써 자신의 욕망을 성취해 나간다. 누워 있다는 것은 이러
한 모든 욕망의 원초적인 차단이다. 프레드릭 제임슨은 서사를, 좌절
된 욕망을 언어를 통해 상징적으로 해소하려는 노력으로 간주하는데
이와 같은 관점은 손창섭에게도 적용될 수 있다. 이러한 상징적 해결
중의 하나가 '죽음death' 모티브로, 죽음은 주체가 처해있는 '인간적
조건을 묵살할 수 있는 유일한 방법'으로 작품 속에 제시된다. 이것은
물화된 감각이 나타내는 유토피아적 사명, 즉 리비도적 만족이 고갈

된 세계에서 그러한 만족을 상징적인 경험으로나마 회복하려는 소망을 억압하는 현실을 부정하는 방식이다.

하지만 그렇다고 자아가 모든 생에 대한 불만과 의욕을 상실한 것은 아니다. 다만 포로수용소 내에서 죽어 가는 자기의 환상이 일상을 잠식하기 때문이다. 정체되어 있는 일상과 욕망. 그 속에서 순이의 '그 암담한 소리는 순이도 자기도 살아 있다는 유일한 신호'가 된다. 순이는 소리로써 자신의 존재를 알리고, 동주는 그 소리를 들음으로써 생의 유무를 판단한다. 따라서 순이의 신음은 중요한 기호적 의미를 가진다. 순이의 신음은 당대의 일상을 살아가는 대다수 사람들의 고난을 대변해주고 그 신음을 듣는 동주와 같은 인물은 비록 죽어가나 인간의 본성을 잃지 않는 소수의 사람들을 대변한다. 이는 봉수와 하루꼬로 대변되는 세속적 인물들의 탐욕적 욕망과 대립되며 소설 전체의 의미망을 구축한다.

손창섭에게 있어서 세계는 욕망하는 주체들이 욕망의 충족을 위해서 싸우는 약육강식의 장으로 인식된다. 손창섭은 스스로를 이러한 약육강식의 장에서 패배한 인물이라고 느끼며, 타인들을 '나도 가질 권리가 있는 그런 것들을 독점한 채 분여하지 않으려'고 하는 '이기와 위선에 찬 적'으로 인식한다. 이러한 그의 피해 의식은 '복수심'과 연결되어 과격한 언동을 낳는데, 이것들은 '불의와 부정을 응징하는 정의감'에서 나온 것으로 합리화된다. 이러한 책략을 통해 욕망을 좌절당한 자아는 자신을 합리화하고 스스로를 주체로 설정할 수 있게 된다. 따라서 세계와 대립되는 자아의 동일성은 더 확고해져 간다고 할 수 있다. 또한 이러한 세계관의 형성 원인은 인간을 죽음에 방치하는 몰인간성의 깊은 회의에서 비롯된 것임을 볼 수 있다. 순이의 병은 실상 순이 아버지의 방관에 의해서 더욱 깊어진다는 사실은 상황의 비극성을 확대시키고 있다. '무슨 병이든 날 때 되면 낫고야 만다는 것'이며 '저절로 낫지 않는 병이라면 아무리 돈을 써도 소용없다는 것'이라는 순이 아버지의 말은 동수의 현실에 대한 증오감을 극도로 증폭시킨다.

> 그러니 병명조차 모르는 채 순이의 몸은 나날이 못해만 갔다. 푹 꺼져 들어간 순이의 두 눈에는 빛이 없었다. 피부색도 희다 못해 푸른 기운이 도는 것 같았다. 순이는 죽음을 기다리고 있을지도 모른다고 생각했다. 동주는 벌써부터 그렇게 생각해 오는 것이었다. 동주는 다가앉아 얼굴을 들여다보며 벼르던 말을 물었다. "너 죽고 싶으냐?" 소녀는 금시 얼굴이 긴장해졌다. 퀭한 눈으로 동주의 얼굴을 지켜보는 것이었다. 순이는 필시 자기의 말을 잘못 알아들었거나, 오해한 것이라고 동주는 생각했다. 좀더 분명한 음성으로 다시 물었다. "죽고 싶지?" 소녀는 약하기는 하나 날카롭게 '으악' 소리를 지르고 담요로 얼굴을 쌌다. 순이는 전신을 와들와들 떨기 시작했다. 흰자 많은 동주의 눈이 담요 속에 감추인 순이 얼굴을 원망스러이 노려보고 있었다.(66~67쪽)

위 인용문에서 순이는 동주의 또다른 자아임을 확인할 수 있다. '흰자 많은 동주의 눈'은 곧 죽음을 목전에 둔 자신이고 담요 속에 감추인 순이의 얼굴을 보기 원하는 것은 곧 죽은 뒤의 자신을 보고자 함이다. 현실에 대한 극렬한 증오는 죽지도 살지도 못하는 자아에 대하여 '원망스러이 노려볼' 뿐인 것이다. 30년대 모더니스트들의 세계관이 비극적 근대의식으로 마무리되었다 할지라도 그들이 탈피하고자 하는 일상은 그렇게 비참한 모습으로 그려지고 있지는 않다. 이에 비해 손창섭 소설의 일상은 삶이 곧 죽음이라는 극단적 형태를 취하고 있다. 따라서 손창섭에게는 일상 자체가 무의미함으로 다가온다. 왜냐하면 일상에서 또 다른 죽어가는 나를 발견할 뿐이기 때문이다. 이런 추악한 일상은 '물 길어오기' 삽화에서 구체적으로 제시된다. 물을 길

러가는 행위 자체가 삶의 고통으로 그려진다. 좁은 산 비탈을 올라가
는 길 곳곳에는 '똥 오줌 천지'이고 샘물에 가서도 우악스러운 여편네
들에 밀려 좀처럼 물을 풀 수 없는 것이다.[70]

> 그렇기 때문에 이 산 전체가 거름더미같이 지린내와 구린내를
> 쉴 사이 없이 발산하는 것이었다. 밤에는 말할 나위도 없거니와, 낮
> 이라도 조금만 부주의하면 똥을 밟기가 예사였다. 우물터에 가고
> 오는 길에서 동주는 여러 번 그 지독하게 독한 인분을 밟고 얼굴을
> 찡그렸다. 그런 때 동주에게는 이 일대 주민들이 온통 구더기처럼
> 만 보이는 것이었다. 이 방대한 거름더미에서 무수히 꿈틀거리고
> 있는 구더기, 구더기.(68쪽)

'구린내 나는 산과 밟히는 똥'처럼 일상은 추악한 것이고, 그 일상
을 사는 탐욕의 인물들은 '구더기'와 같이 형이하학적이다. 간신히 물
을 길어 오고 그 피로 때문에 방에 쓰러져 누우며 동주는 이렇게 생

---

70) "손창섭은 장용학이 관념으로 느낀 현대의 인간 조건과의 대결을 체험을
통해서 겪어나간다. 살아간다는 것은 욕되는 것이며 짐승처럼 견디는 것
이다. '다리 병신'이나 '기피자'(「혈서」), 혹은 '정신적 편향자들'(「잉여인간
」), '과부'와 '고아청년'(「피해자」), '매춘부'와 '룸펜'(「유실몽」) 등등 보호
자없이 세상에서 소외된 자들이 극한적 생활을 견디며 살아간다. 산다는
것은 그들에게는 죄욕이다. 버려진 인물들의 모습에서 현실의 황무지를
인식할 수 있으며, 신이 없는 시대에서 욕된 삶을 살아가고 있음을 알 수
있다. 고아에게는 애정이나 이해나 미래는 존재하지 않는다. 오직 그날그
날의 생명의 유지만이 중요하다. 이러한 세계는 전쟁으로 버려진 인간의
모습을 통해 현대 인간의 삶의 의미를 그의 내면을 통해 제출해 놓은 삶
의 파편들이다. 황무지를 황무지로 드러내 놓고, 의식을 의식 그대로 내보
이는 것이란 전후의 현실을 표현하는 한 방식이다. 그것은 무의미한 인간
에의 묘사이다. 이러한 무의미의 세계가 그의 인물들이 숨쉬는 공간이다.
황무지와 같은 무의미만이 존재하는 세계에서 인간 또한 무의미하게 살아
가는 것이다. 적어도 손창섭은 황무지 인식과 소외 감정에서 자신의 문학
을 출발시키고 있다. 그것은 시대적 정황으로서의 불안의식의 내재화이다.
불안의식을 자기 동일시하여 그 속에서 소설을 자의식의 산물로 만든다."
(전기철,『한국 전후 문예비평 연구』, 서울, 1994, 86~88쪽)

각한다. "주체하기 힘들도록 무거워진 몸을 방안으로 옮겨 간다. 쓰러지듯이 동주는 한구석에 누워 버리는 것이다. 그리고 지린내와 구린내 속에서 그는 파리와 벼룩의 엄습을 참고, 한 시간이든 두 시간이든 또 죽은 듯이 누워 있는 것이다. 그 동안 동주는 옆방에서 들려오는 순이의 그 무거운 신음 소리를 들으며, 순이보다는 되레 자기가 먼저 죽을지도 모른다는 생각을 해보기도 하는 것이다." 상황이 이렇게 비극적으로 전개되고 있는 원인은 외부의 환경 탓이기도 하지만 자신의 성격과 의지에서 심한 결함이 있음을 또한 간과하지 않는다. 치열한 자기 반성이라 볼 수 있는 것이다.

> 송장처럼 외계의 힘을 빌리지 않고는 적극적으로 자신을 움직여 보지 못하는 위인이었다. 이북에 있을 때만 해도 가까운 친구들이 모두 재빠르게 월남을 했건만 동주만은 만날 벼르기만 하다가 종시 못 넘어 오고 만 것이라든지, 사변이 터지자 남들은 죽기를 기쓰고 공산군에 나가기를 기피했건만, 그는 끝끝내 숨어 견디지 못하고 마침내 끌려 나가고야 말았던 것도 결국은 동주 자신의 이러한 성격에 원인이 있었던 것이다. 곤경에 직면하게 되면 그것을 극복하기 위해 끝까지 버둥거려 보는 것이 아니라, 어떻게든 될대로 되겠지 하고 막연히 시간의 해결 앞에 내어맡겨 버리고 마는 동주였다.(70쪽)

'시간의 해결 앞에 내어 맡겨 버리는' 욕망의 퇴화는 사건을 더욱 곤경에 빠뜨리고 현실에 대한 욕망과 의지는 스러져 가는 육체와 함께 소멸되어 간다. 우연히 만난 춘자와의 동거 역시 그렇다. 자신의 의지와는 상관없이 자신의 집으로 짐을 옮기고 밤마다 섹스를 원하는 그녀는 마약장수 봉수와 탐욕적이고 세속적인 면에서 다를 바 없는 인물이다. 이렇게 상황은 점점 비참해져가고 여름날 순이가 보여주는 역겨운 행동은 악화되어가는 현실에 대한 혐오적 비유이다.

　　수건 하나 가리지 아니한 알몸으로 순이는 누운 채 허리를 굽혀
　자기의 사타구니를 열심히 들여다보고 있는 것이었다. 자연 동주의
　시선도 순이의 사타구니로 끌렸다. 그 어느 한 부분에 쌀알보다도
　적은 생명체가 여러 마리 꼬무락거리고 있는 것이 눈에 띄었다. 동
　주는 그게 이가 아닌가 생각했다. 순이도 그때야 깜짝 놀라 동주를
　흘겨보며 담요로 몸을 가렸다. 곧 자기 방으로 돌아온 동주는 그제
　야 그 조그만 생물들이 이가 아니라 구더기인 것을 깨달았던 것이
　다. 순이는 이제 오래지 않아 죽을 거라고 동주는 생각했다.(72쪽)

　소설 가운데 세부묘사의 적절함을 가늠하는 것은 형상화 전반에 걸
쳐 관철되는 원근법이다. 모더니즘이나 자연주의 문학에서 사용되는
세부묘사는 참다운 현실반영이라기보다는 주관적 논리에 의해 파악되
는 현실의 개별적 단면에 머무르고 만다. 위의 인용문은 동주가 유일
한 삶의 대상으로 삼고 있는 열다섯 살짜리 결핵환자 순이의 방을 방
문하면서 목격한 장면이다. 이것은 정상적인 인간관계로부터 소외되
고 죽음을 목전에 둔 한 인간에 대한 묘사지만, 궁극적으로 이러한
세부묘사는 궁핍과 인간소외의 객관적 원인보다는 삶에 대한 끊임없
는 환멸을 일깨우는 데 기여한다.[71]

　소설의 결말 부분에서 순이가 죽고 순이의 죽음을 통해 죽을 수 있
는 희망(?)을 품는 모습은 손창섭 소설의 비극적 세계관이 50년대 전
체의 일상의 의미로 확대됨을 보여준다. '주검과의 입맞춤'은 죽음의
심연 곁에 있는 실존의 확인방식이다. 말하자면 '허무'와의 동화와 거
리두기이다. 거부해야 하지만 거부할 수 없는 작가(주인공)의 실존에
대한 각성과 그 실존에 대한 형언할 수 없는 연민의 형식이라 할 수
있다.[72] 죽음을 기다리는 것만이 희망이 될 수 있다면 일상은 주체와

---

71) 한수영, 『1950년대 한국문학연구』, 한국문학연구회편, 평민사, 1993, 57쪽

영원히 단절될 수밖에 없다. 손창섭 소설의 일상은 삶이 곧 죽음인 극단적 형태를 취하고 있다. 일상은 단지 또 다른 죽어가는 나의 확인이기 때문이다. 이러한 주체의 세속적 일상의 거부는 한계적 상황에서 실존하기 위한 '동일성'의 양태로 귀결된다. 때때로 그것은 자의식의 과잉이라는 비판을 받기도 하지만 시대 상황을 견뎌내기 위한 의도적 대응방식으로 설명될 수 있다. 따라서 「생활적」은 현대성의 회의를 통해서 세계를 거부하고 주체의 깊은 내면 탐구를 통해 자아의 동일성을 고착시켜나가는 50년대적 모더니즘 소설의 전형이라 할 수 있다.[73]

2. 자아와 세계의 필연성 부재 ― 「미해결의 장」

1955년 『현대문학』에 발표된 「미해결(未解決)의 장(場)」은 일상의 회의가 극한에 이른 주체의 상태를 표현한 작품이다. 이러한 회의주

---

72) 서준섭, 앞의 책, 179쪽

73) 오문석은 다음과 같이 50년대 모더니즘을 해석하고 있는데 손창섭의 소설은 주로 세계관적 측면에서 모더니즘 소설의 면모를 갖추고 있다고 보고 있다. "50년대의 모더니즘 논의에서 가장 쟁점이 되는 부분은 '근대와 현대의 문제'이다. 근대와 현대가 단절이든 계승이든 그들은 근대화 현대를 우선 구분해놓는 일에 공감하고 있는데, 따라서 모든 논의의 출발점은 현대성의 문제로 모아진다. 그들이 이처럼 근대와 현대의 문제에 매달리는 까닭은 '한국전쟁'의 영향에서 비롯된다. 한국전쟁은 물질적인 황폐화뿐만 아니라 정신적인 위기의식을 초래하여, 세계에 대한 기존의 해석들은 그 유효성을 의심받게 되었다. 그러나 50년대 모더니스트들은 전쟁으로 인해서 달라진 상황을 설명하기 위해 근대와 현대라는 서구의 개념틀을 도입하게 된다. 그들에게 전쟁은 한국사회가 현대로 진입하는 시발점이면서 동시에 세계사적 동시대성으로의 편입을 증거하는 사건으로 비췄던 것이다. 따라서 한국전쟁의 특수성은 그 세계사적 동시대성으로 흡수되면서, 1차대전이나 2차대전과 동일한 무게로 취급된다."(오문석, 「1950년대 모더니즘 시론연구」, 『1950년대 남북한 시인 연구』, 한국문학연구회편, 국학자료원, 1996, 10쪽)

의적 세계는 6.25 전쟁이라는 극단적인 사회 현상에 근거한다. 주인공 지상은 존재의 기반 자체를 잃어버리고 허무의 심연으로 빠지게 된다. 근원이 되었던 전쟁의 상처는 인간 자체에 대한 회의로 심화되고 있는 것이다. 현실의 질서 자체에 대한 부정이라고 할 수 있다. 주인공의 의식에서 전쟁에 대한 의식은 소거되고 그에 따른 가치 전복적 사고만이 남아 있다. 따라서 여전히 현실에서 무력하고 타인들에 의해서 소외되는 상태에서 그나마 삶을 지탱하는 원동력은 자아의 동일성이다. 자아의 동일성을 잃지 않는 모습은 아이러니에서 비롯된다.

이 작품은 「생활적(生活的)」과 더불어 아이러니의 특성이 가장 뚜렷하게 나타나는 작품이라 할 수 있다. 인물들은 지상의 식구들로 대표되는 허황된 속물적 인간들과 지상으로 대표되는 극도의 허무주의자로 나뉠 수 있다. 주인공 지상은 극도로 궁핍한 상황에서도 일을 하지 않고 빈둥거리며 집과 매음녀 광순의 이부자리 속을 왕래하는 비정상적인 인물이다. 그러한 그는 일상의 무의미성에 괴로워하는데, 가족들이 지상명제로 삼는 미국 유학의 꿈과 가장 성실한 인간들의 집합이라는 진성회의 위선에서 더욱 극대화된다. 이러한 것은 현실의 궁핍과 비참한 삶을 그럴 듯한 관념으로 치장하여 위안 받으려는 위선적 인간들을 부정하는 방식이다. 또한 「未解決의 章－군소리의 의미」는 제목 자체가 손창섭의 세계와 현실 인식을 상징하고 있다. 세계 자체가 미해결, 해결을 볼 수 없는 곳이기에 어떤 일을 성취한다거나 현실에 대한 적극적인 실천의지는 그 자체가 군소리가 될 수밖에 없음을 보여 준다고 할 수 있다. 하지만 그 군소리의 의미는 비록 타인들은 이해할 수 없는 것이지만 자아의 동일성을 지켜나가기 위한 몸부림이라고 할 수 있다. 속물적 인간들에게는 군소리이지만 일상의 해악을 직시하는 주인공의 피맺힌 외침이 되는 것이다.

이 소설은 형식상 모두 5장으로 구성되어 있다. '오월 어느 날'이

세 개의 장으로 구성되어 있고, '유월 어느 날'이 두 개의 장으로 구성되어 있다. 다소 특이한 장의 소제목(sub-title)은 주인공이 일상적 시간 인식에서 의도적으로 회피하고 싶어함을 보여준다고 할 수 있다. 하루가 의미있는 특별한 날이 아닌 그저 '어느 날'이라는 것은 하루하루 반복되는 무료한 생활에 지친 인물의 무의미한 시간 인식을 보여주는 것이다. 또한 앞서 「생활적」이 삶과 죽음의 경계의 무의미함을 보여주었다면 「미해결의 장」에서는 자신이 속해있는 공간에 대한 의문점이 주요한 테마가 된다. 우선 주인공 '지상'은 자신과 연관된 모든 것이 의문투성이이다. 가난하면서도 맹목적으로 미국 유학을 꿈꾸는 식구들, 병에 걸려 동생이 매춘으로 벌어오는 돈으로 기생하며 살아가는 그러면서도 '진성회'를 조직하여 자신의 진실함을 강조하는 문선생, 매춘을 하면서도 미소를 잃지 않는 유일한 지상에 대한 옹호자 '광순', 이러한 사람들 틈에서 무위도식하며 이방인(異邦人) 취급을 당하는 '나'가 있다. 이러한 미해결의 의문투성이인 일상에 대한 '지상'의 유일한 해결책은 가출뿐이다. 하지만 처음부터 적극적인 해결을 위한 의지가 없기에 상황은 변하지 않고 현실에 대한 답답한 인식만이 반복된다.

> 오월 어느 날
> 아무리 궁리해 보아도 나는 집을 떠나야만 할까 보다. 그것만이 우선 나에게 있어서 하나의 해결일 듯싶게 생각되는 것이다. 그 '해결'이라는 말은 더할 나위 없이 내 맘에 꼭 드는 것이다. 그 말은 충분히 나를 취하게 하는 것이다. 그러나 도대체 나는 언제나 되면 노상 집을 떠날 수 있을 것인가? 하루에 몇 번씩 혹은 몇십 번씩 '해결'을 생각하고 거기에 도취하면서도 종시 나는 해결을 짓지 못한 채 지금까지 이러고 있는 것이다. 나는 도무지 주위와 나를 어떠한 필연성 밑에 연결시키지 못하는 것이다. 당장 이 방 안에 있어서의 내 위치와 식구들과의 관계부터가 그러하다.[74](122쪽)

답보적 현실에 대한 미해결의 근본 원인은 자아와 세계와의 필연성 부재라고 할 수 있다. 주체가 실천적 의지를 가지려면 우선 자아와 세계와의 인식이 문제인데 필연성이 부재하다는 것은 심각한 결핍의 양상이다. 우선 가장 밀착된 집단인 가족에서부터 식구들과 나와의 관계가 유리된 것은 현실에 대한 가족들의 적극적 의지에 반해 모든 욕망을 상실한 나에 기인한다. 남루한 가정 형편에도 불구하고 동생들은 모두 미국 유학만이 해결책임을 강조하고 아버지는 그것을 부추긴다. 그리고 아무런 일도 하지 않은 채 누워만 있는 나에게 자주 '죽어라 죽어라'를 반복하고 따귀를 때린다. 하지만 나는 그것에 대해 아무런 저항도 하지 않는다. 오히려 맞지 않으면 실망할 정도로 습관화되어 있는 것이다. '미국에 가야 할 하등의 이유도 발견하지 못하는' 것이 그러한 비정상적 관계의 큰 원인이 된다. 하지만 가장 큰 원인은 바로 자아의 일상에 대한 중압감에 있다고 볼 수 있다.

> 미국은 고사하고 나는 요즈음 대학에도 제대로 나가지 못하는 것이다. 그것은 납부금을 제때에 바치지 못해서만도 아닌 것이다. 물론 그것이 하나의 중요한 동기이기는 하다. 그러나 그보다도 나는 주위와 자신의 중압감을 감당해 나갈 수 없는 것이다. 이 대가리가, 동체가, 팔다리가, 그리고 먼지와 함께 방 안에 빼곡 차 있는 무의미가, 나는 무거워 견딜 수 없는 것이다.(125쪽)

참을 수 없는 무거움은 거세된 욕망에 따른 사물의 무의미성 때문이다. 이 무의미함에 대해서 화자는 일체의 저항도 하지 않는다. 그저 회피의 수단으로 문선생 집으로 가서 낮잠을 자는 것처럼 타인의 자신에 대한 학대에 철저히 순응할 뿐이다. 또한 공상으로 현실을 회피

---

74) 「생활적」과 같은 책에서 인용함.

할 뿐이다. 공상을 통해 세계의 불안과 종말이 다름 아닌 '인간' 때문이라는 결론을 내림은 작품 전체를 꿰뚫는 핵심적 의미라고 볼 수 있다. 주체의 본질적 문제점은 항상 '인간 = 박테리아'라는 등식으로 성립되는 인간에 대한 혐오 의식이다. 세계가 이러한 치유할 수 없는 문제점에 이른 것은 인간 자체에 기인한 것이라는 결론은 그의 극도의 인간 혐오주의의 표출이라 하겠다. 따라서 별다른 대안이 없는 상황에 대한 해결책은 결코 찾을 수 없는 불치의 병으로밖에 인식할 수 없는 것이다.

> 나는 언제나처럼 어이없는 공상에 취해 보는 것이다. 그 공상에 의하면, 나는 지금 현미경을 들여다보고 있는 병리학자인 것이다. 난치(難治)의 피부병에 신음하고 있는 지구덩이의 위촉을 받고 병원체의 발견에 착수한 것이다. 그것이 '인간'이라는 박테리아에 의해서 발생되는 질병이라는 것을 알았지만, 아직도 그 세균이 어떠한 상태로 발생 번식해 나가는지를 밝히지 못하고 있는 것이다. 그러니 치료법에 있어서는 더욱 캄캄할 뿐이다. 나는 지구덩이에 대해서 면목이 없는 것이다. 나는 아이들을 들여다보며 한숨을 쉬는 것이다. 아직은 활동을 못하지만, 고것들이 완전히 성장하게 되면 지구의 피부에 악착같이 달라붙어 야금야금 갉아 먹을 것이다. 인간이라는 병균에 침범당해, 그 피부가 는적는적 썩어 들어 가는 지구덩이를 상상하며, 나는 구멍에서 눈을 떼고 침을 뱉었다. 그것은 단순한 피부병이 아니라 지구에게 있어서는 나병과 같이 불치의 병일지도 모른다는 생각을 안고 나는 발길을 떼어 놓는 것이다. 그 어처구니없는 공상이 맘에 들어서 나는 얼마든지 취한 채 걷는 것이다.(129~130쪽)

지상의 공상은 주체의 내면화로서 모더니즘 소설의 한 특질로 파악할 수 있다.[75] 지상의 독백은 손창섭 문학의 내면화 경향과 관련해 다양한 시사를 던져준다. 우선 지상은 지구 현실과 멀리 떨어져 관조

하는 관찰자이다. 지상이 실제 생활에서 받는 갖은 모욕에도 불구하고 자신의 성격 즉 동일성을 일관되게 유지할 수 있는 것은 바로 이처럼 현실과의 연관을 끊고 스스로를 철저한 관찰자로 유폐시킨 덕택이다. 현실을 마음대로 조소하고 내면과의 독백적 대화를 즐길 수 있는 것도 이 때문이다. 지상의 독백에서 또 한 가지 주목할 것은 인간관이다.

지상의 분석에 따르면, 인간은 '박테리아'이다.(물론 그 '인간'에서 지상은 제외된다) 요컨대 인간이란 존재는 지구에 전혀 보탬이 안되는 일개 병균에 불과한 것이다. 손창섭 문학의 인물들이 어째서 하나같이 비정상적인지가 이로써 분명해진다. 인간은 원래부터 비정상적 존재인 것이다. 게다가 이러한 비정상성 혹은 악마성은 워낙 근원적이어서 바뀔 가능성마저 없다. 그래서 아이들을 바라보면서도 그들이 커서 지구를 갉아먹으리라는 섬뜩한 공상만을 계속하는 것이다. 아이들에게서도 아무런 가능성도 기대할 수 없다면 그 절망과 허무란 바닥없는 늪이나 다름없다. 여기서 우리는 손창섭 문학의 허무주의가 환경이 아니라 '인간성'에서 기인한 것이라는 사실을 어렵지 않게 짐작할 수 있다. 따라서 전쟁과 분단과 가난은 손창섭의 허무주의를 더욱 그럴 듯하게 장식해주는 소도구에 불과할 뿐이다.[76]

---

75) '전기철'은 이것을 자의식의 과잉이라 보고 다음과 같이 이야기한다. "손창섭은 문학을 자기 소외감에서 온 고통의 발산으로 본다. 그래서 그의 문학은 자신을 받아 들여주지 않는 기성세대에 대한 반항과 그에 대한 자학의 표현이다. 그것은 새로운 세대의 체험이며, 현대의 혼란과 고통, 사회와 인간과의 부조리한 관계를 드러내준다. 나와 남이 어울리지 못하고 항상 유리되어 있고 세계에서 나는 소외되어 버려져 있는 존재이다. 이러한 속에서 살아간다는 것은 자의식을 표현하는 길밖에 없다. 세계는 알 수 없는 영역에 놓여 있고 남과의 의사가 통하지 않는 곳에서는 자의식만이 넘쳐흐른다. 그의 소설들이 자의식의 과잉을 드러내고 있는 것은 그러한 그의 세계 인식에서 기인한다."(전기철, 앞의 책, 87쪽)
76) 하정일, 「전쟁 세대의 자화상」, 『작가연구』1호, 새미, 1996, 41쪽

이러한 허무주의의 빠져있는 지상에게 유일한 안식처는 '광순'이다. 광순은 집에서 쫓겨난 나를 미소로 반겨주고, 일터로 찾아오면 돈을 준다. 하지만 지상이 그녀에게 욕망을 느끼는 것은 아니다. 그저 다른 사람은 모두 자신을 이방인 취급하지만 그녀만은 자신에게 현실로 복귀할 것을 강요하지 않기 때문에 그녀를 찾아 가게 되는 것이다. 필연성을 느끼지 않는 관계가 가장 편안하기 때문이다. '광순'은 그러한 지상을 이해하는 유일한 타인이다. 따라서 '지상과 연애하느냐?'는 아버지의 질문에 벌써 연애가 끝나고 위자료를 주는 관계라고 답한다. 시작도 안한 사랑에 대한 위자료란 「생활적」의 순이의 신음소리와 같은 맥락에서 이해될 수 있다. 즉 '동일시'이다. 비록 매춘으로 인하여 윤리는 파탄되었지만 실종되지 않은 이해와 사랑이 이 시대에는 필요함을 간접적으로 나타내는 것이다. 그렇지만 광순의 단 한번의 질문에 대답하지 못함으로써 지상의 무기력증과 인간 회피 그리고 자아의 동일성에 대한 괴리감은 극에 달한다.

> "대체 날 뭣하러 찾아오곤 하세요? 지상은 나한테 뭣을 기대하느냔 말에요." 물론 나는 그 말에 대답하지 못한 것이다. 나는 짜장 광순에게 무엇을 요구하는 것일까? 그건 확실히 내게는 과중한 질문인 것이다. 너는 왜 사느냐? 하는 물음이나 다름없기 때문이다. 그 질문의 여독으로 인해서 돌아오는 길에도 나는 골치가 아팠다. 광순의 미소에서도 나는 좀 실망한 것이다. 낡은 노트장의 여백에다, 이런 군소리를 끄적거리고 있는 지금도 나는 딱하기만 한 것이다.(141~142쪽)

광순은 일상의 복귀를 종용하지 않지만 인간에 대한 사랑의 욕망마저 잃은 나를 애처롭게 여긴다. 그러나 그러한 최소한의 관심마저 부담스러워하는 나의 타인에 대한 환멸은 인간을 '유령'으로 여기는 부분에서 최고조에 이른다. ‘인간’도 ‘유령’도 아닌 막연한 자신의 몰골이라 표현한 것은 극도의 자기 혐오이자 자기 부정이다. 이렇게 극한에 이르러서야 주체는 비로소 자신의 존재에 대한 인식과 ‘어디로든 가야한다’는 적극적인 의지를 표출하게 된다. 하지만 그가 유일하게 행동으로 실천한 일이라고는 고작 자신의 집에 얹혀 사는 선옥이를 광순이의 오피스로 데려가 창녀로 취직시켜 주는 것이다. 이것은 윤리적 타락이라 볼 수 있지만 생존을 위해 그 생존 자체의 고귀함 위에 덧씌워진 사회적 윤리를 부정하는 것으로 볼 수 있다. 즉 타락을 강요하는 현실에서 윤리란 이미 실종된 하나의 요식행위에 불과하기 때문이다. 자신과 같은 무력주의자나 속물주의자들보다는 창녀가 오히려 이 시대를 더욱 건강하게 살아가는 인간이라는 의식을 엿볼 수 있다. 그러한 과정에서 지상의 의식은 극도로 혼돈스러워져 느닷없이 광순에게 큰 돈을 요구하기도 한다. 빼앗긴 재봉틀 찾을 돈과 동생들의 미국 유학비용, 하지만 어리둥절한 그녀를 보며 곧 잘못임을 깨닫고 후회하며 그곳을 허둥지둥 빠져나온다. 부조리한 인간의 운명의 구경(究竟)을 보여주는 이러한 손창섭의 문학적 실존주의는 당대의 일상을 살아가기 위한 아이러니인 것이다.

> “건방진 자식…… 광순일 함부루 건드리지 말란 말이다!” 순간 나의 오른켠 귀청이 왕하고 울었다. 눈에서는 불이 튀었다. 그것은 고무장갑 같은 손이 아니었다. 내가 왼쪽으로 비틀거리자 이번엔 왼쪽 따귀에서 짝 소리가 났다. 연달아 주먹과 발길이 무수히 내 몸뚱이에 떨어졌다. 어디를 어떻게 얻어맞는지 나는 분간할 수 없었다. 마침내 나는 그 자리에 고꾸라지고 만 것이다. 그러나 나는 정신을 잃지는 않았다. 턱과 손에 끈적거리는 선혈을 의식하면서, 무의식 중에 나는, “광순이, 광순이!”하고 신음 소리처럼 불러 보는 것이었다.(155쪽)

광순이를 불러 보는 것은 버틸 수 없는 자아의 절규이다. 이 작품
은 전후의 삶의 부조리와 그 부조리에 대한 부정을 동시에 드러낸다.
작가는 가난과 진성회의 이상 간의 거리를 드러내며 비록 현재의 가
난 때문에 좌절에 봉착하고 있기는 하나, 추구해야 할 보다 본질적인
것으로 제시하고 있다고 볼 수 있다. 결국 이 소설의 심층 의미는 '일
상'에 대한 극도의 혐오와 욕망의 퇴화 그리고 현실과 타인에 대한
거리두기와 자기 부정을 통한 역설적인 '동일성'의 유지에 있다고 볼
수 있다.

손창섭은 「생활적」과 「미해결의 장」을 통해서 인간과 세계에 대한
극도의 혐오감을 보여줌으로써 현대성에 대한 회의를 암시하면서 역
으로 현대성을 표출하고 있다 할 수 있다.

3. 타율적 자아의 재생 — 장용학의 「요한시집」

장용학77)의 「요한시집」은 1955년 『현대문학』에 발표된 작품으로,

---

77) 방민호는 장용학을 모더니스트로 규정하며 장용학 소설의 모더니즘적 특
성을 다음과 같이 이야기한다. "장용학 소설은 근대문학사적 전통과 단절
된 채 1950년대 들어 새롭게 출발하게 되는 모더니즘 소설의 한 전형적
모습을 보여 준다는 점에서 의미가 있다. 1950년대의 모더니스트들에게 알
려진 과거의 작가들로는 거의 이상 밖에 없었다 해도 과언이 아니다. 이
는 비평가 이어령조차 이상만을 평가하고 있었던 사실에서 잘 드러
난다. 그들 신세대 모더니스트는 과거와는 단절된 채 한국전쟁을 계기로
몰려 들어오는 서구사상, 특히 실존주의와 아방가르드 문학사상의 세례를
받으며 현실에 대한 형이상학적이고 추상적인 비판을 시도했던 것이다.
장용학은 이러한 시도를 보여주는 전형적인 인물이다. 특히 그가 알레고
리를 주요한 창작방법으로 채택했다는 점은 그것이 의식적인 것이었던가
에 대한 판단과는 관계없이 그가 얼마나 1950년대적인 혹은 전후적인 사
유구조에 가까웠던가를 확인해주는 사실이 될 것이다. 알레고리적 창작
방법은 1950년대를 풍미했던 실존주의 인식론인 현상학적 사유와 필연적
인 상관성을 갖고 있는 것이기 때문이다. 현상학적 사유의, 궁극적으로는
주관적이고 경험적인 세계인식방법은 알레고리가 전제로 하는 보편화한

전쟁의 비극과 그 속에 대응하는 인간의 실존을 소설적으로 형상화한 작품이다. 『원형의 전설』과 더불어 장용학의 대표작으로 평가 받는 이 작품은 발표된 당시부터 지금까지 많은 논란의 대상이 되고 있는 작품이다. 특히 「요한시집」은 '알레고리'를 구성원리로 한 그의 작품들의 바탕이 된다고 할 수 있으며, 그가 쏟아내는 무수한 형이상학적 관념들이 집약된 문제작이다.

이 작품은 형식상 크게 네 부분으로 구성되어 있다. 작품 서두에 토끼가 등장하는 하나의 주제적 알레고리, 그리고 동호가 누혜 어머니를 찾아가는 장면, 포로수용소에서 동호와 누혜의 행적, 마지막으로 누혜의 유서로 나누어진다. "작가는 이러한 구성을 통해 전통적인 소설 양식의 해체를 시도하면서 전통적 소설양식의 자리에 그것과 전혀 상관없이 삽입되는 서술자의 여러 가지 형태의 잠언과 주관적 통찰, 그리고 구체성이 확보되지 않은 추상적이고 단편적인 상황을 대치시켜 놓고 있다."[78] 특히 첫 부분인 '토끼'의 이야기는 알레고리적인 기법을 사용하여 하나의 완결된 담론을 생성함으로써 그의 시대적 상황에 대응하는 인간의 실존적 모습을 우회적으로 드러내고 있다.

> 한 옛날 깊고 깊은 산속에 굴이 하나 있었습니다. 토끼 한 마리
> 살고 있는 그것은 일곱 가지 색으로 꾸며진 꽃 같은 집이었습니다.
> 토끼는 그 벽이 흰 대리석이라는 것을 모르고 살았습니다. 나갈 구

관념을 주조하는 가장 유효한 방법이다. 이러한 상관성은 카프카나 사르트르, 카뮈 같은 실존주의자들의 작품이 알레고리적 경향을 보이고 있다는 점에서 이미 입증되었던 것이다. 이 점에서 장용학의 소설은 1950년대를 풍미했던 실존주의적이고 현상학적인 사유의 필연적인 문학적 대응물인 것이다. 그러나 장용학이 이러한 의미를 갖는다는 것은 동시에 그가 전후 모더니즘 소설의 한계를 고스란히 보여 주고 있다는 것을 말해주는 것이기도 하다."(방민호, 「알레고리적 상상력의 의미」, 『원형의 전설 외』, 동아출판사, 1995)

78) 전기철, 『한국전후 문예비평 연구』, 서울, 1994

멍이라고 없이 얼마나 깊은지도 모르게 땅 속 깊이에 쿡 박혀 든
그 속으로 바위들이 어떻게 그리 묘하게 엇갈렸는지 용히 한 줄로
틈이 뚫어져 거기로 흘러든 가느다란 햇살이 마치 프리즘을 통과한
것처럼 방안에다 찬란한 스펙트럼의 여울을 쳐놓았던 것입니다. 도
무지 불행이라는 것을 모르고 자랐습니다. 일곱 가지 고운 무지개
색밖에 거기에는 없었으니까요.[79] (302쪽)

'일곱가지 색으로 꾸며진 꽃 같은 집'이란 행복한 일상의 전형이다.
생에 대한 의문도 자신의 존재에 대한 회의도 없는 '완벽'한 (것처럼
보이는) 일상에서 토끼는 성장한다. 이 부분은 중세적 세계관을 상징
한다고 할 수 있다. 의심받을 수 없는 신의 권위 아래 하루하루를 살
아가는 중세 시대에는 일체의 의혹도 불안도 용납될 수밖에 없는 시
대였다. 그저 자신의 신분에 맞추어서 열심히 살아가는 것만이 용인
되던 그 시기처럼 토끼의 일상은 '나갈 구멍이라고 없이 얼마나 깊은
지도 모르게' 행복 그 자체이다. 라캉의 이론에 대입시켜 보면 '거울
단계 mirror stage'인 셈이다. 하지만 그 시기는 결코 오래 지속되지 못
한다.

토끼의 '개안(開眼)', 즉 의식의 깨임은 자신의 공간에 대한 의문으
로부터 시작된다. 행복의 상징이었던 일상이 실상은 닫힌 감옥에 불
과하다는 자각은 '욕망'의 발현이라 할 수 있다. 어린 아이가 거울단
계를 거쳐 상상계에서 상징계로 진입하는 모습을 보여줌으로써 비로
소 근대에 대한 인식이 싹틈을 보여준다. 근대적 의식은 늘 놓여 있
던 사물에 의혹을 갖는 것으로 시작된다고 할 수 있다. 토끼는 빛이
새어 나오는 '창'을 통해 비로소 이 곳과는 다른 세계 곧 바깥 세상이
있다는 것을 확인하게 되는 것이다. '창'은 외부와 내부를 연결해주는
매개 공간이면서 또한 그것은 차단이 아닌 열린 공간을 지향하는 의

---

79) 장용학,『원형의 전설』, 한국소설문학대계 29, 두산동아, 1995

식의 전환을 가져오는 의미를 지닌다. 하지만 그곳에 다가서 손을 내밀어본 순간 토끼는 쓰러지고 만다. ‘방안이 새까매졌기’ 때문이다. 빛을 잃는 것, 암흑은 죽음을 상징한다. 또한 지금까지의 행복을 파괴하는 불행의 징표이다. 하지만 ‘빛/어둠’의 이항 대립의 구별 인식은 오히려 현실 즉 자신의 일상이 어둠이라는 각성을 불러일으킨다. 토끼는 각성을 통해 ‘욕망의 동인(動因)’을 인지하고 실천의 의지를 확고히 다지는 것이다.

토끼가 죽음을 예감하면서도 ‘창’을 통해 밖으로 나가는 행위는 반복적 일상에 대한 적극적 탈출 의지의 표현이라 할 수 있다. 단순히 일상에서의 탈출이라는 것은 큰 의미가 없다. 중요한 것은 일상의 본질과 일상의 구속에의 인지이다. 토끼는 행복한 일상에 의문점을 가졌고, 의문을 갖는 순간 일상을 ‘감옥’처럼 의식한다. 이것은 기존의 일상과 관습, 의식이 실상은 모두 허위임을 깨닫는 것이라 할 수 있다. 따라서 그 허위의식을 탈피하는 실천 영역을 확보하는 것이 근대정신이 된다. ‘현대성’이란 결국 그 일상의 의미를 바르게 깨닫는 것이고, 따라서 토끼가 자유를 향해 위험을 무릅쓰고 나아간다는 것은 ‘자유’의 쟁취 욕망의 표현이라 할 수 있다. 그리고 그 욕망은 결국 토끼가 죽은 뒤에야 충족된다. 토끼는 비록 죽었지만. 자유의 버섯으로 재생(再生)한다. 이런 욕망의 구조는 작가의 현대성의 추구 의지와 맞닿아 있다. 프로이드는 ‘인간의 욕망은 죽음으로써 충족된다’고 했는데 그것에 대한 알레고리인 셈이다. 곧 첫 부분의 알레고리인 토끼의 이야기는 일상에 대한 각성과 현대성의 추구 욕망으로 그 의미를 해석할 수 있다. 또한 우리의 역사에 대입시켜보면, 동굴에 갇힌 토끼는 우리 민족이며, 동굴을 벗어나 바깥세계로 나가려는 시도는 박래(舶來)한 이데올로기에 기대어 변혁을 꿈꾼 것이고, 토끼가 바깥세계의 광선에 눈이 부시어 동굴을 벗어나자마자 눈이 멀어버린 사건은 전쟁을 통해 폐허로 변해 버린 비극을 의미하는 것으로 풀이할 수 있다.

두 번째 장인 '상(上)' 부분은 동호가 죽은 누혜의 어머니를 찾아가는 장면이다. 대부분이 동호의 상념으로 이루어진 이 장은 '의식의 흐름' 기법을 의도적으로 사용하여 동호의 내면세계를 추적한다. 동호의 의식세계를 지배하고 있는 것은 상식에 대한 전면적인 반란과 존재에 대한 회의다. 상식에 대한 반란은 곧 작가가 늘 강조하는 현대성 즉 현대에 관한 핵심 논리이다. 작품에서 가장 먼저 표출되는 현대성의 인식은 '시간과 공간'에 관한 의문을 드러내는 데서 시작된다.

> 시계가 가리키는 시간과 위치가 빚어내는 시간. 이 두 개의 시간 사이에 가로놓여 있는 빈터. 그것이 얼마나한 출혈(出血)을 강요하든 우리는 이러한 빈터에서 놀 때 자유를 느낀다. 우리에게 두 개의 시간을 품게 한 이러한 빈터가 결국은 '나'를 두 개의 나로 쪼개 버린 실마리였는지도 모른다. 공간 속을 시간이 흐르고 있는 것인지 시간의 흐름을 따라 공간이 분비(分泌)되어 나오는 것이지 알 수 없지만 지붕 위에 앉게 된 해를 보고 있노라면 시간은 공간에 갇혀 있는 것 같다. 이 관계 위에 현재의 질서는 자리잡은 것 같다. 이 공간에 갇혀 있는 시간이 가령 그 벽을 뚫고 저쪽으로 뛰어 나가게 되면 세상은 어떻게 될 것인가? (307쪽)

위 인용문은 베르그송 Bergson의 논리인 '자연적 시간'과 '물리적 시간'을 연상케하는 시간 의식이다. 그 두 시간 사이의 간극에서 자아는 비로소 해방되고 자아의 이중성을 인식한다는 시간관은 현대성이란 곧 시간의 인식에서 비롯된 것임을 이야기하고 있는 것이라 볼 수 있다. 더구나 그 시간이 '공간에 갇혀 있는 것 같다'라는 공간에 대한 의미의 확장은 이 소설이 기본적으로 모더니즘의 논리에 충실함을 보여준다. 모더니즘 소설은 시간보다는 공간의 의미에 더 주력하기 때문이다.80)

화자는 위와 같은 시간과 공간의 의문을 통해 탈일상의 욕망을 제시한다. 일률적인 선형적 시간 인식이 역사를 비극으로 만든다는 논리는 기존에 대한 상식에서 벗어나야만 새로운 것을 추구할 수 있음을 보여주는 것이다. 또한 진리란 그 자체가 위험한 이데올로기임을 역설한다. 따라서 진리보다는 오히려 '성실한 삶'이 부조리한 현실에서는 중요한 것이 된다. 하지만 부조리한 일상에서 성실한 삶을 산다는 것은 얼마나 어려운 일인가. 그러한 복합적 상념은 곧 자아에 대한 동일성에 대한 의문으로 확대된다.

> 나는 나의 일부분을 살고 있는 셈이 된다. 나는 나의 일부분에 지나지 않는다. 그림자에 지나지 않는다. 그래도 동호는 나인가? 나는 나인가? 아까 동호를 불렀는데도 내가 끝내 대답하지 못한 것은 이 때문이 아니었을까.(311쪽)

분열된 자아에 대한 불안의식은 '자아의 타율성(他律性)'에 대한 비판으로 확대된다. '타율적 자아'란 곧 속박된 주체이다. 한 번도 의심 없이 세계의 질서에 순응하고 고도로 정교화된 일상의 구속에 매몰된

---

80) "전통적으로 문학은 시간의 특수한 경험양식으로 파악되어 왔고, 그에 따라 문학에 있어서 공간은 장소나 배경 등의 축소된 의미로 이해되어 왔다. 그러나 현대소설에 있어서 공간은 단순한 자연공간의 재현이 아니라 인물의 내적 세계를 반영하는 의미 공간이 된다. 뿐만 아니라 문학작품을 작가의 의식에서 하나의 세계를 형성하고 있는 것이 텍스트라는 공간 위에 형상화되어 나타난 하나의 공간적 대상으로 인식하게 됨으로써, 공간의 문제는 형식적 차원의 문제로 확대되기에 이른다. 일반적으로 '공간(space)'은 텍스트 구성 요소의 하나로서 인물의 행위가 이루어지는 장소나 배경의 정태적 개념으로 사용되는데, 이와는 달리 '공간성(spatiality)'은 시간예술로서의 선조성과는 다른 공간예술적 속성이 작품 속에 투영된 것으로 내용과 형식 모두의 측면을 포함하는 보다 포괄적이고 동적인 의미로 사용된다."(황도경, 「다원화되고 복합적인 심리체계의 반영」, 『문학사상』 1998년 3월호, 43쪽)

소멸된 주체이며 일상에서 소외된 주체이다. 따라서 나를 나라고 부를 수 있는 근거를 발견하지 못한다. 즉 '나'라는 존재는 일상화된 하나의 기호에 불과하다는 인식이다. 형태를 달리 해가면서 끊임없이 반복되는 동호의 이러한 자의식의 귀결점은 세계에 대한 인식의 불가능에서 비롯된 것이다. 그것은 결국 불가지론(不可知論)으로 치닫는다. 자신의 존재에 대한 불확신과 끊임없는 불안의식은 한국전쟁이라는 전대미문의 폭력적 상황을 겪고 난 후의 소시민 계급의 정신적 불안을 반영하고 있다. 그들에게는 이 전쟁의 진정한 동인(動因)을 파악할 능력이 없는 것이다.[81]

이러한 자아에 대한 이중적 의식은 전쟁이라는 희대의 참극을 벌인 인간들에 대한 강렬한 증오로 이어진다. '살인의 욕망'으로까지 치솟은 분노는 누혜의 유언으로 찾아간 누혜의 집에서 죽어가는 그의 어머니를 보는 순간 극대화된다. 그곳에서 이미 인간의 형상을 넘어선 추악한 노파의 모습을 본다. 고양이가 잡아주는 쥐를 먹음으로써 생명을 연장하는 이미 인간의 존엄성을 상실한 노파에게 동호는 구역질을 느끼고 강렬한 살해 욕망을 느끼는 것이다. 이것은 현대성에 대한 강한 부정이라 할 수 있다. 세상의 파멸을 불러온 문명에 대한 강한 부정 때문에 나의 의식은 자꾸 과거로 퇴행된다. 문명 이전의 시절에 대한 향수는 근대에 대한 강한 거부인 셈이다.

세 번째 장인 '중(中)' 장은 누혜와 동호의 포로수용소에서의 만남이 중심이 되고 있다. 서사적 전개보다는 작가의 관념이 절정을 이루는 이 부분은 작가의 근대에 대한 비판이 핵심을 이루고 있다. 현실과 역사에 대한 비판의 중심은 근대적 의식의 박래화로 인한 송두리째 무너진 삶이다. 그리고 그 전쟁의 주축은 나와 우리가 아닌 '타인'이었다는 회의론은 주체의 분열을 정당화시키고 있다. 세계에 대한

---

81) 한수영 외, 『1950년대 한국문학연구』, 한국문학연구회편, 평민사, 1993

회의와 주체의 분열의 귀결점은 자살이다. 이러한 논리는 누혜의 죽음을 통하여 정당화되는데 실상 누혜는 동호의 분신이자 동일인이다. 동호가 관념으로 근대를 부정하고 전쟁으로 인해 해체된 일상을 보여 준다면, 누혜는 그것을 구체적인 행동으로 표출한 인물이라 할 수 있다.

> 그 노예도 자유인이 아니라 자유의 노예였다. 자유가 있는 한 인간은 노예여야 했다! 자유도 하나의 숫자. 구속이었고, 강제였다. 극복되어야 할 그 무엇이었다. '뒤'의 것이었다! 신(神), 영원(永遠)······ 자유에서 빚어져 생긴 이러한 '뒤에서 온 설명'을 가지고 '앞으로 올 생'을 잰다는 것은 하나의 도살이요, 모독(冒瀆)이다. 생은 설명이 아니라 권리였다! 미신이 아니라 의욕이었다! 생을 살리는 오직 하나의 길은 신, 영원······ 자유가 죽는 것이다. '자유' 그것은 진실로 그 뒤에 올 무슨 '진자(眞子)'를 위하여 길을 외치는 예언자, 그 신발 끈을 매어 주고, 칼에 맞아 길가에 쓰러질 요한에 지나지 않았다!(335쪽)

누혜는 일상성 속에 묻혀 살다가 어느날 갑자기 주변의 사물이나 행위들이 획일화, 질서화되어 있는 것에 숨이 막혀 회의와 번민과 함께 방황하다가 자유를 찾으러 나간다. 그러나 그는 자유라는 것도 또 다른 일상의 관념이자 구속에 불과함을 깨닫고 결국 자살을 택한다. 이 소설의 제목이 말해 주듯이 누혜는 요한과 같이 다른 세계를 위해 죽는다. 요한이 해야 되는 일이란 인간조건과의 대결이다. 여기에서 중요한 점은 서구 전후 문학의 세례 속에서 문학과 현실 인식을 습득한 그가 그들의 현대의 규정과 현대소설에 대한 규정을 그대로 가져온다는 데 있다. 그리하여 그에게 있어서 신이 없는 시대에서의 인간조건의 질문은 어디에도 들리지 않는 독백일 뿐이며, 그 독백은 새로운 대화를 만들어 내려는 '연금술'이다.[82] 그는 근대문명이 가져다 준 자유가 그 뒤에 올 진정한 어떤 것을 위해 '그 신발끈을 매어주고, 칼에 맞아 길가에 쓰러질 요한에 지나지 않음'을 인식하고, 그 자유가 배태한 이념과 전쟁의 광기에 죽음으로 항거함으로써 스스로 요한적 존재가 되고자 하는 것이다.[83]

> 산다는 것은 죄짓는다는 것이다. 내가 여기에 앉아 있기 때문에 그들이 여기에 앉아 있지 못하는 것이다. 그들을 떼밀어 버리고 내가 여기에 앉아 있는 것이다. 그래서 언제 그들에게 밀려 나갈지 모른다. 순간순간, 무수의 가능성이 자기를 주장하고 있는 것이다. 모든 존재는 다음 순간에 일어날 가능성 앞에 떨고 있는 전율인 것이다. 이 전율을 잠자코 있는 세계에서는 '자유'라고 한다. 그대로 잠자고 있을 것인가? 깨어날 것인가? 어둠 속에서 고양이는 상기도 나를 노리고 있다. 나는 그의 주인을 죽인 것이다. 노파는 내가 죽인 것이다. (337쪽)

결국 화자는 쥐를 잡아먹으며 연명하던 누혜의 어머니를 살해함으로써 인간적인 세계의 마지막 선을 넘어 새로운 세계를 향해 나아간다. 이 대목은 무척이나 역설적이다. 즉 작가는 작품 전체에서 현대를 비인간적인 세계라고 부정하며 기존 제도와 관습의 타파를 부르짖는다. 그런데 살인과 같은 극한 행동을 통해 금기를 무너뜨림으로써 진정한 인간성을 획득할 수 있다는 논리는 다소 비판의 여지가 있다. 하지만 그것은 전세대의 이념과 가치를 송두리째 전복해야만 진정한 현대성이 구현될 수 있다는 작가의 상징적 의지의 표출이라 보는 것이 타당할 것이다. 이렇게 볼 때 「요한 시집」은 근대문명에 대한 형이상학적 비판으로부터 출발하여 진정한 인간으로 다시 태어나기 위한 도정을 이들 세 주인공의 얘기를 통해 비유적 논리로 제시하고 있

---

82) 전기철, 앞의 책, 78쪽
83) 방민호, 앞의 책, 530쪽

다고 볼 수 있다. 또한 이 소설에서 가장 반복적으로 제시되는 이미지는 바로 '눈 眼'으로 표상되어 있는 데 그 눈은 바로 부조리한 현실에서 적극적으로 대항하지 못하는 자아에 대한 '책임 추궁의 눈'이라 할 수 있다. 언제 어느 곳에서나 바라보는 그 눈은 결국 깨어나지 못하는 동시대의 인간에 대한 각성을 촉구하는 의미라 할 수 있다. 하지만 「요한시집」에서 보여지는 이러한 다양한 의미들은 소설로 육화되지 못한 한계를 지니고 있다. 서구에서 나온 이론과 사상을 여과없이 소설 속에 펼쳐 놓음으로써 소설이라기 보다는 사상서의 느낌을 주게 되는데 이것이 장용학의 소설에 대한 한계로 비판받는 이유가 되고 있는 것이다.

하지만 장용학이 많은 비판의 여지가 있음에도 불구하고 참된 모더니즘 소설의 구현을 위해 힘쓴 작가란 사실은 문학사에서 인정해야 할 부분이라고 생각된다. 그의 소설들은 1950년대를 풍미했던 실존주의적이고 현상학적인 사유의 필연적인 문학적 대응물이며, 비인간화된 문명세계와 그 속에서 훼손된 인간을 그려내기 위한 일련의 시도였음은 새롭게 평가되어야 할 것이다.

Ⅴ. 산업화 시대와 욕망(慾望)의 시학
― 1960년대 소설과 욕망 ―

1. 현대적 일상성과 욕망의 태동
― 김승옥의 「무진기행(霧津紀行)」

　1960년대에 이르러 한국 사회는 비로소 산업화의 문턱에 이르게 된다. 경제개발 5개년 계획이 시작됨에 따라 근대화의 물결이 국토를 뒤덮게 되지만 그 이면에 남아있던 6·25의 상처는 아직 완전히 극복되지 못한 상태였고, 폐허의 재건 이면에는 소외된 삶의 그림자가 짙게 드리워 있었다. 또한 5·16 군사 쿠테타에 의한 4·19 시민 혁명의 좌절은 진정한 자유의 소멸을 의미하는 것이었다. 또한 당대에 팽배한 패배 의식은 억압된 개인의 감추어진 욕망으로 문학작품들에 재현되었다.

　1950년대의 문학이 인간의 실존과 부조리한 현실 등 주로 관념적인 주제를 다룬 데 비해, 1960년대 문학은 전쟁의 후유증을 극복하고 새롭게 전개된 현대화에 바탕을 둔 '개인성(個人性)individuality'에 대한 탐구가 진지하게 모색되었다. 주로 김승옥, 이청준에 의해 성과를 거둔 이러한 일련의 시도들은 대상에 대한 새로운 감각을 날카롭게 펼치며 60년대 문학의 변별성을 성립하였다. 특히 '아버지의 부재'로 표상되는 구세대(舊世代)의 삭제 욕망은 '개인성'을 전면에 내세움으로써 표면화되었고, 무질서하고 몽롱한 가운데 예리한 감성주의를 새로운 시대의식으로 격상시켜 놓았다고 할 수 있다.[84] 그들이 새로 선보인 자아(自我)는 이전 시대의 집단주의, 계급주의 속의 자아와 구별되는 '현대성 modernity' 모습을 구현한 진정한 의미의 현대적 자아라 할 수 있다. 그렇다고 서구적인 것이 근대적이며 또한 훌륭하다고 보는 시각이 아니라 진정한 의미에서의 근대적 자유를 구현한 자아라는 점을 이야기하는 것이다. 또한 다소 왜곡되어 수용되고 굴절되었던 우리의 일천한 현대성을 새롭게 정립시키며 새로운 모더니즘 소설의 지평을 열었다 할 수 있다.[85]

---

84) 다음과 같은 견해는 이러한 의견을 뒷받침한다고 할 수 있다.
　"김승옥, 최인훈, 이청준 등의 소설은 다른 부류의 소설들과 달리 시작부터 거의 '자기 완결적'이라 할 수 있는 강력한 주관성, 자기 세계를 갖고 출발하고 있다. 그리고 그 주관성, 자기 세계가 외부 세계와 관계맺는 방식이 그들의 글쓰기를 기존의 서사적 질서를 거부하고 다양한 형식실험으로 나아가게 하는 추진력이 된다. 바로 이 때문에 이들의 소설을 모더니즘 소설로 범주화할 수 있는 것이다. 이런 주관성과 실험적인 글쓰기로 요약되는 모더니즘적인 특징은 이상,박태원으로 대표되는 30년대 모더니즘 소설과 손창섭, 장용학으로 대표되는 50년대의 소설과 일정 부분 그 특징을 공유하기도 하고 차별화되기도 한다."(차혜영, 「자율적 주체의 개인주의와 모더니즘적 글쓰기」, 『1960년대 문학연구』, 깊은샘, 1998, 102쪽)

85) "김승옥을 60년대 작가라고 하는 말에는 그의 작품세계에 50년대와 구별되는 그 무엇인가가 있음이 전제되어 있다. 그 무엇의 정체는 존재의 내면성인데, 이 내면성의 본격적인 발굴이 바로 김승옥에 이르러 가능해진 것이다. 50년대를 대표하는 작가 손창섭의 작품세계만 하더라도 사회화되지 않은 무척 개성적인 인물을 그 속에서 다루기는 하나, 그러할 경우에도 그 인물들은 단순히 외적 현실 그 자체를 맹목적으로 거부하는 태도만을 보일 뿐, 정작 한 개인의 내부심리와 의식세계를 섬세하게 열어 보이지는 않는다. 그러던 것이 김승옥에 이르러서 비로소 그 발굴되지 않은 내면의 세계가 작품의 표면으로 부각된다. 이른바, 「자기 세계」의 형상화가 그것이거니와, 이 자기 세계의 형성으로 말미암아 작가 김승옥은 50년

    김승옥의 소설들은 이러한 60년대 소설들의 특질을 포괄할 만한 대표성을 지니고 있는 점에서 그 가치를 둘 수 있으며, 또한 30년대의 모더니즘 계열 소설들에서 발견되는 주체의 소외와 현대성에 대한 탐색을 계승했다는 점에서도 그 의의를 발견할 수 있다. 특히 「무진기행(霧津紀行)」[86]은 이러한 60년대 소설의 의의를 구체적으로 형상화한 작품으로서, 의도적인 기법의 실험이나 의식의 흐름을 표방하지 않고도 가장 첨예화된 현대성을 드러내고 있는 작품이라 할 수 있다.

    작품 서두에서 서술자인 '나'는 전무 승진을 앞두고 무진으로 내려간다. 재충전의 의미를 갖고 있는 귀향은 도회적 일상을 탈피하려는 일단의 시도라 할 수 있다. 도회적 일상이란 무엇인가? 그것은 단적으로 내면적 자아를 숨겨야만 존립이 가능한 삶의 공간이라는 의미를 갖는다. 그로 인해 상승된 그의 신분은 유지될 수 있는 것이다. 아내 덕에 전무의 자리에 올라 세인의 선망의 대상이 되고, 부유한 생활을 즐기지만 내면적 자아는 거북하며 늘 불안에 떨고 있다. 그것은 그의 신분과 지위의 상승이 정상적인 단계를 거친 것이 아니라 급작스럽게 외부의 지원에 의해 이루어진 것이기 때문이다. 곧 세속적 욕망의 결과물에 대한 성취감보다는 스스로 속물화 되었다는 두려움이 그의 자아를 떠받히고 있다고 할 수 있다. 마치 모래 위에 쌓아놓은 집처럼 순식간에 무너질 수도 있으므로 자아는 늘 두려워 하는 것이다. 따라서 서울이라는 공간에서의 도시적 일상은 언제라도 밀려날 수 있는 불안한 것이다. 여기서 자아의 소외의식이 싹튼다고 볼 수 있다. 사회적으로 성공했지만 항상 질타의 시선으로 타인들이 자신을 바라보는

대와 변별되는 자기 고유의 문학적 성취를 이룩하게 된다."(류보선, 『한국현대작가연구』, 문학사상사, 1991, 301~303쪽)
86) 김승옥, 「霧津紀行」, 『思想界』 1964년 10월호에 발표됨

것을 인식하기 때문이다. 라캉이 이야기한 '보여지는 나'와 '보이는 나'의 구분에 의한 기호화된 무의식이 그의 내면을 점령하고 있는 것이다. 그 불안과 초조함의 대안이 바로 고향으로의 회귀이다. 고향이라는 기호는 속성상 모성의 공간을 의미한다고 할 수 있다. 돌아온 탕아를 반겨 맞아주는 곳이며 지친 심신을 위로해주는 안식처로서의 의미를 지닌다. 하지만 「무진기행」에서의 고향은 그런 기표(記表)와 기의(記意)의 관계가 어긋나는 공간이라 할 수 있다. 그곳에는 부모도, 형제도, 자신의 집도 존재하지 않는, 안식의 근거가 거세된 공간인 것이다. 오히려 자신의 세속적 성공을 비웃는 수군거림만이 있을 뿐이다. 그리고 불운했던 자신의 과거만이 희뿌연 안개처럼 휩싸고 도는 가리워진 공간이다.

> 무진에 명산물이 없는 게 아니다. 나는 그것이 무엇인지 알고 있다. 그것은 안개다. 아침에 잠자리에서 일어나서 밖으로 나오면, 밤 사이에 진주해온 적군들처럼 안개가 무진을 뺑 둘러싸고 있는 것이었다. 무진을 둘러싸고 있는 산들도 안개에 의하여 보이지 않는 먼 곳으로 유배당해버리고 없었다. 안개는 마치 이승에 한(恨)이 있어서 매일 밤 찾아오는 여귀(女鬼)가 뿜어내놓은 입김과 같았다. 해가 떠오르고 바람이 바다 쪽에서 방향을 바꾸어 불어오기 전에는 사람들의 힘으로써는 그것을 헤쳐버릴 수가 없었다. 손으로 잡을 수 없으면서도 그것은 뚜렷이 존재했고 사람들을 둘러쌌고 먼 곳에 있는 것으로부터 사람들을 떼어 놓았다. 안개, 무진의 안개, 무진의 아침에 사람들이 만나는 안개, 사람들로 하여금 해를, 바람을 간절히 부르게 하는 무진의 안개, 그것이 무진의 명산물이 아닐 수 있을까![87]

이 안개가 상징하고 있는 의미는 다소 복잡한 양상을 띤다. 마치

---

87) 김승옥, 『생명연습』, 김승옥 소설전집 1, 문학동네, 1995, 126쪽 (이하 인용문은 쪽수만 표시함)

여귀처럼 사람들의 힘으로는 헤쳐버릴 수 없으며 사람들을 떼어놓기도 하는 그것의 정체, '안개'는 바로 자아의 욕망을 표상한다고 할 수 있다. 별다른 명산물 없이 그럭저럭 살아가는 무진의 존재처럼 나의 과거 역시 이렇다할 특징 없이 그럭저럭 회의 속에 흘러간 것이었고 이에 대한 반발심리는 세속적 욕망을 강하게 하는 원인을 제공해주는 것이었다. 따라서 무기력한 일상과 '밤사이에 진주해온 적군'과 같은 세속적 욕망은 자아의 동일성의 근원이다.

'무진'은 합리성의 세계에서 일탈된 곳으로 질서와 규범의 장이 아닌 무질서와 뒤섞임의 공간이다. 그곳에서 나는 비로소 자유로울 수 있다. 도회적 일상에서 위기의식을 느낄 때마다 무진을 찾아가는 이유는 '새로운 용기와 계획'을 얻기 위해서가 아닌 마구 더럽혀지기 위해서였다. '더러운 옷차림과 누우런 얼굴'로 누워 있는 골방은 근원적인 모태의 공간으로 나에게 편안함을 제공하는 공간이라 할 수 있다. 그 나락의 끝에서 나는 동일성을 확인시켜주는 '시간의 대열'과 '악몽'을 접하고 비로소 다시 도회적 일상으로 뛰어들 수 있는 욕망을 획득할 수 있는 것이다. 따라서 무진은 라캉의 관점으로 보면 상상계에 속한다. 상상계는 대상이 자신의 욕망을 완벽하게 충족시키리라고 믿는 오인의 단계로, 아이는 이 이상적 자아를 영원히 지니게 된다. 반면에 이 이상적 자아를 감추어 두고 가면을 쓰고 타인과 접하게 되는 서울은 아버지의 질서를 표상하는 상징계에 속한다고 할 수 있다. 이상적인 자아가 건재한 무진은 따라서 존재하지만 존재하지 않는 관념의 공간일 수 있다. 무진이 다만 존재한다는 것 자체만으로 '어둡던' 청년시절, 하지만 자신의 진실했던 자아가 내면에 자리잡고 있음을 확인하는 것이다. 따라서 무진에서 듣는 자신에 대한 질시는 이상적 자아를 계속적으로 유지하는 매개의 역할을 하고, 반복적으로 무진을 찾는 행위는 억압된 자아에 대한 해방을 의미한다. 타인이 자신을 뭐라고 손가락질하던지 오히려 그것은 잃어버린 자아의 동일성을 찾는 역할을 수행하는 것이다.

> "……그래애? 거만하게 생겼는데……" "……출세했다지?……" "……옛 날……폐병……" 그런 속삭임 속에서, 나는 밖으로 나오면서 은근히 한마디를 기다리고 있었다. 그러나 결국 '안녕히 가십시오'는 나오 지 않고 말았다. 그것이 서울과의 차이점이었다. 그들은 이제 점점 수군거림의 소용돌이 속으로 끌려들어가고 있으리라, 자기 자신조 차 잊어버리면서. 나중에 그 소용돌이 밖으로 내던져졌을 때 자기 들이 느낄 공허감도 모른다는 듯이 그들은 수군거리고 수군거리고 또 수군거리고 있으리라.(132쪽)

소설은 단순히 관념속의 과거에의 확인에 그치지 않는다. 실체를 제공하며 새로운 국면으로 빠져드는데 그것은 바로 '하인숙'과의 만 남이다. 여선생 '하인숙'과의 만남은 화자가 자신의 분신을 실체로 확 인하는 순간이다. 그녀는 술 좌석에서 아리아도 아니고, 그렇다고 단 순한 유행가도 아닌 그런 묘한 뉘앙스의 노래를 부른다. 이 미묘한 자아의 위치는 김승옥 작품 세계의 가장 주목되는 특징으로 그것은 바로 순수한 이념과 속악한 현실 사이에 끼여 심하게 동요하는 정신 의 세계를 뜻한다. 달리 말해, 가능성과 좌절, 용기와 회의의 양극단 사이에서 위태롭게 균형잡고 서있는 불안한 내면심리를 그것은 반영 한다. 물론, 이 긴장은 오래가지 못한다.

대학을 졸업한 엘리트이면서도 저속한 유행가를 부르는 모습은 나 의 소외의식과 맞닿아 있다. 차이점이라면 내가 도회적 일상에 살면 서도 늘 무미건조한 무진을 그리워하는 것과 반대로 하인숙은 거꾸로 무진의 일상에서 서울을 지향하는 것이다. 하지만 그것은 동궤의 것 이다. 언젠가 몰락할 수 있다는 위기 의식은 자신의 이상적 자아가

숨쉴 수 있는 곳으로의 일탈을 꿈꾸게 하기 때문이다. 이러한 위기의식은 '술집 여자의 자살'이라는 사건으로 극대화된다. 주체는 위선적인 자아로 버틸 수 있는 한계를 알고 있기에 '삶/죽음'은 늘 공존하는 것이라 생각하는 것이다.

> 나는 문득, 내가 간밤에 잠을 이루지 못하고 뒤척거리고 있었던 게 이 여자이 임종을 지켜주기 위해서가 아니었을까 하는 생각이 들었다. 통금해제의 사이렌이 불고 이 여자는 약을 먹고 그제야 나는 슬며시 잠이 들었던 것만 같다. 갑자기 나는 이 여자가 나의 일부처럼 느껴졌다. 아프긴 하지만 아끼지 않으면 안 될 내 몸의 일부처럼 느껴졌다.(145쪽)

희중이 무진에서 하인숙 이외에 자신의 분신을 발견하는 것은 바다로 난 방죽에서 본 자살한 작부의 시체다. 희중은 그 시체를 보면서 '이상스레 정욕이 끓어오름을 느꼈고' 그 여자가 자신의 일부처럼 느껴진다. 여기에서 희중이 시신을 자신의 분신이라 생각하는 것은 자신의 쓸쓸했던 기억과 이상의 좌절 때문이었을 것이다. 자신에게서 비롯된 이상의 좌절은 죽음과 연결되는 것이고, 그것은 하인숙에 대한 사랑과 같은 맥락에서 파악될 수 있다. 하인숙은 아직 완전히 현실에 굴복하지 않았던 자신의 옛 모습이고, 자살한 시체란 스스로 죽여버린 그 고뇌의 흔적이다. 의식 속에서 그의 옛날의 고뇌는 죽었으나 회한은 아직도 그를 짓누르며 망령처럼 호소하고 있는 것이다. 시체를 보면서 희중은 자신이 무진에 들어설 때 가졌던 공상, 수면제가 이미 있었을지도 모른다고 생각한다. 그것은 현실에서 좌절하는 사람들의 내면에 편안히 잠들고 싶은 욕망이 꿈틀거리고 있으며 자신에게도 그렇다는 것을 확인시켜주는 것이다. 또한 그는 간밤에 자신이 잠을 이룰 수 없었던 것도 그 여자의 임종을 지켜 주기 위해서였다고 생각한다. 이러한 측면도 그가 시신에게 동질감을 느끼고 있다는 단서가 된다. 이런 맥락에서 볼 때 무진에 오는 도중 광주 역 구내에서 본 미친 여자의 모습은 그의 과거의 기억을 재생하는 기제가 된다. 이 미친 여자에게 과거에 미칠 듯이 고뇌하던 자신의 모습을 투사하면서 그는 과거의 기억을 연상하게 되는 것이다. 하지만 나는 애써 현재의 도시적 일상을 긍정하고자 한다. 이유는 감상이나 연민으로써 세상을 대하는 나이가 지났기 때문이다. 비록 언제 밀려날지 몰라 숨죽이는 삶이지만 현재의 나를 존립케하는 근거는 바로 그 도시적 일상에서만 찾을 수 있기 때문이다.

하지만 이런 자신에 대한 자위는 '쓸쓸하다'. 왜냐하면 욕망의 미끼 즉 '실재계'가 늘 공존하기 때문이다.[88] 희준이 하인숙의 손을 잡는 이유는 그 쓸쓸함을 이겨내기 위한 몸짓이며 아직도 자신의 이상은 내면에 남아있다고 믿고 싶기 때문이다. 어두웠던 '이 바닷가'의 일년을 대치할 기호인 '쓸쓸하다'는 따라서 낭만적 환멸의 아스라한 기억을 되씹게 하는 것이다. 하지만 하인숙과의 이별은 예정된 것이었고 그녀 또한 그 사실을 인정하고 있다. 그럼에도 불구하고 그는 사랑하는 사람을 '가까이 끌어당겨주기로' 다짐한다. 하지만 그것은 다분히 충동적인 것이며 도회적 일상에서 확립된 균형감각은 그 충동을 어느 시점에서 제어한다. 그러던 중 아내에게 서울로 돌아오라는 전보가 온다. '아내의 전보'는 일상으로의 복귀 신호이다. 결국 돌아갈 줄 알

---

88) "상상계적 자아는 상징계로 진입할 때 금지된 쾌락을 억압한다. 그리고 이 억압된 부분은 결코 사라지지 않고 여분으로 남아 다시 또 상상계로 들어서게 만든다. 이 여분, 혹은 실재계는 욕망이 계속 남아 있게 만드는 동력이요, 욕망의 미끼(오브제 프티 아)이다. 상상계는 대상이 완벽히 자신의 욕망을 충족시켜 주리라고 믿는 닮음, 은유, 대체요, 상징계는 이런 추구가 헛됨을 알게 되는 다름, 환유, 인접이다. 이 닮음과 다름의 긴장관계가 우리의 삶을 지속시키는 동인이요, 늘 욕망이 남아있는 이유이다."(권택영, 앞의 책, 132쪽 참조)

면서도 무책임하게 저질렀던 무진에서의 행위는 아내의 전보에 의해 철저히 무화된다. 하지만 무진에서의 일상은 단지 일시적인 것이고 다시 서울의 일상으로 복귀해야 한다는 사실에 나는 동의하고 싶지 않다. 부인하고 싶지 않은 나의 진실한 자아 때문이다. 이상적 자아에의 충동은 현실의 복귀에 앞서 주체의 내면을 흔들리게 한다.

> 아내의 전보가 무진에 와서 내가 한 모든 행동과 사고를 내게 점점 명료하게 드러내 보여주었다. 모든 것이 선입관 때문이었다. 결국 아내의 전보는 그렇게 얘기하고 있었다. 나는 아니라고 고개를 저었다. 모든 것이, 흔히 여행자에게 주어지는 그 자유 때문이라고 아내의 전보는 말하고 있었다. 나는 아니라고 고개를 저었다. 모든 것이 세월에 의하여 내 마음속에서 잊혀질 수 있다고 전보는 말하고 있었다. 그러나 상처가 남는다고, 나는 고개를 저었다. 오랫동안 우리는 다투었다. 그래서 전보와 나는 타협안을 만들었다. 한 번만, 마지막으로 한 번만 이 무진을, 안개를, 외롭게 미쳐가는 것을, 유행가를, 술집 여자의 자살을, 배반을, 무책임을 긍정하기로 하자. 마지막으로 한 번만이다. 꼭 한 번만 그리고 나는 내게 주어진 한정된 책임 속에서만 살기로 약속한다. 전보여, 새끼손가락을 내밀어라. 나는 거기에 내 새끼손가락을 걸어서 약속한다. 우리는 약속했다.(152쪽)

'전보와의 타협안'은 이상적 자아의 욕망과 위선적 자아의 욕망의 절충점을 뜻한다. 마지막으로 단 한 번만 일탈을 묵인함으로써 영원히 도회적 일상에 복귀하여 이상적 자아를 묻어두겠다는 의지의 표현이라 할 수 있다. 그 의지를 확인하기 위하여 나는 '편지'를 쓴다. 사랑의 편지를. 하지만 곧 찢어버린다. '편지의 찢어버림'은 상징계에 진입한 내가 다시는 상상계로 복귀할 수 없음을 인정하는 절망적 행위라 볼 수 있다. 이상은 내면의 욕망으로 여전히 존재하지만 현실의 나에게 중요한 것은 '무질서, 궁핍, 병, 충동' 등의 혼돈의 자아가 아닌 '질서, 이성, 부, 높은 신분'의 정제된 자아이기 때문이다. 희중은 허겁지겁 무진을 떠난다. 무진을 떠나는 길에 길가의 이정표는 곧 회복될 수 없는 자아의 동일성에 대한 의도적 외면이라 할 수 있다. 따라서 나는 이정표를 보며 '심한 부끄러움'을 느끼게 되는 것이다.

이런 맥락에서 볼 때 희중에게 서울은 허위적 삶을 상징적으로 드러내 주는 공간이 된다. 반면 무진은 그에게 아직 속물화되지 않았던 이상적인 자아를 찾기 위해서 애를 썼던, 그러면서 결국 좌절될 수밖에 없었던, 그리고 자신이 현실에 굴복하게 대한 자책을 상징적으로 드러내 주는 공간이라 할 수 있다. 서울은 희중에게 '책임 뿐'인 공간이며, 그곳에서 그는 자랑스러워할 틈도 없이 바쁘다. 그곳에서 그는 '돈 많고 빽이 좋은 아내'를 만나 곧 제약회사 전무가 되기로 되어 있다. 반면 무진은 '책임도 무책임도 없는' 공간이며, '바쁘다는 것도 서투르게 바쁜' 공간이다. 그에게 무진의 의미는 단순한 고향의 의미가 아닌 자신의 허위적 자아를 재인식시키며 초라했지만 진실했던 자신의 자아의 동일성을 새롭게 환기시키는 공간이 되는 것이다. 따라서 반복적으로 무진을 방문하고 다시 참된 자아를 회복하고 과거의 이상(理想)을 살리려는 욕망에 사로잡히게 되는 것이다. 하지만 그는 물신화된 도시적 일상성에서 벗어날 수 없는 초라한 주체일 뿐이다. 그가 무진을 떠나면서 느끼는 부끄러움은 이러한 일상과 욕망에 대한 열패감(劣敗感)의 표현이라 할 수 있다.

결국 「무진기행(霧津紀行)」은 도시적 일상에서 동일성을 상실한 주체가 끊임없이 동일성의 회복을 탐색하는 과정을 보여주는 작품이라 할 수 있다. 주체는 이상과 현실 사이에서 분열되어 있으며 끊임없이 자기 통합을 위해 힘을 기울이지만 끝내 이루지 못한다. 그 중심에는 화해될 수 없는 일상성과 욕망의 대립이 자리잡고 있다. 곧 주체는 도시적 일상 속에 속물적인 모습으로 살게 되고 이상은 내면의 심연으로 가라앉아 버린다. 이것은 한 개인의 좌절이지만 4·19의 이상과 좌절이라는 60년대 한국 사회의 모습과 닮아 있다. 무진의 안개로 비유되는 희중의 회의적 삶의 모습은, 겉으로 화려하지만 진실하게 존립되기 힘들었던 60년대 사회를 상징적으로 드러내고 있다고 할 수 있다.

2. 도시 공간의 의미와 동일성의 탐색
—「서울 1964년 겨울」

「서울 1964년 겨울」[89]은 60년대의 일상과 욕망에 대한 김승옥 식의 감각적 보고서이다. 이 소설은 우선 서울이라는 일상적 공간과 그리고 겨울이라는 계절을 배면에 담고 있다. 당시 서울은 『서울은 만원이다』라는 이호철의 작품에서 나타나는 것처럼 이농(離農)으로 인한 서울의 인구 집중에 따른 혼란한 모습을 갖추고 있는 공간이었다. 이 소설에서 인물들이 이동하는 도심의 구석구석은 당대 서울의 의미망을 담고 있는 공간들이라 할 수 있다. 서울은 도시의 '화려함/추악함, 질서/혼란'의 이중적 속성을 동시에 보여준다. 따라서 서울은 단순한 배경이 아닌 텍스트 전체에 의미있는 담론을 생성케 하는 유기체의 공간이라 할 수 있다. 이 작품은 이러한 무질서한 도시 속에서 살아가는 사람들의 거세된 욕망들, 하지만 아직은 순수했던 욕망들의 지향점이 섬세한 언어로 표출되고 있다.

> 1964년 겨울을 서울에서 지냈던 사람이라면 누구나 알 수 있겠
> 지만, 밤이 되면 거리에 나타나는 선술집 ― 오뎅과 군참새와 세

---

89) 『思想界』 147호, 1965.5 에 발표됨

가지 종류의 술 등을 팔고 있고, 얼어붙은 거리를 휩쓸며 부는 차
가운 바람이 펄럭거리게 하는 포장을 들치고 안으로 들어서게 되어
있고, 그 안에 들어서면 카바이트 불의 길쭉한 불꽃이 바람에 흔들
리고 있고, 염색한 군용(軍用) 잠바를 입고 있는 그러한 선술집에서,
그날 밤, 우리 세 사람은 우연히 만났다.[90]

각기 다른 성장과정과 직업을 갖고 있는 세 사람이 우연히 조우하
게 되는 공간은 '선술집'이라는 공간이다. 선술집은 방황하는 이들의
쉼터로서 부유한 이들보다는 궁핍한 사람들의 애환을 달래주던 공간
이다. 일상에서 지친 이들의 귀가 길의 허기를 달래주고 혹은 직장
동료와 하루의 일과를 정리하며 푸념을 늘어놓는 공간이며 또한 낯선
이들과 스스럼없이 동석하여 술잔을 기울이기도 하는 이 곳은 빈부,
학력, 나이, 계층간의 차이를 무화시키는 공간이기도 하다. 소설의 서
두를 이끌어 가는 두 인물, '나'와 '안'이라는 대학원생은 25살이라는
나이는 같지만 성장 배경과 직업은 전혀 다르다. 고졸과 대학원생, 부
잣집 장남과 가난한 시골 출신이라는 환경적 차이 때문에 둘은 다소
서먹한 상태로 만나게 되는데 선술집이라는 공간의 특수성 때문에 둘
의 만남은 일상을 초월한 독특한 형상을 띠게 된다.

둘 사이에 주고받는 대화는 '상호 동일화 과정'이라 볼 수 있는 데
김승옥 특유의 감각적 문체가 서사의 핵을 이룬다고 볼 수 있다. '나
는 새카맣게 구워진 군참새를 집을 때 할 말이 생겼기 때문에 마음속
으로 군참새에게 감사하고 나서 얘기를 시작했다.'라는 식의 문장이
대표적인 경우인데 이 소설이 다른 작가들의 작품들과 차별성을 보이
는 것은 우선 이러한 문장의 묘미에 있다 하겠다. 단순히 관념에 그
치지 않고 마주보는 사물과 대상에 대해 새로운 시각을 펼쳐 보이는
감각적 대화는 서울이라는 공간을 새롭게 태어나는 역할을 수행한다.

---

90) 앞의 책, 202쪽

"안형, 파리를 사랑하십니까?"라는 질문 역시 같은 기능이라 볼 수 있는데, 여기에서 '파리'란 독자들에게 실제 지명 프랑스의 '파리'를 연상하게 한다. 중의성(重義性)의 의도적 선택이라고 볼 수 있다. 하지만 '김'이 말한 파리는 사물로서의 파리를 의미하고 있다. 그 간극은 이 소설이 '낯설게 하기' 기법을 자연스럽게 표출하고 있음을 보여준다. 우리가 늘상 대하는 사물에 대하여 낯설게 함으로써 사물의 의미를 새롭게 부각시키는 이러한 기법은 김승옥 소설만의 독특한 문체의 효과를 부각시킨다. 그 파리를 사랑하는 이유가 '비상(飛翔)'의 속성을 지니며 동시에 나의 의지로 가능한 것일 때 그 의미는 더욱 확장된다고 볼 수 있다.

> "날을 수 있으니까요. 아닙니다. 날을 수 있는 것으로서 동시에 내 손에 붙잡힐 수 있는 것이니까요. 날을 수 있는 것으로서 손 안에 잡아본 적이 있으세요?(203쪽)"

하늘을 난다는 것은 인간이 갖는 가장 근원적인 욕망의 하나이다. 일상을 땅에서 생활하는 인간이 푸른 하늘을 보며 비상의 욕망을 기원하는 것은 내면에 숨겨져 있는 '초월적 욕망'이자 '자유에의 욕망'이라 할 수 있다. 현대에 들어 주체성의 자각이 생기면서 그 욕망은 점점 더 커져만 갔었다. 이런 초월적 욕망이면서 실현 가능한 즉 손 안에 잡힐 수 있는 파리는 '욕망의 현실화'를 의미한다. 일상에서 가능한 욕망의 실현 영역의 지평이 이 소설 전체의 화두로 제시되는 것이다. 화자인 나는 그것을 단순하게 성적인 욕망으로 환치시키고 '안'은 '데모'라는 사회적 현상으로 의미를 확대시킨다.

> "김형, 꿈틀거리는 것을 사랑하십니까?"(중략) "그렇죠?" 나는 즐거워졌다. "그것은 틀림없이 꿈틀거림입니다. 난 여자의 아랫배를

가장 사랑합니다. 안형은 어떤 꿈틀거림을 사랑합니까?” “어떤 꿈틀
거림이 아닙니다. 그냥 꿈틀거리는 거죠. 그냥 말입니다. 예를 들면
……데모도……” “데모가? 데모를? 그러니까 데모……” “서울은 모든
욕망의 집결지입니다. 아시겠습니까?” “모르겠습니다”라고 나는 할
수 있는 한 깨끗한 음성을 지어서 대답했다. (204쪽)

꿈틀거린다는 것은 살아 있다는 것이다. 획일화된 일상에서 주체를
소멸하고 규정된 시스템에 작동되는 하나의 개체로 살아가는 일상에
서 ‘꿈틀거림’은 늘 내재된 욕망이다. 4·19라는 초유의 민중 혁명을
성공하고 불과 1년여만에 군사쿠데타로 종식된 자유에의 열망은 60년
대를 살았던 모든 사람들에게 이제는 다시는 되돌아 갈 수 없는 꿈이
되어버렸다. 그저 체제에 순응해서 거짓 일상을 사는 현대인들에게
사라진 자유의 추억은 ‘꿈틀거림’으로 위장되어 있는 것이다. 그것을
‘안’은 데모라 표현한다. 여기에서의 데모는 학생 시위나 군중 시위가
아닌 왜곡된 진실이며, 제한된 자유와 감춰진 욕망에 대한 꿈틀거림
을 의미한다. 그리고 그러한 욕망의 총 집결지가 바로 ‘서울’이라는
공간으로 표상되는 것이다.

“평화시장 앞에 줄지어 선 가로등들 중에서 동쪽으로부터 여덟
번째 등은 불이 켜 있지 않습니다.” 나는 그가 좀 어리둥절해하는
것을 보자 더욱 신이 나서 얘기를 계속했다. “……그리고 화신백화점
육층의 창들 중에서는 그 중 세 개에서만 불빛이 나오고 있었습니
다……” 그러자 이번엔 내가 어리둥절해질 사태가 벌어졌다. 안의 얼
굴에 놀라운 기쁨이 빛나기 시작했기 때문이다. 그가 빠른 말씨로
얘기하기 시작했다. “서대문 버스정거장에는 사람이 서른두 명 있는
데 그 중 여자가 열일곱 명이었고, 어린 애는 다섯 명 젊은이는 스
물한 명 노인이 여섯 명입니다.”(207쪽)

둘의 계속되는 대화의 의미는 무엇인가. 그것은 '일상의 소유 의식' 이라 할 수 있다. 서울이라는 일상 공간에 무의미해진 그들의 존재를 되찾기 위한 작은 시도인 것이다. 그래서 전혀 남들이 인식하지 못하는 작은 부분에 집착하고 있다. 단순히 일상의 굴레에 복종하는 것이 아닌 새롭게 사물에 의미를 부여하며 살아가고 싶다는 작은 열망의 표현이며 탈일상을 모색하는 하나의 음모이다. 그것은 '사물의 틈에 끼어서'가 아닌 사물에 거리를 둠으로써만 가능해진다. 30년대의 모더니스트들이 일상을 '산책'하며 대상에 거리를 두며 일상의 의미를 되찾고 소외된 자아에게 끊임없이 질문을 던지는 경우와 같은 맥락이라고 볼 수 있는 것이다. 바로 이 부분에서 자본주의적 근대성에 대한 저항의 의미를 살펴볼 수 있다. 단순한 일상의 거부가 아니라 내면의식을 매개로 한 언어적 저항으로 표출하고 있는 것이다. 이러한 언어적 반항은 '자동화된' 세속적 언어에 저항하는 현대성의 방법이라 볼 수 있다. 따라서 이른바 김승옥의 특질인 '감수성의 혁명'이란 사물화된 합리성을 거부하는 모더니즘적 언어의 반란을 뜻한다고 볼 수 있다.[91]

또한 계속적으로 인물들이 유희적인 대화를 나누며 자신의 동일성의 근원을 탐색하지만 궁극적으로 그들이 소유할 수 있는 것은 아무것도 없다는 부분에서 김승옥 식의 소외의식이 잉태되는 것이다.

> 우리는 갑자기 목적지를 잊은 사람들처럼 사방을 두리번거리면서 느릿느릿 걸어갔다. 전봇대에 붙은 약 광고판 속에서는 이쁜 여자가 '춥지만 할 수 있느냐'는 듯한 쓸쓸한 미소를 띠고 우리를 내려다보고 있었고, 어떤 빌딩의 옥상에서는 소주 광고의 네온사인이 열심히 명멸하고 있었고, 소주 광고 곁에서는 약 광고의 네온사인이 하마터면 잊어버릴 뻔했다는 듯이 황급히 꺼졌다간 다시 켜져서

---

91) 나병철, 앞의 책, 224쪽

> 오랫동안 빛나고 있었고, 이젠 완전히 얼어붙은 길 위에는 거지가
> 돌덩어리처럼 여기저기 엎드려 있었고, 그 돌덩이 앞을 사람들은
> 힘껏 웅크리고 빠르게 지나가고 있었다. (212쪽)

　순간의 흥분이 지나간 후 느낄 수 있는 건 여전한 자신의 초라함
뿐이다. 생의 목적과 여로의 종착역을 잃은 상실감은 '전봇대에 붙은
약 광고판'과 '빌딩의 네온사인'과 같은 지겨운 일상의 대상들 속에
확장되고 '춥지만 할 수 있느냐'는 체념과 같은 쓸쓸함으로 귀결된다.
'쓸쓸하다'는 「무진기행」에서도 보이는 반복되는 자아의 소외를 재확
인하는 담론이라 할 수 있다. 현대 도시에서 태동된 욕망은 주체의
소외만를 부추겼고 주체의 동일성은 상실감에서 확인될 뿐이다.

　둘은 의기투합하여 본격적으로 술을 마시기로 하며 선술집을 나올
때 의외의 한 인물이 동참을 요구한다. 월부 책장수인 '가난뱅이 냄새
가 나는 서른 대여섯 살짜리 사내'의 등장은 서사 구조상 일대 전환
점을 가져오게 된다. 또한 지금까지 유희적 언어와 관념으로 일관되
던 소설에 현실감을 부여하고 서울이라는 공간에서 가장 힘들게 일상
을 살고 있는 실제 인물을 제시함으로써 '일상'과 '욕망'에 관한 작가
적 관심이 관념에만 머물고 있지 않음을 보여준다. 급성뇌막염으로
아내를 잃은 사내는 시체를 병원에 팔았다. 힘든 생활이었지만 서로
사랑하였기에 행복했던 사내에게 아내의 죽음은 삶의 존재 의미를 일
거에 상실하는 계기가 된다. 시체를 판 돈 4천원을 그들과 써버리고
자 동참한 그와 술을 마시고 그들은 다시 갈 곳을 몰라 방황한다. 그
들은 소방차를 따라 화재가 난 곳으로 가고 그 곳에서 책장수는 아내
의 환영을 보고 괴로워하다가 나머지 손을 모두 불 속에 던지고 만
다. 그리고 낯선 집으로 가 밀린 월부 책값을 달라고 하다가 울음을
터뜨린다. 결국 사내는 자살하고 안과 나는 서둘러 사내를 버려둔 채
여관을 나선다.

안은 눈을 맞고 있는 어느 앙상한 가로수 밑에서 멈췄다. 나도 그를 따라서 멈췄다. 그가 이상하다는 얼굴로 나에게 물었다. "김형, 우리는 분명히 스물다섯 살짜리죠?" "난 분명히 그렇습니다." "나두 그건 분명합니다." 그는 고개를 한 번 갸웃했다. "두려워집니다." "뭐가요?" 내가 물었다. "그 뭔가가, 그러니까……" 그가 한숨 같은 음성으로 말했다. "우리가 너무 늙어버린 것 같지 않습니까?" "우린 이제 겨우 스물다섯 살입니다." 나는 말했다. "하여튼……" 하고 그가 내게 손을 내밀며 말했다. "자, 여기서 헤어집시다. 재미 많이 보세요"하고 나도 그의 손을 잡으며 말했다. (224쪽)

'겨우 스물 다섯 살' 임에도 불구하고 자신들이 너무 늙어 버린 것 같다는 의식은 탈주의 욕망을 잃어버린 시대의 자아에 대한 비판적 성찰이라 할 수 있다. 전술한 바와 같이 60년대의 문학은 '父상실 문학'이라 일컬어 진다. 아버지 부재에 대한 인식은 표상적으로는 자유로움이지만 그 내면에 감춰진 불안의식은 그 자유를 억압하는 형태로 작품에 표출된다. 김승옥의 「서울 1964년 겨울」은 바로 그러한 60년대 젊은이들의 상실감을 지금까지와는 전혀 다른 방식으로 제시한 작품이라 할 수 있다. 궁극적으로 두 젊은이의 서울기행의 의미는 바로 상실감에서 기인된 것을 알 수 있다. 일상에 대한 '산책'은 '반성'을 동반한다. 하지만 이 작품에서는 반성보다는 허무적 색채가 짙게 풍긴다. 비상의 꿈, 초월의 욕망을 상실한 채 죽어가는 사람들을 내버려 둔 채 그들은 다시 일상으로 쓸쓸히 회귀하는 것이다. 4·19 세대인 그들의 이러한 절망감은 그들이 비웃던 기성의 가치관에 굴종하는 것에 대한 처절한 존재의 흐느낌으로 볼 수 있다.

3. 탈일상적 욕망과 근대적 합리성의 거부
― 「야행(夜行)」

　김승옥의 「夜行」[92]은 근대적 합리성에 대한 개인의 저항의식을 그린 작품이다. 우선 '야행(夜行)'이라는 제목 자체가 주는 기호적 의미를 점검해 볼 필요가 있다. '밤'이라는 시간적 배경은 밝음보다는 어두운 이미지를 짙게 드리우고 있다. 근대적 합리성이 낮이라는 지극히 합리적·이성적·공적인 시간 개념이라면 밤은 비합리적·감상적·사적인 시간 개념이라 할 수 있다. 그 밤에 목적없이 돌아다닌다는 것은 합리적 이성에 대한 거부이며 반발이고 개인적 저항이다. 이러한 합리성에 대한 거부와 소외 인식은 1930년대의 작가 '이상'을 계승한 듯한 인상을 준다. 하지만 이상이 유사 낙원의 꿈과 근대에 관한 인식을 회의하지 않고 지켜낸 것에 비해 이 소설에서 그러한 근대성에 관한 철저한 의지는 보이지 않는다. 다만 '일상'에 대한 회의와 의문, 그리고 결코 그 일상에서 만족할 수 없는 자의식은 철저히 일상을 탈피하려는 욕망을 실현하는 것으로 실천적 의지를 보여준다고 할 수 있다.

　기행과 괴벽, 혹은 남들과 다른 행동이 용납되지 않는 '근대화의 진군' 시대에 보여준 김승옥의 글쓰기는 파멸적이라기 보다는 다분히 충동적이며 그 배면에는 합리적 이성에 대한 배반을 담고 있다. 「夜行」은 이러한 작가의 욕망이 숨김없이 담겨있는 작품이라고 할 수 있다. 김승옥에 관한 많은 연구 논문들은 「夜行」의 가치를 평가하는 데 인색하다 하지만 김승옥 작품 전반을 흐르고 있는 그만의 독특한 시대 감각은 이 작품에 와서 정점에 이른다고 할 수 있는데, 그것은 자

---

92) 『월간중앙』10호, 1969.1

생적인 포스트모더니즘의 철학이 이 작품에서 엿보인다는 점을 지적할 수 있다. 서구에서 포스트모더니즘이 태동했던 시기는 1960년대이다. 우리 나라를 비롯한 전 세계에 확산된 것은 1980년대 이후지만 김승옥의 소설에서 포스트모더니즘의 징후를 느낄 수 있다는 것은 의미심장한 일이다. 이청준의 소설 역시 김승옥과는 다른 방식이지만 포스트모더니즘적 세계관으로 전환한다는 사실에서 우리의 모더니즘 소설은 1960년대에 이르러 정점을 보이다가 그 후 영역이 약화된다는 사실을 상기해볼 수 있다. 또한 이 소설의 발표 연도가 1969년이라는 데 주목할 필요가 있다. 1969년은 60년대의 끝자락에서 산업화와 박정희 독재정권이 장기집권을 시작하는 시점이며, 모든 예술적 상상력이 원천적으로 제약받던 70년대에 들어서기 직전의 혼란함과 히피적 자유의식이 공존하던 시기였었다. 또한 한 시대를 정리하고 새 시대에 비전을 제시해야 한다고 무언의 강박관념이 자리잡을 때이다. 「夜行」은 그러한 시대적·철학적·사회적 맥락을 담고 있는 작품이라 할 수 있다. 또한 김승옥의 찬란했던 60년대의 문학적 성과의 정점이자 최후로 자리매김하는 작품이라는 데서 그 의의를 찾을 수 있다.

작품의 서두에서 남편과 같은 직장에 근무하는 '현주'는 알 수 없는 충동에 밤거리를 헤맨다. 통금 시간이 다가올 무렵 취객들만이 거리에 난무할 때 현주는 낯선 남자들과의 조우를 꿈꾼다. 하지만 그렇다고 그녀가 탕녀이거나 성적 욕망을 느껴서는 아니다.

현주는 자기 몸에 늘어붙고 있는 사내의 시선을 느꼈다. 확인해 보나마나 알지 못하는 술 취한 어떤 사내겠지. 그 사내가 자기를 향하여 다가오고 있는 것을 현주는 돌아보지 않고도 느낌으로써 알 수 있었다. "댁이 어디십니까?" 사내가 앞을 가로막으며 말을 걸어 왔다.93)

현주에게 느껴지는 시선, 그것은 바로 타인의 시선이다. 그 시선을 감지한다는 것은 주체가 분열되어 있다는 증표이다. 「무진기행」에서 보였던 말하는 나와 보여지는 나를 통해 분열된 주체가 제시되는 것이다. 의식적으로 남자의 접근을 묵인하고 그들의 반응을 기다리는 그녀의 행동은 일상의 기준으로 보면 상궤를 벗어난 것이다. 그러나 그들의 접근을 기다리는 것은 그녀가 그들과 동질의 의식을 공유하고 있기 때문이다. 동질의 의식이란 것은 바로 다름 아닌 '탈주(脫走)의 욕망'이다. 짓궂은 장난인 듯이 가장하고 있지만 실상은 그것은 자아 내면의 진실한 모습이며, '대낮의 생활'과 '도시'와 '예정된 생활'로부터의 도피 욕망은 그들과 내가 이 도시에 살고 있는 사람들과의 공통된 욕망이라 할 수 있다. 하지만 그 욕망은 원천적으로 차단된 것임을 주체는 인식하고 있다. '도망할 수 있는 사람과 욕구는 있지만 그러지 못하고 마는 사람이 있다는 것을' 인정하는 것은 일상이 여전히 권력의 기제로 자리잡고 있음을 보여주는 것이다. 탈피할 수 없는 일상성은 따라서 주체의 소외의식, 즉 '쓸쓸함'으로 환치된다.

> 문득 뜻하지 않은 느낌이 그 여자의 몸 속에서 번지기 시작했다. 그것은 쓸쓸함이었다. 외면적으로야 자신과는 완전히 관계없는 일 때문에도 느껴지는 순수한 쓸쓸함이었다. 그것은 가령 그 여자가 언젠가 극장에서 뉴스 영화를 볼 때 느껴본 적이 있던 느낌과 같은 종류의 것이었다. 베트남 전선으로 가는 군인들이 군함의 갑판 위를 새까맣게 덮고 있었다.(중략) 현주는 그 젊은이를 군함에 태워 보내고 싶지 않다는 충동을 느꼈다. 하마터면 화면을 향하여 두 팔을 내밀 뻔하였다. 그러나 화면은 곧 바뀌어서 나부끼는 태극기의 물결로부터 군함은 점점 멀어져갔다. 그때 그 여자는 지친 듯 허탈

---

93) 앞의 책, 261쪽

해지면서 느릿느릿 밀려드는 쓸쓸한 느낌을 경험하게 되었던 것이
다. (263~264쪽)

하지만 그 쓸쓸함은 자신의 내적 고독과는 거리가 있는 본질적인
존재의 순수한 쓸쓸함이라 할 수 있다. 맞지 않는 미군복을 입고 베
트남으로 향하는 군인의 어린 얼굴을 보고 느끼는 안타까움은 일상에
서 가면의 탈을 쓰고 살아가는 사람들에 대한 동질의 연민이기도 하
다. 30년대의 박태원의 소설 속에 등장하는 고독과 소외의 모습이 지
식인의 회의를 담고 있는 모습이라면, 60년대의 김승옥은 그 시선을
외부에 돌려 동시대의 일상에 어울리지 않은 옷을 입고 어색하게 살
아가는 대다수의 보통사람들에게 초점을 맞추는 것이다. 또한 그것은
어설픈 근대화에 대한 각성이기도 하다. '미군 식의 유니폼'에서 미군
이란 바로 근대화의 상징이며 우리에겐 쉽게 육화(肉化)되기 힘든 현
대성이다. 어울리지 않는 일상에 적응할 수 없다면 주체의 내면에는
전복의 욕망이 잉태된다. 그것이 비록 비상식적이고 반사회적이라고
할지라도 욕망의 충동은 제어할 수 없는 형태로 나타나게 되는 것이
다.

　　최근에 와서 그 여자의 욕구는 비틀거렸다. 그 여자는 자기의 욕
　구가 지나치게 무모하고 비상식적이고 반사회적이라는 걸 그 욕구
　의 싹이 자기의 내부를 자극하기 시작하던 처음부터 깨닫고 있기는
　했다. 그러나 그 여자로 하여금 그러한 욕구를 갖도록 해준 어떤
　경험이 그리고 인간이 지니고 있는 욕구는 그것이 어떠한 것이든지
　그 속에 한줄기 강렬한 빛을 발하고 있다는 자각이 그 여자로 하여
　금 그 무모하고 비상식적이고 반사회적이라고 생각되는 울타리를
　감히 넌지시 넘도록 한 것이었다. 어느 시간, 어느 장소, 어느 사람
　들 사이에는 그것은 결코 무모하지도 않으며 비상식적인 것도 아니
　며 반사회적인 것도 아닐 수 있으리라. 가령, 그 여자는 포로 수용

소를 탈출하고 싶어하는 포로를 상상한다. 그는 철조망의 한 곳이 허술한 것을 우연히 발견한다. 그것을 발견하자 그는 자기가 이 수용소로부터 탈출하고 싶어했다는 것을 비로소 깨달은 것이다. 그는 계획을 세우고 준비한다. 그리고 예정했던, 어느 달 없는 밤에 그는 철조망을 넘어선다. 어느 입장에서 보면 그의 행위는 분명히 무모하고 비상식적이고 반사회적이다. 그렇다고 하여 그의 욕구가 완전히 부정되어야 할 것인가. (266쪽)

포로 수용소의 허술한 철조망을 보고 비로소 탈출하고 싶었던 것을 깨닫는다는 의미는 그렇게 치열했던 근대에의 열망이, 그리고 실현과정이, 구축된 일상의 체계가 실상은 무의미한 탈출의 대상이었다는 것에 대한 자기 각성이라 할 수 있다. 소설은 비로소 내적 독백에서 벗어나 각성 과정을 서사적으로 표출한다.

평범한 직장에서 사랑해 결혼한 두 사람은 궁핍한 생활을 면하기 위해서 결혼 사실을 숨긴 채 몇 년이 지나도록 계속 직장을 다니고 있다. 치밀한 계획하에 이루어진 그들의 연극은 쉽게 드러나지 않는다. 그러던 어느 날 혼자 휴가를 내고 친정에 다녀온 여자는 평소처럼 남편에게 전화를 한 뒤 집으로 가다가 낯선 남자에게 손목을 잡힌다. 조용히 할 이야기가 있다며 억센 손으로 그녀를 붙잡고 낯선 곳으로 끌고 간다. 끌려가는 도중 여자는 비로소 자신의 연극이 탄로가 난 것이라고 생각한다. 그래서 제대로 반항도 못한 채 끌려간다. 하지만 사내는 전혀 그런 의도가 아니었음을 그녀에게 이야기한다.

"자, 그만 울어. 이젠 경찰에 가서 강간당했다고 고발해도 돼. 난 감옥에 가는 걸 무서워하지 않거든. 당신의 팔뚝이 몹시 매끄러워 보이더군. 내 손 속에 넣고 만지고 싶었어. 당신을 그냥 지나쳐버렸더라면 어떻게 됐을까? 어떻게 되긴, 뭐 아무것도 아니지. 당신도 역시 아무 일도 일어나지 않은 게 좋다고 생각하는 그런 여자인가?

어어, 굉장히 더운 날이지? 그만 울어요, 여름에 울면 감기 걸린대.”
(272쪽)

자칫 선정성을 띤 대중소설에서나 보여질 사내와의 사건은 여자의 의식을 전환시키는 계기가 된다. 빨리 망각되길 바랐던 그 시선은 쉽게 지워지지 않고 오히려 그 사내에 대한 알 수 없는 강렬한 욕망만 증폭된다. 자신과 남편의 연극, 위선, 허위가 일시에 한 예기치 않은 사건에 의해 거짓은 벗겨져야 한다는 인식으로 반전된 것이다. 일상에 대한 타성을 그 사내는 일거에 무너뜨렸고 여자는 비로소 자아의 동일성을 회복할 수 있었던 것이다. 단지 ‘이곳’에서 ‘저곳’으로 옮겨준 사내의 행위는 ‘이곳’이 거짓된 곳임을 일깨워준 것이다. ‘이곳’은 가식적이고 타성화된 일상이고 ‘저곳’은 비록 어둡고 음습한 곳이지만 진실한 것임을 여자는 깨달은 것이다. 비록 ‘저 곳’은 ‘공포와 혼란의 거센 바람’을 몰고 오는 것이지만 그 바람이 자신을 제대로 설 수 있게 만드는 것임을 느낀 여자는 탈일상의 욕망을 실행하기로 한다.

여자는 퇴근 후 밤거리를 배회하다가 취객과 그 앞을 가로막는 여자들 그리고 한심한 표정으로 버스 창안에서 내다보는 사람들을 발견한다. 관습화된 일상에서 보면 더러운 행동이지만 그 더럽다는 사실 자체도 예전의 그녀는 무심히 지나쳐 버렸던 것이다. ‘울타리를 넘고 싶다는 욕구’에 시작된 그녀의 돌발적 야행, 하지만 쉽사리 욕망은 충족되지 않는다. 자신을 막아선 사내들은 그녀의 침묵에 오히려 자신이 계면쩍어져서 돌아가고, 자신을 움켜쥐는 손들도 8월의 여름의 그 강렬함과도 거리가 먼 것이었다.

그 여자의 서성거림은 번번이 그런 식으로 끝나곤 하였다. 차츰 그 여자는 깨달았다. 사내들이 탈출하고 싶어하는 욕구는 거의 모두가 조건부라는 것을. 다시 말해서 사내들은 영원히 '이곳'을 떠날 의도는 없어 보였다. 그들은 잠깐 울타리를 뚫고 밖으로 나가본다. 그러나 아침이 되면 얼른 제자리로 돌아온다. 아니 미처 그것도 아니다. 울타리 안에서 울타리를 만지작거리며 생각만 한없이 되풀이하고 있는 것이다. 그리고 그 여자는 새삼스럽게 깨달았다. 자기의 욕구는 반드시 사내들이 자기네의 욕구를 과감히 실천할 때 함께 성취될 수 있음을. 그렇다, 사내가 그 여자의 내부에 공포와 혼란을 일으켜놓지 않는다면 그 여자는 어떻게 자기의 더러움을 자백할 수 있을 것인가!(277쪽)

사내에 대한 비판은 일상에 함몰된 대다수의 사람들에게 향한다. 그들은 늘 일상을 지겨워하고 떠나고 싶어하지만 실상은 겹으로 쳐진 일상의 울타리에 굴복한다. 잠깐씩 탈일상을 모의하지만 아침이 되면 얼른 일상의 제자리로 돌아온다. 밤 시간은 일상의 일탈을 가능하게 하지만 낮 시간은 일탈을 용인하지 않는 원인도 있지만 무엇보다 습관화된 체념 속에 그들은 겨우 '울타리를 만지작거릴' 뿐인 것이다. 그리고는 여자는 다시 한 번 깨닫는다. 그들이 일탈 욕망을 실행에 옮길 때 진정한 자신의 탈주도 가능하다는 것을. 이것은 진정한 일상에의 탈출은 개개인의 일시적 행위로 인해 가능한 것이 아닌 타인과 내가 동참하는 절실하고도 신성한 의식(儀式)에 의해 가능하다는 것을 암시한다. 가식적 의식이 아닌 진정으로 갈구하는 절실한 의식은 바로 '구원'일 수 있기 때문이다.

그러나 그 여자가 가장 두려워하는 것은 자기의 욕구를 그러한 의식(儀式)으로 포장하게 될까봐 하는 것이었다. 막연하나마 그 여자는 만약 자기에게 공포와 혼란이 없이 그것을 한다면 마침내 의식만이 남게 될 뿐이며 그리고 그것은 파멸이라는 걸 알고 있었다. 그 여자가 바라는 것은, 그렇다, 파멸이 아니라 구원이었다. 속임수로부터의 해방이었다.(279쪽)

  여자의 욕망은 파멸이 아니고 구원을 갈구하고 있음을 보여준다. 여기서 일탈의 욕망은 자신을 구원하고자 하는 소망임을 알 수 있다. 그리고 그 구원의 진실은 '속임수로부터의 해방' 즉 자신에게 솔직해지는 것에서 시작되는 것이다. 하지만 여름 한 낮 강렬한 손짓이 다시 재연되기 힘든 것처럼 그 구원은 쉽지 않은 것임을 여자는 예감하고 있다. 그것은 일상에서 여전히 힘들게 살아가는 보통사람들에 대한 연민과 그들에 대한 공동체적 인식 때문이다. 이것은 바로 김승옥의 시선이 배타적 일상성에서 화합적 일상성으로 시선이 넓혀져 있음을 보여준다. 30년대 모더니스트들이 오직 근대에 대한 열망에만 휩싸여 선민의식을 갖고 바라보던 일상과 사람들에게 우월적 인식을 갖고 있다면, 60년대 모더니스트인 김승옥은 비록 일상이 부정적·위선적이고, 그 속에 사는 사람들 역시 일탈에의 거짓 욕망만을 간직한 채 가식적으로 살고 있지만, 그들을 향해 따스한 시선을 보내야 한다는 열린 세계관을 표출하고 있음을 보여주고 있다. 즉, 30년대 모더니스트들이 일상의 풍경에 집중하고 소외된 주체만을 부각시키고 있는 것에 비하여, 김승옥은 비록 부정적 일상이지만 그 일상에 충실한 사람들과 주체를 동일시하고 있다고 볼 수 있다.

  결국 「야행(夜行)」은 일상에서의 탈출 욕망이 구원으로 이어지려면 동시에 그 탈출이 개인의 무의미한 행위가 아닌 시대와 사람들과 화합할 수 있는 공동체적 인식이 필요함을 역설한 소설이라는 데 그 의미를 찾을 수 있다 하겠다.

4. 근대의 회의와 탈일상의 지향

— 이청준의 「퇴원」

1965년 『思想界』에 단편 「퇴원」을 발표하고 등단한 이청준은 4. 19 세대의 허무의식과 환멸을 동시에 선보이며 60년대의 가장 중요한 작가로 부상한다. 김승옥과 함께 '낭만적 환멸'이라는 공통 분모를 갖고 있는 그의 초기의 소설들은 다양한 기법[94]과 관념적 주제들을 새롭게 형상화하였고, 그리고 시대와 사회에 소외당한 이들의 아픔을 예리하게 파고들었다.

"이청준의 초기 작품세계의 특징은 새롭게 변모된 현실 속에서 자기 삶의 근거랄까, 명분 같은 것을 발견하지 못한 채, 단지 현실로부터 계속 밀려나가기만 하는 소외된 인물들이 자주 발견된다는 점이다. 이들은 끊임없이 현실에서 자기 몫의 그 무언가를 성취하려 하고 또 그 나름의 삶의 표적을 구하려 들지만 끝내 그 표적을 얻지 못하고 삶의 뒷전으로 속수무책 밀려 나는 꼴을 당한다. 이렇듯 일상 생활에 충분히 소속되지도 못하고 그 반대로 나름대로의 자기 세계에 고립적으로 빠져들 수도 없는 상황에서 이제 작중 인물의 심정은 짙

---

94) 기법적 측면에서 그의 소설들은 대부분 중층구조로 짜여 있다고 볼 수 있다. 김치수는 다음과 같이 그의 서술구조의 독특함을 언급하고 있다. "그의 작품구조는 단순구조가 아니라 격자 구조, 이원적 구조, 중층구조, 중첩구조 등으로 불린다. 이러한 구조는 추리 소설적 화법을 통해 사건의 진행을 이루고 있다. 따라서 그의 소설 전개 과정은 어떠한 대목을 밝혀가는 과정이며, 그 과정은 미지의 사실 '추측' → '추측'의 전제 조건 제시→ 사실의 진위 여부 가림→ 사실의 의미 파악으로 진행된다. 화자가 일으켜 놓은 호기심에 따라 화자와 함께 독자가 쫓아가게 만드는 '사건발발→ 진행→결말'이라는 구조는 동반의 관점인 것이다."(김치수, 「언어와 현실의 갈등」, 『박경리와 이청준』, 민음사, 1982)

은 회오와 환멸, 그리고 쓰라린 심경만을 드러낸다. 낭만적 환멸은 이 시기 작품세계의 주요한 속성이거니와, 여기서 낭만적 환멸이란 무언가 내면의 소중한 가치들이 점차 소진해 가는 것을 지켜보면서 거기서 어떤 막연한 슬픔과 쓰라림의 감정을 적이 갖게 되는 것을 말한다. 이때 인물들은 와해되어 가는 존재의 내적인 힘을 응시하면서 새로운 현실에 적응하지 못해 방황하는 소외된 모습을 보인다."[95] 이러한 특질은 그의 초기 대표작인 「병신과 머저리」에 잘 드러나 있다고 할 수 있다.[96]

문제는 이청준의 소설이 모더니즘적 요소를 가지고 있느냐는 것인데 실상 그의 모든 작품을 모더니즘 소설이라 규정짓는 것은 타당하지 않다. 대부분의 평자들이 그의 소설을 모더니즘과 관련지어 설명하지는 않고 있다. 하지만 그의 초기 소설들은 분명히 동시대의 다른

---

95) 한상규, 「멈추지 않는 자유의 현상학」, 『작가세계』 14호, 세계사, 1992년 가을

96) "1966년에, 작가에게 동인문학상을 안겨다준 「병신과 머저리」가 발표된다. 이 작품은 매우 중요한 것으로 판단되는데, 그것은 초기세계를 대변하는 인물과 후기세계를 대변하는 인물간의 대립이 아주 섬세하게 그려져 있기 때문이다. 그 두 인물은 '형'과 '동생'이다. 이 중 동생은 앞에서 계속 강조한 대로 '환부'도 없는 존재론적 아픔을 지속적으로 겪는 낭만적 환멸의 인물이다⋯⋯ 환부를 알 수 없어 하는 태도에도 기인하는 것이겠지만 이들 세계는 구체적인 갈등 속에서 외부와 싸우기보다는 수동적인 관조 속에서 현실을 회피하는 가운데 점점 소멸의 시간들을 맞이해 가는 편이다. 이에 비해, 형의 경우, 다분히 체념적인 분위기에 젖어 있는 동생과는 달리 그는 현실과의 싸움이 아무리 절망적일지라도 미리 포기하는 것보다 싸워서 파괴되는 것이 훨씬 성실한 자기인식에 가깝다고 생각한다⋯⋯ 이렇게 볼 때 형의 패배는 말하자면, 비록 현실의 승리를 부인 할 수 없는 사실로 인정하는 가운데서도 억압의 정체를 명료화시킴으로써 현실의 승리를 하등의 의미도 없는 승리로 만들어버리는 역설적인 기능을 다하게 된다. 이 역설로 인해 현실은 승리한 패배자가 되고 반대로 그는 패배한 승리자가 된다. 이러한 태도와 정신은 후기세계에서 작가가 깊이 천착해 들어가는, 멈추지 않는 영원한 부정성으로서의 자유정신 – 현실의 모순을 지속적으로 증거하는 그 자유정신의 맥락에 닿는 태도라고 할 수 있다."(위의 책, 121쪽)

소설들과 구별되는 변별성을 지니고 있다. 그 변별성의 요소를 본고에서는 '모더니즘적'이라 보고자 하는 것이다. '소외된 인물들의 근원 없는 패배의식과 소멸의식, 시간과 공간에 대한 성찰, 제도화된 일상의 권위에 대한 천착과 항거, 중심부에 들고자하는 욕망, 내적 자유에의 열망' 등 주제 층위에서 그의 소설은 다분히 모더니즘적 성향을 띠고 있다고 볼 수 있다.

따라서 이청준은 김승옥과 함께 60년대의 중요한 모더니스트로 평가되고 있다.97) 이청준의 「퇴원」과 김승옥의 「무진기행」은 똑같이 합리화된(사물화된) 일상 속의 소외의식을 그린 모더니즘 소설이다. 그러나 "김승옥이 소외를 첨예화시켜 권태로운 일상을 탈자동화하는 감각적인 모더니즘(「서울 1964년 겨울」)으로 나아간 반면, 이청준은 상호이해적인 합리주의를 강화시켜 보이지 않는 일상 속의 환부를 추적하는 쪽으로 진행한다."98) 「퇴원」은 이런 이청준의 모더니즘적 특성이 잘 드러나는 작품이라고 할 수 있다.

> 나는 다시 침대에서 몸을 일으켰다. 창문은 바로 눈앞에 와 닿았다. 막연한 상념이 누워 있을 때나 한가지로 유리창을 흐르고 있었다. 명색이 이층이었으나 무질서하게 솟아오른 건물들로 안계(眼界)

---

97) "이청준은 김승옥의 경우와는 대조적인 특징을 지니고 있다. 감성의 작가로서 김승옥을 말한다면, 관념의 작가로서 이청준을 지목할 수 있다. 김승옥의 소설에서 감촉되는 치밀하고도 세련된 언어의 감각은 이청준의 소설에서 느끼기 어려운 점이다. 이청준은 이지의 언어로 소설을 쓴다. 그는 「병신과 머저리」(1966), 「과녁」(1967), 「매잡이」(1968) 등에서 현실과 관념, 허무와 의지 등의 대응관계를 구조적으로 파악한다. 그는 경험적 현실을 관념적으로 해석하고 상징적으로 표현하는 경향이 강하다. 그의 진지한 작가의식이 때로는 자의식의 과잉으로 나타난다거나 지적 우월감으로 느껴지기도 하지만, 그의 소설 작업은 1970년대 이후 한국사회의 다양한 분화를 소설의 형태 속에 구도화하여 보여주고 있다.(권영민, 『한국현대문학사』, 민음사, 1993, 205쪽)

98) 나병철, 앞의 책, 248쪽

는 좁게 차단되고 있었다. 내다볼 수 있는 끝이라고는 건물들 사이
로 훨씬 저쪽 거리 맞은 편에 무성영화의 영사막처럼 길게 남쪽으
로 멀어져가고 있는 D국민학교의 블록 담벼락과, 그 밑으로 뻗어나
간 한 줄기의 보도(步道)뿐이었다…… 무엇 때문에 거기서 생각을 잘
라버릴 수 없는지 모르겠다. 그 비슷한 데다 무얼 잊어놓은 기억조
차 없는데, 마치 그런 것이라도 찾고 있는 듯한 기분이다. 착각이다.
착각보다 더 막연하였다. 이 조그만 창문으로 들어오는 풍경의 이
미지는 그만큼도 구체성이 없었다. 한 가지만 더 이야기한다면, 그
건물 사이에는 U병원의 탑시계가 건너다 보이는 것이었다. 그것도
오래 전에 고장이 나서, 항상 같은 점에만 서 있는 두 바늘을 아주
떼어버렸기 때문에 시간을 알아볼 수가 없는 것이었다.99)

　　소설의 서두 부분에서 '차단된 시야'는 전망 부재의 시대를 이야기
하고 있다. 참다운 자유정신의 구현이었던 4·19를 허망하게 군화발
에 짓밟힌 60년대 젊은이들은 전쟁 뒤의 허무를 가졌던 전세대들과는
다른 의미의 허무의식의 소유자들이었다. 점점 사물화되는 일상과 감
춰진 진실, 궁핍한 경제 사정으로 인하여 총체적 정신적 내핍에 시달
리면서 전망의 부재라는 치명적인 결함 속에서 살아갔다. 화자인 '나'
는 바로 그런 이유에서 제한된 한계를 가지게 된 것이다. 따라서 잃
은 기억이 없는 데도 잃은 것 같은 '착각'을 불러일으키는 것이고 그
원인은 바로 잃어버린 시간에 근거한다. '오래전에 고장이 나서' 시간
을 알 수 없는 시계는 근원적으로 차단된 시간의식이다. 프루스트의
작품 『잃어버린 시간을 찾아서』의 마르셀처럼 과거와 현실, 미래를
교차하며 잃어버린 시간을 찾는 것과 동일한 양상이라 할 수 있다.
　　주인공이 소속된 공간은 병실이다. 그곳에서 그는 정물처럼 벽을
향해 드러누워 있는 환자와 장막에 물이 고여서, 하루 건너마다 링거
병으로 물을 하나씩 뽑아내고도, 아무 것도 먹을 수 없는 청년과 같

---

99) 이청준, 『매잡이』, 민음사, 1996, 247쪽 (이하 인용문은 쪽수만 표시함)

이 누워 있다. 전형적인 침묵의 공간이다. 단 한 사람 환자의 아내만이 의미없는 대화를 나에게 쉴 틈 없이 건넬 뿐이다. 하지만 그 대화는 소통적 대화가 아닌 차단된 대화이다. 그 여자는 시종 쓸데 없는 이야기를 늘어놓지만 정작 환자에 대해서는 한마디도 하지 않는다. 또한 그녀는 항상 나에게 대화를 종용하지만 나는 늘 침묵으로 대응한다. 이러한 '언어의 단절'은 장용학이 관념적으로 비튼 언어와 김승옥이 유희적으로 쏘아내는 언어와는 다르게 언어 자체를 부정함으로써 역으로 언어적 저항을 꾀하고 있는 것이라 할 수 있다.

이런 질곡의 공간에서 유일한 활력을 주는 사람은 '나'에게 늘 은밀한 미소를 보내는 간호원 '미스 윤'뿐이다. 그녀는 늘 나를 걱정해 주고 "눈빛이 형편없이 탁해졌군요. 내일 거울을 가져다드릴 테니 좀 보세요"라며 자아의 재생을 독려한다. '거울'은 자신을 비추는 매개체이다. 거울에 투사된 모습은 비록 허상이지만 자기 스스로 자신의 형상을 직시하는 속성을 지니고 있다. 하지만 '흐려진 눈빛'을 걱정하며 건네주는 거울을 나는 보지 않는다. 두려운 어린 시절의 기억 때문이다.

　　　－이틀을 굶겨놔도 배고픈 줄을 모르는 놈입니다. 저놈은－ 아버지의 마지막 말에 나의 얼굴이 굳어지는 내력을 알았다면 준은 그렇게 말하지 않았을 것이다. 아버지는 나를 광에다 가두 고 정말로 이틀을 굶긴 적이 있었다. 소학교 삼 학년 때 가을, 나는 그즈음 남몰래 즐기고 있는 한 가지 비밀이 있었다. 광에 가득히 쌓아올린 볏섬 사이에 내 몸 이 들어가면 꼭 맞는 틈이 하나 나 있었다. 나는 거기다 몰래 어머니와 누이들의 속옷을 한 가지 두 가지씩 가져다 깔아놓고, 학교에서 돌아오면 그곳으로 기어 들어가 생쥐처럼 낮잠을 자는 것이었다. 속옷은 하나같이 부드럽고 기분 좋은 향수 냄새가 났다. 장에는 그런 옷이 얼마든지 쌓여 있어서 내가 한두 가지씩 덜어내도 어머니와 누이들은 알아내지를 못했다. 어두컴컴

한 그 광속 굴에 들어앉아 이것저것 부드러운 옷자락을 만지작거리
며 거기서 흘러나오는 냄새를 맡고 있노라면 그보다 더 기분 좋은
일이 없었다. 그러다 나는 스르르 잠이 들-잠이 깨면 다시 생쥐처럼
몰래 그곳을 빠져 나왔다. 그런데, 어느 날은 거기서 너무 오래 잠
들어 있다가 아버지가 비춘 전짓불 빛을 받고서야 눈을 떴었다. 아
버지는 아무 말도 하지 않고 그대로 광을 나가더니 나를 남겨둔 채
문에다 자물쇠를 채워버렸다. 그 문은 이틀 뒷날 저녁때 열렸다. 나
는 광에다 나를 가두어놓은 동안 밖에서 일어난 일에 대해서는 아
무 것도 모른다. 그러나 문이 열렸을 때, 거기 있던 옷가지는 한 오
라기도 성한 것이 없이 백 갈래 천 갈래로 찢기어 있었다. — 이틀
을 굶겨놔도 배고픈 줄을 모르는 놈입니다. 저놈은 — (257쪽)

이청준 소설 속의 주인공들은 모두 '불행한 과거'를 가지고 있다.
그의 주인공들은 공포와 무서움의 폭력 세계에서 진실의 진술 욕구를
좌절당해서 결국 정신적인 갈등을 일으키는 것으로 설정되어 있는 것
이다. 이러한 정신적인 갈등의 내면과정은 그의 작품 전반을 관통하
는 원형이 되어 지속적으로 변주되고 있음을 알 수 있다. 특히, 어두
컴컴한 광에서의 갇힘/벗어남의 대립 이미지는 그의 전반적인 소설의
공간에서 핵심을 이루고 있다. 그것은 현실에서의 패배나 좌절에서
벗어나고자 하는 주인공의 욕망을 다루고 있는 것이다. '부성(父性)'에
대한 두려움은 자신의 여성성과 퇴행지향성에 근거한 것이었다.

실상 '전짓불 모티브'는 이청준 소설의 근원적 모티브로 여러 평자
에 의해서 지적된 바 있다. 일찍이 박태원이나 이상의 소설에서는 존
재하지 않았던 '부 살해의 충동'과 '강렬한 불빛의 공포'는 동시대에
서 전 세대의 권위를 넘어 서려하는 응축된 무의식의 욕망이라고 볼
수 있다. 하지만 주인공은 그러한 충동을 행동으로 실현하지 못하고
어머니의 자궁 속인 '광'으로 지속적으로 퇴행하고자 한다. 또한 공포
에 의해 증폭된 충격은 정신 분열을 일으켜 주체를 '환부없는 환자'로

전락시키고 만다.

> 그런 뒤로 증세는 정말 완연해졌다, 무엇보다도 공복에 통증이 온다는 말이 끼니가 불규칙한 나에게는 금방 공포로 변해 버렸다. 끼니 생각만 하면 멀쩡하던 배가 때도 되기 전부터 쓰려 오기 시작했다. 정작 한 끼라도 밥을 거르는 경우가 생기면 통증은 절망적일 정도로 심했다. 하루 종일 위를 채울 궁리만 해 야 했다. 그래도 금방 통증이 오고, 위가 패어 들어가는 정도를 느낄 수 있을 만큼 발작이 심할 때가 있었다. 할 수 없이 다시 준을 찾아갔다.(260쪽)

'환부 없는 환자'란 병의 근원이 자의식의 문제에 핵심적 원인이 있음을 보여준다. 그 자의식의 주된 관심은 자기 각성이라는 문제인데 여기서 자기각성이라는 것은 꽤 미묘한 성격을 띤다고 하겠다. 구체적으로 말해 그것은 자기주장 —자기진술—과 자기부재 사이에 끼워져 있는 난처한 자의식 상태를 말한다. 이 난처함은 바꾸어 말해서 영혼의 안식과 현실의 각박함 사이에서 심각한 갈등을 겪어내는 고뇌의 표정이라고도 볼 수 있다.[100]

하지만 병원에 입원한 후 얼마 지나지 않아 '나'는 병이 사라짐을 아니 애초부터 위궤양이라는 진단이 나의 무의식에 내재된 것임을 알게 된다. 친구인 '준'도 간호사인 '미스 윤'도 그 사실을 알고 있으면서 요양을 통해 자아의 동일성을 회복하기를 빌고 있다. "선생님은 아마 적적하실 때, 거울을 들여다보신 적이 없으신가 봐요. 거울을 들여다보노라면 잃어진 자기가 망각 속에서 살아날 때가 있거든요."라며 술을 먹이고 거울을 주면서 '내'가 깨어나기를 고대한다. 그러던 어느 날 수수께끼의 남자가 죽고 시계는 고쳐진다. 또한 할 말을 생각하지 못했던 내게 군대시절 '뱀잡이'의 일화가 떠오른다. 그 이야기

---

100) 문학사와 비평연구회 편, 『1960년대 문학연구』, 예하, 1992

를 들은 간호원은 '눈앞이 뿌예지면서' 병실을 나간다. 고쳐진 시계는 환원된 일상이고 그로 인해 언어를 되찾지만 여전히 그 언어는 일탈된 것이다. 먹고 싶어도 먹을 수 없는 청년에게 먹을 것을 강요하는 것처럼 '모든 요구는 언어가 허용될 수 있는 한계 이전의 것'이다. 즉 소통의 의미를 잃은 언어는 단지 억압된 질서일 뿐인 것이다. 또한 소멸된 언어는 '욕망'마저 무너뜨렸다. '언어'를 잃은 것은 동화될 수 없는 일상에 대한 거부인식이며, '욕망'의 상실은 죽음이다. '완전한 자기 망각'은 돌아갈 수 없는 자기 동일성에의 인식이다. 그러한 거부감은 환청으로 다가오며 존재 자체를 울림으로 채운다.

> 「글쎄요. 바늘을 끼워놓은 시계니까 이제 돌아가 봐야죠」「다시 돌아오시겠죠」 미스 윤은 갑자기 지금과는 정반대의 말을 하고 있었다. 「글쎄요. 지금은 그러지 않으려고 합니다만」 나는 거푸 두 번이나 <글쎄요>를 쓰면서 그 말로 좀더 강하게 자기를 주장하고 있는 느낌이었다. 「혹시 필요한 일이 있으시면, 이젠 제게로 연락해 주세요」이 말도 나는 사양하려고 했다. 그러나 입을 떼려다 미스 윤 의 눈에 아까 낮에와 같은 뿌얀 것이 서리기 시작하는 것을 보고 나는 머리를 끄덕여주었다. 정말로 꼭 한 번쯤은 다시 이곳을 들를 일이 있을지도 모르겠다고 생각하면서, 지금 막 어둠이 깔리기 시작한 거리로 나는 천천히 병원 문을 걸어나갔다. (272쪽)

현대적 일상의 권력에 포획된 주체에게 영원한 일상의 일탈이란 요원한 일이다. 어쨌거나 다시 돌아가야 하는 것이다. 고쳐진 벽시계의 시간처럼. 시간의 복귀는 영원한 일탈을 허용 않는 현대의 일상의 핵심이다. '나'는 병원을 떠난다. '바늘을 끼워 놓은 시계'이니까. 일률적인 시간을 맴도는 초침처럼 거의 기계적으로 일상으로 복귀하는 것이다. 욕망을 상실 당한 채로. 이렇게 이 소설은 견고한 현실의 벽면에 부딪힌 자아가 자기 요구를 차차 포기해 나가는 과정을 그리고 있다.

이렇게 본다면 작품 「퇴원」에서 병원 문을 나서는 '나'의 앞에는 예정된 몰락의 시간만이 대기하고 있었음을 유추해 볼 수 있다. 마치 숙명의 짐처럼 자아 앞에 버티고 선 현실의 장벽으로 인해 일체의 자기 주장과 자기실현의 욕구가 철회될 수밖에 없는 상황은 암울할 수밖에 없다. 따라서 상실감과 박탈감, 혹은 세계와의 대결에서 패퇴한 주체의 비극적인 몰락 등이 예정된 것이다. 따라서 궁극적으로 이 소설은 주체의 동일성에 대한 60년대식 성찰이라 볼 수 없다. 마치 통과의례의 부분처럼 주체의 행위는 때로 현실에 대한 냉소로, 또 때로는 짙은 낭만적 애수로 재현되는 것이다.

5. 자아와 세계의 대립과 주체의 몰락
— 이청준의 「가면의 꿈」

타락한 현실에서 현재적 삶을 살아가야 하는 관념적 지식인이 경험하는 것은 내적 갈등이다. 타락한 현실에 무기력하게 순응의 삶을 영위할 수도 없고, 그 현실에 대응하기에 자아는 왜소하기 짝이 없다. 현실에 대한 대응책으로서 타협적 태도 속에 대결의지를 감추며 일상을 살아간다 하더라도, 이상이 숨쉬는 원형적 공간 속에서 제대로된 삶을 구현하려는 욕망은 결코 충족되지 않는다. 이런 의미에서 일상 속의 자아는 필연적으로 내적 분열을 경험하게 된다고 할 수 있다. 이 분열은 또한 자아와 세계 사이에 유지되는 타협적 관계를 파괴시켜 버림으로써 일상과 자아가 괴리되는 비참한 결과를 잉태할 수 있는 것이다.

「가면의 꿈」은 이러한 지식인의 내적 분열상을 관념적으로 형상화한 작품이다. 위선으로 가득찬 일상과 그 일상에 '피로'를 느껴 가면을 쓴 '거짓 자아' 상태에서만 평화를 누릴 수 있는 아이러니컬한 상황을 설정하고 있다. 어린 시절부터 천재였던 명식은 주위의 기대대로 엘리트 코스를 밟은 촉망받는 젊은 판사이다. 주인공의 사회적 신분으로 볼 때 이 소설은 기존의 모더니즘 소설의 주인공과는 다른 면모를 보인다. 30년대의 모더니즘 소설들이 가난한 룸펜 지식인을 그렸고, 50년대의 소설들이 몰락하여 무능력한 지식인들이었다면 '명식'은 일상 즉 외적 현실에 성공적으로 중심에 서있는 인물이다. 하지만 그의 높은 사회적 신분은 결코 그의 욕망을 충족시켜주지 못함을 볼 수 있다. 앞서 분석한 작품들의 인물들이 자아와 일상을 일치시키지 못하는데서 내면의 분열을 일으키는 것과 마찬가지로 이 소설 역시 자아와 현실의 순수한 일치 욕망에 내적 분열을 일으킨 한 지식인의 몰락을 이야기하고 있는 것이다.

> 밤외출의 유혹을 느낄 땐 언제나 그랬듯이 명식은 공연히 거동이 소심스러워지고 있었다. 말소리가 낮아지고, 저녁을 끝내고 나선 유리창 가에 기대 서서 초조감이 완연한 눈길로 지연의 눈치를 살피곤 했다. 어찌 보면 좀 멍청스러워 보이기까지 한 그 명식의 눈길에는 그리움 같은 것이 서리고 있었다. 밤외출에의 유혹을 느끼고 있는 게 분명했다.[101]

화려한 낮의 세계에서 돌아온 명식은 외면적으로는 완벽한 인물이다. 유능한 판사이고 자상한 남편이다. 하지만 때때로 밤 외출을 준비한다. 밤 외출이란 곧 가면을 쓰고 밖으로 나가는 것이다. 밤이란 시공간의 속성은 '은폐'에 있다. 즉 낮에 드러내기 어려운 치부를 감추지 않고도 자연스럽게 외적 일상에 접근할 수가 있는 것이다. 그 시간을 초조하게 기다리고 '그리움 같은 것이 서리'인다는 것은 명식의

---

101) 앞의 책, 229쪽 (이하 인용문은 쪽수만 표시함)

욕망의 지향점이 세속적 일상에 있는 것이 아님을 반증하는 것이다. 그런데 그 은폐된 밤에 명식은 '가면'을 쓰고 거리로 나간다. 아내 지연이 처음으로 남편의 가면 쓴 모습을 보고 놀라자 남편은 '장난이야'라는 말로 얼버무린다. 하지만 그런 행동이 계속되자 그녀는 남편의 가면이 바로 '휴식'의 의미임을 알아차린다. 그리고 나서 과연 남편의 '피로'의 의미는 무엇인가 고민하기 시작한다.

> 남편은 그런 식으로 변장을 하고 그 자기의 가면 뒤에서 정말로 조용한 휴식을 얻고 있는 것인지도 모른다는 생각이 들기 시작했다. 사실 지연이 명식의 변장한 얼굴을 본 것은 앞서 말한 대로 그의 기벽을 발견한 그 첫날 한 번뿐이었다. 그런데 그 첫 번이 중요했다. 지연은 그 첫번의 얼굴을 잊을 수가 없었다. 무엇이 그토록 피곤했던 것일까? 그것은 알 수 없었다. 그러나 그날의 명식은, 가면이 된 명식의 얼굴은 속속들이 스며든 피로를 한 오라기 한 오라기씩 조심스럽게 씻어내면서 조용한 휴식에 젖어 있는 모습이 분명했다. 뿐만 아니라, 지연은 시간이 지날수록 더욱더 피곤해져서 대문을 들어서는 명식의 얼굴 모습과, 그 얼굴을 가면 뒤에 감춘 채 조용히 창 밖을 내다보고 있던 그날의 모습이 겹쳐 이상스러울 만큼 절실한 명식의 휴식과 위안을 느끼고 있었다. 그리고 그것은 바로 그녀 자신의 휴식과 위안이기도 했다.(234쪽)

명식의 '피로'는 지친 일상의 자아에서 비롯된 것으로 변화하는 세계에 적응하지 못하는 자아의 동일성의 붕괴와 소외의식이라 할 수 있다. 또한 그 피로는 근본적으로 부르조아적 근대성의 모순으로 파생된 것이다. 1960년대란 우리에게 본격적인 도시화와 산업화가 시작된 시기이다. 따라서 '일상' 즉 자본주의의 메커니즘 속에서 인간을 규제하는 자본주의적 일상은 이 시기에 와서야 비로소 본 모습을 갖추게 된 것이다. 30년대의 도시적 일상이란 모더니스트들의 이상에 비해서는 하찮은 것이었고, 50년대는 폐허와 다름 없었기에 현대적 일상이란 존재할 수 없었다. 60년대에 와서야 비로소 모더니스트들이 배격할 만한 일상의 반복성과 파행적 도시화가 시작되었던 것이다. 따라서 그 이전의 모더니즘 소설들에서 보였던 현대적 일상이란 현실보다는 관념적 성격이 강한 것이었기에 60년대에 이르러서야 현실화한 도시적 일상이 확립된 것을 볼 수 있다. 따라서 30년대 박태원이 느꼈던 '피로'와 60년대 이청준의 '피로'는 어떤 측면에서 그 맥락을 같이하면서도 궁극적인 피로의 원인에서는 차이점을 보인다 할 수 있다. 즉 30년대의 피로란 일상에 편입되지 못하고 배회하는데서 오는 피로라면, 60년대의 피로란 일상의 중심에서 그 가속도를 이기지 못하고 쓰러지는 데서 오는 피로인 것이다.

소외 인식에 있어서도 30년대의 작품들이 '자아의 자발적 소외' 혹은 '타인에 대한 우월적 소외'를 그리고 있다면 60년대 작품들은 주로 '일상에서 파생된 소외'이며 '타인에 대한 욕망에 의한 소외'를 다루고 있다. 30년대 작품에서 인물의 소외가 비근대적 일상(전통, 규범)을 경시하지만 스스로 그 규범적 일상에서 빠져나오지 못하는 데서 비롯되었다면, 60년대 작품에서 인물의 소외는 이미 벗어나지 못하는 일상의 메카니즘에 대한 탈일상성의 불가능에서 오는 소외인식이다. 따라서 '가면'을 쓰고 때로는 '고향'을 찾아가며 탈일상의 욕망을 실현시켜 보지만 곧 일상으로 복구할 수밖에 없는 한계를 자각하는데서 오는 근원적 소외인식이라 할 수 있다.

따라서 처음에는 가면을 쓰는 것으로 자아의 욕망을 잠재울 수 있었으나 점점 커지는 자아와 일상의 괴리, 그리고 참 자아와 거짓 자아의 대립은 참/거짓의 의미를 전도시키는 내면의 분열로 확대된다. 즉 일상의 자아도, 가면을 쓴 허위적 자아도 모두 진실한 자아는 되지 못하기 때문이다. 일상 속의 자아에서 피로를 느끼고 가면을 쓴 허위적 자아로 위장하지만 그 자아마저 진실된 자아가 아님을 깨닫는 순간 더 이상 일상을 버틸 수 없는 자아는 세계와 불일치를 느끼게 되는 것이다. "가면이란 사회적 자아로서의 '나' 곧 객체아이다. 현재적 삶을 허위적으로 살아 가면서, 끝내 진정한 자아를 감추어 버리는 역할을 하는 거짓 자아의 표상이다.

가면은 인간이 외적 현실과 관계 맺는 사회적 자아의 기능을 가진다. 즉, 가면의 기능은 진정한 자아가 타인이나 세계와의 부조화관계에서 조화관계를 이루기 위해 날조한 거짓 자아이다. 그리고 그 거짓 자아로서 타자와의 동일성을 갈망하는 한 표현 형태다. 그러나 가면 쓰기를 통해 이루어진 대화적 관계는 타자에 대한 속임수를 통해 이루어진다. 가면을 쓰는 사람은 가면을 쓰지 않았을 때의 자기 자신을 속이려 한다. 그 결과 타자의 얼굴을 소유하거나 타자의 얼굴 속으로 들어갈 수 있게 된다. 다시 말해 자아의 타자화가 이루어지는 것이다. 그러나 그 대상이 되는 타자의 얼굴들이 이미 가면을 쓴 허위적 자아이기 때문에 진정한 자아를 포기할 수밖에 없는 명식의 내적 갈등은 필연적이다"102)라고 할 수 있는 것이다.

> 지연은 명식의 그 음성으로 그가 지금 자기는 보지도 않고 창밖으로 시선을 내보낸 채, 그녀로서는 도저히 알 수도 없고 설명할 수도 없는 어떤 깊은 절망에 젖고 있다는 것을 어슴푸레 느낄 수 있었다. -이렇게 불을 끄고 앉아 있으니 밤이 좋군. 대낮은 얼굴이 너무 따가워서…… 누구나 결국은 그렇게 되는 거지만 사실은 사람들이 얼굴 가득히 그 엄청난 대낮의 햇빛을 스스럼없이 견디어낼 수 있도록 잘 단련이 되고 있는 건 다행한 일이지. -하지만 그건 다행스럽다고만은 할 수 없다면…… 그런 식으로 사람들은 제각기 자기의 가면을 튼튼하게 단련시켜 가고 있거든. 눈물을 흘릴 수가 없

---

102) 황순재, 『한국관념소설연구』, 부산대 대학원 박사학위 논문, 130쪽

어…… -가면이 우는 걸 보았을까. 물론 그런 일은 있을 수가 없지.
가면의 눈물은 속으로만 흐르게 마련이거든……(241쪽)

　명식의 내적 갈등과 소외의식은 가면을 쓰지 않고는 타자와 일상에서 정상적인 관계를 맺을 수 없다는 데서 비롯된다. 또한 시간적 배경 또한 중요한 역할을 한다고 볼 수 있다. 밤에는 가면을 씀으로써 자신의 이상적 자아를 노출시킨 채 육체와 정신의 갈등없이 생활을 영위할 수 있다. 그러나 낮에는 자신의 이상적 자아를 감추어야 하고 세속적 자아라는 또 다른 가면을 써야만 생활이 가능하다. 이러한 생활은 필연적으로 육체와 정신의 부조화를 동반하며 허위적 자아를 잉태시키지 않을 수 없는 것이다. 허위적 자아란 또다른 가면과 동질의 것이다. 따라서 이상적 자아와 세속적 자아는 그 역할이 전도되고 있다고 볼 수 있다. 명준은 자신의 이상적 자아의 실현을 위해 세속적 욕망만이 가득찬 타인의 허위적 자아들 틈에서 노력하지만 끝내 이루어질 수 없는 것을 자각할 뿐이다. "가면 속에서 흐르는 눈물, 구체적으로 가면이 울고있다"라는 의미는 따라서 이상적 자아가 흘리는 눈물이다. 이 눈물은 결코 일상에서 타자와 동화될 수 없다는 내적 소외의 의미이다.

　또한 이러한 명준을 바라보는 그녀의 감정은 숨막히는 일상에서 거짓 자아로 살아가는 타인들에 대한 두려움이자 위선된 자아를 괴로워하는 남편에 대한 연민이라 할 수 있다. 남편의 몰락해 가는 내면을 곁에서 지켜보기 때문이다. 하지만 그녀의 바람에도 불구하고 남편은 끝내 현실적 주체를 찾지 못하고 가면을 쓴 허위적 자아로 죽어간다.

열린 창문으로 명식의 상체가 유령처럼 하얗게 드러나 있었다.
그는 아직도 웃저고리밖엔 와이셔츠도 벗지 않고 있었다. 얼굴을
조금 높이 쳐들고 있었기 때문에 아래서는 확실치가 않았지만 그는

가발과 콧수염을 떼지 않고 있는 게 분명했다. 그는 그런 얼굴로 마치 어린아이가 얼굴로 눈송이를 받고 있는 것처럼 이상스럽게 그리움 깃들인 모습으로 달빛 쏟아지는 하늘을 멀리 올려다보고 있었다. 그것은 마치 달빛이 따가워 얼굴을 찡그리고 싶으면서도 그것을 조금이라도 더 오래 견뎌보려고 무연스런 모습을 가장하고 있는 것 같기도 했고, 또는 끝없이 쏟아져내리는 달빛을 향해 훌쩍 몸을 날려 하늘로 사라져 올라가 버리고 싶어 안타깝게 발돋움을 하고 서 있는 것 같기도 했다. 그는 그런 모습으로 아래쪽에서 그를 지켜보고 있는 지연의 존재는 전혀 눈치조차 채지 못한 채 언제까지나 하얗게 달빛을 받고 있었다. 지연은 그런 명식의 모습에 취해 한동안 넋을 잃은 채 꼼짝도 못 하고 있었다. 그녀는 이윽고 자신도 모르게 눈물이 흐르기 시작했다. 그리고 그녀는 아마 명식도 지금 눈물을 흘리고 있는 거라고 생각했다. 가면이 울고 있다. 가면이 눈물을 흘리고 있다. (244쪽)

허위적 자아인 가면은 눈물을 흘리지 못하지만 이제 순수한 자아를 향해 몸을 날리는 명식의 가면은 눈물을 흘린다. 곧 내면의 갈등이 죽음으로 종결되고 자아는 비로소 흔들리던 동일성을 회복하고 꿈꾸듯 잠든다.

「가면의 꿈」은 일상의 피로를 견디지 못하고 가속도가 붙은 세계에서 추락당하는 현대인에 대한 연민의 시선을 보인다. 세속적 성공을 거두지만 가면 속에서만 자유로울 수 있는 명식을 통해 결국 진정한 탈일상의 지향점은 순수한 자아에의 열망인 것으로 귀결된다. 김승옥이 왜곡된 일상의 모순을 지적하면서도 복귀할 수밖에 없는 주체의 나약성을 드러낸 것과 비교하여, 이청준은 과감히 일상 밖으로 뛰쳐나감으로서 왜곡된 현대성을 개혁하겠다는 의지를 드러내고 있다. 비록 그것이 죽음이라는 극단의 방법으로 묘사되지만 자아의 동일성을 유지하는 하나의 대안이 될 수 있는 것이다.

VI. 한국 모더니즘소설의 통시적 의미

1. 일상성과 모더니즘 소설

우리 문학에 모더니즘 작품이 태동하게 된 배경은 여러 요인이 있겠지만 무엇보다 일상의 근대적 변화를 손꼽을 수 있다. 비록 식민지 하의 강제적 근대의 모습이었지만 1930년대의 경성의 거리는 근대적 물상들의 집결지였다. 도시적 풍경의 일상은 백화점의 쇼 윈도, 다방, 끽다점(喫茶店), 카페, 바, 술집 등 이른바 소비 문화를 부추기는 것들부터, 자동차와 공장, 전차 등 새로운 기계 문명과 실업자와 모던 걸, 재즈 음악 등 새로운 풍속의 등장까지 그 이전의 일상과는 전혀 새로운 면모를 보여주고 있었다. 이러한 근대적 일상의 변화는 모더니즘 소설에서 일상성이라는 테제를 새롭게 부각시키는 계기가 되었다고 할 수 있다. 식민지적 근대란 지식인들에게 문명적 측면에서는 이상적인 것이었는지 모르지만 압제 받는 현실을 왜곡시킨다는 점에서는 부정적이었다. 따라서 1930년대란 시대 배경에서 일상성이란 자생적인 것이 아닌 왜곡된 억압의 기제로 작용했으며 그 결과 우리에게 현대성은 낯설은 개념으로 다가왔었다. 30년대의 모더니즘 작가들이 현대성과 동(同) 개념으로 일상성을 작품 속에 투영한 것은 바로 그러한 왜곡된 일상의 위기 의식에 대한 미학적 저항이라고 볼 수 있다.

박태원과 이상의 경우에 특히 그러한 양상은 두드러지게 나타난다고 할 수 있다. 그들의 작품에 내재된 일상성에 대한 갈등과 저항의 의식은 소설의 허구성과 중개성 등을 기법과 형식으로 사용한 것에서 살펴 볼 수 있다. 따라서 그들 소설에 드러난 현대성은 1차적으로 형식과 기법의 새로운 시도에서 시작된 것임을 알 수 있다. 박태원의 경우 주로 1인칭으로 작품을 서술하며, 많은 쉼표를 사용하여 한 개의 문장으로 작품을 완결하고, 신문 광고를 작품 속에 삽입하거나, 수식이나 본문의 일부를 중간 제목으로 삼는 다양한 기법적 실험을 선보였고, 이상의 경우에는 유클리드 기하학을 응용한 기호들을 시어로 사용하거나 의도적으로 띄어쓰기를 무시하고, 작품 내에서 잦은 시점의 변동으로 독해에 혼동을 일으키거나 「동해(童骸)」와 「지주회시」 같은 작품에서 전혀 이질적인 한자어를 삽입하여 '낯설게 하기'의 효과를 증폭시켰다.

이러한 방식은 일상에 혼재해 있는 다양한 사물과 양식, 생활방식 등을 '기호(記號)'103)로 인식하고 있었음을 나타내는 것이라 할 수 있다. 박태원의 소설에서 일상을 드러내는 기호로는 '광고등, 다방 안, 신문사, 버스, 얼어붙은 한강(「피로」) 전차, 경성역, 조선은행, 종로 네거리(소설가 구보씨의 일일)' 등을 추출해낼 수 있다. 이 기호들을 이

---

103) 모더니즘 문학은 기호가 지시대상과 분리되면서, 언어가 객관적 현실을 투명하게 지시할 수 없을 때 발생한다. 그래서 언어 유희가 발생하고, 의미는 다의적이 된다. 이에 따라 모더니즘은 인식의 내용을 더 이상 문면에서 직접적으로 재현하지 못하고 '무의식'의 형태로 혹은 '억압된'채로 드러내게 된다. 요컨대, 모더니즘은 내용을 형식과 기법에 침잠시킨 문학적 형태'라고 말할 수 있다. 이에 따라, 기법과 형식이 발달하고 그 중요성을 강조된다.

항 대립 축으로 구별해보면 근대/전통, 물질/정신, 의식/무의식 등의 의미 대립을 이끌어 냄을 볼 수 있다. 광고란 근대적 상업주의의 소산으로 사람들의 의식을 세뇌시켜 구매의 욕망을 이끌어내는 매체로서 박태원은 외현화된 근대의 기호로 광고를 소설 안에 자주 삽입시켰음을 볼 수 있다. 낯선 풍경이 낯익은 일상으로 무의식 속에 점유됨을 지적하고 있는 것이다.

'다방'은 박태원의 소설 뿐 아니라 30년대 여타 작품 속에 등장하는 공간으로 이미 일상에 보편적으로 편재한 기호이다. 특히 지식인의 경우에 다방은 특화된 공간이 아닌 사교와 작업실, 여가의 공간으로 가장 많은 시간을 보내는 곳이기도 하다. 모더니즘 소설에서 다방은 근대를 가장 객관적으로 바라볼 수 있는 비판의 공간으로 제시되기도 한다. 박태원은 그곳에서 인생의 황혼을 의식한다. 동경의 대상 없는 어린아이의 까만 눈과 일상에 지쳐 들어오는 이들의 피로한 모습은 근대란 과연 우리에게 어떤 의미로서 다가오는 것인지를 비판적 시선으로 바라보게 한다. '버스'와 '전차'는 근대적 교통수단으로 시공간을 단축시키는 의미를 갖는 기호이다. 새로운 만남을 가능케 하는 공간이며 하루의 일상을 출발하는 시작의 의미를 내포한 공간이기도 하다. 하지만 가장 특징적인 의미는 제한된 공간에서 타인들의 모습을 자신과 대비시켜 볼 수 있는 공간이라는데 있다. 전차와 버스 안에 있는 다양한 직업군의 사람들은 저마다 지쳐있는 모습으로 작품에 제시된다. 또한 순진함을 가장하여 자리를 빼앗는 시골 촌부의 모습을 통해 근대와 함께 변모해가는 사람들의 이기적인 모습을 비판적으로 그려내기도 한다.

또한 '경성역'과 '종로 네거리'는 새로운 일상의 근대적 축으로 형성된 기호이다. 근대적인 빌딩과 수많은 인파, 그리고 거리를 잠식한 백화점, 은행, 각종 상점은 세속적 욕망의 발현체이며 새로운 일상을 재편해 과거와 현재를 단절하는 역할을 하고 있다. 바쁘게 움직이는 사람들의 틈 속에서 작품의 인물들은 극단적 소외감을 느끼며 사람들의 일상을 재편한 근대의 거대한 음모 속에 점차로 일상과 괴리된다고 할 수 있다.

이상의 경우에는 '방, 돈, 경성역, 카페' 등이 핵심적 기호군을 형성한다. 먼저 '방'의 경우는 집의 변형된 형태로 일상적 삶의 근저가 따뜻한 가정에서 차갑게 소외된 고독의 세계로 전이되고 있음을 보여준다. 「날개」에서 따뜻함/차가움, 화합/소외, 빛/어둠, 생산/비생산 등의 이항 대립의 의미를 보여주는 이 방 공간은 그 배치에 있어서도 극도의 단절된 양상을 보여준다. 아내는 볕이 잘 드는 아랫방이고 자신은 어두운 웃방에 기거한다는 사실은 극도로 왜곡된 현대성의 한 양상을 보여주며, 특히 그것이 돈의 논리에 의해 결정된다는 사실은 자본주의의 부르주아적 근대성의 폐해가 이미 일상에 만연해 있으며 전통적 유대관계를 단절시키는 권력의 한 형태로 확대되었음을 의미한다. 따라서 작품의 결말 부분에서 '날개야 다시 돋아라'라는 절규는 자발적 퇴행을 의미한다. 마치 차츰차츰 온 몸을 침식하는 결핵균처럼 일상에 젖어드는 부르주아적 근대성에 저항하며 사라져버린 긍정적 의미의 일상으로 복귀하고 싶은 욕망의 소산이다. 「지주회시」에서도 이런 기형적 '방'의 기호의 의미가 반복적으로 변주되고 있다. '버선처럼 생긴 방'과 거미인 아내는 동격으로 처리되며 자신을 옥죄는 근원으로 표현되는데, 벗어나려 해도 벗어날 수 없는 일상의 굴레를 드러내기 위한 재현물의 의미를 드러낸다.

'돈'은 인물의 인식의 변환을 가능케하는 기호이다. 즉, 칩거된 생활 속에서 일상에의 욕망을 포기한 상태에서 아내에게 주고 잠시나마 사랑을 확인하게 한 돈의 위력이나(「날개」) 아내가 굴러 떨어져 벌어들인 위자료(「지주회시」) 등은 외부세계와의 단절을 기도했던 인물들에게 바깥 세계에로 재편입하고 싶은 욕망을 불러일으키면서 동시에 일상의 굴레에서 자유스럽게 일탈할 수 없음을 인정하게 하는 의미를 갖는다. ‘경성역’과 ‘카페’는 박태원의 경우와 비슷한 양상을 보여주지만 이상의 경우에는 균형잡힌 일상의 질서에서 오히려 혼란을 느끼게 하는 기호이며 박제화된 현실에서 과거의 감각을 일깨우는 도구로 활용된다.

전체적으로 30년대 모더니즘 소설은 근대적으로 변모된 일상의 실체를 몇몇 특징적인 기호들로 제시하고 있으며 그 의미를 일상성과 연관지어 세밀하게 추적하고 있다. 그리고 그러한 일상을 탈출하고 싶어하는 원인으로 ‘피로와 권태’를 핵심 담론으로 제시하고 있다.104) 또한 탈일상의 지향점은 박태원의 경우에는 집으로 대변되는 평상적 일상의 복귀이며, 이상의 경우에는 가증스런 일상을 넘어서 신화적 영역으로의 초월을 갈구하고 있음을 볼 수 있다.

30년대와 비교하여 50년대 모더니즘 소설의 두드러진 특징은 현실과 인간의 철저한 단절이라는 측면에서 살펴볼 수 있다. 물론 모더니즘 소설은 현실과 단절된 주인공을 등장시켜 자아의 내면세계를 그리

---

104) 권태는 내면의 가치를 향해 열려 있으며, 그것은 일상의 질서가 제공하지 못하는 정신의 독특한 모험, 자본제적 일상으로부터 일탈을 꿈꾸는 욕망의 표현이다. 그러므로 유쾌한 권태의 존재는 그 자체만으로도 자본제적 일상에 맞서는 힘일 수 있으며, 그리하여 자본제적 삶에 대해 반성의 계기로 존재할 수 있다. 피로는, 권태가 탈일상에의 열망을 상실하여 더 이상 유쾌한 것일 수 없을 때, 권태 그 자체가 견딜 수 없을 소외감으로, 또한 자기 소멸에의 충동으로 변할 때 출현한다. 권태는 자기 삶의 주인으로 군림하는 자가 누리는 정신의 이완이라면, 피로는 스스로 주인일 수 없다고 느끼는 자가 감수해야 하는 정신적 긴장이다. 그러므로 권태가 느슨한 게으름과 더불어 있다면, 피로는 초조함과 나란히 존재한다. 권태는 ‘일찍 자고 일찍 일어나 열심히 일하는 모범시민’의 일상의 논리로부터 스스로를 격리시킨 자만이 맛볼 수 있다. 그러나 피로는 그 일상의 논리에 발을 붙이고 있는 자가 일상을 향해 던지는, 회의와 동경이 착종된 눈길이다.(서영채, 앞의 글, 25쪽)

는 것이 핵심이지만 50년대 소설의 단절은 특화된 의미를 갖는다. 현실과의 단절은 일상과의 절연을 의미한다. 물론 그 원인은 당대에 벌어진 한국 전쟁에 기인한다고 할 수 있다. 발전적 역사관에 입각하여 합리성을 지향하던 세계는 정상적 규범과 질서가 파괴되면서 반근대적인 야만과 혼란의 세계로 급격히 빠져들었다. 그 속에서 근대에 대한 긍정적 전망을 포기하고 허무적 실존의식에 빠져들게 됨을 형상화하고 있는 것이다. 이와 더불어 기법적 측면에서도 장용학의 경우는 종래의 소설문법을 벗어난 파격적인 구성, 관념적 문체, 알레고리를 차용한 아방가르드적 진보적 작품 세계를 선보였고, 손창섭의 경우에는 진일보한 내면세계의 탐구를 추구했다.

손창섭의 경우 인물들은 '무력한 관찰자'에 불과하다고 할 수 있다. 참혹한 전쟁을 경험하고도 여전히 서로 다투고 자신의 이익을 위해 더욱 교활해진 사람들 앞에서 인간성이란 요원한 명제이다. 일상은 근대라 불리기 무색할 정도로 폐허에 가깝다. 주체는 걸레조각처럼 낡은 방에 널부러져 있고, 그 방은 안식의 의미를 상실한 채 죽음의 기운에 잠식당해 있고, 일상적 공간은 곳곳에 똥이 널부러져 거대한 변소로 몰락해 있는 것이다.(「생활적」) 30년대 모더니스트들의 세계관이 비극적 근대의식으로 마무리되었다 할 지라도 그들이 탈피하고자 하는 일상은 그렇게 비참한 모습으로 그려지고 있지는 않다. 이에 비해 손창섭 소설의 일상은 삶이 곧 죽음인 극단적 형태를 취하고 있다. 따라서 손창섭에게 일상은 무의미성으로 병치된다. 일상은 단지 또 다른 죽어가는 자아의 확인이기 때문이다. 「미해결의 장」에서도 이러한 일상의 무의미성은 반복된다. 하루 한끼도 연명하기 힘든 생활 속에서도 식구들은 모두 미국유학에 맹목적으로 집착한다. 하지만 대학생인 지상은 학교마저 포기한 채 매일 무위도식으로 연명한다. 그나마 자신을 이해해주는 것은 창녀인 광순 뿐이다. 지상의 일상이란 집에서 누워 자다가 쫓겨나면 광순의 방으로 잠을 자러가는 것 뿐이다. 그토록 화려할 것 같았던 근대적 일상은 오히려 참혹한 원시의 일상으로 붕괴되어 버린 것이다. 하지만 사람들은 여전히 본능적 욕망을 불태우며 일상을 메우고 있다. 그러한 모습을 비판적으로 바라보는 손창섭은 전후의 삶의 부조리와 그 부조리에 대한 부정을 동시에 드러내며 역설적으로 소격의 효과를 지향하고 있는 것이라 할 수 있다.

이에 비해 장용학은 알레고리와 현실 일상을 병치시킴으로써 근대적 일상의 부정성을 드러내는데 역점을 두고 있다.『원형의 전설』과 「요한시집」의 경우 근친상간과 노파의 살해를 통해 왜곡된 일상을 다소 과장되게 묘사하고 있으며, 전쟁이라는 극한 상황을 체험한 인간이 다다를 수 있는 분열된 정신세계를 관념적으로 표현함으로써 의식과 일상의 괴리를 심층적으로 분석하고 있다. 「요한시집」에서는 토끼의 동굴 밖 탈출 우화를 통하여 일상의 직시는 허위의식의 탈피임을 제시하고 있고, 그 허위의식을 탈피하여 능동적 실천 영역을 확보하는 것이 진정한 의미의 현대성임을 간접적으로 드러내고 있다. 이렇게 볼 때 50년대 모더니즘 소설들은 일상을 무의미화 시키며 부정적 세계관에 매몰되어 있는 것을 볼 수 있다. 30년대 소설들의 경우 탈일상을 지향하며 그 지향점에는 희망이 내재되어 있었으나, 50년대 소설들은 탈일상의 전망의 부재만을 반복적으로 보여주며 일상에 함몰된 현대성의 허위의식을 비판적으로 성찰하고 있다.

60년대 소설들은 30년대 모더니스트들이 다루었던 근대화 과정에서 발생한 소외의 문제를 더욱 구체화시킴으로써 모더니즘 소설의 면모를 일신한다. 우리의 현대 소설사에서 60년대 소설이 돋보이는 한 측면은 현대적인 일상이 관념이 아닌 생활 자체에 내재됨을 소설로 형상화한 점을 언급할 수 있다. 즉 30년대 식민지적 근대의 일상 속에서 작가들은 근대에 대한 희망과 절망을 동시에 느꼈지만 그것은 어디까지나 현실보다는 작가의 관념 속에서 가능했던 일이었다. 하지만 60년대는 본격적인 산업화의 시작과 함께 일상 곳곳에 '앙리 르페브르'가 지적하였던 현대적 일상성이 구체적으로 자리잡게 된다. 산업화되는 사회 속에서 나타난 파편화된 개인의 모습과 이로 인한 인간소외의 군상들로 집약되는 60년대의 일상성은 김승옥에 의해 비로소 가시화된다.

김승옥의 「무진기행(霧津紀行)」은 일상에서 탈(脫)일상으로의 이동이 아닌 탈일상적 공간에서 일상적 공간으로 복귀하는 색다른 서사구조를 취하고 있다. 즉, 일상/탈일상을 대립항으로 설정하고 탈일상의 공간의 세밀한 탐색을 통해 일상의 허위와 개인의 소외를 드러내는 이러한 방식은 기존의 모더니즘 소설이 도달하지 못했던 새로운 지평이라 볼 수 있다. '무진'이라는 안개에 휩싸인 공간은 모든 것이 혼재된 기호로 세속적으로는 출세하였지만 늘 불안에 떨며 주변에서 겉돌 수밖에 없는 주인공의 도피의 공간이다. 하지만 그곳은 안식처가 아닌 늘 과거의 불우한 기억을 떠올려 주는 안개와 같이 부표하는 메마른 공간이다. 따라서 그곳은 그가 늘 두려워하는 도시적 일상의 또 다른 모습일 수도 있다. 그가 두려워하는 도시적 일상이란 내면적 자아를 숨겨야만 존립이 가능한 공간으로 언제든지 중심에서 밀려날 수 있는 위험성을 가지고 있는 것이다. 따라서 늘 벼랑에 선 것과 같은 심정으로 하루하루를 연명하는 인물들의 모습은 현대적 일상성의 허위성을 고발하고 있다고 할 수 있다. 탈일상의 공간인 무진에서 애써 찾으려하는 그의 동일성은 과거와 서울에서의 기억 때문에 번번이 와해된다. 자신의 또 다른 분신인 하인숙과의 만남을 통해 어렵게 탈일상의 지향점을 찾지만 느닷없는 아내의 전보는 그를 현실의 질서로 복귀시킨다. 전보라는 근대적 기호는 외면하고자 했던 근대의 일상성을 일깨우며 그를 서둘러 서울로 향하게 하는 역할을 한다. 그는 무진을 떠나며 심한 부끄러움을 느끼지만 그것은 예정된 소멸의 길이라 할 수 있다. 결국 현대성의 특질로서 일상성은 자아의 소멸에서 비롯된 것임을 김승옥은 일깨워주고 있는 것이다.

이러한 도시적 일상성은 「서울 1964년 겨울」에서 구체적으로 탐구된다. 나와 안은 서울의 밤거리를 배회하며 전봇대의 광고, 빌딩의 네온사인, 평화시장, 화신백화점 등 아무 것도 소유할 수 없는 도시의 일상의 의미를 도출해 내려한다. 둘은 포장마차에서 극히 사소한 대화를 말장난처럼 이어가면서 무의미한 일상의 사물들에 의미를 두고자 한다. 하지만 그런 행위들은 상실한 자유에 대한 쓸쓸함의 표현일 뿐이다. 일상은 허무적 색채를 띤 무가치적인 현실로 화해가는 것이기 때문이다. 그러한 허무적 일상의 굴레에서 밀려나지 않기 위해 살아가다가 타성에 젖은 일상에서 새로운 전기를 보여주는 것은 「夜行」이다. 가난한 현실을 위해 남편과의 결혼 사실을 숨긴 채 같은 직장에서 숨바꼭질을 하는 여자가 더운 여름 날 자신을 막아선 한 남자에게 강렬한 손짓을 당한 후 느끼는 강렬한 탈일상의 욕망은 일상에서 비겁해진 현대인들을 일깨우려한다. 그들이 일탈의 욕구를 실행에 옮길 때 비로소 진정한 탈주도 가능하다는 것을, 또한 개개인의 일시적 행위로 가능한 것이 아닌 타인과 내가 동참하는 절실하고도 신성한 의식에 의해 구원이 가능하다는 것을 이야기한다. 또한 진정한 의미의 탈일상은 '미군식의 유니폼'처럼 어설픈 근대화를 벗고 실천적 의지를 가질 때 새로운 의미로 다가올 수 있음을 말하고 있다.

이청준의 경우 점점 사물화되는 일상의 풍경에 대한 비판적 성찰의 방법으로 일상성에 접근하고 있다. 「퇴원」에서 주인공이 소속된 공간은 병실이다. 정물처럼 누워있는 환자와 침묵의 공간. 병실은 인간성을 잃고 사물이 되어가는 현대적 일상의 은유이다. 초침을 잃은 시계와 병명없는 통증은 기억을 잃고 살아가는 현대인의 본질이 된다. 시계는 고쳐지고 퇴원을 하게 되지만 되찾은 언어는 일탈된 것으로 어긋나는 대화만을 주고받게 된다. 일상은 예정된 패배와 몰락만을 강요할 뿐이다. 「가면의 꿈」에서는 이러한 일상의 피로를 견디지 못하고 가속도가 붙은 세계에서 추락당하는 지식인이 그려진다. 세속적 성공을 거두지만 가면 속에서만 자유로울 수 있는 명식. 탈일상의 지향점은 순수에의 열망으로 귀결된다. 김승옥이 왜곡된 일상의 허점을 지적하면서도 복귀를 종용한 것과 비교하여 이청준은 일상과 탈일상의 경계를 확고히 함으로써 일상에서 실현될 수 없는 이상의 세계를 그리고자 한 것이다.

이상의 분석을 종합해 볼 때, 1930년대의 모더니즘 소설들은 일상성의 기호를 현대성의 차원에서 첨예하게 반응하면서 모더니즘 소설을 구성하는 핵심동인으로 인식하고 있었으며, 50년대의 소설들은 피폐된 일상에서 형성된 전망의 부재를 부각시키며 일상의 무의미함을 형상화하고 있고, 60년대의 소설들은 30년대 작가들의 현대성을 새로운 모습으로 재건하고 일상/탈일상의 대립의 의미를 섬세하게 도시속에 음각하고 있었음을 볼 수 있다. 바르트의 신화론[105]을 원용하여

---

105) "바르트는 소쉬르의 언어 이론을 한 번 더 밀고 나가 모든 문화적 행위를 언어 행위로 보고 분석하는데 많은 시간을 보내게 된다. 특히 그의 저서 『신화론 mythologie』에서 프랑스의 대중문화를 구체적으로 분석하려 하였다. 레슬링, 에펠 탑, 관광, 영화 등에 숨어 있는 의미, 즉 그의 표현에 따르면 '부르주아적 규범'을 찾아내려 하였다. 그는 대중 문화 속에 계급 사회의 갈등이 숨어 있고, 대중문화가 그러한 성격으로 인해서 계급 지배의 수단이 됨을 간파하였다. 바르트는 소쉬르의 기표/기의가 합쳐져 객관적 의미를 내는 방식을 일차적 의미화 과정으로 보고 이를 '외연 denotation'이라 불렀고, 일차적 의미화 과정에서의 기표/기의의 연합이 이차적 의미화 과정에서 기표로 기능한다고 보았다. 이러한 이차적 의미화 과정을 '내포 connatation'라 불렀고 이것은 기호에 인간의 감정이나 평가가 더해지는 과정이다. 이러한 내포를 통해서 만들어지는 의미는 이어 또 다른 의미를 만들어내는데, 이러한 사회적으로 널리 통용되는 믿음이나

일상의 의미를 시대별로 도식화하여 비교하면 다음과 같다.

30년대 소설

피로와 권태		
소 외 (형태)		일상성의 회의(내용)
근대(기표)	두려움(기의)	

<도표 3>

50년대 소설

재생과 실존		
무의미		일상의 전망 부재
전쟁	파괴	

<도표 4>

60년대 소설

이상적 자아의 소멸		
탈 주		일상/탈일상의 갈등
도 시	욕 망	

<도표 5>

가치, 태도 등을 '신화'라고 불렀다. 신화는 지배적인 이데올로기의 다른 표현이다. 본고는 이러한 바르트의 이론을 원용하여 일상의 의미화 작용을 산출하고자 한 것이다.(원용진, 『대중문화의 패러다임』, 한나래, 1996, 180~191쪽 참조)

30년대 모더니즘소설에서 근대라는 기호는 두려움이라는 기의를 담고 기호 작용을 일으켜 다시 소외라는 기호로 상승하고 이 소외(形)는 곧 현대성과 등식인 일상성에 대한 회의(內容)로 작용하여 피로와 권태라는 현대성의 담론으로 확대된다고 할 수 있다. 50년대 모더니즘소설의 핵심 기호인 전쟁은 파괴라는 의미로 집약되어, 무의미라는 기호로 변용되어 일상의 전망 부재로 의미를 드러내고, 다시 재생과 실존이라는 이데올로기로 기호작용을 일으킨다. 60년대 모더니즘소설에서는 도시가 기호의 중핵으로 등장하는데 도시는 욕망의 기의를 담고 탈주의 기호로 변환되어 일상/탈일상의 갈등을 일으키고 최종적으로 이상적 자아의 소멸이라는 의미로 집약됨을 볼 수 있다.

2. 동일성과 모더니즘 소설

근대의 새로움은 시간에 대한 인식의 변화와 관계 깊다고 전술한 바 있다. 중세와의 단절과 차별성은 계몽주의에 의거한 직선적 시간관에 의해 가능한 것이었다. 하지만 자본주의적 근대화의 모순이 가시화되면서 낙관보다는 비관적 전망이 세계를 뒤덮었고 파편화된 시간 의식 속에 모더니스트들은 삶을 혼돈으로 인식하였다. 따라서 파편화된 사회에서 필요한 것은 '自我의 同一性'이었다. 부조리와 무의미의 상황에 처한 인간은 주변과 고립된 상태에서 자아의 정체성을 추구하면서 외적 현실보다는 내면적 세계에 더 많은 관심을 보이게 되었다.

모더니즘 소설가들이 인간의 내면적 세계에 몰입하고 관심을 기울이는 것은 내면으로 몰입하는 것 자체에 목적이 있어서가 아니라, 그것이 새로운 인생관과 새로운 세계관을 모색하는 과정에서 거쳐야 할 과정이었기 때문이다. 의식의 변화만을 좇는 것이 내적 성찰의 전부일 수는 없다. 삶 자체에 대한 보다 근본적인 문제를 해결하기 위해서 자아는 보다 깊은 내면 세계로 잠입하게 되며, 그것은 거기에서 원시적이고 비이성적인 자신의 일면을 확인하고, 그러한 면도 포함하는 새로운 정체성을 정립하게 된다.

　30년대 모더니즘 소설에서 동일성에 대한 인식은 주체의 소외 의식에서 비롯되었다. 룸펜 지식인이라는 특수한 상황에서 식민지적 근대를 바라보는 그들의 시선은 근대의 물상이 화려해질수록 소외의식은 근원적 성찰의 대상이 되어갔다. 박태원의 경우 그 소외의식이 극단에 다달아 하나의 강박관념이 되어갔으며, 이상의 경우 외부세계와 자아를 차단하는 계기가 되었다. 「소설가 구보씨의 일일」에서 구보의 산책은 그 소외의식으로 야기된 자아의 동일성을 확인하는 계기로 작용한다. 또한 「날개」와 「지주회시」의 경우 소외의식에서 비롯된 외부/내부의 두 대립세계는 식민지적 근대를 살아가는 지식인들에게 '나란 무엇인가'라는 지속적 물음을 제기하는 계기가 된다. 동일성의 문제제기는 대부분 일상의 물상에서 비롯되는데 박태원의 경우 외부세계를 통해 내면세계의 동일성을 확인한다면, 이상의 경우는 내부세계에 침잠해있다가 외부세계를 접하면서 의식의 각성이 시작되는 차이점을 보이고 있다.

　박태원의 경우 일상을 '죽음과 같이 냉혹한 얼음장', '겨울의 열없는 태양'으로 인식하면서 외부세계를 외면하나 자신과 관계 깊은 벗이나 주변 사람들의 행복한 생활과 자신을 비웃는 듯한 어조를 보면서 주체의 동일성이 흔들리는 모습을 보인다. 이는 근본적으로 근대적 동일성이란 반드시 타자를 전제로 해야만 가능한 것이기 때문이다. 동일성이란 타자에 의해 정의되고 타자에 의해 인정받는 한에서만 존재할 수 있다. 타자에 의해 인정받지 못하는 구보의 경우 동일성 자체가 산책이 길어질수록 흔들리는 한계점을 보인다. 따라서 박태원의 모더니즘적 내적 성찰은 지식인의 솔직한 토로이기는 하나 근본적으로 유약한 면모를 보이고 있다 하겠다. 이에 비해 이상의 경우는 역설적으로 시간과 공간에 있어 가장 자유스러운 면모를 보인다. 소설의 출발점은 건강치 못한 일상의 생활에도 불구하고 현실에 만족하는 듯 보이기 때문이다. 하지만 외부세계에 접하며 때로는 친구의 변절 앞에, 아내의 부정 앞에, 돈이라는 현실 앞에서 그의 의식은 각성하며 자신의 동일성에 관하여 심각한 물음을 제기하게 된다.

따라서 박태원의 경우 서사가 진행될수록 급격히 동일성을 상실하는 반면에 이상의 경우 상실된 동일성을 회복하는 차이점을 볼 수 있다. 이러한 차이는 주체의 세계인식에 관해서도 같은 양상을 선보인다. 식민지적 근대의 세계를 혼돈과 억압의 세계로 인식하는 점은 동일하지만 박태원의 경우는 늘 회의하고 의문을 제기하고 비판하면서도 그 세계에 적극적으로 저항하지 못하고 오히려 그 세계에 자신을 합류하고자하는 욕망을 숨기지 않는다. 이에 비해 이상은 "나는 내가 지구 위에 살며 내가 이렇게 살고 있는 지구가 질풍신뢰의 속력으로 광대무변의 공간을 달리고 있다는 것을 생각했을 때 참 허망하였다. 나는 이렇게 부지런한 지구 위에서는 현기증도 날 것 같고 해서 한시 바삐 내려 버리고 싶었다."라는 인용문처럼 근대 세계의 모순에 대해 적극적으로 항거하는 모습을 보인다는 점에서 차이를 보인다.

동일성에 대한 문제가 중심축으로 작용하는 것은 1950년대의 모더니즘 소설이라고 할 수 있다. 한국전쟁으로 인해 낙관적 근대의 전망과 합리성을 상실한 한계상황에서 동일성이 실존의 차원에서 탐구되었었다. 동일성은 객관세계의 상실과 자아상실이라는 두가지 위기감에서 야기되며, 전자는 자아와 세계와의 일체감으로서의 동일성 문제로 '공시적 동일성'으로 지향되며, 후자는 자아의 재발견이라는 개인적 동일성의 문제로 '통시적 동일성'으로 지향된다고 할 수 있다. 부연하면, 공시적 동일성은 주체로서의 자아가 타인들 또는 외부세계와 조화를 이루고 있느냐 그렇지 않으면 대립, 갈등을 일으키고 있느냐의 측면이고, 통시적 동일성은 '어제의 나와 오늘의 나는 같은가 다른가', '진정한 나는 무엇인가'의 물음인데, 이 둘은 분리된 별개의 것이 아니라 동전의 양면과 같은 것이다. 자아와 세계가 교접해 있는 과정은 개인적 동일성의 문제로 연결되기 마련이므로 결국 동일성은 공시적인 동시에 통시적인 연속성 가운데 제기되는 것이다.

50년대 모더니즘 소설의 경우 가장 특징적인 점은 자아/세계의 대립을 동일성의 근원으로 삼고 있다는 점이다. 30년대 모더니즘 소설의 경우 자아/타자와의 대비에서 동일성을 인식하고 있다면, 50년대 모더니즘 소설의 경우는 타자와의 대비를 이미 무의미한 것으로 상정하고 세계와의 대립을 통해 끊임없이 동일성의 문제를 제기한다. 특히 손창섭의 경우는 문학 자체를 자기 소외감에서 온 고통의 발산으로 보고, 현대의 혼란과 고통, 사회와 인간과의 부조리한 관계를 드러내주는 기제로 인식하기 때문에 자의식의 과잉으로 치닫는다. 하지만 세계/인간의 무의미한 대립 속에 '나란 무엇인가'하는 지속적인 동일성의 탐구로 이어지기에 그의 문학이 50년대를 대표하는 면모를 지닌다고 볼 수 있다. 그것이 때때로 자기 비하, 자기 부정의 부정적 측면을 보이기도 하지만, 「생활적」에서처럼 순이의 주검에 입을 맞추고 죽을 수 있다는 행복을 떠올리는 아이러니를 통해 세속적 욕망에 탐닉하는 타자와의 대비를 선명히 보여주며 순결한, 하지만 서글픈 동일성을 유지한다고 볼 수 있다.

이에 비해 장용학의 경우 손창섭의 경우와 마찬가지로 자아/세계의 대립을 문학의 출발점으로 삼고 있지만 그 대결 양상이 손창섭과 비교할 때 생활적으로 육화되지 못한 다분히 관념적이라는 데 비판의 여지가 있다. '황무지를 황무지로 드러내놓고, 의식을 의식 그대로 내보이는 것이 전후의 현실을 표현하는 중요한 한 방식'106)이라 할 때, 장용학의 경우 인간을 극한 현실에 던져놓고(「요한시집」에서 쥐를 잡아먹는 노파와 같은 경우) 그 충격의 자장을 통해 전쟁의 비극과 인간의 실존, 그리고 주인공의 내적 성찰을 유도해내고 있지만 그것이 다분히 인공적이며 표피적이라는데 한계가 있다.107) 하지만 작품 전체를 통해 지속적인 동일성에 대한 물음과 자아의 몰락이 속박된 주체, 곧 '자아의 타율성'에 기인함을 지적해낸 점과 폭력적 상황 아래서 분열되는 자의식의 지속적 대비를 통해 전쟁 후의 소시민 계급의 정신적 불안을 반영했다는데 의의를 둘 수 있다.

　60년대 모더니즘 소설의 경우 동일성 인식은 '父상실의식'에서 출발한다. 4·19라는 기호는 그들에게 사라져 버린 이상향의 짙은 페이소스다. 애써 성취한 자유를 5·16이라는 폭력 앞에 허망하게 잃었을 때 그들이 추구하고자 하였던 것은 기성세대의 모든 면모를 일시에 소거하고 새롭게 추구했던 '자기 세계의 구축'이었다. 물론 그 자기 세계라는 것이 구체적인 면모를 띤 것이 아닌 '남의 세계와 다른 것'이라는 대립적 의미만을 지닌 것이기는 하지만 60년대 모더니스트들의 지속적인 추구의 과제인 것만은 틀림없다. 따라서 그들 소설 주체의 세계 인식은 전대의 소설과 비교하여 좀더 자유스럽고 확대된 개

---

106) 전기철, 앞의 책, 88쪽
107) 다음의 인용문은 그 좋은 예라 할 수 있다.
　"산다는 것은 죄짓는다는 것이다. 내가 여기에 앉아 있기 때문에 그들이 여기에 앉아있지 못하는 것이다. 그들을 떼밀어 버리고 내가 여기에 앉아 있는 것이다. 그래서 언제 그들에게 밀려 나갈지 모른다. 순간순간, 무수의 가능성이 자기를 주장하고 있는 것이다. 모든 존재는 다음 순간에 일어날 가능성 앞에 떨고 있는 전율인 것이다. 이 전율을 잠자코 있는 세계에서는 '자유'라고 한다. 그대로 잠자고 있을 것인가? 깨어날 것인가? 어둠 속에서 고양이는 상기도 나를 노리고 있다. 나는 그의 주인을 죽인 것이다. 노파는 내가 죽인 것이다."(앞의 책, 337쪽)

넘이지만 자신의 개성에 집착 没세계적 측면을 드러내는 위험성도 내포하고 있다.108)

김승옥과 이청준의 경우 소설 전반에 제기되는 질문은 이러한 자기 세계 곧, 동일성에 대한 것이다. 김승옥의 「무진기행」에서 도시적 일상에서 밀려나지 않기 위해 위선적 자아로 위장한 채 살아가는 주인공이 무진에서 벌이는 일련의 사건은 줄곧 자신의 동일성을 찾기 위한 과정이라 할 수 있다. 「서울 1964년 겨울」에서도 주인공의 서울 밤거리의 방황은 이미 조로해 버린 자신의 내면에 숨겨져 있는 동일성의 정체를 탐색하기 위한 진지한 과정이다. 이청준의 경우도 「퇴원」과 「병신과 머저리」, 「가면의 꿈」 등 일련의 소설들에서 現 세대/前 세대의 대립적 구도를 통한 현실의 자아찾기를 시도하고 있음을 발견할 수 있다.

60년대 모더니즘 소설의 특성은 위와 같은 지속적인 '동일성의 탐색'에 서사의 초점이 맞추어져있다는 점이다. 따라서 전대의 소설과는 다른 양상으로 기법적으로 다른 면모를 보이면서도 서사적 구도가 비교적 견고하게 짜여있다는 것을 볼 수 있다. 「무진기행」에서 주인공

---

108) "이러한 주체의 자율성은 그것이 세계와의 관계 속에서 정립되는 양상에 있어 50년대적 주체의 모습과 변별되는 특징을 보여준다. 손창섭, 장용학 등으로 대표되는 50년대의 소설에서 주관성과 현실이 관계맺는 방식은 '거부'와 '도피'였다. 이런 거부와 도피는 주체가 현실에 작용을 가해서 변화시킨다거나 대결할 수 있는 어떤 대상이 아닌, 현실을 주어진 소여, 거대한 실체로 받아들이는 태도이다. 그렇기 때문에 50년대적 주관성이 '실존'을 부르짖으면서 극단적으로 과장된 모습을 보여준다고 해도, 그 이면에는 파악할 수 없는 현실, 지적으로 전유할 수 없는 대상에 대한 도피의 심리와 왜소한 주관성이 그 본질로 자리하고 있다. 그러나 위의 작가들(김승옥, 최인훈, 이청준)의 60년대 소설에 나타나는 현실은 지적 사유와 탐색의 대상이 되고 있다.... 이런 점에서 본다면 식민지 시대 이래 진행되어 온 자율적 주체의 개인주의라는 주체의 정립방식, 그 주체가 세계와 관계맺는 부정과 긴장이 만나면서 이루어진 60년대 모더니즘 소설은 전후 모더니즘 소설의 한 정점일 수 있을 것이다."(차혜영, 앞의 책, 119쪽)

이 무진으로 내려와 친구들을 만나고, 죽은 술집 작부의 시체를 목격하고, 하인숙과 관계를 맺는 일련의 과정이 자신의 동일성의 실체를 탐구하는 측면으로 의미망이 설정되어 있고, 「병신과 머저리」의 경우도 무기력한 현실에서 형의 소설을 훔쳐보고 사랑하는 여인을 스스로 떠나 보내는 과정이 동일성의 진지한 탐색의 과정이 된다. 물론 「무진기행」에서 자아가 동일성을 확인하는 데 그치고 실천의 영역으로 적극적 의지를 보이지 않는다는 측면과 「병신과 머저리」에서 "나의 아픔은 어디서 온 것인가. 혜인의 말처럼 6·25의 전상자이지만, 아픔만이 있고 그 아픔이 오는 곳이 없는 나의 환부는 어디인가. 혜인은 아픔이 오는 곳이 없으면 아픔도 없어야 할 것처럼 말했지만 그렇다면 나는 엄살을 부리고 있다는 것인가"109)라고 탄식하며 여전히 미로에 싸여있는 자아의 전망의 부재를 보임은 아쉬운 부분이다. 하지만 '쓸쓸하다'라는 담론으로 함축하는 60년대적 현실을 대변한다는 점에서 효과적으로 그 의의가 도출되고 있다고 할 수 있다.

이러한 논의들을 종합해보면 모더니즘 소설에서 현대성 구현의 핵심인 '동일성'이란 타자에 대한 인식에서 출발함을 볼 수 있다. 30년대 소설의 주체들은 예술가적 자존심을 동일성의 기저에 두고 타자를 위에서 아래로 내려다보는 시혜적 시선을 보이고 있다. 이에 비해 50년대 소설의 주체는 타자를 결코 동화될 수 없는 반대항으로 설정해놓고 있다. 타자에 철저히 유린당하며 타자의 시선 아래에 있는 것으로 설정되지만 실상은 주체가 대상을 철저히 외면하고 있음을 볼 수 있다. 60년대 소설에서는 자아와 타자가 동류항으로 설정된다. 일상에 파묻혀 탈일상의 의지를 소멸당한 타자를 주체는 연민의 시선으로 바라보면서 지속적으로 동일성을 탐색하고 있음을 볼 수 있다. 이를 도표화하면 다음과 같다.

---

109) 이청준, 앞의 책, 227쪽

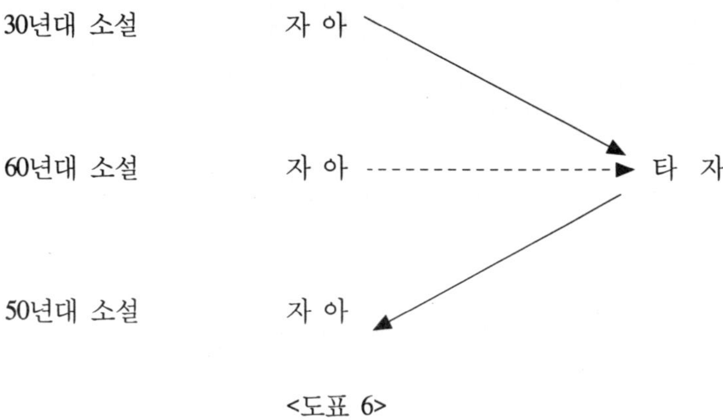

<도표 6>

또한 자아와 타자의 관계는 동일성의 출발점이 되며, 궁극적인 동일성의 지속 형태는 세계와 주체와의 대립에서 비롯된다고 할 수 있다. 아래의 도표 7과 같이 30년대 소설에서 주체는 세계와 혼재되면서 합일의 욕망을 지니며 동일성을 지속해 나가고, 도표 8에서와 같이 50년대 소설에서는 주체와 세계의 대립 양상 속에 철저한 세계의 거부로 동일성을 유지하고, 도표 9에서와 같이 60년대 소설에서는 주체가 세계에 함몰되면서 객관적 거리를 두고 동일성의 의미를 탐색하고 있음을 볼 수 있다.

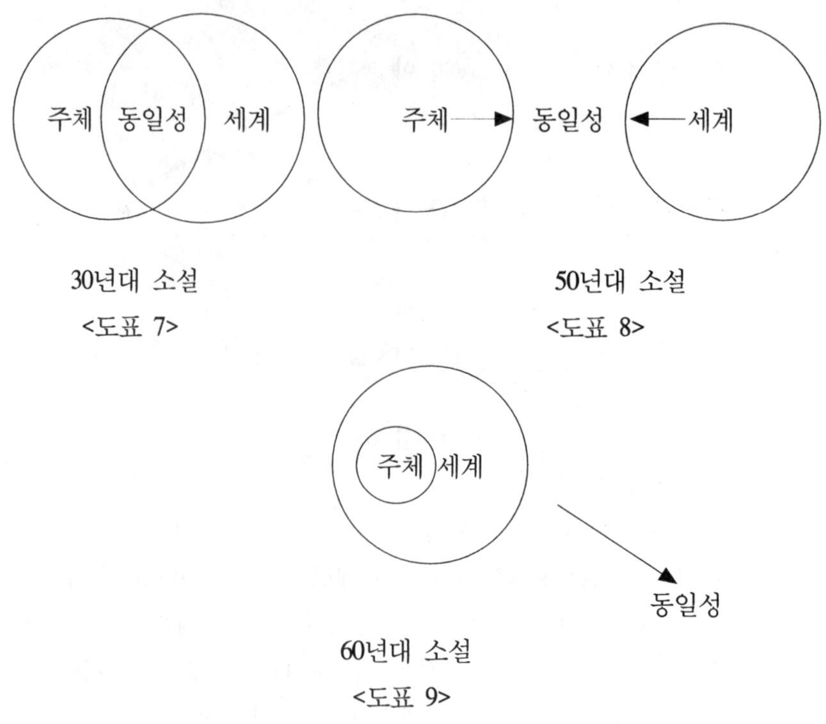

3. 욕망과 모더니즘 소설

인간의 근원적 '욕망(慾望)desire'은 인간의 창조와 함께 시작되었지만 현대적 의미의 욕망은 문명의 발달로 인한 의식의 변화와 맞물려 있다. 따라서 모더니즘의 태동 배경에는 자아와 타자와 세계간의 불일치에 따른 변혁의 욕망이 내재되어 있음을 볼 수 있다.

30년대의 모더니스트들이 체험했던 근대란 실상은 실망스러운 것이었을지 모른다. 그들이 생각하는 근대란 마천루의 고층빌딩과 물질적 풍요로 넘쳐나는 백화점과 밤을 휘황하게 밝히는 네온 사인, 자동차로 넘쳐나는 거리와 저마다의 시간에 쫓겨 바삐 뛰는 인파들이었을지 모른다. 하지만 경성의 일상은 그들의 이상과는 거리가 먼 것이었다. 근대라 하기엔 조잡한 물상들이 군데군데 서있을 뿐이었고 아직도 재래식 틀을 벗지 못한 궁상맞은 사람들의 틈에서 모던 보이를 자처하는 그들에게 일상은 늘 결핍의 대상일 뿐이었다. 또한 자생적으로 이루어낸 근대가 아니라 일제에 의해 강압적으로 주어진 것이었기에 그들의 결핍은 점점 커져 갔었을 것이다. 이상과 현실의 간극이 커질수록 '욕망의 미끼'110)는 확장되었던 것이다. 그 시점에서 박태원의 '피로'는 쌓여가고 이상의 '권태'는 시작되었다고 볼 수 있다.

박태원의 경우 자조와 탄식과 혼돈으로 점철되는 근대의 일상은 강박관념으로 다가오고, 「소설가 구보씨의 일일」의 경우에서 보듯 정상적 가정에 대한 욕망, 돈에 대한 욕망, 성에 관한 욕망 등 세속적 욕망 등이 구체적인 약호로 주류화 됨을 볼 수 있는데 이것은 바로 타자(他者)에 대한 욕망이 근대 욕망의 출발점임을 드러낸다고 할 수 있다. 제각기 어떤 욕망을 좇아 부나비처럼 살아가는 사람들 사이에서, 그리고 환금가능성의 원리를 좇아 발악하는 사람들 사이에서, 상품의 쾌락적 이미지에 몸을 내맡긴 군중들 속에서 구보의 소외는 탈일상의 욕망으로 관념 속에 굳게 자리잡아 간다. 이상의 경우는 그 욕망을 위장한 채 죽은 듯이 잠만 자며 애써 외면한다. 하지만 주체의 상승의지는 내재되어 있었음을 살펴 볼 수 있다.

이에 비해 50년대의 손창섭과 장용학의 소설에 등장하는 인물들의

---

110) 자크 라캉의 용어이다. "상상계적 자아는 상징계로 진입할 때 금지된 쾌락을 억압한다. 그리고 이 억압된 부분은 결코 사라지지 않고 여분으로 남아 다시 또 상상계로 들어서게 만든다. 이 여분, 혹은 실재계는 욕망이 계속 남아 있게 만드는 동력이요, 욕망의 미끼(오브제 프티 아)이다" (권택영, 앞의 책, 232쪽)

욕망은 야수적 본능에 가까운 동물적 욕망들이며, 인간이란 그러한 욕망의 상징이 된다. 손창섭에게 현실이란 욕망의 충족을 위한 투쟁의 장에 불과하다. 게다가 그 욕망이란 것도 단지 돈, 섹스, 권력에 대한 욕망일 따름이어서 형이상학적 의미는 결코 찾아볼 수 없다. 그러므로 인간과 인간 사이의 합리적 의사 소통은 불가능하며, 욕망의 주체와 주체 혹은 욕망의 주체와 객체들간의 대립과 굴종만이 존재한다. 이러한 현실 원리를 수용하지 않을 경우 그에게 주어지는 것은 철저한 고립일 뿐이다. 현실이란 손창섭에게 단지 악마적 욕망이 외화된 공간에 불과하다. 요컨대 현실이 현실로서 상대적 자율성도 갖지 못하고 있는 것이다. 따라서 손창섭의 소설은 한마디로 비정상적 인간들의 욕망이 빚어낸 비극의 세계이다. 따라서 손창섭의 절망감은 그런 점에서 인간의 본원적 악마성에 기인한 존재론적 절망감이라 할 수 있다.

반면 장용학의 소설들에서 욕망은 알레고리로 변형되어 표현된다. 「요한시집」 서두에서 자유를 찾아 동굴의 찾아 뛰쳐나오는 토끼의 우화는 욕망의 발현과 실천이라는 의미를 갖는다. 기존의 일상이 허위임을 깨닫고 진정한 삶의 의미를 찾고 싶다는 욕망의 발현은 근대적 자각이라 볼 수 있으며, 빛을 찾아 자신을 희생하며 동굴을 나오는 과정은 욕망의 실천이며, 비로소 빛을 찾고 눈이 멀이 죽는 과정은 욕망의 충족이라 볼 수 있다. 욕망을 쟁취한 순간 죽음을 맞이한다는 것은 욕망의 허망함을 일깨우는 아이러니라 볼 수 있다. 이러한 일련의 과정은 현대인으로 변모하는 인간의 의식을 표현하고 있는 것이다. 또한 모든 것이 충족될 것으로 기대했던 낙관적 세계관이 전쟁이라는 反현대적 현상으로 송두리째 파괴되는 모습을 그리고 있다고 할 수 있다.

60년대 모더니즘 소설들은 욕망의 원리에 가장 충실한 작품들이다.

그것은 욕망이 자신의 내면에서 나오는 것이 아닌 타자를 대상으로 한 욕망이며 권력의 한 형태로 작용하는 것으로 작품에 드러나 있다. 욕망이 결핍을 전제로 가능한 것이라면 60년대 소설들은 그 결핍의 동인을 타자와의 비교에서 찾고 있다고 할 수 있다. 인물들은 이상과 현실의 괴리에서 욕망의 충족이라는 명제 앞에 늘 고민하고 있는 것이다. 김승옥의 경우 「무진기행」에서 무진/서울로 표상되는 이상/현실의 대립 상황은 주인공의 의식을 늘 허탈하게 만든다. 황량한 무진의 폐병장이에서 기업의 전무로 변신한 그는 타자의 시선에서 늘 자유롭지 못하다. 통념적 기준으로 사회적 성공을 거두었지만 그것이 자신의 욕망이 아닌 타자의 기준에 맞춘 허위에 불과하다는 불안감은 무진으로 도피해와서도 계속된다. 탈피하고자 하는 시선은 이제 단순한 자의식이 아닌 그의 생을 조종하는 권력으로 확대되는 것이다. 따라서 아내의 전보가 오자마자 심한 부끄러움을 느끼면서도 급히 서울로 달려가게 되는 것이다.

이청준의 「가면의 꿈」도 유사한 서사 구조를 취하고 있다. 엘리트 코스를 밟은 촉망받는 판사이며 부족한 것 하나 없는 단란한 가정을 갖고 있으면서도 명준은 늘 피로를 느낀다. 그가 모색하던 탈주의 욕망은 가면을 쓰는 것으로 구체화된다. 가면이란 곧 타자의 시선이다. 동일성을 획득하지 못하고 타자의 욕망에 자신을 맞추어 가던 그는 자살이란 방법으로 그 욕망을 실현한다. 따라서 60년대 소설은 '탈주(脫走)의 욕망'으로 집약된다고 할 수 있다. 타자의 욕망에서 자유롭고 자신의 진정한 이상이 실현될 수 있는 영역으로 탈주하고자 하는 욕망은 비록 체념이나 죽음이라는 비극적 결말로 종결되지만 산업화라는 거대한 굴레에 신음하는 현대인의 비참한 초상에 대한 솔직한 보고서라는 점에서 그 의의가 있다 하겠다. 이러한 시대별 욕망의 의미를 로버트 히그비의 모형으로 압축하면 다음과 같다.111)

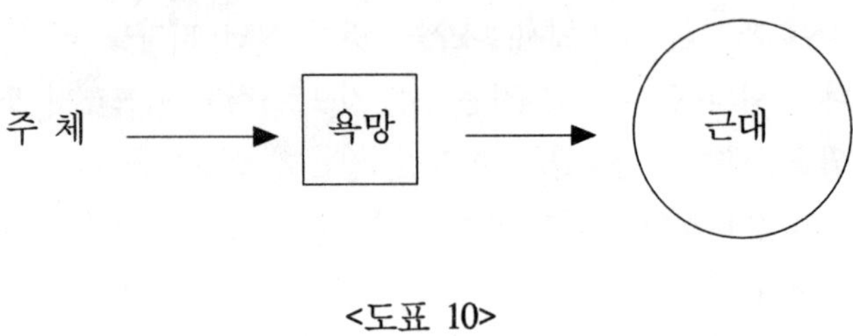

<도표 10>

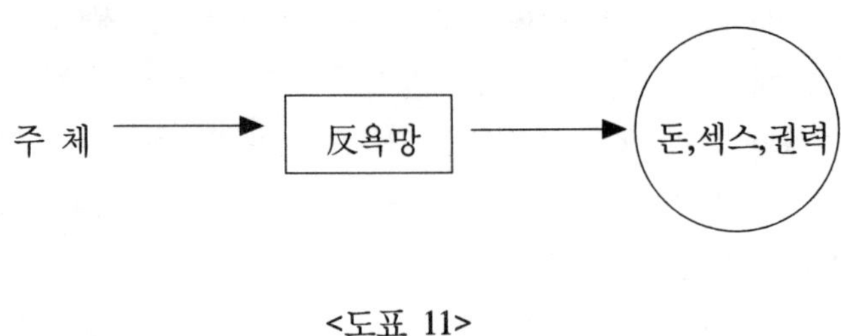

<도표 11>

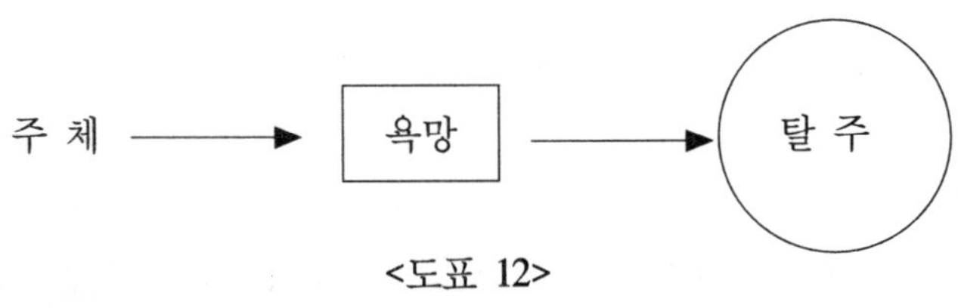

<도표 12>

---

111) 로버트 히그비는 『영국소설의 인물과 구조』(1984)라는 책에서 욕망의 논의를 절충시키며 언어적 모형을 'subiect(I)−verb(desire)−object(desires fulfielment)'로 제시한 바 있다. 곧 주체는 욕망의 충족물을 욕망하는 것으로 압축될 수 있는 것이다.

　30년대 소설들의 욕망의 충족물은 근대 자체였다. 때때로 근대는 실망스런 모습으로 일상에 펼쳐지기도 하고 주체의 소외를 낳지만 주체가 궁극적으로 원한 것은 근대라는 희망적 미래였다. 이에 비해 50년대의 소설들은 철저히 반욕망적 층위를 드러낸다. 돈,섹스,권력으로 표상되는 세속적 욕망의 충족물에 주체들은 철저히 의식적으로 외면하고자 했다. 그것은 곧 근대 자체에 대한 거부 의식의 소산임을 볼 수 있다. 60년대의 소설들은 욕망의 문제를 표면에 드러내어 탐구하고 있다. 그들 욕망의 궁극적 지향점은 탈주이다. 탈주를 통해서만이 자신의 이상적 자아를 펼칠 수 있기 때문이다. 하지만 주체의 능동적인 실천의 영역으로 진입하지 못하는 점에서 한계성을 노출하고 있다고 볼 수 있다.

VII. 결 론

　본 연구는 우리 모더니즘 소설에 나타난 현대성(現代性)의 세 층위들을 사회, 역사적 상황과 관련지어 고찰하고자 하였다. 그 동안 모더니즘 소설에 대한 많은 논의가 있었으나 대부분 1930년대의 작품에 한정된 것이었고 모더니즘 소설의 통시적 변모 양상과 작품의 심층 의미 분석에는 부족한 면이 많았다고 생각된다. 이러한 점에 착안하여 본고는 먼저 모더니즘 소설의 이론적 배경을 살펴보고 모더니즘의 핵심인 현대성(現代性)modernity이 우리 소설에 드러나는 방식을 분석해 보았다. 또한 기존의 모더니즘 소설 연구가 주로 기법적 측면 혹은 영미 모더니즘의 수용 양상에 집중되었다면, 본 논문은 '일상성, 동일성, 욕망'등의 철학적 개념들을 원용 각 시대별 작품들에서 드러나는 현대성의 특질에 초점을 맞추었다. 이를 위해 먼저 1930년대부터 60년대까지 각 시대별로 작가와 대상작품을 선정하였다. 구체적으로 박태원, 이상, 손창섭, 장용학, 김승옥, 이청준 등의 여섯 작가의 작품 12편이 대상에 포함되었다. 작가와 작품 선정에서 다소 논란의 여지가 있으나 현대성의 기준을 폭넓게 적용하여 당대의 새로움을 추구하고 있으면서 시대별 특징을 잘 드러내는 작품을 중심으로 선정하였다.

분석 방법으로는 현대성과 밀접한 관련이 있는 '일상성, 동일성, 욕망'이라는 세 층위에 의거 각 시대별로 현대성을 드러내는 방식과 의미를 점검하고자 하였다. 모더니즘 소설의 핵심은 주체의 위기 의식에서 비롯된 현대성의 여러 특질들이라고 할 수 있다. 그 중 '일상성(日常性)everydayness'은 모더니즘 소설의 핵심인 '공간성(空間性)spatiality'과 관련되는 개념으로서 작품의 공간적 배경과 현대적 일상의 기호들이 주체의 내면에 끼치는 영향관계를 파악하고자 하였다. '동일성(同一性)identity'은 '자아란 무엇인가'라는 모더니즘의 중심적 질문이라고 할 수 있는데, 현대에서 소외된 주체의 내면의식의 변화 양상을 작품의 심층적 의미와 대비하여 인물의 동일성 탐색과정을 살펴보고자 하였다. '욕망(慾望)desire'은 결핍에서 충족을 지향하는 보편적 인간의 본성으로 모더니즘의 태동과 관계 깊은 개념이라 할 수 있는데, 자아의 타자에 대한 욕망 혹은 자아와 세계의 불일치에서 오는 변혁의 욕망들을 세밀히 분석하여 욕망이 어떤 방식으로 서사의 동인으로 작용하며 주체의 위기 의식과 조응하는 측면을 살펴보고자 하였다.

그 결과 30년대 모더니즘 소설(이상과 박태원의 경우)에서는 현대성과 동일한 개념으로 일상성을 작품 속에 투영하고 있었고 압제받는 현실을 왜곡시키는 억압구조에 대한 미학적 저항의식을 표출하고 있으며, 일상적 공간을 기호로 인식하며 새로운 담론을 잉태시킴을 확인할 수 있었다. 구체적으로 '공적 공간 / 사적 공간'의 대비를 통하여 왜곡된 현대성을 드러내고 있으며, '광고, 다방, 버스, 경성역, 카페' 등의 근대적 기호를 소설의 핵심에 배치함으로써 새로운 일상의 충격과 과거와 현재의 단절에서 오는 일상의 불균형, 이로 인한 주체의 위기의식을 나타내고 있음을 볼 수 있었다. 또한 돈에 대한 욕망,

性에 관한 욕망, 집에 대한 욕망이 서사의 핵심 축을 형성하고 있는데, 이것은 타자에 대한 욕망이 근대 의식의 출발점임을 볼 수 있는 부분이라 할 수 있다. 그리고 이러한 일상과 욕망의 문제는 필연적으로 주체의 소외 의식을 야기함으로써 자아의 동일성 문제가 소설의 주제 층위의 핵심에 놓이게 됨을 볼 수 있다. 그것이 박태원의 경우에는 '피로'로 이상의 경우에는 '권태'라는 담론으로 압축되고 있다. 또한 전체적으로 30년대 소설에서는 현대성의 특질 중 '일상성'의 개념이 주로 작품에 구현되고 있음을 확인할 수 있었다.

50년대 모더니즘 소설(손창섭과 장용학의 경우)은 전쟁이라는 反현대적인 사회배경 하에서 낙관적 근대의 전망과 합리성을 상실한 가운데 '동일성'이 실존의 차원에서 탐구되고 있었다. 근대에 대한 철저한 회의가 오히려 현대성을 드러내는 모순의 시기라고 볼 수 있다. 이러한 모순은 소설 미학에도 그대로 적용되어 장용학의 경우 종래의 소설문법을 벗어난 파격적인 구성과, 관념적인 문체, 그리고 알레고리를 차용한 진보적 작품 세계를 선보였고, 손창섭의 경우는 인물들을 철저한 소외자로 설정하여 진일보한 내면세계의 탐구를 추구하였다고 할 수 있다. 폐허가 된 일상은 자아와 세계를 대립적으로 인식하게 함으로써 더욱 내면의식에 침잠하게 하는 원인으로 작용하였다. 따라서 일상은 의미 없음으로 무화되거나 부정적 대상으로 자아에 투영됨으로써 탈일상의 전망 부재라는 담론이 반복적으로 제시되고 있다. 이는 일상에 함몰된 허위적 현대성을 비판적으로 성찰하고 있는 것이라 할 수 있다. 이러한 세계관은 동물에 가까운 본능적 욕망에 함몰된 인물들이 그 일상을 가득 채움으로써 일상이 단지 욕망의 충족을 위한 투쟁의 장으로 전락했음을 보여주는 것이다. 따라서 세계란 인간과 합리적 의사 소통이 불가능해지고, 욕망의 주체와 객체들간에는 대립과 굴종만이 지배적 양상으로 드러나는 왜곡된 모습으로 작품에 드러난다. 이러한 일상과 욕망에 대한 성찰은 50년대 소설들이 주체의 '동일성'에 치중하는 동인으로 작용하였다. 손창섭의 경우 문학 자체를 자기 소외에서 온 고통의 발산으로 규정하고, 파편화된 사회와 인간과의 부조리한 관계를 지속적으로 탐구하여 주체의 동일성 문제를 서사의 핵심에 배치하고 있으며, 장용학의 경우 인간을 극한 현실에 던져 놓고 그 충격의 자장을 통해 전쟁의 비극과 인간의 실존을 그리고 있으며 이를 통한 주인공의 내적 성찰을 유도하며 동일성의 문제를 집요하게 탐색하고 있다.

60년대 모더니즘 소설(김승옥과 이청준의 경우)은 주로 '욕망'의 층위에서 현대성의 특질을 드러낸다. 60년대부터 본격적으로 진행된 산업화와 도시화는 진정한 의미의 현대적 일상성이 작품에 구체화되는 계기를 마련했으며, 이로 인한 파편화된 개인의 모습과 주체의 위기 의식에서 비롯된 소외의 양상이 구체화된다. 김승옥의 경우 일상/탈일상을 대립항으로 설정하고 탈일상을 통해 일상의 허위와 개인의 소외를 드러내는 방식으로 새로운 모더니즘 소설의 지평을 열었으며, 이청준의 경우 사물화되어 가는 일상에 대한 주체의 의식적 거부와 현대에 대한 진지한 성찰을 작품 속에 담아 내고자 하였다. 이러한 그들 소설의 출발점은 '부(父)상실 의식'에 근거한 자아 동일성의 탐색이라 할 수 있는데. 그것은 4·19로 표상 되는 잃어버린 자유에 대한 회한이 그 핵심 원인으로 소설의 인물들은 자아와 세계를 융화시키지 못하며 현실에서 늘 부표하며 중심에서 일탈된 모습으로 나타나고 있다. 따라서 그들은 그 대응방식으로 기성세대의 부정적 측면을 일신하는 새로운 자기 세계의 구축을 추구하고 있다. 형식적인 측면에서도 견고한 서사적 구조와 탈일상의 구체적 공간을 소설 속에 전대와는 다른 방식으로 제시하고 있다. 또한 욕망의 원리에 충실함으로써 현대성을 구체적으로 탐색하고 있는데, 그것은 욕망이 자신의 내면에서 나온 것이 아닌 타자를 대상으로 한 욕망이며 그것이 일상에서 권력의 한 형태로 작용하고 있음을 은유적으로 밝히고 있다. 또한 욕망이 결핍을 전제로 가능한 것이라면 60년대 소설들은 그 결핍의 동인을 타자와의 대비에서 찾고있고 이상과 현실의 괴리에서 욕망의 충족이라는 명제 앞에 늘 고민하고 있음을 보여준다. 따라서 60년대 소설들은 '탈주의 욕망'으로 그 의미가 집약된다. 타자의 욕망에서 자유롭고 자신의 진정한 이상이 실현될 수 있는 영역으로 탈주하고자 하는 욕망이야말로 현대성의 핵심이기 때문이다. 이러한 욕망에 대한 인식은 작품 내에서 비록 체념이나 죽음이라는 비극적 결말로 종결되지만 산업화라는 거대한 굴레에 신음하는 현대인의 초상에 대한 솔직한 보고서라는 점에서 그 의의가 있다 하겠다.

　이상의 논의 결과들에서 우리의 모더니즘 소설은 서구의 모더니즘 소설과는 다른 형태로 전개되면서 시대와 환경에 민감하게 조응하고 있었고 무엇보다 모더니즘의 핵심인 현대성을 드러내는데 초점을 두고 있음을 확인할 수 있었다. 또한 다양한 서술 형태와 기법의 탐구를 통하여 우리 소설 문학의 영역을 넓혀 놓고 있으며 각 시대 마다 당대 상황을 총체적으로 구현하기 위하여 고심하고 있음을 살펴볼 수 있었다. 당대를 선도해가며 인간과 인간, 인간과 세계, 그리고 자아의 동일성에 핵심을 둔 모더니즘 소설들은 이제 도식적인 선입견에서 벗어나 그 위상을 새롭게 정립할 수 있으리라 생각된다. 본 연구는 이러한 모더니즘 소설의 문학사적 자리매김의 가능성을 탐색하고자 하였다. 하지만 방대한 계획에 비해 극히 제한적으로 작가와 작품을 분석한 점과 현대성의 특질들을 극히 표피적으로 적용한 한계를 인정하지 않을 수 없다. 부족한 점들은 앞으로 좀 더 깊이 있는 성찰과 폭넓은 자료 참조를 통한 지속적인 연구로 보완하고자 한다.

참 고 문 헌

1. 기본 자료

김승옥,『思想界』1964.10,『思想界』1965.5,『月刊中央』1969.1
　　　『생명연습』, 김승옥 소설전집 1, 문학동네, 1995
박태원,『黎明』(1권 8호) 1933.7,『朝鮮中央日報』1938, 창작집『성탄제』,
　　　북으로 간 작가선집 5권, 을유문화사, 1988.
손창섭,『現代公論』1954,『現代文學』1955.7,『잉여인간』, 한국소설문학
　　　대계 30, 두산동아, 1995.
이　상,『朝光』1939.9,『中央』1936.6
　　　김윤식 편,『이상문학전집 2, 소설』, 문학사상사, 1991
이청준,『思想界』1965.8,『매잡이』, 민음사, 1996
장용학,『現代文學』1955.4,『원형의 전설』, 한국소설문학대계 29, 두산동
　　　아, 1995

2. 학위논문

권성우,『1930년대 한국 모더니즘 소설 연구』, 서울대 대학원 석사학위논
　　　문, 1989
권의섭,『하이데거의 일상성분석의 존재론적 의미에 관한 연구』, 연대 석
　　　사, 1991
김유중,『1930년대 후반기 한국모더니즘 문학의 세계관 연구』, 서울대박

사학위논문, 1994

김정하,『1920년대 소설의 작중인물 연구』, 서강대 대학원 석사학위논문, 1992

김재용,『1930년대 도시소설의 변모양상 연구』, 연세대 대학원 석사학위 논문, 1987

나병철,『1930년대 후반기 도시소설 연구』, 연세대 대학원 박사학위 논문, 1990

남홍술,「1930년대 소설과 모더니즘」,『모더니즘 연구』, 자유세계, 1993

마정희,『이청준 소설의 탐색구조 연구』, 충북대 석사학위논문, 1995.2

명형대,『1930년대 한국모더니즘소설의 공간구조 연구』, 부산대 박사학위 논문, 1991

박숙자,『1930년대 모더니즘 소설 연구』, 서강대 대학원 석사학위 논문, 1996

배개화,「손창섭 소설의 욕망구조 연구」, 서울대 대학원 석사학위 논문, 1995

서준섭,「1930년대 한국 모더니즘 문학 연구」, 서울대 대학원, 1988

_____ ,「모더니즘과 1930년대의 서울」,『한국학보』, 1986. 겨울

오경복,『박태원 소설의 서술기법 연구』, 이화여대 대학원 박사학위 논문, 1993

우찬제,「현대장편소설의 욕망시학적 연구」, 서강대 대학원 박사학위 논문, 1992

유영윤,『박태원과 염상섭 비교연구』, 건국대 대학원 박사학위 논문, 1996

원명수,『한국모더니즘시에 나타난 소외의식과 불안의식 연구』, 중앙대박사학위논문, 1984

이규헌,『1930년대 모더니즘소설에나타난 도시성 연구』, 국민대 석사학위 논문, 1992

이기형,『1930년대 한국 모더니즘 시 연구』, 인하대 박사학위논문, 1994.8

이승준,『김승옥론』, 고려대 대학원 석사학위 논문, 1996.12

이재희,『자아의 동일성에 대한 철학적 분석』, 연대 대학원 석사학위논문

이정란, 『김승옥소설의 서술구조 연구』, 이화여대 대학원 석사학위 논문, 1987

조선숙, 『1950년대 모더니즘 소설 연구』, 이화여대 대학원 석사학위 논문, 1994

조영복, 『1930년대 문학에 나타난 근대성의 담론 연구』, 서울대 대학원 박사, 1996

최상윤, 『한국의 자의식 소설 연구』, 세종대 대학원 박사학위 논문, 1992

최진우, 『1930년대 한국 도시소설의 전개』, 서강대 대학원 석사학위 논문, 1981

최학출, 『1930년대 한국모더니즘시의 근대성과 주체의 욕망체계에 대한 연구』, 서강대 박사학위논문, 1994

최혜실, 『한국 모더니즘 소설 연구』, 민지사, 1992

한만수, 『1930년대 한국 모더니즘 소설의 기법 연구』, 중앙대 석사학위논문, 1993.6

한상규, 『1930년대 모더니즘문학에 나타난 미적자의식에 관한 연구』, 서울대, 1989.

허명숙, 『황순원 소설의 이미지 분석을 통한 동일성연구』, 숭실대박사학위논문, 1996. 12,

황순재, 『한국관념소설 연구』, 부산대 대학원 박사학위논문, 1996.2

3. 국내 논저

강수택, 『일상생활의 패러다임』, 민음사, 1998

강숙아, 「모더니즘 문학의 이해」, 『현대사회와 문학적 상상력』, 거름, 1997

경상대인문학연구소 편, 『현대의 새로운 패러다임과 인문학』, 백의, 1994

권영민, 『한국현대문학사』, 민음사, 1993

______, 『한국현대작가연구』, 문학사상사, 1991

권택영, 『영화와 소설속의 욕망이론』, 민음사, 1995

______, 『소설을 어떻게 볼 것인가』, 동서문학사, 1991

김경용, 『기호학이란 무엇인가』, 민음사, 1994

김성기 편, 『모더니티란 무엇인가』, 민음사, 1995

김영민, 『현상학과 시간』, 까치, 1994

김유동, 『아도르노의 사상』, 문예, 1993

김윤식, 『한국문학의 근대성과 이데올로기 비판』, 서울대 출판부, 1987

김용직, 「모더니즘의 시도와 실패」, 서울대 교양과정부 논문집 6, 1974

_____ 편, 『모더니즘 연구』, 자유세계, 1993

김우종, 『한국 현대 소설의 이해』, 이우출판사, 1976

김욱동, 『모더니즘과 포스트모더니즘』, 현암사, 1992

김춘수, 『한국 현대시 형태론』, 해동문화사, 1958

김치수, 「언어와 현실의 갈등」, 『박경리와 이청준』, 민음사, 1982

나병철 외, 『박태원소설연구』, 깊은 샘, 1995

_____, 『근대성과 근대문학』, 문예출판사, 1995

_____, 『한국 문학의 근대성과 탈근대성』, 문예출판사, 1996

남경태, 『현대철학은 진리를 어떻게 정의하는가』, 두산동아, 1997

도정일, 「무의식과 욕망」, 『문화과학』 3, 1993 봄호

문덕수, 『한국 모더니즘 시 연구』, 시문학사, 1981

문학사와 비평연구회 편, 『1950년대 문학연구』, 예하, 1993

_____ , 『1960년대 문학연구』, 예하, 1992

문흥술, 「1930년대 소설과 모더니즘」, 『모더니즘 연구』, 자유세계, 1993

박정순, 『대중매체의 기호학』, 나남출판, 1995

박인기, 「한국 현대시의 모더니즘 수용 연구」, 서울대 대학원, 1987

박재환, 『일상생활의 사회학』, 한울아카데미, 1994

방민호, 「알레고리적 상상력의 의미」, 『원형의 전설 외』, 동아출판사,
       1995

백낙청 외, 「한국근대사회의 형성과 근대성문제」, 『창작과 비평』 82, 1993
         겨울호

백 철, 『조선 신문학 사조사 현대편』, 백양당, 1949

서영채, 『소설의 운명』, 문학동네, 1996

______ , 「이상소설과 한국문학의 근대성」, 민족문화연구소창립4주년 기념
　　　　발표문, 1994.5.

서준섭, 『한국모더니즘문학연구』, 일지사, 1988

송　욱, 「한국 모더니즘 비판」, 『시학 평전』, 일조각, 1963

송하춘 외, 『1950년대의 소설가들』, 나남, 1994

염무웅, 『한국 근대 문학사론』, 임영택 최원식 편, 한길사, 1982

오문석 외, 『1950년대 남북한 시인 연구』, 한국문학연구회편, 국학자료원,
　　　　1996

오세영, 「한국 모더니즘 시의 전개와 그 특질」, 『20세기 한국시연구』, 새
　　　　문사, 1989

원용진, 『대중문화의 패러다임』, 한나래, 1996

우찬제, 『욕망의 시학』, 문학과 지성사, 1993

______ , 『타자의 목소리』, 문학동네, 1996

이광호, 『환멸의 신화』, 민음사, 1995

이수정, 「믿을 수 없는 일인칭 서술」, 『현대 소설 시점의 시학』, 새문사,
　　　　1996

이선영 외, 『민족문학과 근대성』, 문학과 지성사, 1995

이어령, 『이상소설연구』, 문학사상사

이재선, 『한국 현대 소설사』, 홍성사, 1979

이진경, 『필로시네마 혹은 탈주의 철학에 대한 7편의 영화』, 샛길, 1995

______ , 『근대적 시 · 공간의 탄생』, 푸른숲, 1997

이창배, 「현대 영미 시가 한국의 현대시에 미친 영향」, 동국대 대학원,
　　　　1974.8

이효인 외, 「한국영화의 모더니티, 부정과 비판」, 『현대사상』 2호, 1997

장사선, 『한국 현대 문학사』, 현대문학, 1989

장윤익, 「1930년대 한국 모더니즘 시 연구」, 경북대 대학원, 1969.12

전기철, 『한국전후 문예비평 연구』, 서울, 1994

정한모, 「순수문학과 모더니즘」, 『현대시론』, 보성문화사, 1982

조동민, 「한국적 모더니즘의 계보를 위한 연구」, 『문호』4, 건국대국어국

문학회, 1966

조연현,『한국 현대 문학사』, 성문각, 1969

조영복,『한국모더니즘 문학의 근대성과 일상성』, 다운샘, 1997

차혜영 외,『1960년대 문학연구』, 깊은샘, 1998

천이두,『한국 현대 소설론』, 형설출판사, 1983

최문규,「역사철학적 근대성과 그 이념적 맥락」,『현대사상』2호

최혜실,『한국모더니즘 소설연구』, 민지사, 1992,

＿＿＿,『한국 현대소설의 이론』, 국학자료원, 1994

하정일,「전쟁 세대의 자화상」,『작가연구: 특집 손창섭』1호, 새미, 1996

한계전,「모더니즘 시론의 수용」,『한국 현대 시론 연구』, 일지사, 1983

한용환,『소설학사전』, 고려원, 1992

한상규,「1930년대 문학의 미적 자의식」,『이상문학전집 4』, 문학사상사,
      1995

＿＿＿,「멈추지 않는 자유의 현상학」,『작가세계』14호, 세계사, 1992년
      가을

＿＿＿,「모더니즘과 미적주체」,『문학과 논리』6호, 태학사, 1996

한수영 외,『1950년대 한국문학연구』, 한국문학연구회편, 평민사, 1993

한승옥,『이광수 연구』, 선일문화사, 1984, pp 48

한혜주,『그물코 한국 문학』, 새물, 1995

황도경,「모더니즘과 공간성」,『문학사상』1998년 4월호

황종연,「근대성을 둘러싼 모험」,『창작과 비평』93호, 1996 가을호

4. 국외 논저

Adorno,T.W.,『美學理論』, 홍승용 역, 문학과 지성사, 1989

Anderson, Mark M.,『Kafka's Clothes』, Clarendon Press, 1992.

Bakhtin, Mikhail『장편소설과 민중언어』, 전승회 외 역, 창작과 비평사,
      1991

Barthes, Roland, 정현 역,『神話論』, 현대미학사, 1995

Baurdrillard, J.,『소비의 사회』, 이상률 역, 문예출판사, 1992

Benjamin, Walter,『Charles Baudelaire』, Verso, 1985.

_______________,『벤야민의 문예이론』, 반성완 역, 민음사, 1983

Bergson, Henri,『시간과 자유의지』, 정석해 역, 삼성출판사, 1993

Berman, Marshall,『현대성의 경험』, 윤호병 역, 현대미학사, 1994

Bradbury,M. and Mcfarlane,J. eds.,『Modernism』, Penguin Books, 1976

Braudel, F.,『물질문명과 자본주의 1,2』, 주경철 역, 까치, 1995

Calinescu, Matei,『모더니티의 다섯 얼굴』, 이영욱 외 역, 시각과 언어,
        1993

Deludze, Gilles,『Nietzsche and Philosophy』, The Athlone Press, 1983.

_____________,『니체, 철학의 주사위』, 신범순 역, 인간사랑, 1994

Descombes, V.,『동일자와 타자』, 박성창 역, 1990

Eysteinsson, Astra, 임옥희 역,『모더니즘 문학론』, 현대미학사, 1996

Foucault, Michel,『계몽이란 무엇인가』, 교보문고, 1990

Frye, Northrop,『문학의 구조와 상상력』, 이상우 역, 집문당, 1992

Giddons, Anthony, 권기돈 역,『현대성과 자아정체성』, 새물결, 1997

Habermas, J., 이진우 역,『현대성의 철학적 담론』, 문예출판사, 1994

Hauser, A.,『문학과 예술의 사회사』현대편, 백낙청 역, 창작과 비평사,
        1985

Hawks, T.,『Structualism and Semiotics』, Univ California Press, 1977

Horkheirmer, M.,『계몽의 변증법』, 김유동 외 역, 문예출판사, 1995

Kristeva, Julia,『Desire in Language』, Columbia Univ.Press, 1980.

___________,『사랑의 역사』, 김영 역, 민음사, 1995

Lacan, Jacques, "The Mirror Stageas Formaitive of the Ias Reavealed in
        PsychoanalyticExperience", tr/ed. bySheridan, Ecrits:ASelection,
        Norton, 1977

Lefebvre, Henrie,『Toward a Leftist Cultural Politics : Remarks Occasioned
        by the Centenary of Marx's Death, Marxism and the Interpretation
        of Culture』, Univ.of Illinios Press, 1988.

──────────,『현대세계의 일상성』, 박정자 역, 세계일보사, 1990
Lukacs, Georg,『우리시대의 리얼리즘』, 문학예술연구회 역, 인간사, 1986
Lun, Eugene,『마르크시즘과 모더니즘』, 김병익 역, 문학과 지성사, 1986
Pefanis, Julian,『Heterology and the Postmodem』, Duke UNIV.Press, 1991
Spears, M.K.,『Dionysus And City』, Oxford Univ. mess, 1970.

제 2부 포스트모더니즘 소설 연구

혼재된 시공간과 동일성

— 복거일의 『비명을 찾아서』

1. 서론

삶이란 고정된 것이 아니라 그 밑바닥에서 끊임없이 연계되는 운동성, 시간성, 지속성이다. 이와 같이 시간의식은 시간과 의식의 상동관계에 있을 뿐만 아니라 인간의 삶 그 자체이기도 한 것이다.[1] 이러한 시간의식과 대응될 수 있는 것이 연속성을 지닌 '동일성(同一性) identity'[2]이라는 개념이다. 시간은 변화를 그 속성으로 한다. '십년이면 강산도 변한다'라는 흔한 속담에서 보듯 시간의 변화는 공간과 맞닿아 있고 공간의 변화는 인물의 자의식 변모와도 상관 관계에 있다고 할 수 있다. '시간'으로 표상되는 변화와 '공간'인식, 그리고 '동일

---

1) 김용성, 『한국소설의 시간의식 연구』, 경희대 박사학위 논문, 1984 참조
2) 동일성은 우리말로는 自己正義, 주체성, 자각, 존재증명, 최근에는 自我正體感(또는 同一化, identification)과의 관련으로 同一性이라고도 한다. 아이덴티티라고 하는 말은 라틴어의 identification에서 유래한 것으로 "전적으로 동일한 것이다." "正體" 등의 의미를 지니고 있다. (『아이덴티티론』, 박아청, 교육과학사, 1994, 14쪽)

성'으로 표상되는 변화하지 않는 자아. 노드롭 프라이는 문학의 언어가 본질적으로 자아와 세계와의 동일성의 발견에 기초한다고 주장하였다.[3] 현대의 인간세계는 상상력의 제한을 전적으로 받고 있어 우리의 의식전체가 바깥세계와의 근원적인 동일성 상실감을 갖게 된다는 것이 그의 이론의 중심이다.

이러한 그의 연구는 기호학자인 엘름슬레브 Hjelmslev의 논리와 맞닿아 있다. 그의 연구에 따르면 텍스트는 잠재된 체계 system 가 표출되는 순간에 존재하는 것이다.[4] 체계의 두 유형인 통합적 관계와 계열적 관계는 통시적 동일성과 공시적 동일성과 조응된다고 볼 수 있다. 예를 들어 소설을 구성하는 배경, 인물, 사건들은 계열적 관계를 이루며 자아와 객관세계를 구성하고, 주요 플롯은 시간의 흐름에 따라 자의식의 변모를 가져오는 통합적 관계인 것이다. 두 관계를 축으로 통합된 텍스트가 구성되며 다양한 언어 기호들의 집합을 이루고 있는 것이다.

따라서 본고는 이러한 소설 텍스트에 나타난 통합적 관계를 인물의 시간인식과 작품의 플롯구조와 대비시켜 통시적 동일성을 분석하고,

---

3) Northrop Frye, 『문학의 구조와 상상력』, 이상우 역, 집문당, 1992 참조
4) 소쉬르는 체계를 한 언어가 구성되는 내재적 법칙으로 간주했고, 푸코 Foucault는 관련된 사물과는 무관하게 기호들이 서로 연관되고 변형되는 관계들의 집합을 체계라 일컬었다. 소쉬르의 체계라는 용어는 프라그 학파에서는 구조 structure 로 대체되어 사용되기도 한다. 체계를 이루는 언어 요소들(기호들)은 두가지 상이한 유형의 관계를 맺고 있는데, 통합적 관계 syntagmatique 와 계열적 관계 paradigmatique가 바로 그것이다. 전자는 각 요소(기호)가 선적인 시간축에 일정한 위치를 차지하면서 연속적으로 결합되는 관계로서 단순한 계기 succession 가 아니라 각 언어의 고유한 규칙을 따라야 한다. 이때 각 요소들 사이의 관계는 인접적이다. 반면에 후자는 선택관계라고도 지칭되는데, 말해지는 연속선상의 어떤 점에 '나타날 수 있는' 모든 요소들 중에서 화자(혹은 발신자)의 선택에 따라 문맥에 나타나는 요소와 나타나지 않는 요소 사이에 맺어지는 관계이다.
(신현숙, 「희곡의 구조」, 문학과 지성사, 1992, pp 15~16)

계열적 관계를 작품의 공간과 인물의 자의식과 대비시켜 공시적 동일성을 밝혀 보고자 한다. 또한 이 두 축을 중심으로 인물의 동일성의 변모와 회복을 살펴보아 보다 효율적인 소설 분석에 접근하고자 한다. 이를 도식화하면 다음과 같다.

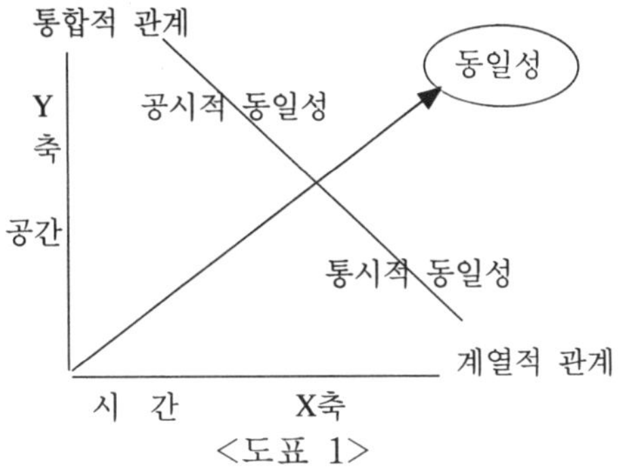

<도표 1>

X 축의 대상들은 시간을 기저로 작품내에서 일정한 계열적 관계를 갖고 인물 혹은 서술자의 통시적 동일성과 연관되어 하나의 체계를 구축한다. Y 축의 대상들은 공간을 중심으로 다양한 배치에 의한 선택적, 통합적 관계를 이루며 인물의 통시적 동일성을 드러내며 역시 하나의 체계를 이룬다. 하지만 이 양자는 전술한 바와 같이 분리된 것이 아니라 '동일성'이라는 통합된 주체를 향해 결속되어 하나의 텍스트를 생성해 내는 것이라 볼 수 있다.

X 축의 통시적 동일성의 정체를 파악하기 위하여 본고는 시간의 변화에 적합한 '探索談'의 모형을 적용하려 한다. 탐색의 대상을 '동일성'으로 상정하고 그 찾아가는 과정에서의 인물의 의식의 변모양상을 시간의식을 통하여 분석하고, 그리고 위 도식에서 Y 축에 해당하는 객관세계와 동일성의 관계양상을 공간이론을 통하여 분석할 것이

다. 그리고 최종적으로 통합된 동일성의 '진실'은 과연 무엇인가를 밝혀 보겠다. 또한 탐색의 과정을 인물의 욕망과 연계시켜 탐색의 지향점을 살펴보고자 한다. 분석 대상 작품으로는 우리 포스트 모더니즘 소설의 효시인 복거일의 『비명을 찾아서』을 선정하였다.5) 먼저 크게 12장으로 분절된 작품의 형식구조를 정리하고 다시 의미구조로 요약한 뒤 시간의식을 추출하고, 각 장마다의 시간과 연계된 공간의 의미를 파악한 뒤 탐색의 대상을 분석하겠다. 그리고 두 축에서 만나는 동일성의 의미와 양상을 밝혀낸 뒤 탐색의 구조를 욕망과 연관지어 살펴봄으로써 작품이 드러내고자 하는 핵심 의미망을 밝히고자 한다.

2. 시간과 동일성

1) 시간 구조의 체계

구체적 서사물인 소설을 둘러싸고 있는 시간층은 크게 소설 내적시간과 소설 외적시간으로 나눌 수 있다. 소설 내적시간은 소설 자체를

---

5) 『비명을 찾아서』는 '대체 역사 alternative history 소설'이라는 새로운 장르를 우리에게 제시했던 작품이다. 1986년 현재 조선은 독립되지 못하고 일본의 식민지로 전락하여 역사, 말, 풍속 등 모든 것을 잃은 채로 암울한 나날을 보내고 있다는 가정하에서 '히데요'라는 인물이 잊혀진 역사를 추적하여 마침내 조선의 실체를 확인하고 상해 임시정부로 떠난다는 내용으로 구성된 이 소설은 철저한 시간의식에 의한 소설이라 할 수 있다. 역사를 역으로 가정해본다는 것 역시 시간의 흐름을 의식한 행위이고, 작품의 서사 구조도 '1월 ~ 12월' 이라는 시간의 분절로 구성되어 있다는 점에서 철저히 작가의 시간의식에 의한 저작임을 확인할 수 있다. 또한 무자각적으로 내지인을 선망하고 자신이 반도인임을 탄식하는 주인공이 조선의 실체를 인식하고 자신의 뿌리를 찾아서 시련을 겪다가 마침내 자신의 진정한 길을 발견하고 떠나는 모습은 탐색담의 구조를 띤 동일성 찾기의 과정임을 볼 수 있다. 곧 확대된 의미의 성장소설이라 할 수 있는 것이다.

하나의 자율적 구조로 볼 때 가능한 것으로 다시 '스토리의 시간 story time', '서술의 시간 writting time', '독서의 시간reading time'으로 나눌 수 있다. 스토리의 시간은 이야기된 시간으로 연대기적 시간을 의미하며 과거, 현재가 있으며 미래는 존재하지 않는다.6)『비명을 찾아서』의 경우 1월부터 12월까지 정확히 1년의 스토리의 시간을 갖고 있다. 서술의 시간은 이야기되는 시간으로 대부분 현재를 기준으로 하여 서술을 시작하는 시간을 주축으로 하여 과거와 미래가 있을 수 있다. 이 작품은 전술한 바와 같이 대체역사소설이다. 역사의 흐름을 역으로 돌리는 이 기법은 일종의 진공상태의 시간을 양태적으로 표현한다. 소설의 시간구조를 허구의 시간으로 보았을 때 또 하나의 허구의 시간이 중첩되어 있는 형태인 것이다. 즉 역사를 역으로 돌림으로써 시간체계 또한 역으로 반전되면서 형태상 선형구조를 취하고 있는 것이다.

따라서 이 소설은 '역逆 시간reverxe time'에서 출발된 제1 허구의 시간에서 출발하여 순차적으로 흘러가는 '서사의 시간', 즉 제2 허구의 시간을 갖고 있다. 또한 구조상 소설 내에는 '도우꾜우 61년의 겨울'이라는 액자소설이 삽입되어 있다. 이것은 소설 내에서는 가정이지만 실제로는 현실 역사와 상응한다. 시간적으로도 실제 역사적 시간 곧 '현실의 시간'과 일치하는 것이다. 하지만 소설 내의 소설 속의 시간이므로 '액자서사의 시간'은 제 3허구의 시간이라 설정할 수 있다. 곧 『비명을 찾아서』의 시간 체계는 구조상 <역시간, 서사의 시간, 액자서사의 시간> 현실의 시간 등 4개의 층위를 형성하고 있다.

---

6) 강숙아, 『한국 현대소설의 시간기법 연구』, 중앙대학교 대학원 박사학위 논문

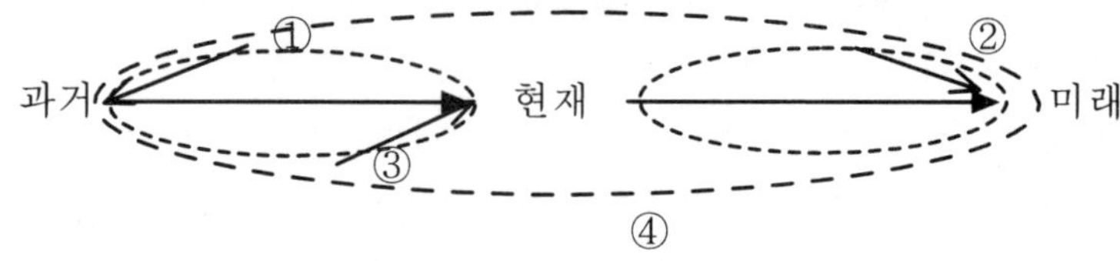

① 역시간 (제1 허구의 시간, 反역사의 시간)
② 서사의 시간 (제2 허구의 시간)
③ 액자 서사의 시간 (제3 허구의 시간)
④ 현실의 시간 (실제 시간, 역사적 시간)
<도표 2>

‘④현실의 시간’에서 이토오 히로부미가 죽던 명치 42년은 ‘①역시
간의 회귀 지점’이고 ‘③액자서사의 시간’의 출발점이다. 이 출발점을
축으로 ‘②서사의 시간’은 전개된다. 역사적 시간과 허구의 시간이 대
치되고, 액자서사의 시간이 실제 현실 시간과 중첩되며 서사의 시간
은 진행되는 것이다. 상당히 복잡한 시간구조를 가지고 있지만 실상
이 소설은 시간의 측면에 있어서 거의 연대기적 시간구성을 취하고
있어 여타 다른 시간적으로 난해한 소설과는 달리 평이하게 읽힌다.

그럼에도 불구하고 역 시간, 서사의 시간, 액자서사의 시간, 현실의
시간 등의 4중체계로 구성된 시간구성은 작품과 전개되는 시간자체가
부수적 요소가 아닌 핵심적 요소를 차지함을 보여준다. 이러한 시간
적 구성은 독자의 호기심을 서두부터 자극하여 신선함을 주고 동시에
소설 읽기의 효과를 배가시킨다. SF소설이 주로 먼 미래의 시간을 다
루어 소설적 흥미를 주는 것에 반하여 『비명을 찾아서』는 이미 알고
있는 과거를 전혀 새로운 과거로 제시해 준다. 하지만 여타의 혼란한
시간 구성의 소설들과는 달리 시간구조상 일관성을 유지하며 전혀 다
른 공간의 시간성을 제시하고 있는 것이다.

또한 이 소설은 의도적으로 전체 구성을 장의 형식으로 1월부터 12월까지로 묶어 놓음으로써 자연의 생성과 소멸을 의미하는 순환적 시간구성을 취하고 있다. '봄 - 여름 - 가을 - 겨울' 로 이어지는 四季는 원형적 신화의 구조로 자아의 동일성을 탐색해 가는데 가장 적합한 구조라 할 수 있다.

형식상 『비명을 찾아서』는 12장 108절로 구성되어 있지만 내용상 의미단락을 묶으면 108절은 42절로 압축할 수 있다.

원형	달	사 건	공 간
봄	1월	1) 서른 아홉살이 된 자신의 과거, 현재, 미래르 생각함 -신정연휴 기간 동안 신사참배, 다다오선생 댁 방문, 다나까 부장집에서의 기획부 모임 2) 새해 첫 출근, 비서인 도끼에에 대한 연정, 앤더슨과 합작투자 업무 시작 3) 비밀 소설 「도우꾜우, 쇼우와 61년의 겨울」을 읽어보고 독립에 대한 자각을 함 4) 자신의 첫 시집 『산사에서』 교정을 봄	집 사무실 다나까 부장집
	2월	5) 에세이집 「독사수필」에서 '동학란'을 보고 지워진 역사를 처음 인식함 6) 시집출간과 '토니아'와의 첫사랑 회상 7) 승진 탈락의 충격에서 조선인의 신분 자각 8) 조선인들을 안아야할 새로운 시각으로 인식함 9) 청주 큰 아버지댁 방문 - 창씨개명의 역사를 듣고 자신의 이름이 '박규진'임을 앎 - 조선의 실체를 느낌 10) 헌책방에서 『조선 고시가선』 발견	집 집 큰아버지집 헌책방
	3월	11) 『조선 고시가선』에서 고조선의 실체와 합병년도를 확인함 12) 조선어를 배우기로 함 14) 조선역사에 관한 책을 찾다가 「韓佛사전」을 우연히 복사함 15) 사전을 통해 한글의 창제 원리를 깨달음	집 경성제대

여름	4월	16) 도끼에에게 연서를 주려다 끝내 못줌 17) 임시정부의 실체 확인 18) 게이조우에서의 '올림픽유치' 확정 19) 브리태니커 사전에서 '조선'과 'korea'를 찾아 확인함	車안 집 경성제대
	5월	20) 동경제대의 데모와 정권교체	회사
	6월	21) 도끼에의 사랑을 확인함 22) 장모의 죽음과 장례식 23) 한 절에서 소공스님께 조선어 낭독을 청탁함 - 한용운의 「님의 침묵」을 전해 받음 24) 소공스님의 입적과 도끼에와의 마지막 만남	스카이라운지 원산 절
가을	7월	25) 내지로 떠남과 아내에의 연민을 느낌 26) 일본에 도착 - 메이지대학 도서관에서 조선 관련책자를 찾음 27) 육군의 쿠데타 소식을 들음	기차역 도서관 하숙집
	8월	28) 자신의 미래에 대한 어두운 징조 느낌 29) 자신의 시조인 '박혁거세'의 신화를 읽음	하숙집 하숙집
	9월	30) 합작투자 허가서가 나옴	일본지사 사무실
겨울	10월	31) 조선으로 돌아옴 - 세관에서 짐수색에 걸림 (불온서적 소지) 32) 고문과 취조 - 갱생교육을 받게됨	감옥
	11월	33) 감옥안에서의 상념과 이광수를 불행한 프로메테우스로 생각함 34) 사상교육을 받고 보호관찰 2년형으로 석방됨 35) 집으로 돌아옴 - 자진사표 권유 받음 36) 도우조우의 카페에서 잃어버린 날들에 대한 그리움을 느낌 37) 원산의 절로 여행 - 자신의 길을 깨달음	감옥 집 카페 절
	12월	38) 여행에서 돌아옴 - 아내의 부정 목격 39) 조선인 빈민촌에서 보살을 발견함과 백과사전에 있는 '애란'의 역사에서 독립을 확신함 40) 회사에 다시 복직함 41) 아내의 생일날- 자신을 미끼로 아내의 부정을 강요한 아오끼 소좌 살해 42) 임시정부를 찾아 상해로 떠남	집 빈민촌 회사 집

위 도표에서 四季는 노드롭 프라이의 '사계의 원형'에 의한 개념이다. 사계의 원형 논리는 문학 자체가 통일적이고 총제적이라는 가정 하에 계절의 순환의 국면에 그에 상응하는 문학적 유형을 논의한 것이다. 즉 속성상 봄은 '로맨스(romance)', 여름은 '희극(comedy)', 가을은 비극(tragedy)', 겨울은 '풍자(satire)'의 원형에 속한다고 본 것이다. 프라이의 비평논리는 문학 전반에 걸친 폭넓은 개념으로『비명을 찾아서』의 잠재된 소설 구성 체계system와도 일치한다는 생각에서 원용하였다. 이 소설의 핵심 서사는 지워져 버린 조선의 실체를 찾아가는 과정이라 볼 수 있다. 원형으로 분류한 계절별로 서사 전개과정의 의미를 살펴보자.

2) 시간과 동일성의 담론

① 봄 - 자아의 발아

서사 시점의 시작은 주인물인 '히데요'가 새해 첫날에 자신의 나이를 되돌아 보는 것으로 시작된다. '일월'이라는 章과 1월 1일의 '서술의 시간'은 작품의 연대기적 시간의 출발이다. 새해의 첫날은 시간상으로 지나간 일보다는 앞으로의 전망에 흥분되어있을 때이다. 하지만 서른 아홉이라는 나이는 화자를 가라앉게 한다. 청년 시절의 끝과 불혹의 중년으로의 길목. 천천히 자신이 길과 현재의 대차대조표를 작성해본다. 군대를 그만두고 회사에 입사한 뒤, 결혼과 아파트 장만, 20 여년에 걸쳐 쓴 150여편의 시. 그리고 도끼에의 연정·실상 화자의 나이인식은 도끼에의 사랑을 느끼면서 시작된 것이었다. 서른 아홉의 9라는 수자의 미완결성은 화자 스스로 흐른 세월을 되돌이켜 보는 촉매제의 역할을 하고 있다. 1절은 '거실의 벽시계가 다섯시 오십분을 가리키고 있었다. "마침내 쇼우와 육십이년이 시작되었구나."'

로 끝을 맺는다. 1986년을 쇼우와 62년으로 편하게 인식하는 태도는 조선의 주체성은 말살된지 오래임을 단적으로 증명해준다. 시간의 인식마저 일본적이라면 자아의 주체는 송두리째 일본에 잠식당하고 만 것이다.

이러한 자아가 주체성을 찾아 서서히 발아하는 것은 내지인과 조선인의 불평등적 신분관계이다. 하지만 본격적으로 조국과 자신에 관한 인식이 싹트는 것은 청주 큰아버지 댁을 방문한 후이다. 그곳에서 히데요는 큰아버지로부터 창씨개명이라는 역사적 사실을 듣고 처음으로 자신의 이름이 '박규진'임을 안다. 또한 신라와 시조인 박혁거세의 이야기를 들은 후 왠지 모를 감격에 싸인다.

> 문득 짙은 안개 너머로 시야를 막는 커다란 산봉우리처럼 거무스레한 것이 나타났다. 이천 년 전에 이 땅에 있었다는 신라라는 나라, 그 나라의 임금이었다는 박혁거세라는 사람, 그 사람에게서 나왔다는 박씨들, 그 세계(世系)를 적은 족보, 그리고 사노 히사이찌 교수에 따르면 일본에는 없었다는 민중 반란인 '동학란(東學亂)' – 무지와 왜곡이 짙은 안개 너머로 마침내 모습을 드러내기 시작한 조선이라는 커다란 산봉우리는 말할 수 없는 놀라움과 두려움과 서글픔과 반가움으로 그의 가슴을 가득 채웠다. (상권 161~162쪽)

자신의 이름을 올바르게 알았다는 것은 자아 인식의 출발점이라 할 수 있다. 이름을 하나의 기호로 인식한다면 기표와 기의가 아무리 자의성을 갖고 있다고 해도 사물의 본질과 조응하는 기표가 있는 것처럼 '기노시다 히데요'라는 거짓 기표가 '박규진'으로 대체됨으로써 비로소 자아는 제자리를 찾은 셈이 된다. 이는 봄 원형의 특성인 '탄생'에 해당한다. 인간은 누구나 자신의 이름에 아이덴티티가 내재되어있음을 인식하고 있다. 자기 이름이 어떻게 불리워지는가에 따라 그 인간의 역할 또는 존재의미가 달라짐은 두말할 나위가 없다. 예를 들면

한자사용의 문화권에 사는 동양인들이 그 한자 생명의 발음에 따라 그 사람의 아이덴티티에 영향을 주는 것임은 이미 재일동포 성명호칭 재판사건과 같은 데에서도 볼 수 있듯이 부르는 타인은 아무런 관계 없는 일이며 하찮은 일인지 모르나 그 본인에 있어서는 그 全存在가 걸려있는 중요한 것이 될 수 있다.

따라서 자신의 본명을 알게된 것은 시간 단계 상 봄 부분의 가장 핵심적 서사부분이 됨을 알 수 있다. 또한 자신의 시조 '박혁거세'를 알게된 것은 아버지가 주인공이라는 프라이의 논리와도 부합된다. 이러한 자아 인식의 출발은 우연히 고서점에서 구입한 『朝鮮古詩歌選』에서 조선이라는 조국의 실체를 확인하게 됨으로써 본격적으로 시작되게 된다. 시집의 서문에 써있는 조선 시가문학의 기원을 고조선의 『공후인』이라는 사실과 조선의 문화적 전통을 보존하기 위해서라는 발간 이유를 보고 나는 다시 한 번 생각한다. '그 전에는 조선이 조선이었구나'라는 각성을 통해 화자의 동일성과 국가의식은 궤를 같이하는 것을 볼 수 있다. 국가와 민족의식의 발아와 나의 동일성의 태동. 충격에 서가에 꽂인 책을 내리치면서 신음처럼 덧붙인다. "에릭 블레어의 『1984년』의 한 구절이 떠올랐다 −'과거를 통제하는 자가 미래를 통제한다. 현재를 통제하는 자가 과거를 통제한다. 그리고 현재는 내지인들이 통제한다." 과거−현재−미래를 선형적 구조가 아닌 과거가 미래를 간섭할 수도 그리고 현재가 과거를 지배할 수도 있다는 순환적 구조로 인식함은 작품 전체의 시간 인식과 맞닿아 있다. 그리고 시간인식을 통해 화자의 자아 인식 곧 동일성이 발아함은 주목할 만하다. 곧 봄에 해당하는 1,2장은 의미상 다양한 소설적 장치를 통하여 작중 화자가 자신의 실체를 인식하기 시작하는 태동기의 역할을 수행하고 있는 시간적 구성단계임을 볼 수 있다.

② 여름 - 자아의 인식

　'여름'에 해당하는 4월, 5월, 6월의 장을 원형적 의미인 '절정' 혹은 승리로 파악할 때 부각되는 사건은 도끼에와의 사랑과 조선의 실체 확인이다. 먼저 도끼에와의 사랑을 살펴보자. 도끼에의 회사의 아랫사람으로 자신의 비서이다. 이년이 넘게 근무해오면서 서로의 사랑을 느끼지만 조선인과 내지인이라는 신분적 차이와 유부남과 미혼의 처녀라는 제약 때문에 쉽게 서로의 진실한 마음을 드러내 보이지 못한다. 더구나 합작 투자의 교섭이 시작되면서 미국의 실무자인 앤더슨이 도끼에에게 관심을 보이자 화자는 질투와 동시에 체념을 결심한다. 이루어지지 못할 사랑, 사랑의 완성보다는 사랑의 확인에 더 집착했던 히데요는 몇차례 연시를 전하려 하다 실패하고 상처를 주지 않은 채 그녀를 보내기로 한다. 비오는 어느 날 함께 스카이 라운지에서 저녁을 먹고 비를 맞으며 산책을 하다가 도끼에는 앤더슨과의 결혼 사실을 알린다. 히데요는 충격을 받지만 예상하고 있던 터라 그녀를 위해 축복을 빌어주기로 마음 먹는다. 비록 합일의 경지에 이르지 못했지만 화자는 그녀 역시 자신을 사랑하고 있었다는 사실에 감격한다. 하지만 그녀가 사랑했다고 인식되는 것은 박규진이 아닌 기노시다 히데요라고 느낀다. 또한 조선에서 태어난 것이 그녀와의 관계에서 가장 결점이라고 생각하는 것은 아직 자신의 자아 동일성을 획득하기에는 요원한 것처럼 보인다. 이 부분에 이르러 화자의 자아는 이중적으로 대립됨을 볼 수 있다. 히데요로서의 자아와 박규진으로서의 자아. 아직은 히데요로서의 자아가 일상을 지배한다는 점에서 그리고 아직도 조선인이 아닌 내지인으로서의 자신을 선망한다는 사실에서 히데요로서의 자아가 우위를 점하고 있음을 볼 수 있다. 하지만 히데요로서의 자아는 서서히 소멸단계이고 박규진으로서의 자아가 생성단계라는 차이점을 지적할 수 있다. 도끼에와의 마지막 만남을 끝으로 화자는 조선의 실체 찾지 혹은 조선인으로서의 자신의 동일성 찾기에 박차를 가하기 시작한다.

　도끼에와의 이별 이후 조선어에 대한 사랑은 더욱 중요한 요소를 차지하게 된다. 그리고 화자는 그 만남을 숙명적으로 예감한다. 지는 해가 아닌 뜨는 해를 바라보기 위해. 조선이라는 실체는 전혀 다른 공간의 일로 인식해왔기에 감지하지 못했었다. 아니 그런 역사적 사실이 있다는 것조차 불온한 것이었다. 하지만 조선이라는 새로운 실체에 발을 들여 놓기 시작하자 의외로 자신이 무심코 지나쳤던 여러 부분에서 그 단초를 찾을 수 있었다. 앤더슨이 우연히 준 시사잡지 「뉴스월드」에서는 인도지나의 독립 운동을 기사화하면서 조선을 식민지로 등재하고 있었고, 이와 관련지어 '어느 망명정부의 황혼'이라는 표제 하에 상해 임시 정부를 소개하고 있었다. 비로소 조선이 과거에 묻힌 역사적 산물이 아닌 아직도 진행중인 현재의 실체로 자리잡고 있음은 화자에게 또 하나의 감격을 선사한다.

　　　그는 눈을 감았다. 문득 선연히 떠올랐다 – 복잡한 국제 도시의 지저분한 뒷골목, 그곳의 낡은 이층 건물, 그 창밖에 내걸린 땟국 흐르는 깃발, 그 깃발 위에 걸린 황혼. 그것은 그 기사를 쓴 사람의 말대로 슬픈 풍경이었다. 그러나 그의 가슴을 채운 감정은 슬픔이 아니었다. 울고 싶도록, 소리내어 울고 싶도록, 그의 가슴을 저릿하게 움켜쥔 감정은 반가움과 고마움이었다. '아직 남아 있었구나. 조선 정부가. 떳떳하게 깃발을 내건 조선인들의 정부가, 칠십 년이나 된 정부가……'(상권, 252쪽)

　조선정부의 실체 확인과 더불어 모교 경성제대 도서관에서 찾아낸 『브리태니커 백과사전』(1923년판)은 보다 명확하게 조선의 실존을 증명하고 있었다. 위치와 면적, '조용한 아침의 땅'이라는 국명의 소개,

이씨 왕조의 역사, 인종, 언어 등을 상세히 나열한 항목을 통해 화자는 이제는 의심의 여지 없이 조선의 실체를 인정하며 박규진과 히데요라는 이중적 자아에서 벗어나고자 한다. 하지만 문제는 왜곡된 역사가 진실로 인정된 지금의 현실이다. 자신이 진실을 끝까지 밝혀낸다고 해도 세상은 변하지 않는다. 철옹성처럼 왜곡의 문을 더 굳게 닫을 뿐이다.

이어지는 주체의 진실의 실체에 관한 회의는 곧 자신의 탐색의 대상에 대한 회의와도 통한다. 어렵사리 찾아낸다 하더라도 그것의 가치에 대한 의문인 것이다. 진실이란 바라보는 시선의 방향에 의해서 그 의미가 변할 수 있다. 자신이 아무리 진실이라고 목놓아 외쳐도 그것을 광인의 절규로 바라본다면 탐색의 과정은 무의미해질 수 있기 때문이다. 또한 섣부른 금지된 것에 대한 탐색은 결코 적지 않은 나이에 이루어 놓은 모든 것을 송두리째 무너뜨릴 수 있기 때문이다. 하지만 진실은 모든 것을 파멸시키고도 쾌감을 느낄만한 매력적인 대상이다. 다만 화자의 주저함은 그것이 받아들여질 현실 때문이다. 화자는 단호히 그 길을 찾기로 결심하기로 서사는 진행된다. 그것의 결정적인 계기는 그토록 애타게 듣고 싶어하던 자신이 어렵게 해독한 「조선 고시가선」의 낭송을 청탁한 후이다. 장모의 장례식으로 간 원산의 한 절에서 화자는 한 스님에게 간청해 서산대사의 시의 낭송을 부탁한 후 스님에게서 「님의 침묵」의 원본이 담긴 '초암스님'의 의발을 전해 받게 된다. 화자는 그를 곧 스승으로 모시고 돌아온다. 얼마 후 마음의 스승으로 섬긴 스님, 소공스님이 입적했다는 기사를 신문으로 읽고 '님의 침묵'을 천천히 낭송해본다. 그리고 자신의 진실에 대한 탐색이 결코 외로운 길이 아닌 역사적 소명을 띤 길임을 깨닫게 된다.

'여름'에 해당하는 부분은 결국 사랑의 확인과 합작투자의 계약, 조

선의 실체 확인, 님의 침묵의 전수에 따른 획득의 시간이며 그리고
역사적 소명의식의 발견에 따른 자아 동일성 획득의 중간 단계인 자
아 발견의 과정임을 볼 수 있다.

③ 가을 – 자아의 위기

가을에 해당하는 7월, 8월, 9월은 이 소설의 구성상 가장 작은 분량
을 차지하고 있다. 또한 공간은 조선이 아닌 출장지인 내지 곧 일본
본토이다. 봄, 여름과는 달리 화자의 탐색과정에 관한 개인적 구성보
다는 육군의 쿠데타와 같은 혼란한 사회정세를 많이 서술하고 있다.
어렵사리 합작 투자 허가서를 받게 되고, 아내와의 이별을 통해 사랑
없던 아내와의 새로운 정을 느끼게 되고, 대학도서관에서 입수한 여
러가지 조선에 관한 문헌을 읽어보는 일들이 서사의 중심을 차지한
다. 그 중 중요하게 지적할 수 있는 것은 자신의 미래에 관한 어두운
징조를 어렴풋이 느끼게 되는 것이다.

> 다른 것은 그가 바라보는 미래의 지평 위에 검은 구름이 드리웠
> 다는 것이었다. 그 검은 구름이 무엇인지는 아직 확실히 알 수 없
> 었다. 그러나 그는 자신이 모범적 황국 신민으로서 무난한 만년을
> 맞이할 것 같지는 않았다. 조선이라는 나라를 없애버리고 대신 그
> 자리에선 일본 제국이라는 거대한 조직이 그가 가야 할 길을 막고
> 있었다. 굳이 자신의 길을 가야 되겠다고 그가 고집한다면, 그와 그
> 거대한 장애물은 부딪칠 것이었고, 그 결과는 뻔했다.(중략) 만해 스
> 님의 저작이 든 나무상자를 밀어놓고 돌아앉아서 정구업진언(淨口
> 業眞言)을 외우던 소공(小空) 스님의 모습이 떠올랐다. '그리고 그것
> 은 이미 내 한 몸의 문제가 아니다. 난 만해 스님의 의발(衣鉢)을
> 받은 몸이다. 지키고 전해야 할 것이 있는 몸이다.' 촛불이 깜박거
> 렸다. 다시 빗소리가 귀에 들려왔다. '이젠 갈 데까지 가보는 수밖
> 엔 없다…… 이런 것이 운명이라는 것인가?'(하권, 128~129쪽)

운명에 대한 예감. 우연히 헌 책방에서 발견한 한 권의 책으로 시작된 그의 운명은 이제 돌이킬 수 없는 곳으로 나아간다. 이는 전락 (fall)의 예비 징조이며 곧 다가올 겨울의 암울함의 단초를 제공한다. 가을이라는 시간은 자아의 위기 단계로 이중적 자아의 죽음과 재생의 의미망을 포괄한 겨울 단계의 예비 단계에 해당한다고 볼 수 있다.

④ 겨울 – 자아의 재생과 주체성의 획득

합작투가 허가서를 성공적으로 받아내고, 조선에 관한 자료를 많이 찾아낸 히데요는 귀국하던 중 공항에서 불온문서 소지죄로 체포된다. 경무국으로 연행된 그는 국가보안법과 치안유지법이라는 혐의를 받고 모진 고문과 취조를 받게 된다. 소설 구성상 가장 시련의 단계에 접어든다. 조작된 역사를 부인하며 옳은 역사를 찾기 위한 그의 노력은 커다란 벽에 부딪힌다. 검찰은 가택수색에 들어가고 감옥의 독방 안에서 소공 스님에게 전해 받은 만해 스님의 글 중 「조선 독립의 書」를 떠올리며 그때의 감격을 되새겨 본다. 그리고는 쉽게 포기하지 않고 어떻게든 상황에 대처하여 훗날을 기약하기로 한다.

간혀 있는 상황에서 그에게 희망을 준 것은 '어떻게 해야 한도우징이 아닌 조선인이 될 수 있을까'라는 간절한 바램이었다. 똑같은 나라, 똑같은 민족이지만 조선인과 한도우징을 엄청난 괴리가 있다. 조선인은 변화하는 시간 속에서 변하지 않는 실체 곧 동일성을 지닌 모습이지만 한도우징(半島人)은 전혀 다른 자아인 것이다. 그는 조선인이 되기 위해 의도적으로 반도인인 체하며 검사의 말에 순종하고 반성문을 애써 작성한다. 다행히 그의 노력이 받아들여져 그는 갱생교육을 받게 된다. 갱생교육 담당 선생은 하꾸야마라는 같은 사상범 출신의 갱생 지식인이었다. 그와 지적 논쟁을 벌리며 동화되는 척 하던 도중 하꾸야마는 불쑥 가야마 선생, 즉 이광수의 이야기를 꺼낸다. 자신이 변절자란 낙인에 수긍하기보다는 역사적 사실을 위한 행위임을 역설했던 이광수. 그 불행한 선지자는 역사가 옳음을 입증해 주었다고 했다. 현실의 시간에서 역사적 사실인 이광수의 에피소드는 가상의 시간에서 찬란하게 윤색되었다. 작가가 의도적으로 삽입한 이 부분은 조선인을 변절한 두개의 자아 중에서 동일성을 가진 자아를 내버린 이광수와 대비하여 한도우징이라는 사실을 버렸지만 조선인이라는 새로운 자아로 탄행하려는 화자를 암시한 부분이라 할 수 있다. 하지만 자신이 애써 찾고 있는 조국의 실체는 탄식만을 자아내게 한다.

그에게 조국은 3가지의 층위를 갖고 있다. 자신이 태어나서 지금까지 진실로 믿고 자란 일본이라는 조국, 내선일체에 완전히 동화된 속국인 조국, 이미 역사에서 지워진 조선왕국의 조국. 모두가 부인할 수 없는 자신의 자아에 뿌리 깊이 박혀 있는 조국들인 것이다. 하꾸야마는 자신의 전력을 내세우며 내선일체의 가능성을 역설하지만 그는 본능적으로 거절한다. '참신한 시각과 발전된 방법론으로 조선 문단에 활력을 불어넣은 젊은 비평가'라는 평을 받던 하꾸야마는 이광수의 작품 「초의 태자」가 16세기 몽고 항해 왕조의 마지막 왕조가 아닌 조선 신라 왕조를 마지막 왕자라는 사실을 발견하고 좌절하여 끝내 사상범이 되어 자신의 이상을 포기한 사실을 참담하게 고백한다. 그러면서 그의 저항이 무의미한 것임을 되새겨 준다. 그럼에도 불구하고 나는 절망하지 않는다.

하지만 이미 자신은 역사속의 나그네인 것이다. 이전의 자신과는 전혀 다른 시간과 공간속에서 자아는 머물고 있는 것이다. 확고한 신념으로 마침내 위기를 넘기고 이년간 보호관찰이라는 기소 유예로 풀려나 예전의 일상으로 돌아왔지만 그는 그 시간으로 돌아갈 수 없었다. 맹목적으로 일하고 사랑하고 시를 쓰던 그 시간들. 두어달의 감옥 생활에서 신념은 더더욱 확고해졌지만 그 신념을 추진할 힘은 사라졌다. 다시 집에 돌아온 후 회사 사퇴의 권유를 수락하고 그는 무작정 여행을 떠난다. 모든 것을 정리하기 위한 그 여행에서 원산의 소공스님의 절을 다시 한 번 방문하여 스승의 의중을 다시 한 번 헤아린다. 그리고 깨닫는다. 중요한 것은 판단의 문제가 아닌 용기와 힘의 문제임을. 우연히 들른 조선인 빈민촌에서 동화될 수 없는 조선인의 숙명을 확인하고 돌아오는 길에 그는 보살을 목격하게 된다. 자신의 길을 가라는 계시로서.

소설의 마지막 장인 '12월'은 겨울의 원형적 이미지인 '죽음'의 의미가 강하게 표출되는 장이다. 여행에서 돌아온 그는 집에 우연히 아내 세쯔꼬와 헌병 소좌 아오끼의 불륜을 목격한다. 자신의 출감을 미끼로 아내를 농락한 아오끼의 만행에서 그는 억누를 수 없는 분노를 느끼지만 애써 묵인한다. 다시 예전의 일상으로 복귀하기 위해. 사직서를 제출하러간 회사에서 뜻밖에 복직을 권유받고 회사에 다시 출근하여 열심히 일을 하기로 마음 먹는다. 하지만 세쯔꼬의 생일날 벌어진 술 취한 아오끼의 만행에 격분하여 그는 아오끼를 살해하고 만다. 더 이상 예전의 자신으로 돌아갈 수 없는 상황에 부딪히고 만 것이다. 하지만 이 일은 비로소 자신의 길을 떠나기 위한 계기가 된다.

> 문득 한 생각이 떠올라서, 그는 손에 든 물잔을 꽉 쥐었다. '그렇지 꼭 조선 땅에 머물 까닭이야 없지. 이왕 도망치는 것이라면, 넓은 만주도 있고, 더 넓은 지나 대륙도 있고. 그리고 상해가 있지.' 가슴을 가득 채운 검은 안개가 문득 갈라지면서, 밝은 햇살 한 줄기 사람들이 세운 망명 정부가 있는 곳, 조선 사람들이 조선말을 하고 조선 글을 쓰는 곳, 조선 사람들이 조선 사람 노릇을 하는 곳, 그곳으로 가자. 가서 조선 사람이 되자. 기노시다 히데요(木下英世)는 이 땅에 벗어놓고, 그 자유로운 땅에 가서 박영세(朴英世)가 되

　　자. ' 가슴이 벅차올라, 그는 거실을 서성거리기 시작했다. '가자. 그
　　곳에 가서 시를 쓰자. 조선 글로 쓰자. 녹슨 조선 글을 달구어 땀흘
　　려 버리는 대장장이가 되자.(하권, 313쪽)

　　비로소 자아의 탐색 과정은 완성단계에 다다른다. 기노시다 히데요
라는 자아는 사상범과 살인범이 되어 처참하게 사멸(死滅)하였지만
박영세로서의 자아는 미지의 공간에서 새롭게 태어나게 되는 것이다.
비록 자신의 과거와 민족의 과거는 바꾸어 놓을 수 없지만 올바른 자
아로 태어날 수 있는 미래에 대한 기대감은 역사마저 고쳐 쓸 수 있
다는 확신을 갖게 한다.

　　그는 길을 떠난다. 그 길은 지금까지와 방황과 수치와 열등감의 길
이 아닌 당당한 완성된 자아로 딛고 서있을 수 있는 길이다. 비록 길
의 종착점은 서술되지 않았지만 떠난다는 사실은 새로운 자아로 입성
하는 의미를 유추하게 한다. 결국 겨울의 의미는 사멸이 아닌 내일의
희망을 기약하는 새로운 생성으로서의 의미를 표출하고 있는 것이다.

　　밤이 아닌 새벽이라는 시간적 설정, 길을 비추어주는 북극성은 새
로운 삶의 희망을 상징적으로 표현하는 대상물들이다. 비로소 자아는
탐색의 길을 마치고 새로운 세계로 입문하게 된다. 이런 점에서 보면
이 소설은 전형적인 교양소설, 성장소설의 범주에 속한다고 할 수 있
다. 먼 대륙으로 가는 첫 걸음에서 서사는 끝난다. 미래에의 기대를
남겨둔 채. 마지막 시간 구성단계인 겨울의 장들의 의미는 화자에 내
재되어 있는 이중 자아가 하나의 자아로 통합된 채 비로소 '동일성'을
획득함에 있다. '동일성'을 탐색하기 위한 일년이라는 기간속의 봄,여
름, 가을, 겨울의 분절된 시간의식은 **<자아의 발아 → 자아의 성숙
→ 자아의 위기 → 자아의 재생>**이라는 순환고리의 의미를 담고 있
음을 확인할 수 있다. 이를 도표화 하면 다음과 같다.

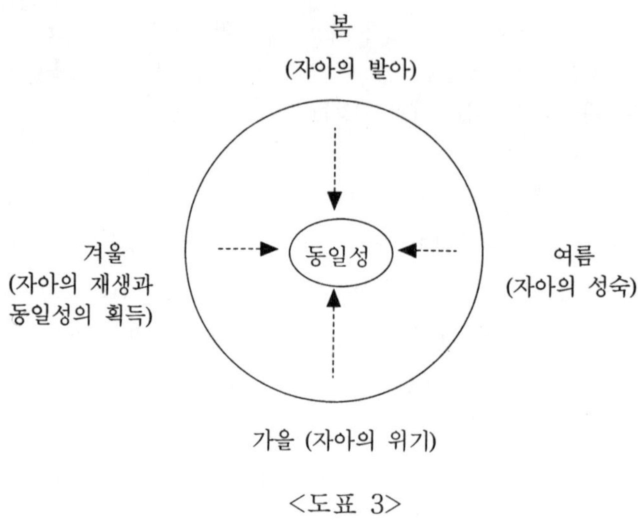

<도표 3>

위와 같이 『비명을 찾아서』의 시간 구조는 형식상과 내용상의 두 유형으로 이루어짐을 볼 수 있었다. 형식상 시간구조는 1986년의 대한민국이라는 '현실의 시간(real time)' 위에서, 조선이 독립되지 못하고 아직도 일본의 식민지하에 있다는 '역시간(reverse time)'을 대체시켜 '낯설게 하기'를 전제한 후, 쇼우와 62녕의 경성에서 '소설의 시간(fiction time)'인 서술을 시작한다. 서사가 진행되는 가운데 다시 현실의 시간과 일치하는 1986년의 독립된 조선을 그린 '액자소설의 시간(frame fiction time)'이 삽입되어 서사에 영향을 미친다. 형식상 시간구조는 이렇게 4개의 층위를 가지며 <과거-현재-미래>라는 시간의 연속성이라는 고정관념을 와해시키고 있다. 내용상 시간구조는 1월에서 시작하여 12월까지 장을 분리하여 달이 바뀌어 가면서 자아의 동일성이 탐색되는 과정을 도출하고 있다. 곧 이 작품의 서사의 구조적 성격이 순환적 구조로 이루어져 있음을 알 수 있다.

3. 공간과 동일성

1) 공간구조의 체계

소설에서의 공간은 단순한 배경 setting에 그치지 않고 소설의 기능과 연관되어 하나의 일관된 구조 체계를 형성한다. 텍스트내에서 공간은 공간 자체의 기능을 넘어서 시간과 결합하게 되고 또한 등장인물의 행위와 연결되어 다양한 의미를 형성하게 하는 역할을 수행하는 것이다. 따라서 소설에서의 공간은 '인물이 서 있는 장소와 배경으로서의 의미론적 측면에서부터 소설의 구조적 특성,서술방식의 특성, 나아가 세계가 구축되어 독자에게 전달되는 과정을 포괄하는 개념'[7]이 되는 것이다.

『비명을 찾아서』의 공간은 크게 '경성 → 일본 → 경성 → (상해)'로 상위공간이 형성되어 있고, 이동 공간들은 각각 다음과 같은 하위공간으로 구성되어 있다.

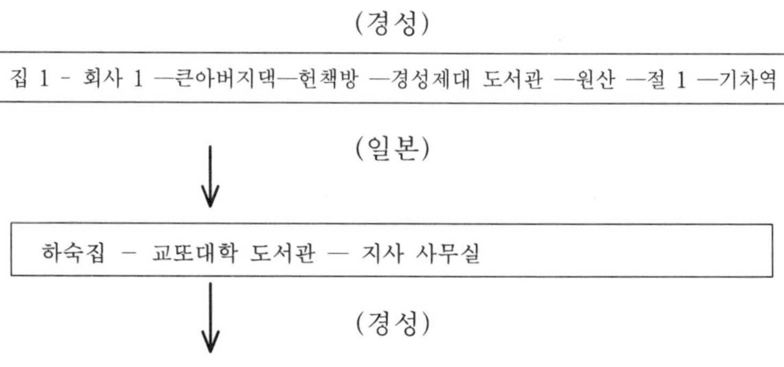

---

7) 황도경,『이상의 소설공간』- 김상태편,『한국현대소설론』, 학연사, 1993

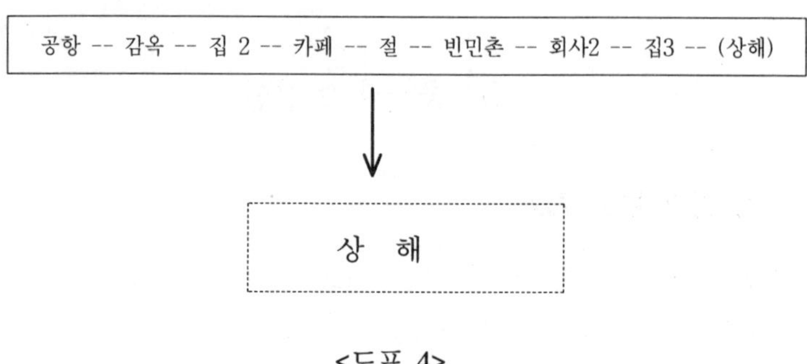

<도표 4>

전체적인 공간구조는 작품의 주무대인 경성을 축으로 일본으로의 이동 후 경성으로 다시 돌아온 후 미지의 이상향인 상해를 찾아 떠나는 것으로 짜여져 있다. 하위 공간은 집을 중심축으로 회사와 여행지의 한 특정장소(카페·절 등), 도서관, 감옥 등이 유형별로 작품내에 포진되어 각각 공간의 의미체계를 구성하고 있다. 이러한 공간의 양상을 의미별로 분류하여 각 공간의 의미를 살펴보자.

2) 공간과 동일성의 담론

① 계급적 공간

구체적 지명인 경성과 일본은 대체된 시간으로 말미암아 전혀 다른 의미를 갖는 공간이 된다. 현실에서 조선과 일본은 똑같은 주권을 가진 독립된 국가이다. 평등관계를 갖는다고 볼 수 있다. 하지만 작품에서 조선은 일본의 속국이다. 일본이 세계의 중심이라면 조선은 주변 변방에 불과하여 종속적 공간 관계를 형성하고 있다. 조선이라는 국가적 개념 자체가 이미 삭제되어 있으므로 조선:일본의 공간적 의미는 '上 : 下' 의 수직적 관계에 불과하다. 따라서 철저히 종속되어 있는 공간의 설정은 조선이라는 실체를 찾기 위한 하나의 출발점이 될 수 있다.

② 일상적 공간

가. 집

보통 집이라는 공간은 모성 즉 자궁의 이미지를 환기시킨다. 안정감을 주고 지친 영혼과 육체가 쉴 수 있는 곳이다. 이 작품에서 집은 철저하게 화자의 개인적 공간이다. 보통 집이라는 공간 안에서는 가족 관계가 표출되고 가족 간의 유대 관계나 갈등이 그려진다. 하지만 이 작품에서 화자의 집은 사색과 학습을 통한 개인의 내면의식을 성숙시켜 가는 공간으로 설정되어 있다. 아내인 세쯔꼬와는 사랑보다는 부부라는 굴레로 어쩔 수 없이 살아가는 관계이고 딸 게이꼬는 소설 전체를 통하여 3번 정도 등장하는 미미한 존재로 그려진다. 따라서 이 소설에서 집이라는 공간은 가족의 장이 아닌 철저히 화자의 개인 방에 불과한 곳이다. 그 속에서 주인공은 조선의 실체를 찾기 위해 사념하고 다양한 자료를 연구한다. 따라서 집은 철저히 개인적이고 이기적인 공간의 의미를 갖는다. 작품에서 집은 그 의미상 집1, 집2, 집3으로 구분되는데, 집 1이 전술한 사색과 연구의 공간이라면 감옥에서 돌아온 집2의 공간은 똑같은 공간이지만 보다 원초적인 집의 의미로 그려진다. 감옥에서 돌아와 화자는 예전에 느끼지 못했던 집 공간의 소중함을 인식하고 애정을 갖고 따뜻한 공간으로 만들려고 노력한다. 그러나 여행에서 돌아온 집은 철저히 배신의 공간으로 돌변한다. 아내 세쯔꼬가 아오끼와 불륜을 벌이는 장면을 목격했기 때문이다. 그럼에도 불구하고 화자는 집3을 다시 집2의 공간으로 만들려고 노력한다. 하지만 세쯔꼬의 생일날 아오끼의 만행으로 화자는 아오끼를 살해한다. 모성의 공간이 파괴의 공간으로 그 의미가 변화한 것이다. 또한 자신의 새로운 길을 가는 출발점이 된다. 압축하면 집은
〈개인의 공간 → 모성의 공간 → 파괴의 공간 → 출발의 공간〉

으로 그 의미가 변화되며 작품 전개상 중요한 의미를 갖는 공간이다.

나. 회사

화자의 사회적 자아가 표출되는 회사의 사무실은 '욕망'의 공간이다. 과장 신분인 그는 그곳에서 사랑과 일에 대한 성취 두 가지를 얻는다. 비서인 도끼에는 그가 깊이 진실로 사랑하는 여인이다. 하지만 결코 이루어질 수 없는 관계이다. 상관과 부하의 관계이고 조선인과 내지인의 관계이다. 더구나 그는 가족이 있는 가장이고 그녀는 처녀이다. 나이 차이도 많다. 그러나 오랜 세월 팀 웍을 갖춰 일하면서 끈끈한 정까지 생긴 관계이다. 서로가 서로를 사랑하면서도 이런 여러 제약 때문에 그들의 사랑을 꽃을 피우지 못한다. 화자는 그녀를 위해 시를 쓰고 앤더슨과의 사귐 이후 질투의 감정까지 갖는다. 결국 그녀가 앤더슨과 결혼하면서 그들의 관계는 끝이 나고 만다. 하지만 결혼 전 마지막 만남에서 화자는 그녀의 진실한 사랑을 확인하게 된다. 그리고는 진정 그녀를 위하는 마음으로 그녀의 결혼을 축복해준다. 비록 표면적인 사랑의 완성은 실패하였지만 서로가 사랑을 확인하는 정신적 사랑은 성취된 것이다. 또한 회사는 일에 대한 욕망을 추구하는 공간이다. 소설의 많은 부분을 차지하는 앤더슨과의 합작투자는 그의 사회적 자아가 일에 전력투구하는 모습을 보여준다. 밀고 당기고 하는 부분에서 많은 부분을 양보하고 많은 부분의 이익을 창출하는 협상과정이 벌어지는 이 공간은 **<삶의 공간, 욕망의 공간>**인 곳이다. 곧 회사라는 공간은 욕망을 표출하는 공간이며 그 곳에서 화자는 정신적 사랑과 성공적 일의 성취를 일구어 낸다.

다. 헌 책방과 큰아버지댁

헌 책방과 큰아버지댁은 **<자아인식의 출발점>**이라는 의미를 갖는 공간이다. 우연히 들른 헌책방에서 발견한 『조선 고시가선』은 화자 인생의 새로운 출발점을 갖는 계기를 만들어 준다. 아무런 역사도 문화도 갖고 있지 않은 줄 알고 있던 조선에서 눈부신 문학적 성취를 보이는 문학작품을 만들어 냈다는 사실을 인식한 화자는 지금까지의 자신의 무지를 한탄함과 동시에 조선이라는 구체적 탐색 대상을 확인하게 된다. 또한 큰아버지댁에서 화자는 창씨개명이라는 역사적 사실과 자신의 본명이 기노시다 히데요가 아닌 박규진임을 알게된다. 전술한 바와 같이 본명을 알게되었다는 것은 비로소 자신의 아이덴터티를 인식하는 중요한 계기가 되는 것이다. 따라서 헌 책방과 큰아버지댁은 동일성 탐색의 시발점의 공간임을 알 수 있다.

라. 길

길은 한 공간과 다른 공간을 연결해주는 매개 공간의 속성을 갖고 있다. 이 작품에서 길은 다양한 공간으로 제시되어 있다. 먼저 청주의 큰아버지댁을 방문하는 길에서 목격한 비참한 조선인들의 현실을 드러내는 의미에서 길이다. 작품 내에서 여행길 혹은 우연히 들른 거리에서의 조선인들의 비참한 실상을 직접적으로 보여주는 이 매개공간은 단순한 매개의 의미가 아닌 사회적 현실을 제시하는 공간이다. 길이라는 공간에서는 도시의 빈민촌 문제, 철거민 문제, 환경파괴의 문제 등이 집중 제시된다. 이 작품이 가상의 대체 역사적 현실임에도 불구하고 생생한 리얼리티를 주는 것은 바로 오늘의 현실의 문제점과 소설의 문제의식이 일맥상통하기 때문이다. 따라서 이 작품에서 길은 단순한 매개공간이 아닌 리얼리티를 구현하며 사회의 문제점을 고발하는 **〈사회적 현실의 공간〉** 임을 볼 수 있다.

③ 시련의 공간

감옥은 어둠의 공간이며 일상적 삶이 정지되는 '고립의 공간'이다.

또한 동시에 '시련의 공간'이다. 일본 출장을 마치고 귀국하면서 교또 대학 도서관에서 얻은 각종 조선에 관한 서책을 소지하고 공항 검색대를 통과하려던 화자는 검색에 걸리게 되어 경무대로 연행된다. 이후 사상범의 혐의를 받고 이송된 감옥에서 고문과 취조라는 심한 시련을 겪게 된다. 자신이 탐색하던 대상이 극도로 위험한 실체임을 처음으로 직접 체험하게 되는 데 독방에 홀로 고립되어 자신이 새로이 확립한 진정한 동일성이 파괴되려는 위기에 봉착하게 되는 것이다. 하지만 화자는 이 공간에서 오히려 자신의 숙명을 더 깊숙히 인식하게 된다. 갱생교육을 받으며 하구야마와 조선의 미래에 관해 격렬한 투쟁을 하는 과정에서 그는 오히려 사라지지 않은 조선의 미래를 희망적으로 인식하게 되는 것이다. 따라서 감옥은 외적으로는 고립과 시련의 공간이지만 내적으로는 자신의 동일성을 더욱 굳건히 형성하는 계기의 공간이 된다.

④ 희망의 공간

가. 도서관

움베르트 에코의 『장미의 이름』에서도 중심 공간으로 쓰였던 도서관은 이 작품에서도 '진실의 공간'이라는 의미를 갖게 된다. 도서관에 소장된 수많은 서책들은 부인할 수 없는 역사적 진실들이다. 경성제대 도서관과 일본의 교또 대학 도서관은 화자의 의혹을 해소함과 동시에 화자가 자신의 길을 걸어갈 수 있게 확신을 심어준다. 브리태니커 백과사전의 조선 항목 확인과 삼국사기 등의 실제 역사적 사실들은 조작된 시간을 원상태로 회복해주는 기능을 담당하고 있다. 화자가 의심하고 때로는 갈망했던 진실된 역사는 바로 도서관이라는 공간에서 검증이 가능했던 것이다. 곧 도서관은 진실이 검증될 수 있다는 희망을 보여주는 공간으로 설정되고 있다.

나. 절

화자가 장모님의 장례식을 치르기 위해 들렀던 원산의 한 절 '석왕사'는 숙명적 인연의 장이자 조선의 역사와 문화의 실체를 눈으로 확인하는 공간이다. 우연히 들른 석왕사에서 만난 소공스님에게 화자는 「조선고시가선」에 실린 한 편의 시를 직접 낭송해주기를 간청한다. 소공스님은 그 시가 대뜸 서산대사의 시임을 알아보고 사라져가는 조선의 문화에 호기심을 갖는 화자를 자신도 오랜동안 기다려 왔음을 은연중에 드러낸다. 스님은 만해 한용운의 의발을 그에게 전해주며 그 안에 담긴 시 「님의 침묵」을 직접 낭송해준다. 또한 의발 안에 담긴 「조선독립의 서」는 그동안 의심하고 갈등하던 조선 역사와 문화의 실체를 그에게 증명해 보인다. 이 일을 계기로 화자는 사라진 역사적 진실을 자신이 파헤쳐 나가고 조선의 문화를 계승하려는 본격적인 의지를 펼치게 된다. 따라서 '석왕사'라는 절은 '인연과 확인의 공간'이라는 의미를 갖게 된다. 또한 俗:聖을 대비시키는 의미를 갖는다. 종교를 통한 구원이 자아의 탐색의 의미와 맞물리면서 조선 민족의 구원으로 그 의미를 확장시킨다.

다. 상해

「뉴스 월드」라는 잡지에서 소개된 상해의 임시 망명 정부 기사는 작중 화자에게 처음으로 조선의 역사가 이어지고 있음을 전달해주는 역할을 한다. 따라서 상해는 미지의 공간이지만 역사적인 공간이 되며 마지막 남은 희망의 공간이 된다. 따라서 소설의 결말인 상해를 찾아가는 과정은 곧 희망을 찾아가는 과정이 된다. 또한 상해는 소설 내에서 한번도 구체적 실체를 드러내지 않는 가상의 공간이기도 하다. 곧 이상향의 공간이다. 그곳은 비록 낡은 건물 하나에 옛 조선인

후계자들에 의해 명맥만 유지하는 곳이지만 조선이라는 상징적 의미를 갖고 있는 유일한 공간인 것이다. 따라서 자아탐색의 마지막 대상이 되는 공간이다.

이들 개별 공간들은 시간과 통합적 관계를 형성하여 다양한 의미를 부여해주고 있다.

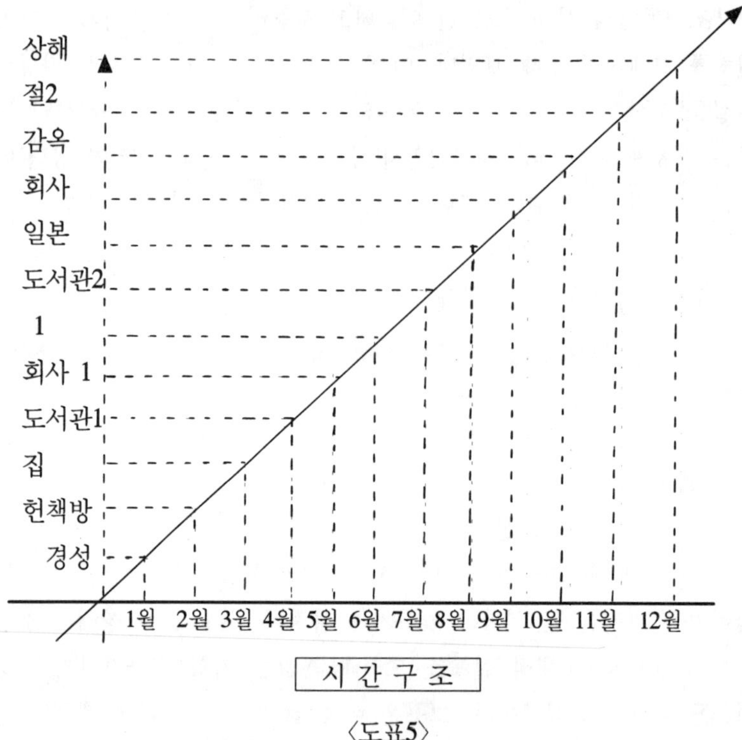

〈도표5〉

위의 도표에서 보듯 시간과 공간은 의미상 서로 조응한다고 할 수 있다. 1월은 계급적으로 낮은 위치에 있는 경성의 모습을 보여주고, 2월은 자아의 발아를 가능케하는 헌책방과 결합되며, 3월은 내면의식의 성숙을 표상하는 집 공간과 맞물리고 있다. 4월은 브리태니커 사전을 통해 진실을 확인시켜주는 도서관, 5월은 사회적 성취와 사랑을 표상하는 회사, 6월은 구원의 의미인 절1과 대응된다. 7월은 조선역사의 실체를 보여주는 고서적들을 담고 있는 도서관2, 8월은 내지인 일본 출장, 9월은 합작 투자를 성공하는 성취의 공간인 회사, 10월은 자아의 시련이 시작되는 감옥, 11월은 자신의 운명을 깨닫고 역사의 실체를 회복하겠다는 결심을 굳히게 한 절2, 그리고 12월은 탐색의 목적지인 상해로 떠남을 보여준다. 시간의 구조는 전술한 바와 같이 **〈자아의 발아 → 자아의 인식 → 자아의 위기 → 자아의 재생과 동일성의 확인〉** 이라는 의미로 압축할 수 있는 데 각 단계상의 의미와 공간이 서로 톱니바퀴 물리듯 정교하게 맞물려 있음을 확인할 수 있는 것이다.

4. 욕망과 동일성

『비명을 찾아서』의 서사의 핵심은 탐색에 있다. 작품의 타이틀인 '비명을 찾아서' 역시 서사의 궁극적 지향점이 탐색에 있음을 보여주는 단적인 예라고 할 수 있다. 비명을 찾는다는 의미는 곧 사라진 조국을 찾는다는 것, 곧 잃어버린 碑銘, 사라진 역사를 찾는다고 해석할 수 있다. 따라서 이 작품의 구조는 표면상 조국에 대한 탐색구조이지만 내면상 잃어버린 시간을 찾는 탐색과정이라고 볼 수 있다. 잃어버린 시간이란 곧 사라진 역사이며 이것은 화자의 동일성을 확립하는 중요한 계기이다. 물론 지워진 역사로 말미암아 처음엔 존재하지 않았던 동일성이지만 내재된 있던 잠재의식 속의 동일성이 발현되어 완전한 자아 동일성으로 화해가는 과정인 것이다.

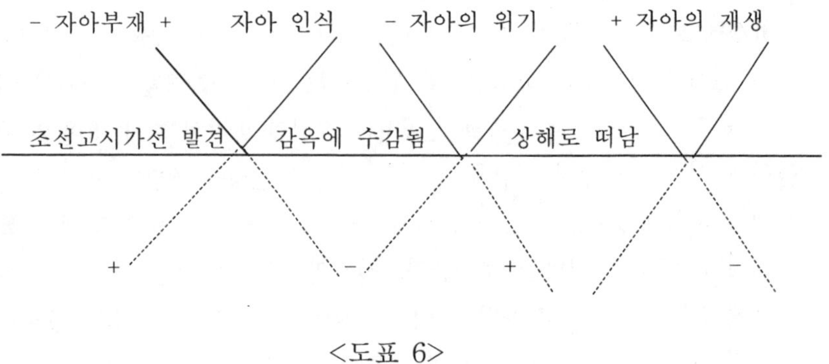

<도표 6>

진정한 자아를 찾기 위한 탐색은 ' -(부정적 상황)'에서 '+(긍정적 상황)'의 구조로 압축되며 그 과정은 결국 획득의 과정임을 볼 수 있다. 사라진 역사의 획득과 자아의 재생은 작품 전체를 관통하는 핵심적인 탐색의 결말이다. 이러한 탐색과정에 결정적으로 영향을 끼치고 있는 것은 인물이 계속적으로 추구하는 '욕망'이라고 볼 수 있다.

『비명을 찾아서』의 서사과정을 욕망과 대비시켜 보면 다음과 같다. 먼저 이 소설은 히데요가 서른 아홉을 맞는 새해 첫 날 거울에 자신의 모습을 비추어 보는 것으로 서사가 시작된다. 거울에 비친 자신의 모습은 또 다른 자아이다. 따라서 새로운 자아의 동일성을 확립하기 위한 암시라고 볼 수 있다. 그는 거울을 보면서 천천히 자신의 현재 좌표를 더듬어 보기 시작한다. 맨 먼저 떠오른 대상은 도끼에이다. 자신의 비서이자 정신적 사랑의 대상인 그녀를 떠올린 것은 '사랑의 욕망'이라 볼 수 있다. 다음으로 그는 현재 재직중인 회사에서의 자신의 위치를 생각한다. 과장이라는 직위와 자신 소유의 아파트 한 채. 승진을 생각하는 이 부분은 '사회적 욕망'이다. 이어서 그는 자신이 지금까지 써 놓은 150여 편의 시를 생각한다. 곧 출간된 시집을 생각하고 또한 내지 시단으로의 진출을 꿈꾼다. 이는 '예술적 욕망'이라 볼 수 있다. 이 세가지 층위의 욕망은 서사의 구심점이 된다. 또한 이 세 유형의 욕망과 더불어 서사의 핵심이 되는 잃어버린 시간 찾기, 즉 역사적 욕망이 결합된다.

또한 이 세 가지 욕망들은 압축해보면 좌절된 이상이 그 대상이 됨을 알 수 있는 것이다. 조선인이라는 신분 하에서 좌절될 수 밖에 없는 욕망들인 것이다. 따라서 탐색은 그 한계가 이미 노정되어 있는 것이다. 이를 통해 자아는 근원적으로 욕망이 해소될 수 있는 '사라진 역사'를 탐색하기 시작한다. 이는 곧 '역사적 욕망'이다. 큰아버지댁에서 창씨 개명의 역사적 사실을 듣고 시조 박혁거세의 역사와 브리태니커 사전의 korea 항목, 한글의 원리, 만해의 시를 하나하나 찾아가는 것은 곧 자신의 뿌리를 찾기 위한 탐색이다. 비로소 지금까지 자신이 인식하지 못한 근원적 자아를 위한 탐색인 것이다. 곧 진실된 자아를 찾기 위한 '자아 탐색의 욕망'으로 확대되는 것이다. 기노시다 히데요에서 박규진으로의 변신과정이 결국 서사의 핵심이자 욕망의 귀결점이 된 것이다.

주체인 '나'의 행위는 소설전체를 통하여 '욕망한다'라는 동사로 압축될 수 있고 욕망의 대상은 사랑, 시, 일, 사라진 역사와 진실된 자아이다. 결국 욕망은 서사를 진행시키는 필연적 동인으로 볼 수 있는 것이다. 또한 욕망의 탐색과정은 다음과 같이 전개되고 있음을 볼 수 있다.

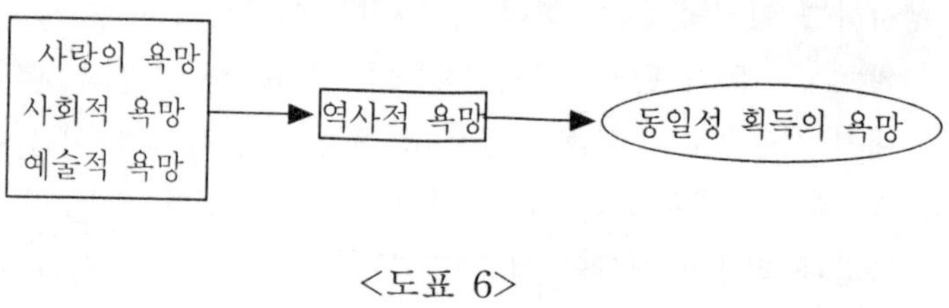

<도표 6>

즉 이 작품에서의 욕망은 결국 동일성 획득의 욕망으로 집약되며 그것은 진실된 동일성의 회복에의 탐색과정임을 볼 수 있다. 헤겔은 그의 저서 『정신의 현상학』에서 욕망이란 생성과 발전을 향한 모든 존재의 생명력임을 말하고 있다. 「비명을 찾아서」는 곧 자신의 길을 걷기 위한, 자신의 새로운 자아의 탄생을 위한 탐색을 위한 서사임을 다시 한 번 확인해 볼 수 있다.

5. 결 론

인간이 삶을 살아가면서 부딪히는 다양한 환경의 변화에도 변하지 않는 인간성의 본질이 바로 동일성이다. 소설이 인간의 삶을 재반영하며 사라지지 않는 진실을 추구하는 문학 장르임을 생각해볼 때 사라지지 않는 진실이란 곧 동일성과 연관되는 개념이라고 볼 수 있다. 하지만 '동일성'이라는 개념으로 개별 작품을 비평하기란 쉽지 않다. 무엇보다도 동일성이라는 개념 자체의 모호함과 광범위함 때문이다. 이에 본고는 기호학적인 관점에서 변화가 속성인 시간을 계열적 관계로 설정하고, 변화의 속성이 적은 공간을 통합적 관계로 설정하여 이 두 축을 중심으로 개별 작품에서 인물의 동일성의 양상을 찾아내고자 하였다. 그리고 서사과정을 탐색으로 설정하여 인물의 욕망과 대비시켰다. 대상작품으로는 『비명을 찾아서』를 선정하였는데 추출된 동일성의 탐색구조는 다음과 같은 특징을 갖고 있었다.

1) 시간 구조의 체계는 '봄-여름-가을-겨울'이라는 사계의 원형적 구조로 이루어 지고 있으며, '자아의 발아-자아의 성숙-자아의 위기 - 자아의 재생과 동일성의 획득'이라는 의미 구조를 갖고 있음을 볼 수 있었다.

2) 공간 구조의 체계는 '경성-일본-경성-(상해)'라는 이동 구조로 이루어져 있으며, 각각의 하위 공간들은 그 유형상 '계급적 공간, 일상적 공간, 시련의 공간, 희망의 공간'이라는 의미 구조를 갖고 있음을 알 수 있었다.

3) 시간 구조와 공간 구조의 체계는 각각 독립된 부분이 아닌 의미상 서로 조응하여 통시적 동일성을 형성함을 알 수 있었다.

4) 작품 전체 서사의 핵심은 탐색에 있으며 그 탐색의 지향점은 사라진 역사의 획득과 자아의 재생임을 알 수 있었다.

5) 탐색의 동인은 인물의 욕망에 있었으며 작품 내에서 욕망은 '사랑의 욕망, 사회적 욕망, 예술적 욕망, 역사적 욕망'라는 유형으로 구별되며 '자아 탐색의 욕망'으로 집약되는 것을 볼 수 있었고, 자아 탐색의 욕망이란 곧 진실된 동일성의 회복임을 볼 수 있었다.

『비명을 찾아서』는 80년대의 탁월한 문학적 성과물임에도 불구하고 '실험적 역사소설' 또는 새로운 형식의 '포스트 모던 소설'이라는 단편적인 견해의 비평이 대부분이었다. 본고는 이 소설을 시간과 공간, 그리고 욕망과 탐색의 구조로 분석함으로써 단순한 실험소설이 아닌 자아의 동일성 획득을 추구하는 일종의 성장소설임을 밝혀내고자 하였다. 하지만 '동일성'에 제한된 초점을 맞춘 결과 작품 속에 담긴 다양한 사회적 비판, 계시적 에피그람 등의 다양한 소설 미학적 장치들을 제대로 분석하지 못한 한계점을 드러내었다. 지속적인 연구작업을 통하여 보완하고자 한다.

일상성과 화해의 담론

— 최수철의 『얼음의 도가니』 —

최수철은 변방의 작가이다. 그의 작품들은 문단 데뷔 후 10여년 동안 평론가들로부터 늘 지속적인 관심을 끌었지만 난해하다는 이유로 선뜻 후한 점수를 받지 못했고, 독자들로부터도 커다란 호응을 얻지 못하였다. 그렇기에 항상 주목받는 작가이면서도 항상 주변에서만 맴돌던 작가가 바로 최수철이다. 또한 시의 시대였던 80년대를 지나 바야흐로 맞이한 소설의 시대인 90년대에도 최수철은 중심에서 한발 물러난 느낌을 받게 된다. 신세대 작가들의 포스트모더니즘 논란, 민족문학의 위상 논쟁 등 90년대 초의 문단의 중점 논의에서도 그의 모습은 선명하게 보이지 않는다. 포스트모더니즘 논의에서조차 그가 줄곧 지향했던 해체의 작업은 제대로 평가를 받지 못하였다.

이에 비해 최수철의 문학적 성과는 그동안 소홀히 다루어진 느낌이 없지 않다. 그의 필연적 파트너인 이인성과 더불어 암울한 80년대를 오직 언어와의 투쟁을 통하여 독자적 영역을 구축했던 그는 90년대에 이르러 비로소 그동안의 고투가 서서히 보상되고 있다. 그것은 문단과 독자의 공통적 관심과 더불어 작가 스스로의 내면세계와 소설세계가 비로소 조화된 까닭이라 할 수 있다. 그리고 이러한 것이 맞물린 작품이 바로 「얼음의 도가니」이다. 이상문학상 수상작인 이 소설은 작가가 그동안 추구해온 언어의 지적 작업과 실험적 기법 그리고 대중을 염두에 둔 조금은 느슨해진 서사가 잘 어우러진 작품이다. 수상 이후 그의 작품세계에 대한 평론이 봇물처럼 쏟아져 나왔지만[1] 대부분 낯설은 글쓰기에 대한 소설 형식의 관심, 실험적 기법, 독특한 언어 서사에 대한 찬사에 머무르고 최수철의 독특한 소설세계에 대한 자세한 텍스트적 분석 시도는 거의 없었다. 이에 본 연구에서는 「얼음의 도가니」의 텍스트 분석을 통해 지향점을 철저히 고찰해보고자 한다.

1. 전통 서사의 의도적 파괴

"모든 서사물은 '이야기'라고 불리는 내용의 국면과 '담론'이라 불리는 표현의 국면을 가진 하나의 구조이다."[2] 포스트모더니즘 소설들은 전통적인 서사(내용) 보다는 담론(형식)에 치중한다. 최수철 소설의 변별성은 바로 이러한 서사의 의도적 파괴를 손꼽을 수 있다. 「얼음의 도가니」의 중심 서사는 주인공이 진평이라는 공간에 들어가 다시 나올 때까지의 이야기이다. 하지만 사건들은 희미한 모습으로 비춰질 뿐 전혀 인과적 모습을 띠지 않는다. 일반 독자들이 최수철의 소설에서 당혹감을 느끼는 것은 바로 이러한 전통 서사, 즉 플롯의 파괴일 것이다. 진평에 들어간 주인공은 현실에서 무기력한 자신을 괴로워하며 우연히 사고로 만난 로즈마리와 무의미한 성교를 하게되고 스승의

---

1) 「최수철의 작품세계」, 김윤식 · 이경호 · 정과리, 문학사상 1993년 8월호
2) 채트먼/한용환 역, 「이야기와 담론」, 고려원, 1990, p.172

딸인 윤서경과 스승의 장례식에 참석한 후 다시 진평을 떠나는 것이 중심서사이다. 따라서 작품 전체의 서사는 쉽게 독자들의 뇌리에 각인되지 않을 뿐 아니라 의미의 해독에도 큰 도움이 되지 않는다. 또한 이 소설은 모두 17장으로 분절된 텍스트이다. 장의 분절은 최수철 소설에서 자주 등장하는 전략인데 전체 서사를 분리하여 일관된 내용을 이해하는데 도움을 주기 위한 것이 아니라 오히려 각 장은 하나의 단편소설처럼 완결된 구조를 가지며 주인공의 파편화된 의식을 보여주는 데 효과적으로 기여하고 있다. 곧 이 소설은 작품 전체 중심서사를 의도적으로 파괴하고 대신 미시서사를 전면에 부각하는 담론 형태를 취하고 있다 할 수 있다. 그렇다면 그 의도는 무엇인가.

실상 포스트모더니스트들이 의도적으로 이야기를 파괴하는 행위는 소설 서사 자체의 위기의식에 따른 것이었지만 그것은 전통적 소설양식을 거부하고 새로운 형태와 새로운 내용의 소설을 새로운 상상력으로 만들기 위한 하나의 통과의례였다. 마치 『아라비안 나이트』에서 이야기를 계속하는 한 살아남을 수 있는 세헤라자드의 경우와 같은 것이다. 최수철의 경우에도 전통적인 플롯의 파괴는 바로 이러한 인식의 소산이라 할 수 있다. 또한 이러한 서사의 의도적 파괴는 작가의 '시간관'과도 맞물려 있다.

포스트모더니스트들이 소설에서 플롯을 버리는 것은 우리들의 삶은 심리적 개연성보다는 우주적 우연성에 지배된다는 4차원적 시간관에 대한 확신을 갖고 있기 때문이다. 「얼음의 도가니」는 즈네뜨의 용어를 빌리면 '무시간성'(Achrony)을 지향하는 담론 구조를 갖고 있는 텍스트이다. 전통적 소설이 연대기적 흐름의 수법을 사용하고 있는데 비해 이 소설은 '시간의 불일치'(Anachronies) 즉 시간의 이중성을 바탕으로 '회상'(Analepses)과 '예상'(Prolepses)[3]이 교차되어 나타나고

---

3) 역시 주네트의 용어이다.

있다. 회상은 과거의 담론이고 예상은 미래의 담론이다. 회상과 예상이 교차되어 드러나는 이 작품의 서사적 담론체계의 구조를 살펴보자.

각 장을 중심으로 살펴 보면 먼저 1장은 뒤의 15장과 일치되는 장인데 독자는 느닷없이 등장한 개와 작중인물과의 시선 싸움에서 당혹감을 갖게 된다. 일종의 예상 혹은 미리 알림의 기능으로 독자들에게 강한 인상을 주기 위한 전략이라 할 수 있다. 텍스트내의 사건 스토리는 2장부터 시작된다. 서술자가 진평에 도착한 첫날 아침이 사건의 시작인 셈이다. 곧 진평의 콘도미니엄에서의 체류기가 이 소설의 주된 사건 공간이다. 하지만 4장, 5장에서의 로즈마리와의 만남, 9장에서의 출판사 편집진들의 모임, 12장, 15장에서의 콘도를 떠나는 장면 등이 소설 전체의 중심 사건들이다. 80여 페이지의 중편소설로서의 스토리 기능은 극히 미약하다 할 수 있다. 그러면 서사를 이루는 주된 기능은 무엇이 담당하고 있는가. 그것은 대부분 '회상'에 의한 것이다. 각 장은 대부분 정확한 시간성이 무시되고 서술자의 의식세계를 서술하다가 곧 스토리에 기여하는 '회상'의 서사로 넘어가게 되는데 이때 회상은 특정한 연대기에 의한 시간이 아니라 다소 막연한 시기의 회상이다.

> 흔히 우리는 먼지로 돌아간다라는 말을 쓴다. 그런데 허무적인 어조를 제하고라도, 애초에 먼지와 다름없는 존재가 먼지로 돌아간다니? 먼지같은 존재가 먼지로 돌아간다는 말인가? 그렇다면 먼지 (같은) 것이 (진짜) 먼지로 돌아간다는 것이니, 정말 그렇다면, 우리는 죽어서(진짜)가 되는 것인가?(중략) 지금 나는 예전의 스크랩북에서 우연히 발견하여 책갈피에 끼워 두었던 신문지 조각을 들여다 보고 있다. 누렇게 변색된 손바닥만한 크기의 그 종이 위쪽에는(중략) 이제 과거라고 이름 부르기도 거북한 시기의 어느 날, 나는 신문가두판매대 근처의 택시 정류장에서 그 그림을 처음 보았다.[4]

「얼음의 도가니」의 가장 전형적인 서술의 형태인 위 인용문에서 회상은 서사에 중요한 영향을 끼치는 회상이다. 이 소설에서는 각 장마다 글을 쓰거나 혹은 상념에 빠진 서술자가 보이고 이어 회상이 전개된다. 그리고 그 회상 뒤의 서사는 크게 동요된다. 인과적이 아닌 우연하게 로즈마리와 만나는 과정, 윤서경을 우연히 만나는 과정, 개와의 시선 싸움을 계기로 한 진평에서의 탈출 등이 그것이다. 하지만 이러한 우연성은 전체 구조에서 파편적으로 흩어지기만 하는 것은 아니다. 비록 개연성은 없지만 우연적 시간관은 전통적 플롯의 파괴에 따른 새로운 내용 창조의 진지한 모색이다. 또한 그러한 회상들의 대부분은 반복되는 '반복회상'이다. 스크랩북에서 발견한 숨은 그림찾기의 주인공이 되었던 자신, 자신의 주관에 의한 글쓰기가 아닌 타자의 강요에 의한 무의식적 글쓰기, 스승의 딸과의 만남과 부음 등은 작품내에서 반복되며 서사를 일관된 담론체계로 이끈다. 이러한 회상은 서사기준의 와해를 낳고 서술을 의식하지 않는 서술, 무의식 중에 이루어지는 서술을 가능케 한다. 곧, 시간의 연속성이 와해됨으로써 시간의 자율성을 드러냄과 동시에 진실의 상대성을 드러내고자 하는 담론임을 알 수 있다. 그러면 그 진실은 무엇인가. 「얼음의 도가니」의 서술과정은 반복되는 일상에 대한 환기이다.

> 현대의 신은 일상이다. 현대에는 일상이 곧 신이다. 일상은 우리를 바위에 단단히 비끄러 매어 놓은 뒤 우리를 짐승처럼 마비시켜서 우리의 간과 심장에 살이 붙게 한다. 그리고는 독수리의 부리로 그 살점을 쪼아먹는다. 그러나 그 신은 관대하다. 특별한 경우를 제외하고는 우리로 하여금 거의 고통을 느끼지 않게끔 세심하게 배려

---

4) 최수철, 「얼음의 도가니」, p.18, 1993 이상문학상 수상작품집, 문학사상사, 1993

를 하는 것이다.5)

이러한 일상에서 벗어나기 위해 설정된 공간이 진평이라는 공간이다. 하지만 작중인물은 그곳에서도 역시 반복되는 일상에서 벗어나지 못하고 그 공간에서 탈출하려 애쓴다. 이것은 작가가 담론의 의미를 밝히는 작업에서 지시 기호와 지시 대상의 단절과 차이를 지적하고 있음을 보여준다. 포스트모더니스트인 바셀미가 자신의 소설 속에서 보여준 과거에 대한 인식("시간과 공간의 과거 속에 되던져져, 나는 비로소 내가 과거에 무엇을 잘못했었는가, 그리고 우리 모두가 과거에 대해 무엇을 잘못했었는가를 깨닫기 시작한다"6)과 일맥상통하다 할 수 있다.

> 나는 엎드린 채로 그 철로위에 귀를 대본다. 저 아득히 먼 곳에서부터 기차가 달려오는, 너무도 멀어서 달려오고 있다기보다 달리고 있는 소리가 떨림처럼, 울림처럼 전해져 온다. 그러나 어쩌면 그 기차는 언제까지 울림으로만 남아서, 영원히 내 곁에 이르지 않을지도 모른다. 나를 향해 다가오는 그것은 내 삶의 미래가 아니라, 과거이기 때문이다. 돌아올 수 없는 길을 따라 과거가 끊임없이 나를 향해 다가오고 있는 것이다. 현재를 위협하는 과거라는 위기의 벼랑이 죽음의 철로처럼 우리와 동행하고 있음을 나는 모르고 있지 않은 것이다. 그러니 나는 나를 용서할 수 있는가.7)

작가는 회상을 통하여 반복되는 일상에 대한 환기를 대비시키며 단절된 현실에서 과거의 기억은 원죄적인 모습으로 현재를 압박하고 있음을 보여주고 있다. 과거란 '죽음의 철로'이며 현재를 위협하는

---

5) 같은 책, p.30
6) 김성곤, 같은 책, p.30
7) 최수철, 같은 책, p.25~26

'위기의 벼랑'이다. 따라서 현재의 나는 자유로울 수 없으며 과거에 대한 어떤 식으로의 문제해결이 전제되어야만 자아의 올바른 홀로 서기가 가능해지는 것이다.

회상과 더불어 지적할 수 있는 것이 '예상'이다. 미래형 시제로 서술되는 이 '예상'은 용서할 수 없는 자아의 불확실한 미래성이다. 본래 예상은 기존의 소설 작품에선 잘 사용되지 않는 것이다. 하지만 「얼음의 도가니」에서는 회상보다는 적게 나타나지만 텍스트 내에서 중요한 위치를 차지하며 주인공의 자아의 분열의 모습을 효과적으로 드러낸다.

> 지금 그녀는 내 앞에 나타나지 않지만, 우리는 언젠가는 만날 것이다. 사랑은 미래적인 어법을 가능하게 한다. 어디에서든 우리는 다시 만날 것이다. 나는 기꺼이 미래형으로 말하고 싶어진다. 우리는 만나서 함께 많은 일을 할 것이다. 그러면 그녀는 그때마다 말을 할 것이다. 시간을 잘 지키시는 군요. 술을 좋아하시는 군요. 사진 찍기를 싫어하시는 군요.(중략)「사랑을 격렬하게 하시는 군요.」그러면 그제서야 나는 어렴풋이나마 조금씩 나 자신을 확인할 수 있게 될 것이다.(하지만 그렇다고 나는 나를 용서할 수 있을 것인가.) 그러나 나는 여전히 복제물로 남아 있을 것이다. 나는 나 자신이 복제물임을 확인하게 될 뿐이다.[8]

'예상'이란 현재상황 속에서 느끼는 미래에 대한 예감이다. 미래는 더 이상 꿈과 환상의 세계가 아니라 비극적 세계관의 표상일 뿐이다. '미래에도 여전히 나는 나를 용서할 수 없을 것이며 나는 여전히 복제물로 남을 뿐이다'라는 예상은 희망이 단절되는 해체된 주체의 재확인일 뿐이다. 또한 존재하는 세계에서 오리지날은 없다는 보드리야

---

8) 같은 책, p.60

르식 '시뮬라시옹' 인식은 주체가 단순히 분열되는 것이 아니라 복제된 대상으로 남을 수밖에 없는 비극적 세계관을 보여준다.

곧 「얼음의 도가니」는 회상과 예상, 과거와 미래가 현실과 환상적으로 공존하며 전통 서사의 파괴에 의한 새로운 서사에의 지향을 보여주는 담론체계라 할 수 있다. 이러한 작가의 시간의식은 무엇보다 과거, 미래에 대한 시간의식이 정리되어야만 현실에서 주체가 정립될 수 있음을 보여주는 서사담론적 전략이다.

2. 사물화된 주체와 타자화된 의식

「얼음의 도가니」의 화두는 '나는 나를 용서할 수 있는가'이다. 거의 매 장마다 반복되는 이 명제는 1장의 개와의 대결에서 시작한다.

> 간밤의 온갖 착잡한 회한과 욕망의 덩어리였던 나의 몸이 차갑게 식어서 바깥쪽부터 얼음과 유리로 변해가고 있는 것이었다. 나는 점점 더 뻣뻣하게 얼어붙고 있었고, 그럴수록 나는 더욱 더 뚫어지게 개를 바라보고 있었다.(중략) 나는 나도 모르게 눈을 깜박였고, 그 순간 나는 내 속에서 그동안 내가 미처 눈치채지 못하고 있던 급소가 열리는 것을 보았다. 나의 급소, 그 빈틈이 맥없이 스르르 벌어져서 속수무책으로 노출되는 것을 나는 그 개의 눈을 통해서 본 것이다.(중략) 「컹.」 쩡. 시야를 가득 메우고 있던 눈부신 설원이 쩡 소리를 내며 얼음판처럼 갈라졌고, 그 순간 거의 얼음과 유리로 변해 있던 내 몸 위로 뜨거운 쇳물이 부어졌다. (중략) 그러나 이미 나는 그곳에 없었다. 분명 내 두 다리는 그곳에서 땅을 딛고 있었지만, 그러나 이미 나는 그곳에 없었다. 기껏해야 내게는 내 심장에 가해진 둔탁한 고통 정도만 남겨져 있을 뿐이었다. 그때 나는 가물거리는 의식 속에서 나 자신에게 묻고 있었다 ; 나는 나 자

신을 용서할 수 있는가.9)

위의 예문은 소설전체를 대변할 수 있는 담론구조이다. 사물화된 얼음인 나의 존재근거와 '급소'에서 드러나는 나의 허위 그리고 '컹' 소리에서 환기되는 각성, 그리고 풀리지 않는 화두 '나는 나를 용서 할 수 있는가'. 나의 몸이 얼음과 유리로 변해간 것은 사물화된 주체 를 의미한다. 그리고 현실의식이다. 나는 현실에 적극적으로 동참하지 도 현실에서 반항적으로 일탈하지도 못한다. 뜨거운 정열에서 얼어붙 은 사물로 변해가는 자신을 의미하는 것이다.

> 언젠가부터 나는 점차 사물이 되어가고 있었다.(중략) 나는 차츰
> 내게 닿는 모든 것이 되어갔다. 나느니 손가락이 만년필을 닮아 가
> 더니 급기야 만년필이 되고 말았고, 얼굴은 원고지로 변해 갔으며,
> 내 몸은 책상의 일부가 되어 갔고, (중략) 나는 모든 관계 속에서도
> 하나의 사물이 되어갔다. 나는 아빠라는 물건이었고, 남편이라는 물
> 건이었고, 아들이라는 물건이었고, 친구라는 물건이었으며, 아침녘
> 에 신문지에 싸인채 좌변기 위에 놓여져 있는 장식물이었고, 술집
> 탁자위에 놓여 있는 커다란 술잔이었고, 빠른 속도로 내달리는 자
> 동차의 부품이었다.10)

이렇게 사물화된 주체는 그것을 탈피하려고 진평이라는 공간으로 들어간다. 하지만 그 곳에서도 나는 자유스러울 수 없다. 무작정 컴퓨 터 모니터에 매달려 자동적인 글쓰기를 해야하기 때문이다. 글을 써 가는 도중도중 사물화된 자체에 대한 회의와 번민만이 과거에 대한 회상을 통해 계속될 뿐이다. 결국 소설을 완성하고 「악마의 서」라는 제목을 달지만 그 글은 자신의 자유의지에 따른 글이 아니라 출판업

---

9) 같은 책, p.11-13
10) 같은 책, p.48

자의 세뇌에 의한 타자적인 것일 뿐이었다.

  그러나 결국 나는 그 책의 출간을 포기하고 말았다. 며칠 후 새
벽 여섯 시쯤에 그 장편 소설을 탈고하고서 컴퓨터 속에 들어 있는
원고를 프린터를 통해 종이 위에 옮겨 놓았을 때, 나는 문득 한 가
지 사실을 깨달았다. '악마의 서'라는 제목은 결코 내가 나의 자유
의지로 정한 것이 아니었다. 그동안 자주 만나면서 그가 교묘하게
나를 부추겨서 그런 종류의 글을 쓰게 하고 결국 제목까지 그런 식
으로 정하게 한 것이었다. 나는 머리 속이 단번에 서늘해지고 말았
다. 언제부터 나는 그의 주술에 걸려들기 시작한 것일까. 그는 어떻
게 이토록 감쪽같이 나를 조종할 수 있었을까.[11]

  개인이 사물화되고 주체가 타자화된다는 것은 포스트모더니즘적 인
식 세계라 할 수 있다. 최수철이 글을 쓰기 시작한 80년대는 정치 이
전의 근원적인 사람살이의 모습이 근본에서 일탈된 채 떠돌기만 했던
전반적인 삶의 화석화 상태였다. 무엇이든 화석처럼 굳어진다는 것은
곧 자유의 실체로부터 멀어진다는 것을 뜻한다. 그러므로 근원적인
삶의 화두를 되찾기 위해서는 부단히 예의 화석을, 화석화되어 가는
삶의 허상을 잘게 부수고 해체해야한다. 따라서 최수철은 이러한 작
업을 위와 같이 치밀하게 담론화 한 것이다. 물론 90년대 들어 변화
된 정치 상황에서도 이와 같은 화두는 더욱 심화될 수 있다. 고도 소
비사회를 지향하는 새 시대에서 개인은 여전히 자유스럽지 못하고 더
욱 물상화되기 쉽다. 더구나 한 개인의 실존근거를 박탈하는 쪽으로
기능하는 타자와의 관계망과 그 속에서 한 개인이 어떻게 존립할 수
있는가에 대한 근원적 질문은 한층 심화되어 '나는 나를 용서할 수
있는가'로 되풀이되는 것이다. 이것은 주인공의 고민일 뿐 아니라 후

---

11) 같은 책, p.28

기 산업사회를 살아가는 우리 모두의 화두일 것이다.

> 그때 불현듯 나는 그가 일상이라는 신이 내게 보낸 전령임을 깨
> 닫는다. 그러나 나는 그 개에게 생명이 얼마남지 않았음을 알 수
> 있다. 그는 이미 반쯤 죽어 있는 것이다.(중략) 「컹.」 컹. 너는 누구
> 냐. 네 직업은 무엇이냐. 내 정신의 그믐. 그 소리에 의해 이제 나
> 는 한 순간에 얼음속에 들어와 있다. 그 최면과 마비의 공간 속에
> 서 나는 거의 썩어버린 나의 몸을 이끌고 이곳, 눈과 얼음의 나라,
> 진평을 떠나간다.12)

사물화된 일상화된 곧 얼음인 내가 도가니로 화하는 것은 개의
'컹'하는 소리에 의한 각성에서 출발한다. 최수철의 소설 작업에서
핵심이라 할 수 있는 신체에 대한 감각은 이 작품에서도 여전히 중심
에 위치한다. 신체는 세계의 근원적 존재 양식이며 자아의 담지자요,
지각 행위와 지각 경험의 주재자이다.13) 포스트모더니즘의 중심 이론
인 후기 구조주의는 거시 담론을 해체하고 미시담론에 새로운 의미를
부여하고 인식의 정점을 바로 개인의 신체에서 출발하고 있다. 따라
서 개 짖는 소리에 의해 사물화된 주체가 인식의 자유를 되찾은 것은
신체와 자아, 그리고 타자사이의 상관관계를 해체시키려는 전략에 의
한 것이라 할 수 있다. 그리고 그 전략을 작품 속에서 어떻게 글을
쓸 것이냐에 집중함으로써 자아반영적이고 자의식적인 성찰을 담고
있다 하겠다.

---

12) 같은 책, p.76~78
13) 우찬제, 낯선 몸짓과 말짓의 해체, 이상문학상수상작가대표작품선 12, 문
　　학사상사, 1994

3. 시점과 서술자의 문제

「얼음의 도가니」에는 작가인 '최수철'이 있고, 서술자인 '나'가 있고 그가 엮어내는 여러 스토리가 있다. 종래의 시점분석에서 벗어나 「얼음의 도가니」는 서술자와 스토리 사이, 서술자와 등장인물사이로 파고들어야 분석이 가능한 텍스트이다. 따라서 그 공간 속에 서술자가 어떤 전략으로 자신의 담론을 조정하는 지를 분석해내어야 한다. 그 전략의 가장 큰 두 방식은 '거리'(distance)와 '관점'(perspective)[14] 이다.

거리의 문제는 '말하기'(telling)와 '보여주기'(showing)의 문제이다. '말하기'란 서술자가 나서서 내용을 요약 전달하는 것이고, '보여주기'란 극적인 장면을 그대로 보여주어 독자가 직접 경험케 하는 것이다. 최근까지 모더니즘 계열의 소설들에 의해서 보여주기의 방식이 선행되었으나 1960년대 이후 부스로부터 재개된 말하기 방식에 대한 관심은 뒤로 숨은 저자를 표층으로 끌어내어 텍스트 안의 서술자로 지위를 바꾸고 그의 전략을 논의하는 것이다. 말하기에서는 독자와 서술의 거리가 멀어지고 보여주기에서 그 거리가 좁혀진다. 또한 보여주기에서 정보의 양은 늘어나는 반면 정보자의 위치는 약화되고, 말하기에서 정보의 양은 줄어드는 반면 정보자의 위치는 강화된다.[15]

「얼음의 도가니」는 말하기 방식이 우세한 텍스트이다. 사실상 서술자의 입김 아래 등장인물들은 한없이 약화된다. 가장 중요한 입장을 차지하는 로즈마리, 윤서경 등 역시 작품 속에 살아 숨쉬기보다는 서술자의 환상을 배가시키는 역할에 치중한다. 따라서 「얼음의 도가니」

---

14) 관점은 시점을 제한시키거나 제한시키지 않는 정보 규제 방식이다. -권택영, 앞의 책, p174
15) 권택영, 같은 책, p.150

를 거리를 통해 살펴볼 때 서술자와 주인공의 거리는 극히 밀착되었다고 볼 수 있다. 하지만 결코 리얼리즘이 약화되지는 않는다. 서술자는 비록 요약·설명하고 있지만 말하기의 방식은 보여주기의 방식보다 더욱 보여주기에 가깝다. 이를 위하여 서술자는 스토리를 전달할 때 나름대로의 전략을 사용한다. 「얼음의 도가니」는 '직접적인 발화'[16]를 사용하고 있다. 서술자의 강력한 권한에 의거한 내적 독백은 꿈이나 의식의 흐름이 아니라 의식과 무의식의 경계를 오가는 언어를 통해 의식이 감추려드는 무의식적 진실을 노출시키는 수단이다.

> 나는 세상과 마찰되면서 그 마찰열로 인해 항상 뜨겁게 달아올라 있었다. 나는 도가니였다. 애초에 쇠붙이를 녹이기 위한 용도로 단단한 흙이나 흑연 따위로 만든 우묵한 그릇이었다. 그 도가니 속에서 온갖 것들이 들끓고 있었다. 온갖 과거의 기억들, 앞날에 대한 두려움, 지금 이 순간의 막막함…… 현재와 과거와 미래의 모든 것들이 한데 뒤섞여 꼬리에 꼬리를 물고서 그 끓는 쇳물 속에서 텀벙거리고 있었다.(중략) 이를테면 나는 어처구니없게도, 그리고 비겁하게도 얼음으로 된 도가니였다. (중략) 요컨대 나는 아무것에도 진정으로 닿으려 하지 않았고, 그 결과로 아무것도 내게 제대로 닿을 수가 없었다. 그런 까닭에 나는 그런 나를 용서할 수가 없었다. 나는 나를 용서할 수 없다.[17]

이렇게 기존의 소설 텍스트와는 달리 보여주기보다는 말하기를 전략으로 내세웠기에 서술자와 등장인물의 거리는 밀접히 일치되어 있다. 그리고 관련되는 이 소설의 시점은 철저히 주인공의 시점하에서

---

16) 즈네뜨는 등장인물의 말을 '서술화된 발화, 간접문체의 발화, 직접적 발화'로 구분하며 서술적 거리와 연관됨을 밝혔다. 이때 직접적 발화란 가장 전통적 발화 방식이다. 서술자는 지워지고 등장인물의 그 자리에 들어서는 것이다.(주네트, 같은 책, p.159)
17) 같은 책, p.77~78

서술되고 있다. 하지만 때때로 주된 시점의 범주를 벗어나지 않으면
서 작은 '변조(alternation)'[18]를 이룬다. 작품 중간 중간에 주인공
'나'는 때때로 그가 되기도 한다. 그것은 플로베르의 「보봐리 부인」
과 같이 자연스런 시점의 변동이 아니라 의도적인 혼동이다.

> 너(그)와 그녀, 너희가(그들이) 다시 만난다면, 그녀는 네(그에)게
> 이렇게 말할 것이다….너(나)는 너(나)를 용서할 수 있는가. 그러나
> 너(나)는 지금까지 너(나) 자신의 변화를 도모하기 위해 네(내) 주변
> 의 모든 것과 투쟁을 벌인 것이 아니다.[19]

　1인칭 소설에서 당연히 지켜야할 '나'의 위치가 때때로 '너'라는 2
인칭으로 혹은 '그'라는 3인칭으로 혼동되어 쓰인다. 이것은 작가의
목표가 전통적 서술의 와해에 일차적 목적을 두고 있음을 볼 수 있
다. 또한 전통적인 시점의 구축에 해체를 가하는 담론양상이라 할 수
있다.

　이제 궁극적인 서술의 문제를 지적할 차례이다. 「얼음의 도가니」에
서 말하는 이는 누구인가. 작가 최수철인가, 서술자인가, 작중 주인공
인가. 서술자가 스토리를 엮어나갈 때 비평가들은 저자를 서술자와
동일시하거나 서술의 수용자를 작품의 독자와 동일시한다. 하지만 허
구적 서사의 서술하는 상황은 작가가 글쓰는 상황과 결코 혼동될 수
없다. 단적으로 말하면 「얼음의 도가니」의 서술자는 작가가 아니다.
하지만 작품 곳곳에는 마치 서술자가 작가 최수철인 듯한 착각을 불
러일으키는 부분들이 다수 있다.

　또한 이 소설은 1인칭 서술이다. 주네뜨는 종래의 1인칭, 3인칭을
거부하고 서술자와 그가 이끌어가는 얘기 사이에 초점을 맞추어 서술

---

18) 권택영, 같은 책, p.181
19) 같은 책, p.84

자의 소속을 결정한다. 「얼음의 도가니」의 서술자는 자기 자신의 이야기를 하는 제일 겉구조의 서술자이다. 이것은 가장 강한 형태의 서술로써 강력한 자서전의 형태를 띠지만 단순한 회고적인 자서전이 아니라 저자의 언술이 스토리를 침입하고 주인공이 되기도 하고 그 주인공을 지켜보기도 하는 1인칭 전지시점으로 전통적인 서술형식에 도전하는 실험적인 언어 담론이다.

이러한 서술입장과 스토리의 관계양상에서 살펴볼 때 소설의 시작부분에서 서술자와 주인공은 먼 시간의 간격을 두고 출발하지만 서술이 진행될 수록 간격은 좁아진다는 것을 알 수 있다. 드디어 주인공은 삶의 진실과 의미를 깨닫고 소설을 새로 써야함을 느낀다.

> 이제야 너는 그 사실을 깨닫고 있는 것이다. 그러므로 너는 너를 용서한다. 이제 나는 나 자신을 용서할 수 있다. 나는 나 자신을 용서한다. 그리고 나(너)는 지금부터 이 소설을 새로이 다시 써야 한다.[20]

결말에 이르면 서술자와 주인공은 일치하고 화해한다. 서술자는 이미 한 편의 소설을 마친 나이고 주인공인 너는 지금부터 소설을 써야 할 사람이다. 곧 이 소설은 끝없이 되풀이되어야 하는 소설이다. 반복되는 서사로서의 소설이자 최수철의 소설론이며, 소설을 어떻게 쓸 것인가에 대한 이론적 담론을 수행하는 담론체임을 알 수 있다.

4. 메타픽션을 향하여

「얼음의 도가니」는 '소설을 어떻게 쓸 것인가에 대한 소설'인 '메

---

20) 같은 책, p.84

타픽션(metafiction)'이라 할 수 있다. 1971년에 윌리암 개스에 의해 언급된 메타 픽션은 픽션과 리얼리티 사이의 구별 모호, 문학의 재현 기능에 대한 회의, 언어의 위기의식, 그리고 쓴다는 행위에 대한 자의식적 성찰 등의 새로운 인식을 담고 있다.[21]

「얼음의 도가니」에는 허구와 현실의 구별이 모호하다. 현실의 자신을 이야기하다 과거의 자신이 나오고 미래의 환상적인 행위가 펼쳐진다. 따라서 독자는 어느 것이 현실인지 종잡을 수 없는 난해성에 봉착하게 된다. 또한 「얼음의 도가니」의 주인공은 소설가이다. 그가 진평이라는 공간에 들어간 것은 글쓰는 행위에 대한 회의 때문이다. 기껏 완성된 소설이 자신의 상상력과 의지에 의한 것이 아니라 출판업자의 세뇌에 의한 것이었고 자신의 글쓰기 또한 마치 숙련된 기능공이 무의식적으로 만들어내는 부품에 불과한 것이었다.

> 그러다 보니 나는 거의 자동적으로 글을 써나가고 있었다. 나는 글쓰기에 있어서의 이른바 노하우를 완전히 습득하고서 무척 많은 글을 무척 빠른 속도로 써내고 있었다. 그러면서 나는 마치 나 자신이 내가 만들어 내는 글의 일부인 양 착각을 하고 있었다.[22]

또한 모 대중잡지로부터 원고 청탁을 받고 방송국에서 **PD**로 일하는 친구로부터 전해들은 어느 승려의 이야기를 쓰려다 거의 완성 도중 그것이 자신의 이야기임을 인식하고 타자기를 부수어 버린다. 그리고 모든 것에 회의를 느끼고 프랑스로 떠난다. 곧 프랑스 행은 사물화된, 타자화된, 일상화된 글쓰기에 대한 탈피였던 것이다.

> 그 무렵에 나는 끊임없이 글을 썼지만, 한 선배가 내게 지적해준

---

21) 김성곤, 앞의 책, p.51
22) 최수철, 같은 책, p.48

말은 전적으로 사실이었다. 지금 너는 계속하여 많이 써대지만, 그러나 많이 쓰는 만큼 정작 너는 네가 뭘 쓰고 있는지도 제대로 모르고 있는 것이다. 그 말 또한 내가 프랑스로 가야 하는 직접적인 이유를 제공하는 것이었다.[23]

하지만 프랑스에서도 주인공은 더욱 무기력해졌고 돌아와서도 어쩔 수 없이 마치 옛날 이야기에 나오는 소금을 만들어내는 요술 맷돌처럼 변화되지 못하고 글을 끊임없이 쓸 수밖에 없다.

나는 반쯤 끊어진 목으로 머리를 돌려대는 선풍기다. 나는 여전히 바닷속에서 열심히 염도를 조정하고 있는 맷돌이다. 나는 벽 속에 갇혀서 지금도 남의 이야기를 엿듣고 있는 남자다. 그리하여 지금도 나의 글은 끊임없이 씌어진다. 나는 남의 삶의 훔쳐서 맷돌처럼,선풍기처럼 글을 써댄다. 그러니 내가 어찌 나를 용서할 수 있겠는가.[24]

이러한 글쓰기에 대한 자의식적 성찰은 「얼음의 도가니」의 중심 담론이다. 작가는 글쓰기에 대한 근원적 해결책을 소설 속에서 모색한 것이다. 따라서 결론은 이 소설을 새로이 다시 써야 한다는 것이다. 그로 인해서 나는 나 자신을 용서할 수 있는 것이다.

그순간 나는 깨닫는다. 나는 다시금 내가 방금 쓴 소설의 말미로 되돌아와 있는 것이다. 그러나 나는 여전히 내가 있는 공간이 소설 속인지 현실 세계인지 알 수가 없어서 자꾸 주위를 돌아본다. 그러나 그 어느 곳에도 급소는 없다. 나는 글을 쓰면서 내내 나 자신의 틀로부터 한치도 벗어나지 못한 것일까.(중략) 이제 나는 나 자신을 용서할 수 있다. 나는 나 자신을 용서한다. 그리고 나(너)는 지금부

---

23) 같은 책, p.52
24) 최수철, 같은 책, p.54

터 이 소설을 새로이 다시 써야한다.25)

「얼음의 도가니」는 곧 '소설을 어떻게 쓸 것이냐에 대한 소설'이며 메타픽션의 형태를 갖춘 새로운 소설이라 할 수 있다. 새로운 글쓰기는 결국 변화가 아니라 화해에 의한 것임을 주인공은 감지하는데 이것은 이 소설의 핵심적 의미망일 뿐 아니라 포스트모더니즘 소설들이 궁극적으로 지향하는 것임을 알 수 있다.

5. 부친 부재 의식과 화해의 담론

모더니즘과 포스트모더니즘의 차이를 논할 때 부친 부재와 죽음의 의식은 용이한 형이상학적 담론 체계이다. 제임스 조이스의 <율리시즈>가 정신적인 아버지를 찾아 헤매는 젊은 예술가 스티븐과 역시 정신적인 아들을 찾아 헤매는 블룸의 방황과 조우를 그린 소설이라면, 오늘날 포스트모더니스트 작가들의 소설은 부자간의 그러한 '찾음'이나 '만남'대신 오직 부친의 죽음과 부재만이 있는 소설이라 할 수 있다.26) 부친의 죽음에 관심을 갖고 있다는 사실은 지금이 바로 '부친의 부재 시대'임을 말해준다. 즉 지금은 '아버지'로 표상되는 모든 것- 예컨대 전통, 관습, 권위, 모범, 신뢰, 안내 등-이 무너져 버리고 사라져버린 시대라는 것이다. 그런 의미에서 아버지는 현존하면서 동시에 또 부재한다. 아들은 아버지의 죽음과 부재의 의미를 깨닫기 위해 노력하며, 혼자 남은 세상에서 고독감과 해방과 그리고 부친에 대한 애정과 증오를 동시에 느낀다.

---

25) 최수철, 같은 책, p.84
26) 김성곤, 같은 책, p.307

「얼음의 도가니」 제 13장은 바로 이러한 '부친 부재 의식'을 드러
낸다.

> 나의 아비는 지금의 내 나이쯤에 자살을 했다. 사실 나는 그가
> 정확히 몇 살에 죽었는지 알고 있지 못하다. (중략) 지금도 나는 그
> 가 왜 죽어야 했는지 알고 있지 못하다. 하지만 그 대신 나는 언젠
> 가부터 그가 입버릇처럼 자주 입에 담던 말을 유언처럼 기억하고
> 있다. 「(중략) 삶은 그냥 삶일 뿐이야. 속인다면 그건 우리가 삶을
> 속이는 거지. 그런 줄도 모르고 나는 삶이 나를 속일지도 모른다는
> 생각에 항상 긴장을 하고 있었어」(중략) 오, 나의 아비여, 당신이 내
> 게 해줄 수 있는 말이 그것 뿐이라니. 당신의 그 도저한 오만함이
> 라니.(중략) 그렇다면 나의 아비여, 나는 이제 당신에게 그 오만함을
> 돌려주겠다. 지금 이 순간 살아 있는 내가 죽은 당신에게 해줄 수
> 있는 말은 이것뿐이다: 나 또한 지금껏 나를 속이는 세상과 투쟁을
> 벌여 왔다. 그러나 나는 결코 당신처럼 죽지 않을 것이다.[27)

부친 부재, 그것도 자살에 의한 아버지의 죽음은 아들에게 있어서
자기를 보호하고 인도해 줄 절대적인 힘과 절대적인 진리의 부재를
의미한다. 그러나 그와 동시에 아버지의 죽음은 아들을 억압하는 절
대적 권위와 절대적 서열의 해체를 의미하기도 한다. 아버지의 죽음
에 대해 '나'는 단순한 슬픔이나 기쁨 그리고 실망이나 희망 모두를
초월한 태도를 보인다. 다만 허황된 삶의 인식을 전가시키려는 그의
가식에 분노할 뿐이다. 아버지의 죽음과 동일하게 현실에서 거대 담
론은 고갈되었거나 죽어버렸다. 이것은 최수철의 현실 인식 태도이자
포스트모더니즘적 담론의 연장이다. 자신이 부정하는 아비의 모습, 그
러나 자신 역시 아비가 되었고 동일하게 아들의 곁을 지켜주지 못하
고 아들에게 역시 삶에 대한 자신의 인식을 이야기하고 싶어하나 주

---

27) 최수철, 같은 책, p.68

저한다. 그것은 자신이 아비에 대해 느꼈던 채무의식 때문이다.

> 그런 내게도 아들이 하나 있다.(중략) 나는 아무런 할 말이 없었
> 다. 그때 아주 잠깐 나는 나의 아비의 어투를 다시 뒤집어서 이렇
> 게 말하고 싶었다 : 우리는 세상을 속이고 있다고 생각되는 경우가
> 종종 있지만, 실제로는 세상이 항상 우리보다 한 수 위에 있는 것
> 이란다. 그러나 나는 차마 그런 말을 할 수 없었다. 그 또한 성장하
> 면서 그 말의 뜻을 되씹어 나가다가 또다시 그 말을 뒤집어 볼 것
> 이고, 그러면서 나와 그의 자리가 조금씩 뒤바뀌는 와중에 결국 그
> 도 역시 나에 대한 채무의식을 가지게 될 것이기 때문이다.[28]

부친 부재 시대에 또 다시 아들에게 아버지의 부재를 전가시키는 자신이지만 세상과의 투쟁보다는 은유적으로 세상과의 화해를 제시하는 모습은 작가의 세계관이며 궁극적으로 「얼음의 도가니」의 심층구조임[29]을 알 수 있다. 곧 의미망의 핵심이다. 표층구조에서 보듯이 '나는 나를 용서할 수 있을 것인가'라는 물음에 매달리며 계속적으로 진정한 글쓰기를 모색하던 그가 인식의 변환을 꾀하는 이유는 단순히 일상에서의 투쟁에 의한 혁명이 아니라 세상을 사랑으로 보듬어 안는 화해임을 보여준다.

> 아마도 중요한 것은 변화가 아니라 화해다. 얼음과 도가니의 화
> 해. 얼음으로 만들어진 도가니 속에 쇳물이 부어짐으로써 이루어지
> 는 화해. 사실 모든 것과의 투쟁, 일상이나 삶 자체와의 투쟁에서
> 네(그)가 제대로 해낸 싸움이 무엇이 있는가. 너(나)는 너(나)를 용
> 서할 수 있는가. 그러나 너(나)는 지금까지 너(나) 자신의 변화를 도
> 모하기 위해 네(내) 주변의 모든 것과 투쟁을 벌인 것이 아니다. 너

---

28) 최수철, 같은 책, p.69~71
29) 로저 파울러는 표층구조와 심층구조로 소설의 담론을 언어학적으로 분석
   하고 있다. - 로저 파울러/김정신역, 『언어학과 소설』, 문학과 지성사, 1985

> (나)는 세상과 화해하기 위해 모든 노력을 한 것이다. 나의 아비여,
> 너도 이리 와라. 나의 스승이여, 너도 이리 와라. 내 너희들을 마지
> 막으로 안아주마. 이제야 너는 그 사실을 깨닫고 있는 것이다. 그러
> 므로 너는 너를 용서한다. 이제 나는 나 자신을 용서할 수 있다. 나
> 는 나 자신을 용서한다. 그리고 나(너)는 지금부터 이 소설을 새로
> 이 다시 써야한다.[30]

세상과 화해하기 위해 모든 노력을 하였다는 인식은 궁극적으로 자유를 찾기 위해서는 투쟁하고 변모하기보다는 적절한 타협점을 찾아야 한다는 것이다. 이것은 사회, 현실에 대한 사랑과 타자화된 관계마저도 공유해야한다는 담론이다. 실상 저마다 자기 목소리를 드높이며 협소한 자기 자리를 찾기 위해 아귀다툼하는 현실에서 작가의 이러한 의식의 변모는 그 동안의 소설작업 여정과 무관하지 않다. 늘 새로운 것, 파격적인 것, 혁신적인 것을 추구하던 최수철은 10여년이 흐른 이 즈음에 자신을 다시 되돌아보며 진정한 변모는 기존의 질서와 화해할 때 가능한 것임을 깨닫는다고 볼 수 있다.

이 점 또한 포스트모더니즘적 소설관과 맞물린다 할 수 있다. 흔히 포스트모더니즘을 비판하는 이들은 모더니즘의 아류, 역사·사회·현실을 무시한 자기 만족적 글쓰기라고 비난하지만 포스트모더니즘 소설들의 기본 명제는 소설의 사회성 및 현실성, 평이성, 대중주의의 추구, 전통과 과거와 절대적 가치에 대한 불신이다. 포스트모더니즘은 모더니즘과 리얼리즘을 부정하면서 출발하지만, 동시에 그 두 사조의 이념의 경계를 초월하여 궁극적으로는 모더니즘과 리얼리즘의 화해 및 조화를 모색하는 긍정적인 사조로 모습을 드러낸 것이다. 대표적 포스트모더니스트인 바스는 "포스트 모더니스트 소설이란 프리모더니스트(리얼리즘) 소설 양식과 모더니스트 소설양식을 초월하거나 종합

---

30) 같은 책, p.84

하는 것을 의미한다. 그러므로 이상적인 포스트 모더니스트 작가는 그의 20세기 모더니스트 부모나 프리모더니스트 조부모를 단순히 부정하지도 또는 단순히 모방하지도 않는다… 이상적인 포스트모더니스트 소설은 리얼리즘과 비리얼리즘, 형식주의와 내용주의, 순수문학과 참여문학, 귀족문학과 대중문학사이의 논쟁을 딛고 일어서서 그것들을 초월할 것이다."31)라고 말한다.

따라서 화해를 지향하는 최수철의 몸짓은 그것이 인간 존재의 근거를 마련한다는 점에서 의의를 찾을 수 있다. 또한 이 소설이 어떤 소설을 쓸 것인가에 대한 소설을 지향한다는 점에서 진정한 포스트모더니즘적 소설관을 보여주는 것이라 할 수 있다. 실제로 이 작품을 토대로 작가는 문학상을 수상하며 대중과 좀 더 친밀해지는 계기를 마련했고, 실험적이고 해체적인 글쓰기 또한 작품 내에서 충분한 개연성을 바탕으로 단순히 실험소설이 아닌 정통소설의 새 장을 펼쳐 보이고 있다.

결국 「얼음의 도가니」는 부친 부재 시대의 인간 존재의 근거 탐구라는 인식과 실험적 형식의 글쓰기가 '화해'라는 담론으로 하나의 의미망을 구축해 나가는 소설이다. 그리고 그 곳에서 최수철이라는 작가의 세상에 대한 화해 또한 시작되고 있는 것이다.

---

31) 김성곤, 같은 책, p.34

미궁의 기호, 현실의 기호
— 이승우의 「미궁에 대한 추측」—

밀레니엄 시대가 개막되었다. 90년대 초반의 다양한 사회 변혁과 함께 새로운 면모를 보이고자 했던 90년대 문학의 위상을 점검해야 할 때이다. 급격한 사회의 변화만큼이나 여러 모습으로 다가왔던 90년대 소설 작품들의 모습은 뚜렷한 좌표를 남기지 못한 채 부표하였다. 『경마장 가는 길』을 필두로 한 포스트 모더니즘 류의 대중소설과 PC통신의 확산으로 자리잡은 『퇴마록』류의 신무협지 소설, 『소설 동의보감』·『무궁화 꽃이 피었습니다』와 같이 신민족주의를 내세운 역사소설, 추리소설 등 다양한 장르의 소설들은 막강한 상업주의를 방패삼아 경이적인 판매고를 올렸으나 문학적 가치면에서는 여전히 중심 문학의 주변부에 머물고 말았다. 또한 이데올로기의 상실로 방황하던 순수문학 진영에선 소설가 소설, 후일담 소설 등을 통하여 자기 정체성을 확인하고자 하였으나 90년대에 걸맞는 새로운 대안을 제시하지 못한 채 자기 탄식에 머물고 말았다. 문학의 위기라는 담론만을 양산한 채.

그나마 가장 돋보이는 경향이라고 하면 여성 작가들의 무서운 진군이라 볼 수 있다. 은희경, 신경숙, 공지영, 김형경, 전경린 등의 소설들은 섬세한 문체와 다양한 일상의 포착 그리고 세련된 감성으로 상업적 성공은 물론 질적인 면에서도 대단한 성과를 과시하고 있다. 이러한 현상에 대해서 일각에서는 우려를 표하며 침묵하고 있는 중견작가들의 재기와 좀 더 깊이있는 작품의 출현을 고대하고 있다.

하지만 위의 어떤 부류에도 속하지 않으며 상업적인 성공에 관계없이 나름대로 진지한 작품세계를 구축하는 작가들이 있다. 이승우도 그들 중의 하나이다. 문단에선 어느 정도 인정을 받았으나 대중에게는 아직 낯선 그의 작품들은 80년대부터 일관되게 종교와 신화적 상상력, 집단 권위에 대한 저항, 사회에 내재되어 있는 재앙의 인식, 이상향에의 열망 등을 드러내며 독특한 작품세계를 펼쳐 가고 있다. 그의 창작집 『미궁에 대한 추측』1)은 이러한 그의 작품세계를 골고루 맛볼 수 있는 하나의 디딤돌이라 볼 수 있다.

모두 8편의 단편이 실려있는 이 창작집은 『에리직톤의 초상』에서부터 시도한 현실과 관념, 일상과 신화의 결합이 계속되고 있고, 『가시나무 그늘』에서 보여준 권력과 개인의 대치 양상이 이어지고 있으며, 『일식에 대하여』와 같은 신비주의적 공간에의 지향이 계승되고 있다. 이것은 이승우의 작품세계를 일목요연하게 대변하는 경향이라고도 볼 수 있다. 따라서 본고에서는 본격적인 이승우론의 전 단계로「미궁에 대한 추측」을 심층 독해함으로써 이승우가 지향하는 세가지 측면의 담론을 분석해보고자 한다.

1. 신화와 권력의 양상

이승우 소설의 궤적을 살펴보면 가장 두드러진 경향의 작품들은 신

---

1) 이승우,『미궁에 대한 추측』, 문학과 지성사, 1994

화 또는 우화적 성격의 작품들이다. 집요하리만치 작가가 집착을 보이는 이 경향에 대해 평가는 상반된다. 지나치게 관념적이라는 것과 신화가 효과적으로 알레고리의 역할을 수행한다는 점이다. 일반독자들에게는 양자 모두 어려운 것으로 인식되어 외면당했지만 그럼에도 불구하고 신화와 현실의 적절한 중첩은 그의 작품의 울림을 거대하게 만드는 독특함으로 다가온다. 「미궁에 대한 추측」에도 이런 경향의 작품들이 주종을 이룬다.

먼저 첫 번째로 실린 작품인 「선고」는 우화적 성격의 작품이다. 중심 인물 F는 어느 날 낮잠에서 깨어나 '평화로운 한낮의 세상을 보고 거짓된 위장된 평화의 숨통을 끊어버리고 싶은 욕망'을 느낀다. 때로는 실행에 옮겨보기도 했으나 세상은 그의 욕망에 철저하게 냉담할 뿐이었다. 문득 꿈에 본 한 신사의 초대가 떠올랐고 그동안 일상에서 탈출하기 위해 갔었으나 늘 제지당했던 왕릉의 숲의 문을 향해 걸어간다. 마침내 문을 통과하고 그는 새로운 세계로 진입하는데 미로를 지나며 3개의 방, 검은 방, 흰 방, 푸른 방을 거치게 된다. 그 방에서 그에게 주어졌던 수수께끼는 '길고 복잡한 이 미로는 누가, 누구를 위해, 왜 만드는가.' 였다. 그는 한 번도 수수께끼를 풀지 못했고 체념하려 할 때 문은 스스로 열렸다. 아니 단 한번도 그는 문이 있다는 사실생각하지 못하였다. 미로의 끝은 그냥 나타나준 것이었다. '길고 복잡한 미로는 누가, 누구를 위해, 왜 만드는가'라는 화두는 작품 전체를 관통하는 축이라 할 수 있는데, 미로를 현실이라 생각할 때 본질을 바라보지 못하고 그저 하루하루 벗어나기에 급박한 현대인들에게 내던져 지는 물음이라 볼 수 있다. 그 물음은 F가 애써 진입한 새로운 세계에서 풀린다. 사람들은 매일 미로를 만들며 매일 자신들의 왕을 선출하고 있었다. 매일 선출된 왕은 천 개의 권리를 누릴 수 있으나 다음 날 사형되고 미로는 점점 더 확장된다. 그는 이 세계에서 빠져나가려고 하지만 출구는 없었다.

> "단언하건대 당신은 미로를 빠져나가지 못할 것이오. 당신이 미로를 만드는 데 참여했다고 엉뚱하게 자신을 가진다면 그건 크게 잘못 생각한 것입니다. 우리는 미로를 만들지만 미로를 알지는 못합니다. 물론 당신은 자유입니다. 그러나 그 자유는 죽음의 한계 안에서의 자유입니다. 그 한계를 벗어나 바깥 세계로 이주하려는 욕망은, 물론 그 역시 자유롭게 시도할 수야 있는 일이지만, 실현될 수 있는 건 아닙니다." (중략) 그는 자신의 어리석음을 한탄했다. 자기가 만든 미로 속에 갇혀서 길을 찾지 못해 죽는다니...... 허망함과 서글픔이 걷잡을 길 없이 밀려왔지만, 요령부득이었다. 유일하게 명쾌한 진리는 이것이었다. 힘써서 미로를 만들다 죽는다. 그 미로는 다른 사람이 아니라 바로 자기 자신을 가두기 위한 미로이다. 그것이 인생이다. 성찰은 너무 늦게 찾아오고, 시효가 지난 성찰은 보탬이 되지 않는다. (pp.41~42)

마침내 그는 왕으로 선출되고 이튿날 다른 왕에 의해 사형을 선고받는다. 이 소설은 우회적으로 우리의 사회적 진실을 탐색하고 있다. 일상에서 탈출하고자 하지만 개인은 영원히 일상에서 빠져나갈 수 없고 그 탈출을 영원히 불가능하게 하는 것은 바로 자신의 무지와 망각이다. 빠져나가려 해도 문을 잊어버린 것처럼 적극적 실천을 보이지 않으며 매일매일 자신을 가두는 미로를 쌓는 삶. 그것이 바로 인생이라고 작가는 경고한다. 작품에 던져진 화두는 바로 무지한 우리를 일깨우려면 좀 더 본질에 접근하여 현상을 바라보라는 권유이다. 자신의 욕망이 미로를 만들고 그 안에서 더 많은 미로를 쌓다가 벗어나고자 할 때는 이미 죽음이라는 한계상황에 부딪힌 뒤이다. 프로이트는 「쾌락을 넘어서」에서 '욕망이 충족되는 것은 죽음 뿐'이라 했고, 자크 라깡은 그렇지만 그 '욕망이 삶을 이끌어가는 동인'이 된다고 했다. 「

선고」는 인생과 욕망에 대한 은유이자 경고인 것이다.

이러한 우회적 경고는 작품 「해는 어떻게 뜨는가 ― 망구스족 이야기」에서 반복된다. 망구스 부족 내에서 어느 날 해가 뜨지 않을 것이라는 해괴한 소문이 퍼진다. 사람들은 불안해했고 장로는 헛소문이라며 사람들은 진정시키지만 사람들은 장로의 말을 거부하고 자신만이 해를 뜨게 한다는 주술사에게 매료된다. 주술사는 한 밤에 직접 부싯돌을 지피며 해뜨는 시범을 보인다. 그 후 주술사는 절대적인 권력자가 된다. 해는 '태양'이라는 새로운 명칭으로 불리워 졌으며 '왕림', '찬양', '성소', '부정' 등 새로운 용어가 생기고 주술사는 '왕'이 된다. (권력의 생성과 단어의 생성이 함수관계에 있다는 것은 날카로운 통찰이다. 생각해 보라. 우리 주변을 에워싼 전문적 용어들을. 그것은 마치 계급의 분리와 특권 계층을 위한 새로운 무기가 되었었다.) '왕'은 '태양의 신전'을 건축하고 사람들을 핍박하고 학대한다. 약간의 회의를 품는 사람들이 있었지만 사람들은 맹목적으로 복종한다. 설혹 태양이 뜨지 않는 날이 있어도 부정한 자의 소행이라며 마을 사람들만 거세된다. 어느 해 여름 폭우가 시작되자 며칠 동안 태양이 뜨지 않았다. 사람들은 왕에 대해 의구심을 가졌으나 왕은 제비뽑기로 부정한 사람을 색출하여 제기한다. 하지만 태양은 뜨지 않았고 한 노인이 의문을 제기하여 왕도 제비뽑기에 포함된다. 공교롭게도 제비에 뽑힌 것은 왕이었고 사람들은 분노하여 그를 죽인다. 그 후 부족회의에서는 해가 뜨지 않을 것이라는 소문이 주술사가 조작한 것임을 상기하였고 노인을 왕에 추대하고 평화롭게 살았다.

잘 짜여진 우화의 형식을 따르고 있는 이 작품은 조작된 권력의 실체를 추적한다. 자연현상이 눈속임으로 절대능력으로 평가받고 그것이 폭로되는 과정을 보여줌으로써. 하지만 절대권력은 사람들의 무지로 인해 축척된 것이다. 스스로 쌓아가는 미로처럼 자신을 학대하는 권력을 만들어낸 것은 바로 자신인 것이다. 결국 권력의 실체는 허상이며 사람들이 만든 우상일 뿐임을 작가는 역설하는 것이다. 한 번 조작된 권력은 쉽사리 붕괴되지 않는다. 처음에는 권력이 괴로움을 주는 존재였으나 시간이 갈수록 당연한 일상의 한 풍경으로 인식되는 것처럼.

「수상은 죽지 않는다」는 이러한 권력의 허상이 한층 더 강도 높게 풍자된 작품이다. 19년 동안 나라를 통치한 수상이 죽었다는 소문이 번진다. 그러나 그를 확인할 수 있는 방법은 없다. 모든 공식기관에서 그 사실을 부인했고 국정은 차질없이 수행되었다. 또한 수상은 직접 담화문을 선포하며 불순 조직을 색출한다. 소설가 K.M.S는 우연히 다큐멘타리를 녹화하려다가 그 시간에 발표된 수상의 담화가 담긴 녹화 테입을 보면서 의문에 싸인다. 생기없는 수상의 연설을 보며 혹시 수상은 이미 죽었고 권위를 이용하려는 어느 집단에 의해 조작되고 있을 지 모른다고 소설가는 상상한다. 그리고는 그 상상을 소설로 옮긴다. 하지만 정보기관에 의해 그 상상이 불온한 음모로 지적되고 소설가는 처참하게 희생된다.

취조관은 K.M.S의 뺨을 두 차례 세게 쳤다. 백일몽에서 깨어나기에 족한 고통이 뺨을 얼얼하게 했다. 그는 억지로 일으켜 세워졌다. 조사는 끝났소. 당신은 당신의 탁월한 상상력을 원망하도록 하시오. 때때로 탁월한 것들은 단지 그 탁월성 때문에 희생되기도 하는 것이오. 그 탁월함의 내용이야 다르지만, 적지 않은 사람들이 이미 그런 희생을 받아왔소. 그는 건장한 체격의 두 명의 젊은이들의 손에 이끌려 어딘가로 끌려갔다. 취조관은 K.M.S가 백일몽 속에서 끄적거려놓은 글을 읽었다.
수상은 연기자가 아니다. 그는 한때 연기자였다. 그러나 지금은 아니다. 그는 연기자에서 수상이 되었다. 수상은 죽지 않는

다……(PP.147-148)

「수상은 결코 죽지 않는다」를 통해 작가는 조작된 권력의 실체와 허상을 보여줌으로써 부재하면서도 현존하는 권력의 속성을 보여준다. 결국 권력은 보여지는 한 인물의 것이 아닌 사람들을 옭아매는 매카니즘으로서의 역할을 우리 시대에 행하고 있는 것이다. 그리고 그 권력은 때때로 일상에서 우리를 끊임없는 수렁에 빠뜨린다. 우화나 신화에서 전복 가능했던 것들도 현실에선 여전히 무너지지 않고 그 위세를 드러낸다. 더불어 예술가의 상상력 마저 인정하지 않는 무지몽매한 권력의 폭력과 광기는 오늘날에도 계속되고 있다. 독재 시대의 각종 필화 사건은 민정 시대에도 여전히 유효하다.

「동굴」은 신화와 현실이 어우러지며 이러한 권력의 양상이 잘 표현된 작품이다. 형식상으로 액자구조, 중층구조를 취하고 있는 이 작품은 원시시대 주술가의 예술정신이 권력에 의해 핍박받는 과정과 현대의 소설가가 교묘한 권력의 압제에 고통받는 과정을 그리고 있다.

　작중화자가 우연히 친구에게 받은 H.M 호프의 소설 『예술가』를 번역하던 중 그에게 전화가 온다. 액자소설인 『예술가』의 내용은 원시시대 주술사의 이야기이다. 심약하고 허약한 주술사는 그림 그리는 것을 사랑하였다. 그는 외부의 재앙으로부터 사람들을 보호하기 위해 여러 그림을 그렸다. 하지만 사랑하는 여자를 그렸기에 규례를 어겨 추장에 의해 동굴에 갇힌다. 동굴에서 나온 그는 추장에게 권력을 빼앗기고 추장의 시중을 든다. 추장은 그에게 명령한다. 자신에게 저항하는 한 젊은이의 가슴에 칼을 꽂고 죽게하는 그림을 그리라고. 그는 그것을 거부하다 다시 동굴에 갇힌다. 동굴에서 그는 깨달음을 얻어 자신의 피로 날개가 있지만 땅에 박혀 하늘을 못하는 누군가를. 그 그림은 그의 피가 다 빠져 나오는 순간에 완성되었고 그의 몸은 날개처럼 가벼워져 동굴 밖으로 날아간다. 「동굴」의 내용은 바로 이 『예술가』의 내용과 어울려 진행된다. 번역가이자 대필가인 나는 어느 날 20년전의 친구에게 전화를 받는다. 친구는 사무장을 시켜 자신의 정치 경력에 필요한 자서전을 윤색해 달라 부탁 받는다. 고민하던 나는 고교시절을 떠올린다. 자신의 원고를 통해 온갖 권력을 부여받던 친구 김기홍. 20년이 지난 지금 그때와 똑같은 경로로 나는 자서전을 부탁받고 거역할 수 없는 힘을 깨닫고 일을 수행한다. 그러던 중 김기홍의 강력한 라이벌인 한 사람을 음해해 달라는 부탁을 받는다. 그는 다름 아닌 고교시절 자신의 음모에 의해 희생된 친구였다. 나는 피할 수밖에 없는 숙명 앞에서 동굴의 주술사를 떠올린다.

> 나는 집으로 전화를 했다. 아내는 나에 대한 불만을 굳이 숨기려 하지 않았다. 어디서 무슨 음모를 꾸미기에 연락처도 알려주지 않고 그렇게 꼭꼭 숨어 있는 거냐고 따졌다. 나는 이제 이곳에서 나갈 것이라고 말했다. 아내는 일이 끝났느냐고 물었다. 나는 일은 끝나지 않았다고 말했다. 왜냐하면 여태 일을 시작하지 않았기 때문이라고 말했다. 아내는 나의 말을 이해하지 못하였다. 나는 이제 일을 시작할 것이라고 덧붙였다. 그래서 다시 한동안 집에 들어가지 못할 것이라고 말했다. 아내는 또 어디를 가느냐고 물었다. 나는 잠시 사이를 두었다가 동굴 이라고 말했다. 그렇게 말하면서 나는 알 수 없는 감동이 복받쳐 올라 오는 걸 느꼈다. 그 바람에 그만 나도 모르게 울컥 울음을 토하고 말았다. 잠시 침묵 속에서 이쪽의 눈치를 살피더니 아내는 "무슨 일이에요? 지금 우는 거에요? 무슨 일이 있는 거에요?" 하고 숨가쁘게 물어 왔다. 나는 아무 일도 없다고 말하고 전화를 끊었다. (PP281~282)

'동굴'은 상징적인 공간이다. 동굴은 자궁 혹은 태초의 집을 연상시키는 공간이며 바슐라르의 '요나 콤플렉스'에 적용되는 공간이다. 동굴은 박해의 장소이지만 역으로 예술혼을 피우는 창조의 공간이기도 하다. 내가 그 동굴로 간다는 의미는 현실의 권력에 당당히 맞서겠다는 적극적인 의지이다. 또한 권력에 억눌려 죽어가는 예술혼을 버리지 않겠다는 몸부림이기도 하다. 작가는 예술혼 마저 권력에 의해 조롱받을 수밖에 없는 현실을 질타한다. 예술을 꿈꾸지만 냉혹한 현실 앞에서 돈에 의해 예술을 팔 수 밖에 없는 작가. 그리고 소시민을 결박하는 도처에 만연된 권력의 올가미들. 여기서의 권력은 정치적인 권력만을 의미하지는 않는다. 후기 산업사회의 현실에서 권력은 도처에 내재해 있다. 보드리야르가 지적한 기호의 시대, 이미지가 모든 것을 정복하는 이 시대에 예술은 설자리를 잃고 있다. 영화, TV, 광고가 사람들의 의식을 세뇌하여 나름대로의 권력을 휘두르고, 거리의 백화점과 패션은 역으로 개성을 말살하고, 하다못해 편의점에선 시간을 팔고 있다. 자본주의의 권력의 논리 곧 돈의 논리가 모든 것을 압도한다. 발터 벤야민이 『기계복제시대의 예술』에서 말한 아우라의 상실은 예술마저 대량 복제의 한낱 기호 상품으로 전락한 지금의 사태를 적절히 예견한 것이었다. 「동굴」은 상업주의에 맞서 쓰러지고 있는 예술의 위상과 작가의 예술적 지향이 잘 어우러진 수작이라 할 수 있다.

이러한 신화를 소재로 한 일련의 작품군들은 우리 사회, 우리 의식 곳곳에 이데올로기를 행사하고 있는 권력에 대한 경고라 할 수 있다. 그의 관념적인 글쓰기가 하나의 독설로 끝나지 않는 것은 구조적 측면에 기인한다. 탐색의 구조를 갖고 있는 일련의 소설들은 우리에게 광기의 섬뜩함과 소설적 재미를 동시에 선사한다. 그리고 그것이 다시 현실과 오버랩되면서 신화는 더 이상 신화가 아닌 우리의 일상이 되는 것이다.

2. 일상과 탈일상의 변주

헤어날 수 없는 미궁과 같은 현실 속에서 탈출구는 신화적 공간이 될 수밖에 없다. 「홍콩 박」은 신화를 갈망하는 현대인의 모습을 조명하는 작품이다. 삼류잡지사에서 알게 된 홍콩 박은 무능하고 현실적이지 못한 사람이다. 그는 늘 입버릇처럼 홍콩에서 배만 들어오면 모든 것이 자신의 뜻대로 될 것이라고 떠벌인다. 그가 잡지사를 떠나고 우연히 경찰을 사칭하고 사기꾼으로 몰려 매맞고 있는 것을 보고 나는 모든 것에 회의를 느껴 잡지사를 떠난다. 몇 년 후 정치한다며 전화한 홍콩 박에게 나는 홍콩의 배를 물어 보았고 그는 의기양양하게 곧 가까워왔다고 말한다.

그는, 왜 현실 속의 어떤 구체적인 줄을 붙잡을 생각을 하지 않는 것일까. 그는 언제나 그랬던 것처럼, 이번에도 제스처만 쓰고 있는 것이다. 그가 붙잡고 있는 줄은 현실 밖의 줄이고, 자기가 만든 줄이다. 어째서 그는 한사코 비현실 속에 자기 몸을 의지하려고 하는 것일까. 그는 왜 엄연히 존재하는 현실을 신뢰하고 거기에 의지하는 대신 보이지 않는, 또는 오지 않는, 또는 아예 볼 수도 없고 올 수도 없는 가상에 집착하는 것일까…… 나는 솟구치는 의문들을 말렸다. 그 순간 그가 한때 우리에게 약속했던 구원의 메시지가 나를 엄습해왔기 때문이었다. 그를 따라, 그가 제시해 보여주는 마음의 체계에 한사코 매달리던, 매달려야했던, 매달릴 수밖에 없었던 한 시절이 떠오른 때문이었다. 그 시절이 떠오르면서 문득 그럴 수밖에 없었던 정황들이 떠올랐기 때문이었다. 홍콩 박이 홍콩에서 들어올 배에 집착하고, 우리가 홍콩 박이 타고 들어올 배를 은밀하게 기다렸던 것은, 그러니까 우리가 홍콩에 살고 있지 않은 까닭이었다. 우리의 현실이 우리에게 이곳이 아닌 다른 세계를 꿈꾸게 한 까닭이었다. 그러니까 홍콩 박은, 우리와 마찬가지로, 아직도 홍콩

에 이르지 못한 것이었다······ (PP.210~211)

　　결국 홍콩 박은 뱀 밀수업자로 붙잡혀 감옥에 수감되지만 홍콩의 꿈은 버리지 않고 있다. 이 작품에서 '홍콩'은 현실이 아닌 신화적 공간으로 化한다. 지금까지 이승우 작품 속에서의 종교적 신화의 공간이 아닌 다소 세속적인 신화의 공간으로. 하지만 새로운 세계를 꿈꾸는 우리 모두에게 현실이 아닌 환상으로 배는 다가오는 것이다.

　　작품 「하얀 길」에서 새로운 세계, 신화적 이상향은 구체적으로 제시된다. 서울 근교의 '능수'라는 곳. 일상의 번잡함이 없고 고요와 평화의 자연이 있는 곳. 나는 며칠 묵기도 전에 이 곳이 바로 내가 원하고 찾던 장소임을 확인하고 이곳에 정주하리라 마음먹는다. 교통사고를 내고 구속에서 풀려나 도시 생활에 자신이 없어진 나에게 이곳은 은둔의 최적의 공간이었다. 우연히 들른 찻집 '버들'에서 여주인과 만나게 되고 몇 번의 만남을 통해 그녀에게도 씻을 수 없는 상처가 있음을 안다. 어느 중년남자가 다녀간 후 그녀는 그 곳을 떠나가겠다고 울부짖으며 그에게 그 집에 있기를 권한다. 그러나 나 역시 그 제의를 거절한다. 이 세상에 이상의 공간은 없다는 것. 밀려나온 그 곳에서 어떡하든 부비대며 삶을 살아야 한다는 것. 작자는 여주인의 입을 빌려 이야기한다.

　　　내가 처음에 그랬지요. 생각만큼 좋은 곳은 아닐 거라고. 내 말은 이곳 능수가 특별히 나쁘다는 뜻이 아니었어요. 어느 곳도 특별히 나쁘거나 특별히 좋거나 하지는 않다는 뜻이었지요. 중요한 것은 사람이에요. 자연이나 풍경이 아니에요. 사람이 좋게도 만들고 나쁘게도 만들어요. 사람 때문에 좋은 곳이 나빠지기도 하고 나쁜 곳이 좋아지기도 해요. 그 말을 하려는 거였어요. 결국 문제는 자기 자신이지 다른 것이 아니에요······ 지난번에 하다가 중단했던 이야기를 마저 해드릴게요. 내 젊은 시절의 요양소 이야기요. 그곳에서 내 유일한 소망은 꽃들 천지인 그 산에 그 행복한 꽃들과 함께 누워보는 것이었지요. 그럴 수만 있다면 아무것도 부러울 게 없다고 생각했었어요. 나만 그런게 아니고 결핵균과 싸움을 벌이고 있던 대부분의 환자들이 다 그랬어요. 그런데 그런 소망을 이룬 사람들이 누구인지 알아요? 그런 사람들이 있긴 했어요. 그 행복한 사람들은 바로 죽은 사람들이었어요. 요양소에서 환자가 죽으면 그 산에다 묻는다는 거였어요. 그 화려한 꽃들 사이에요. 산은 무덤이고, 꽃들은 무덤을 덮어요. 멀리서는 무덤은 안보이고 꽃만 보이는 거에요. 무덤은 안 보고 꽃만 보고 싶으면 가까이 가지 말아야 해요. 하지만 그건 본질을 보지 못하는 거지요."

'능수'는 이상향처럼 보이는 공간이다. 곧 현실에서 꿈꾸는 이상의 공간은 현실을 올바로 직시해야만 다가 설 수 있는 곳이다. 현실에서 맹목적으로 도피하기 위해 꿈꾸는 이상의 공간은 결코 실현될 수 없는 것이다. 현실에서 사람들과 부대끼고 사랑하며 무엇보다도 자기 자신에 의해 곧 현실의 공간이 이상의 공간으로 화하기도 하는 것이다. ('능수'는 작가가 『일식에 대하여』나 『세상 밖으로』에서 제시한 '천관산'의 변형이라고 볼 수 있다. 이 천관산은 『천산 가는 길』에선 '천산'으로 다시 반복 제시된다.)

이러한 관점은 「일기」와 같은 작품에서도 찾아볼 수 있다. 늘상 부대끼는 현실속에서도 생과 일상을 이어갈 수 밖에 없는 소시민들의 일상을 표현한 「일기」에서 나는 아내와 일요일에 동생 면회를 간다. 착하고 마음 여린 동생은 술을 먹다가 시비를 걸어온 이들과 싸움을 하다가 오히려 구속되었다. 면회를 기다리던 도중 우연히 신문을 보던 아내는 광고지를 발견하고 싼 집을 발견했다며 그곳으로 달려간다. 항상 '가장의 문패가 달린 집'을 가지는 것이 소원인 아내는 번번이 기하급수적으로 오르는 집 값에 위기의식을 느껴오다 늦기전에 서

울 근교에라도 집을 사기를 갈망했었다. 면회를 마치고 나오다가 나
는 구치소 언덕에서 쑥을 뜯는 두 여인을 발견한다. 그 여인들은 학
생운동으로 잡혀온 자식을 면회하러 왔다가 울음을 토해내던 여인과
그를 말리던 여인이었다.

> 그런 어색함에도 불구하고 어딘지 낯설지 않다는 느낌은 무엇이
> 었을까. 친숙함이라고 말할 수 있는 성질의 것은 아니지만, 안 어울
> 린다든가 어색하다는 것과는 확실히 다른 느낌이 있었다. 그것은
> 어디서 말미암은 것이었을까. 사람들을 가둬두는 구치소로 오르는
> 길에 양탄자처럼 돋아난 쑥들의 푸르름, 누군가 갇힌 자를 만나러
> 왔다가 문득 갖혀 있지 않은 가족들을 상기하고, 그들을 위해 그
> 쑥을 뜯는 여인네의 마음, 그런 것들이 서로 섞여 불러일으키는 복
> 합적인 감정이었을까. 어느 정도는 그랬을 것이다. 그러나 충분하지
> 않았다. 나는 그 당장에는 만족스런 대답을 할 수가 없었다(pp.174)

처음부터 승부가 결정된 불공정한 게임을 하고 있는 소시민들. 당
국을 믿다가 전세를 전전하고, 폭력에 희생된 사람이 가해자가 되고,
착한 아들을 구치소에서 정치범으로 만나야만 하는 세태. 군사정권이
무너지고 문민정부가 들어서면서 모든 불공정한 권력의 게임은 해소
된 것 같지만 그 표면만 바뀌어진 현 상황에서 그래도 살아갈 수 밖
에 없는 사람들. 결국 아내는 풀이 죽어 돌아오고 나는 쑥을 뜯는 여
인네들을 보며 중얼거린다.

> 삶은 이어진다…… 문득 그런 중얼거림이 내 입에서 나왔다. 아내
> 가 그녀들로부터 시선을 거두고 가만히 내 어깨에 머리를 기대왔다.
> 나는 한쪽 팔을 들어 그녀를 안았다.(pp.176)

비록 생은 헤어날 수 없는 미궁이지만 어려운 일상을 보듬고 살아

가는 삶. 그 삶들의 연속성에서 짓밟혀도 일어나는 풀처럼 우리는 질기게 살아가고 있고 그런 삶 자체는 아름답다. 아내를 안는 나의 모습은 미궁 같은 현실에서도 잃지 않는 희망이며 푸르른 자유인 것이다. 창작집 『미궁에 대하여』의 표제작 「미궁에 대한 추측」은 이러한 자유의 미학을 역설한다.

3. 미궁과 소설적 욕망

이승우의 「미궁에 대한 추측」은 크레타섬의 신화적 건축물인 '미궁'에 대한 작가의 소설적 상상력을 극대화시킨 작품이다. 크레타 섬의 왕인 미노스의 명령에 따라 당시 최고의 세공가였던 다이달로스에 의하여 완성된 미궁은, 반인반우의 괴물 미노타우르스를 가두기 위해 설계된 건축물이었다. 그 미궁에 아테네의 왕자 테세우스가 잠입하고, 그를 사랑한 미노스의 공주 아리아드네의 도움을 받아 마침내 괴물을 죽이고 미궁을 탈출한다. 한편 미궁의 비밀을 발설한 다이달로스는 아들 이카로스와 함께 자신이 만든 미궁에 갇힌다. 신화와 아이러니, 로망스의 요소가 골고루 섞인 이 이야기는 실제로 미궁이 발굴된 이후에 더욱 더 관심을 끌었다.

소설의 화자인 '나'는 지중해 일대를 여행하다 크레타 섬의 미궁에 많은 호기심을 갖게되고, 우연히 고서가에서 '장 델뢱'이라는 작가가 쓴 「미궁에 대한 추측」이란 소설을 발견하는데, 그의 탁월한 상상력에 감동을 받고 소설을 우리말로 번역하기로 마음먹는다. 도대체 왜 미궁이어야 했고, 누가 무엇 때문에 필요로 했고, 과연 반인반우의 괴물은 누구인가라는 가장 근본적 호기심에 대하여 작가는 괴물의 존재를 비신화화 하여 역사의 빛 아래 조명하고자 한다.

우리는 소설가가 쓴 소설을 재미있게 읽지만, 우리는 소설가가
아니다. 소설가가 소설적 진실을 갖고 있는 것처럼 독자들도 자기
가 읽은 소설속에서 소설적 진실이라는 것을 발견한다. 소설적 진
실이라는 말 속에는 역사적 허구, 또는 허구적 역사라는 카드가 겹
쳐져 보인다. 신화란, 일반적으로 이해하고 있는 것과 같은 비중으
로 종교적인 기원에 연결되어 있는 것은 아니다. 신화들은 문학적
욕구에 의해 더 많이 태어났다고 해야할 것이다. 말하자면 신화들
은 일종의 구전문학, 즉 사람들 속에서 거의 자연발생적으로 만들
어져서 시간과 사람들 사이를 떠돌아다니던 거대한 이야기 덩어리
들이었을 것이다. 이야기들은 상상력의 산물이지만, 그래서 자유롭
게 허공을 날아다니지만, 그 상상력은 땅의 견고함에 기초하고 있
다. 사실의 기반위에서만 상상력은 날개를 단다. 그러므로 우리가
어떤 이야기속에 묻어 있는 상상력의 층을 구별해낼 수만 있다면,
우리는 그 이야기를 붙들고 있는 본래의 역사적 사실에 접근할 수
있을 것이다. (PP.104)

　액자소설 격으로 등장하는 장 델릭의 소설은 우연히 폭설에 갇힌
네 명의 등장인물이 각각 자신의 상상력으로 미궁을 해석하는 내용이
다. 법률가는 사형의 틀로 보았고, 종교학자는 일종의 신전으로 이해
하고 싶어했고, 건축가는 다이달로스의 예술적 욕망의 집결체로 해석
했고, 마지막 연극배우는 미궁을 사련(邪戀)의 산물로 드라마틱하게
재구성해낸다. 다이달로스와 왕의 아내는 사랑하는 사이였고 미궁을
만들어 그들의 은밀한 공간을 확보했다. 하지만 왕의 딸 역시 다이달
로스를 사랑했었고 어머니와의 사랑을 눈치챈 후 테세우스를 이용하
여 다이달로스를 죽이고 함께 떠난다. 어머니는 죽은 다이달로스 곁
을 지키고.
　이런 다양한 해석은 신화를 문학적 상상력으로 재구성하고자하는
작가의 소설적 욕망이 재현된 것이라 볼 수 있다. 이 작품에서 화자

는 번역자의 위치에 머무르고 있지만 이승우의 다른 소설과 비교해볼 때(「생의 이면」과 같은) 허구적 현실을 증폭시키기 위한 기법의 일종으로 볼 수 있고, 장 델릭의 소설 역시 앞서의 『동굴』의 액자소설 『예술가』와 같은 허구적 산물일 것이다. 신화의 재창조는 곧 미궁과 같은 현실에서 자유를 희구하는 작가의 소망이다.

> 이 책을 집어든 당신의 정신이 낡은 관념으로 너무 딱딱하게 고정되어 있지만 않다면, 저자와 함께 4천년 전의 크레타로 상상력의 여행을 떠나 보는 것은 매우 색다르고 흥미있는 경험이 될 것이라고 나는 확신한다. 우리의 정신은 종종 이색적인 경험을 통해 고양되기도 하는 법이다. 상상력이란, 이를테면 다이달로스가 그의 아들 이카로스와 함께 만들어 달고 미궁을 빠져나왔다고 하는 그 밀랍의 날개와 같은 것이다. 이 책이 부디 독자들의 어깨에 날개를 달아주기를. 그리하여 미궁과 같은 이 세상을 빠져나가 시실리의 풍요롭고 자유로운 하늘로 날아갈 수 있게 되기를……(PP.117)

미궁의 실체는 어느 것이어도 좋다. 다만 작가는 일상에 내재된 교묘히 조작된 구조의 권력과 거짓과 위선이 난무하는 현실에서 벗어나 풍요롭고 자유로운 하늘을 꿈꾸라고 역설한다.

4. 희망과 자유의 담론화

본고는 본격적인 이승우론의 전단계로 그의 근작 『미궁에 대한 추측』을 심층 독해하고자 하였다. 그의 전 작품을 대상으로 하지 않고 한 창작집을 대상으로 삼은 이유는 10년 남짓한 그의 작품의 여정이 정제된 모습으로 담겨있기 때문이다. 그 속에는 그가 80년대부터 집요하게 천착한 신화적 글쓰기와 권력의 이데올로기 고발, 그리고 탈일상을 꿈꾸는 이들의 열망과 어쩔 수 없이 껴안아야하는 현실의 괴리, 그리고 신화를 현실에 중첩시키고자한 소설적 욕망이 담겨 있다.

그리고 그 모든 열망의 모습이 결국은 '자유'와 '희망'이라는 담론으로 집약됨을 볼 수 있었다. 신화와 현실을 중첩시키며 일상에 내재된 권력을 고발하고 그 권력에 희생되는 소시민들을 조명하며 그들에게 희망과 자유를 잃지 않는 작가. 그래서 그가 걸어가는 길은 늘 미궁에서 천산 가는 길일 수밖에 없다. 그 길은 항로 잃은 지금의 문학적 현실에서 소중한 길이기도 하다. 다만 그가 제시하는 다소 형이상학적인 주제들인 '초월', '권력', '자유'들이 더욱 우리에게 절실하게 느껴지기 위해선 더 이상 건조한 관념어의 나열이나 생경한 신화의 제시에서 벗어나 90년대를 살아가는 우리의 일상적 모습이 그의 소설에서 생기있게 그려져야 할 것이다. 구체적 삶이 있고 사랑이 담긴 읽히기 쉬운 소설, 머리로 읽혀지는 소설이 아닌 가슴으로 읽혀지는 소설이 어떤 것인가를 그는 추측해 보아야 할 것이다.

결핍의 일상과 환유된 주체의 욕망

— 하일지의 『경마장 가는 길』 —

<파리에서의 마지막 탱고>라는 영화가 있다. 자살한 아내에 대한 절망을 변태적인 섹스로 탈출하고자 했던 베르톨루치 감독의 영화. 또한 샤론 스톤의 노골적인 베드 신으로 100만 관객을 동원했던 <원초적 본능>이라는 영화도 있다. '모든 권력은 자궁으로부터 나온다'라는 묘한 논리를 도출했던 영화. 인간의 성과 본능적 욕망을 그렸다는 점에서 두 영화의 공통점이 있다. 하지만 예술과 성의 관계에서 반드시 따라다니는 '외설이냐 예술이냐'라는 관점에서 두 영화는 자유롭지 못하다. <파리에서의 마지막 탱고>가 탁월한 예술작이라는 평가를 받는데 비하여 <원초적 본능>은 단지 시류를 타고 킬링 타임용으로 성공한 삼류 영화라는 낙인만이 찍혔을 뿐이다. 무엇이 두 영화의 간극을 두드러지게 하는가. 그리고 이 두 영화의 사이에서 우리 사회에 음성적으로 거래되는 포르노 비디오라는 것은 또한 어떤 의미를 지니는가.

흔히 포르노와 일반 에로티시즘 영화를 구분하는 기준은 '性器의 드러냄'에 있다고 볼 수 있다. 포르노는 드러내고 영화는 교묘한 수법

으로 단지 그 부분은 드러내지 않는다. (물론 작품의 구성이나 주제의
식에서 근본적 차이가 있겠지만 실제로 포르노 작품들도 예술적 완성
도를 표방하는 작품들도 있다.) <원초적 본능>이 성공한 것은 무엇보
다 속옷을 입지 않은 샤론 스톤이 다리를 꼬는 장면에서의 아슬아슬
한 하반신 클로즈 업 때문이다. 하지만 이런 구분은 이제 무의미하다.
<베티 블루>나 <파리에서의 마지막 탱고>에서는 그 묵계마저 무너져
포르노에 가깝게 '드러낸다'. 하지만 아무도 두 영화를 포르노라 부르
지 않는다. 따라서 흔히 미학적 차원에서 이야기하듯 성은 그것을 상
징적으로 교묘히 은폐함으로써 예술적 아름다움이 증폭된다는 논리는
더 이상 설득력을 잃는다. 다만 그것을 드러내는 방법 혹은 치열한
성에 대한 작가적 인식이 문제될 뿐이다. 남김없이 보여주는 방법을
취한다면 거기에는 단순히 '보리밭'이 성의 공간을 상징한다는 1차원
적인 상징 이상의 그 무엇이 있을 것이다. 이것은 담론의 문제이며
작가의 전략으로 설명될 문제이다.

　문학의 경우에도 이러한 논쟁은 예외가 아니다. 마광수가 쓴『즐거
운 사라』가 단지 작가가 대학교수라는 이유로 출판금지 되고 작가는
구속되었다. 또한 90년대 들어 맹렬한 기세를 떨친 신세대문학 작가
군들(장정일, 박일문, 구효서, 하재봉 등)의 작품도 위의 논리로 단순
히 매도당하고 있다. 물론 섹스 장면을 여과없이 작품내에 무한정 삽
입하거나 젊은이들 모두를 프리 섹스 주의자로 만드는 그들의 작품은
문학적 완성도라는 측면에서 비판당할 소지가 많다. 하지만 기존의
윤리적,문학적 잣대로 그들을 몰아세우는 것 또한 바람직하지 못하다.
그들의 주장(사회와 권력 혹은 이성의 이데올로기를 해체하고 진정한
인간의 자유를 주창하고자 하는)을 일단은 수용하고 그들이 성을 통
해 드러내고자 하는 그것이 무엇인지를 작품을 통해 살펴보는 것이
필요한 것이다. 즉, 문학작품에서 반복되는 작가의 담론 차원에서 성

상징을 바라보아야 한다는 것이다.

이에 본고에서는 문학과 성이라는 측면에서 논란의 대상이 되었던 작품들 중 하일지의 『경마장 가는 길』을 분석해봄으로써 문학에서의 성의 의미를 밝혀보고자 한다.1)

1. 욕망의 환유적 층위

『경마장 가는 길』은 1990년 가을에 출간된 작품으로 문학사적으로 매우 독특한 의미를 가지고 있는 소설이다. 첫째로 한 무명의 작가가 6백 면에 달하는 장편을 전작으로 내놓았다는 것이다. 물론 역사소설의 붐을 타고 무조전 늘이기식 대하소설이 지천이지만 뚜렷한 서사구조를 지니지 못한 『경마장 가는 길』의 상업적 성공과 문단의 관심은 복거일의 『비명을 찾아서』 이후 특기할 만한 사건이다. 둘째로 소련의 붕괴 이후 비로소 이데올로기로부터 자유로와진 현실의 반영이라는 사회적 측면과 낯설고 다양한 기법을 선보였다는 점이다. 세째로 작품에 삽입된 파격적 性 묘사이다. 작품의 반 이상을 차지하는 섹스에의 요구와 치밀한 성 묘사는 역시 많은 논란을 몰고 왔다. 하지만 지금까지 발표된 『경마장 가는 길』의 평론들은 대개가 성에 관한 측면보다는 기법 혹은 인물의 행태, 사회적 의미만을 주로 지적하였다.

---

1) 방법적 틀로는 프로이드의 『정신분석이론』을 재해석한 후기구조주의자 쟈끄 라캉의 『욕망이론』을 원용해본다. 라캉의 이론은 '거울단계(상상계) - 상징계 - 실재계'의 단계로 인간의 무의식, 곧 욕망이 변동하면서 사회적 자아를 정립하는 것으로 인간의 주체를 분석한 것이다. 즉, 욕망의 대상이 허구임을 깨닫고 다시 또 연기된 대상을 향해가는 것 또 대상으로부터 탈출하는 것,끊임없이 대상에서 벗어나는 반복없이 삶이 이루어지고 있음을 밝히며 거울단계의 주체는 광기의 역사를 되풀이 하므로 진정한 주체에 대한 인식은 타자의식에서 비롯되어야 한다고 주장한다.

이에 본고는 『경마장 가는 길』에 반복적으로 나타나는 섹스의 묘사를 바탕으로 그 상징성을 판독함으로써 작품의 의미망을 점검해보고자 한다.

　『경마장 가는 길』은 제목 자체부터 성 상징을 담고 있다. 경마장은 말들의 경연장이다. 말은 보통 일차적인 상징으로서 섹스와 연관된다. 잘 빠진 근육과 거대한 남근 그리고 등에 사람이 올라타고 밀착시키는 행위는 인간의 원초적인 체위를 연상시킨다. 그곳에 가는 길이란 곧 '무의식적인 욕망에 대한 갈구'라고 할 수 있다.

　『경마장 가는 길』의 첫 장면은 R 이 프랑스에게 한국으로 돌아오는 장면이다. R 은 돌아오자 마자 J에게 당연히 섹스를 요구한다. 프랑스에서 3년 반 동안 둘은 동거했었고 성적으로 거의 완벽하리만치 합일했었다. 하지만 서울에 돌아온 후 그 요구는 번번히 거절당한다. 단지 이유는 프랑스가 아니기 때문이라는 것이다.

> ─그렇지만 우린 아직 결혼하지 않았어요.
> ─결혼을 하지 않았기 때문이라고? 그럼 프랑스에서는 결혼을 했
> 　기 때문에 삼년 반 동안이나 함께 살았더냐?
> ─그렇지만 한국에서는 달라요!
> ─무엇이 다르단 말이냐?
> ─하여간 달라요. 여기는 프랑스가 아니란 말이예요.

　프랑스라는 공간은 사회적, 개인적으로 은폐된 열린 공간이었기에 둘의 관계는 지속될 수 있었다는 J의 논리이다. 반면 한국은 노출된 공간이요 윤리에서 벗어날 수 없는 닫힌 공간이라는 것이다. 따라서 R이 이상적으로 계속 되뇌이고 있는 프랑스라는 공간은 R의 이상을 실현시킬 수 있는 공간이지만 궁극적으로는 성적으로 열린 공간이라

는 무의식이 R의 인식에 남아있음을 볼 수 있다. R 은 사랑을 내세우지만 J 는 도덕을 내세우며 요지부동이다. 그후 R은 차 안에서 여관에서 끊임없이 그녀를 요구하지만 결정적인 순간에서 항상 그녀는 거부한다. R 은 그때마다 "메흐드! 메흐드!"를 외친다. R 에게는 가족과 아내가 있다. 하지만 그의 아내는 이혼을 전제로 한 아무런 가치없는 여인으로 설정되어 있다. 비록 J를 그토록 갈구하지만 그것이 단지 성욕의 해소 차원에서의 욕망은 아니다. 만일 성욕의 해소차원이었다면 아내 혹은 다른 여자와의 관계에서 해소할 수 있었을 것이다. 하지만 R은 끊임없이 J를 갈구한다. 그렇다면 R의 욕망은 무엇을 상징하는가. 그것은 주체의 결핍이요 환유된 욕망이라 할 수 있다.

프로이트의 정신분석이론을 회귀시킨 라캉은 무의식조차 언어처럼 구조화되어 있다고 이야기한다. 라캉은 기표의 절대성을 이야기하며 무의식과 언어체계를 동일시한다. 인간이 말을 한다는 것은 언어의 구조 체계에 의한 주체가 형성될 수 밖에 없다는 것이다. 따라서 언어의 가장 큰 속성인 은유와 환유는 무의식에도 존재한다. 우리는 늘 상 정확히 의미를 전달할 언어를 찾아 고심하지만 이미 말해진 순간 그것은 본질에서 멀어진다. 프로이트가 무의식을 표층에 올린 것처럼 라캉은 욕망을 표층으로 끌어올린다. 욕망은 환유적 속성을 갖고 있다. 하지만 욕망은 영원히 충족될 수 없는 것이다. 끝없는 미로의 헤메임처럼 반복만이 지속된다. 죽음만이 욕망을 충족시킬 수 있을 뿐. 욕망은 합치된 기의를 갖지 못한 채 끊임없이 미끄러지기만 할 뿐이다.[2)

　　― R은 또 한국에서는 그가 한동안 살았던 나라에서 보고 듣고
　느낀 것을 말할 필요가 없고 또 말하지 않아야 전제하고 나서 R이

---

2) 권택영, 『영화와 소설속의 욕망이론』, 민음사, 1995

그동안 만남 사람들, 이를테면 A,Q,H,X 그리고 가죽잠바 등은 처음에는 R에게 왕성한 호기심을 가지고 R이 살았던 나라에 대하여 무엇인가를 알아보려고 들지만 그들은 우선 구체적으로 자기가 알고자 하는 것이 무엇인가를 정확히 모르고 있고, 막상 R이 무엇인가를 이야기하려고 하면 그들은 오히려 어떤 반감 같은 것을 느끼는지 곧이들으려 하지 않거나 금방 싫증을 느끼며, 그래서 그들에게 말해줄 수 있는 것은 고작해야 수박껍질에 바늘 끝을 찔러 보는 거와 같이 극히 표면적인 것뿐이라고 했다. J는 R의 말에 동의했다.

R이 무의식적으로 J를 갈구하는 것은 실은 욕망의 J와의 완전한 결합을 위해서 보다는 결핍된 주체 때문이다. 프랑스에서 어렵게 공부하여 박사학위를 따고 귀국하였지만 R은 고급 실업자에 불과하다. 대학에서 자리를 얻을 수도 없고 가난한 집은 여전히 그에게 부담이며 사랑하지 않는 아내는 남편의 자리를 지켜주기를 원한다. 서울은 모순 투성이이고 더구나 자신을 사랑한다고 믿었던 J 마저 배신한다. 그녀가 자신의 언저리에서 계속 맴도는 것은 자신이 박사논문은 써준 것 때문이며 그 비밀이 폭로될 까 두려워서이다. 따라서 R이라는 주체는 심한 결핍을 느낀 것이다.

R의 반복적인 섹스에의 요구는 바로 그러한 결핍의 상징인 것이다.

집요한 요구끝에 마침내 섹스는 성사된다. 하지만 그것은 프랑스에서와 같이 완전한 것은 아니었다. 팬티를 찢고 허리띠를 성냥으로 끊고 주저하는 그녀와의 결합은 또 다른 결핍을 낳은 것에 불과하다.

　　J가 여관방을 나가기 전에 R은 그녀를 불렀다. 그리고 말했다.
　　- 그래, 지난번과 마찬가지로 이번에도 난 잘 안됐어. 물론 사정을 하기는 했지. 그러나 프랑스에서와는 달리 아무런 감각이 없어. 나의 몸은 나무토막처럼 무감각혜. 나는 이 이불에 짓이겨져서 지치기만 했지.

　　— 우리는 서울에 와서 세 번 섹스를 했지만 한 번도 기쁨을 느끼지는 못 했어. 너는 한 번도 날 마음으로 받아들이질 않았어. 아무런 사랑도 느끼지 않는 순간에 잉태한 아이를 낳아야 한다니 그것은 모순이야!

　　R은 J에게 끝없는 욕망을 느낀다. J와의 섹스는 주체의 결핍을 완전히 채워줄 것이라고 믿기 때문이다. 그 욕망만 성취되면 모든 것이 해결되리라 믿는다. 그러나 그 대상을 얻어도 욕망은 여전히 남는다. 살아있는 한 반복된다. 곧 욕망의 대상은 현존하는 것처럼 보이지만 허구에 불과한 것이다. 라캉은 S ◇　a(S =　주체, a = 욕망을 불러일으키는 허구적 대상)라는 욕망의 공식을 설정한다. 여기에서 마름모꼴은 대상이 결코 주체의 욕망을 충족시키지 못한다는 결핍의 표상이다. 따라서 R과 J의 욕망의 줄다리기는 ‘J ◇ R’의 공식으로 압축되며 반복되는 모습으로 나타나는 것이다. 대상의 끊임없는 대체, 즉 반복되는 다른 섹스의 모습은 은유적이며 거기에서 벗어나려는 시도는 환유적이다. 하지만 결코 주체는 벗어날 수 없는 것이다.

2. 무의식적 욕망의 기표화

　　J는 몹시 할딱거리며 가랑이를 벌린 채 자신의 가랑이 부근에 있는 R의 페니스를 잡아 주었다. R의 페니스는 다시 둔중하고 규칙적으로 그녀의 자궁 속으로 들락거렸다. 잠시 후 J는 갑자기 코가 막힌 소리로 킹킹 두어번 울음 소리를 내기 시작했다.(중략)
　　— 여보!여보! 미안해요. 제가 그동안 당신을 너무나 괴롭혔어요. R은 아무말 하지 않고 여전히 그의 허리 움직임을 거세게 계속 했다.
　　— 여보! 미안해요. 이제 당신을 괴롭히지 않을께요.

소설 후반부에 와서 R과 J의 섹스는 만족할만한 합일을 이룬 것처럼 보인다.

R은 한국을 포기하고 이혼해서 J와 다시 프랑스로 돌아가고자 한다. 그러나 J는 R의 요구를 거절한다. R은 그녀에게 대신 돈을 요구하고 그것도 여의치 않자 섹스로 빚을 갚으라 요구한다. R은 급기야 J를 구타하기에 이르고 그녀의 부모를 만나 그동안의 전모를 밝히고 떠난다. 이 과정에서 J는 이해할 수 없을 만큼 주관이 없는 여자이다. 항상 R을 떠나기를 원하면서도 주변에 맴돌고 R의 진정한 호소에 감복하는 듯하면서도 결정적인 순간엔 회피한다. 이것은 무엇을 뜻하는가.

R이 그토록 완전한 합일을 요구했지만 실제로 R이 바라보며 갈구하는 것은 자신일 뿐이다. J 역시 R의 요구를 계속적으로 거부하다 마침내 자신의 몸을 여나 합일의 순간은 그 때뿐이고 그 순간이 지나면 다시 자신의 모습만을 바라보는 것이다. 소설내에서 J는 R의 관점에서 줏대없고 자신의 행위를 부인하며 자신의 주체를 정립하지 못하는 한심한 모습으로 그려지고 있으나 실상은 J 역시 결핍된 주체를 괴로워하며 R과 똑같이 욕망의 줄다리기를 계속하는 동등한 인물인 것이다. 결국 지금까지 J는 R의 부속물처럼 평가되어왔으나 J 역시 R과 동일한 기표임을 알 수 있다.

    — 그렇지만 삼 년 반 동안 함께 살았던 사람을, 그것도 자신을 키워 준 사람을 그렇게 남들 앞에서 등신을 만들어도 되는 거예요? J 선생 박사예비과정 학위논문 내가 다 써주다시피 했어요! J선생 박사학위 논문 내가 다 써주다시피 했어요! J선생 문학평론 당선된 글 내가 다 써주었어요.!(중략) 그때 J가 항변했다.
    — 그렇지만 선생님이 제 논문을 쓸 때 저는 뭐 가만히 논 줄

아세요? 저는 밥하고 집안 살림살이를 도맡아 놓고 살았단 말이예
요!

R과 J의 욕망의 줄다리기 속에는 무의식적 반복충동을 일으키게 하
는 기표가 있다. 그것은 바로 J의 학위논문이다. R은 J와 동거중 도저
히 박사논문은 쓸 수 없는 그녀의 능력을 직시하고 그녀의 학위논문
을 대신 써준다. 단순한 동정적 차원이 아니라 그녀를 먼저 학위를
받게한 후 한국에서 안정된 직장을 가지게 한 후 자신이 후에 귀국하
여 같이 살 때를 대비한 계산적인 차원도 포함되어 있었다. 하지만 R
의 귀국 후 사정은 달라졌다. J의 학위 논문은 완전히 J의 것이 되어
버렸고 R은 단순히 도와준 것을 빙자한 파렴치범이 되어버린 것이다.
곧 R과 J의 욕망의 줄다리기는 학위논문이라는 반복되는 기표가 있어
야 성립되는 것이고 그 논문은 소설의 존립 자체를 결정짓는 기표인
것이다.

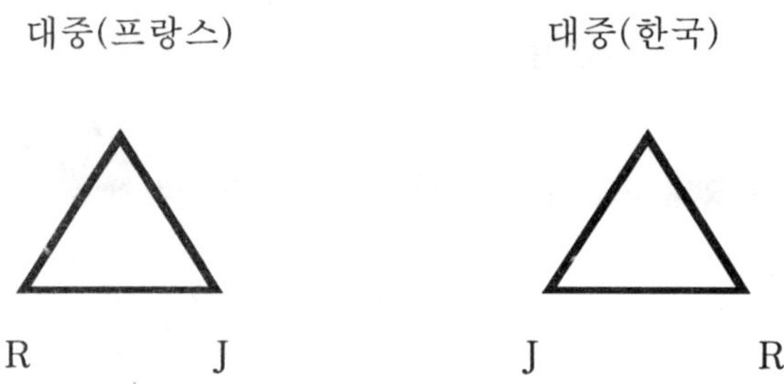

프랑스에서 최초의 논문은 R의 것이었고 J에게 넘겨진다. 대중은
모른다. 그것이 한국에 와서 J의 논문은 다시 R의 협박과 폭로에 의
해 다시 R의 것으로 무지한 대중에게(구체적으로 부모) 밝혀진다. 그
렇다면 논문은 무엇을 상징하는가. 논문은 가지고 있는 그 자체가 권
력이고 실제 저자가 밝혀지면 권능을 잃는다. J는 그 논문을 대중이

모르게 간직하는 한 그 권력을 유지할 수 있다. 드러나기 전까지는 권능이요(상상계, 은유) 드러나고 나면 허구인 논문(상징계, 환유). 곧 논문은 기표이다. 기표는 주체인 자리를 바꾸고 그에 따라 반복이 일어난다. 결국 J의 학위논문은 주체만 바뀌었을 뿐이지 계속적으로 반복된다. 이처럼 반복충동은 상상계와 상징계가 변증법적으로 연결된 탈중심적 구조에서 일어난다. J의 학위논문은 누군가에 의해 또 다르게 되풀이될 것이다. 이렇게 반복, 환유, 자리바꿈은 인간을 계속 살게 하는 욕망의 동인인 것이다. 따라서 J의 학위논문은 되풀이되는 무의식적 욕망의 상징물임을 알 수 있다.

3. 성(性) 담론과 주체의 욕망

R은 J와의 오랜 줄다리기 끝에 그녀를 포기하고 새로이 소설을 쓰기로 결심한다. 이 과정은 라캉이 얘기한 실재의 재현에 해당한다. 데카르트식의 '사유하는 주체'에서 벗어나 '욕망하는 주체'임을 인정한 것이다. 그림자의 실체가, 곧 보여지고 있는 나를 보는 또 하나의 내가 형상화된 것이다. 이와 맞물려 『경마장 가는 길』의 소설 후반부에는 느닷없는 시점의 변동이 일어난다. 아니 거리의 변동이라는 표현이 옳을 것이다. 일관되게 3인칭 관찰자 시점을 유지하던 화자는 느닷없이 R을 만나 이야기를 건넨다. 그간의 사정을 R에게 전해듣고 왜절에 다녀온 후 마음이 변했느냐를 묻는다.

그 후에도 R은 다시 한 번 서울에 올라왔다. 그가 서울에 올라왔던 것은 지난 학기에 그가 강의한 것에 대한 학생들의 시험 결과를 학교에다 제출하기 위해서였다. 그는 그것을 학교에다 갖다내고 나서 서울에 온 김에 청량리역으로 가 기차를 타고 나를 찾아왔다. 그의 방문은 나에게 참으로 뜻하지 않았던 것이다.(중략) 그날 저녁 나는 그에게 술을 한잔 하겠느냐고 물었다. 그는 싫다고 했다. 그래 서 내가 묻기를 그 사이에 술을 끊었냐고 했다.(중략) 돌아오는 길 에 나는 그에게 여러가지 질문을 했다. 나의 질문은 대단히 산발적 이고 단편적이었다.(중략) 또 나는 그가 해인사에서 나온 뒤 왜 갑 자기 태도를 바꾸었느냐고 물었다. 그러자 그는 대답하기를 <형상 화>해야겠다는 강한 충동 때문에 해인사에서 나올 때 가슴이 뛰고 있기 때문이라고 했다. 그러나 나는 그와같이 문학에 조예가 깊은 사람이 아니기 때문에 해인사에서 나올 때 가슴이 뛰고 있었기 때 문이라고 했다. 그러나 나는 그와같이 문학에 조예가 깊은 사람이 아니기 때문에 '형상화'가 무엇이냐고 물어볼 수밖에 없었다. 그는 나에게 설명했다. 그러나 나는 그의 설명을 모두 이해했다고 볼 수 는 없다. 지금 생각하면 그는 몇 차례에 걸쳐 <경마장>이란 말을 입에 오르내리기도 했다. 그러나 나는 그가 <형상화>를 설명하기 위해 왜 <경마장>이란 말을 끌어왔는지에 대해서는 기억이 희미했 다.

이러한 작가의 개입은 R이라는 주체가 보는 주체일 뿐 아니라 보 여짐을 당하는 주체임을 보여주기 위한 작가의 전략이다. 라캉은 '나 는 생각한다. 고로 존재한다.'라는 철저히 이성적인 주체를 해체하여 '내가 생각하는 곳에서 나는 존재하지 않고 내가 존재하지 않는 곳에 서 나는 생각한다'라고 명제를 바꾼다. 보여짐을 모르는 주체는 광기 의 역사를 되풀이 할 수 있는 위험한 주체이기 때문이다. 따라서 작 가의 개입은 '타자의식'을 드러내기 위한 방편으로 볼 수 있다. 즉, 비 로소 고립과 소외를 벗어나 사회에 적응하는 사회의식의 현현인 것이 다.

결핍의 주체와 환유된 욕망의 반복 속에 방황하던 R은 오직 문학 적 형상화를 위해 여행을 떠나다 버스안에서 기묘한 장면을 보고 충격을 받는다.

마을에서도 멀리 떨어진 논벌이었다. 차창 밖 국도 가에는 두 사
람의 시골 아낙네가 있었다. 두 여인은 이제 막 쌀자루 같기도 한
제법 무거워 보이는 자루 하나를 사이에 두고 그것을 함께 들어올
려 한 여인의 머리 위로 이게 하려고 하는 찰나였다. 그 자루를 일
여인은 R이 볼 때 정면으로 보이는데 그녀는 머리 위에 또아리를
올려놓은 채 엉거주춤 허리를 구부려 땅바닥에 놓인 자루를 막 들
어올리려고 하고 있었고, 그것을 이게 할 여인은 R이 볼 때 뒷면만
보이는데 그녀는 엉덩이를 우뚝 세우고 상체를 구부리고 그것을 일
여인과 함께 자루를 막 들어올리려고 하고 있었다. 그런데 그때
그 자루를 이게 하려고 하는 여인은 허리를 완전히 구부린 채 그
자루를 들어올리는 데만 열중하고 있는 데 반하여, 그것을 일 여인
은 무엇인가 예사롭지 않은 것이 순간적으로 그녀의 눈을 스치고
가고 있는 방향으로 약 삼십 도 각도로 돌린 채 근시안인 사람들이
멀리 있는 물체을 보려고 할 때 흔히 그렇게 하듯 눈을 약간 찌푸
린 채 입을 반쯤 벌리고 엉거주춤 서 있었다. 그러나 지금 엉덩이
만 우뚝 세우고 있는 여인은 자루를 일 여인이 보고 있는 것을 보
지 못할 뿐만 아니라 그녀가 고개를 약 삼십도 각도로 오른 쪽으로
돌린 채 입을 약간 벌리고 있다는 것을 알지 못할 것이다. 그리고
두 여인은 모두 지금 그녀들의 곁을 약간 비켜서 지나가고 있는 버
스를 의식하지 못하고 있는 것 같았다.

이 부분은 이 소설의 마지막 장면으로 많은 논란을 일으켰던 장면
이다. 두 여인이 단순히 짐을 이는 장면에서 R은 왜 그렇게 먹고 있
던 우유를 쏟을 정도로 충격을 받았는지 얼른 납득이 안가는 부분이
다. 하지만 이 부분은 이 소설 전체를 압축하여 상징한 부분이며 작
가의 담론이 집약된 부분이다. 짐을 이고 지는 두 여인은 R과 J의 환
유이며, 짐을 지는 행위는 성 상징이다. 그리고 두 여인이 무심한 혹

은 찌푸린 표정으로 입을 반쯤 벌리고 서로 다른 곳을 벌이는 모습은 타자의 욕망과 자신의 욕망이 끝없이 어긋남을 보여주는 것이다. 결국 주체는 결핍되어 있고 욕망은 무의식적으로 반복되는 것이며 주체는 보여짐을 당하는 타자의식(R이 그녀들을 보듯)에 갇혀 있다. 결국 분열된 주체는 결핍될 수밖에 없고 욕망은 반복되기에 이 소설의 끝은 소설의 처음과 동일한 내용으로 반복·변주된다.

2월 16일, K가 돌아왔다. 어쩌면 2월 15일 또는 17일 이었던지도 모른다. 지구를 반바퀴 돌아왔기 때문에 막상 도착했을 때 그는 곧 시간의 혼동 속으로 빠져들고 만 것이다. 도착하면 몇월 몇일 몇시가 되는가 하는 데 대해서는 미리 충분히 계산해 두었어야 옳았을 것이다. 그러나 20여 시간의 비행기 여행 동안 줄곧 심한 두통과 불면, 그리고 알 수 없는 불안에 시달리느라고 그런 것에 대하여 전혀 생각하지 못했다. 그러나 중요한 일이 아니다. 시간이라는 것은 어떤 식으로든지 이미 그에게 주어졌다.

여기까지 단숨에 써내린 그는 공책 위 삼 센티 정도 폭의 여백에다 좀 큰 글씨로 이렇게 썼다.

경마장 가는 길.

결국 '경마장 가는 길'이란 우리의 삶이 끝없이 욕망에 의해 되풀이될 수밖에 없는 것임을 보여준다. 그것의 기표는 섹스로 드러나고 주체는 결핍된 채 타자의식 속에 존재할 뿐이며, R이 K로 바뀐 것처럼 환유될 뿐임을 보여준다. 이를 통해 우리는 『경마장 가는 길』이 단순한 포르노 소설이 아니라 性을 통하여 인간의 근원적 욕망과 존재의식을 보여준 소설임을 알 수 있다. 따라서 『경마장 가는 길』의 위상은 성(性)을 통한 작가의 담론적 차원에서 재평가되어야 할 것이다.

찾아보기

(ㄱ)

「가면의 꿈」 158, 181, 162, 187
개인성 125
거리 250
『경마장 가는 길』 280
계급적 공간 226
고현학 72
공간 225
공간구조 225
공시적 동일성 178
관점 250
구원 148
구인회 36
권태란 76
근대성 17
근대화 173
『기계 복제시대의 예술』 269
기표 285
기호(記號) 166, 214, 261
김기림 36

김승옥 127, 130, 142, 173, 181, 187

(ㄴ)

「날개」 74, 85, 87, 91, 168
노드롭 프라이 46, 47

(ㄷ)

담론 240
독서의 시간 209
「동굴」 267, 268
동일성 20, 45, 176, 181, 205, 208, 225, 233

(ㄹ)

라캉 129, 284
로버트 히그비 187
르네 지라르 51
르페브르 41, 44

(ㅁ)

마광수 279
마샬 버만 25
말하기 250
망(慾望) 49
메타픽션(metafiction) 254
모더니스트 149
모더니즘 소설 34, 165, 176, 184
모더니즘(Modernism) 11, 23
무시간성 241
무의식 282
「무진기행(霧津紀行)」 127, 140,
  144, 172, 181, 187
『미궁에 대한 추측』 262, 274
미적 모더니티 28
「미해결의 장」 107, 170

(ㅂ)

바르트 174
바슐라르 268
바스 259
박태원 56, 166, 177, 185
반복회상 243
발터 벤야민 269
베르그송 120
변조(alternation) 252
「병신과 머저리」 151, 181, 182
「보봐리 부인」 252
보여주기 250

복거일 208
『비명을 찾아서』 208

(ㅅ)

사물화 153
산책자 모티브 17, 60
살인의 욕망 121
상상계 129, 287
상징계 129, 287
생의 이면 276
생활적 170
생활적(生活的)」 98
서사 40
서술의 시간 209
서술자 252
「서울 1964년 겨울」 135, 173, 181
「선고」 263
성 상징 281
「소설가 구보씨의 일일」 177
소외 의식 139, 177
손창섭 96, 170, 185
「수상은 죽지 않는다」 266
스토리의 시간 209
시간 208
시간 구조 224
실재계 132
심층구조 258

찾아보기 293

(ㅇ)

아도르노 31
아우라 269
아이덴티티 214
아이러니 108
알레고리 116, 186
앤소니 기든스 48
「야행(夜行)」 142, 149, 173
「얼음의 도가니」 240, 250, 252, 255
엘름슬레브 206
요나 콤플렉스 268
「요한시집」 115, 124, 171
욕망 20, 102, 184, 233, 282
『원형의 전설』 171
유진 런 26
의식의 흐름 119
이상 74, 166, 168, 185
이승우 262
이인성 239
이청준 173, 187
「일기」 272
일상 160, 243
일상성 20, 41, 122, 165
일상적 공간 227
『잃어버린 시간을 찾아서』 153

(ㅈ)

쟈크 라깡 264

장용학 115, 116, 124, 171, 185
쟈크 라캉 52
전짓불 모티브 155
「지주회시」 83, 84, 89, 91, 166

(ㅊ)

체계 system 206
초월적 욕망 137
최수철 239, 250, 252, 257

(ㅋ)

칼리니스쿠 28

(ㅌ)

타자(他者)의 욕망 71
탈주(脫走)의 욕망 187
탐색 233
探索談 207
통시적 동일성 179
「퇴원」 152, 173, 181

(ㅍ)

포스트모더니스트 241, 244
포스트모더니즘 143, 240, 256
프레데릭 제임슨 53
프로이드 119, 264
프루스트 153
플로베르 252

플롯 241
「피로」 56

(ㅎ)

「하얀 길」 271
하일지 280
해체 249
현대성 126
現代性 Modernity 18
현실 모더니티 28

강 운 석

지은이 강운석은 1964년생으로 숭실대학교 국문과를 졸업하고,
동대학원에서 문학박사 학위를 취득하였다.
현재 대경중학교 국어교사로 재직중이며,
숭실대학교에서 <현대소설의 이해>와 <문학과 기호학>을 강의하고 있다.

한국 모더니즘 소설 연구

인쇄일 초판 1쇄   2000년 03월 15일
          2쇄   2013년 08월 05일
발행일 초판 1쇄   2000년 03월 25일
          2쇄   2013년 08월 15일

지은이 강 운 석
발행인 정 찬 용
발행처 **국학자료원**
등록일 1987.12.21. 제17-270호

서울시 강동구 성내동 447-11 현영빌딩 2층
Tel : 442-4623~4 Fax : 442-4625
www. kookhak.co.kr
E- mail : kookhak2001@hanmail.net
가 격 13,000원

★저자와의 협의 하에 인지는 생략합니다.